Michiaki Fjii
藤井倫明　著

瓜子姫の死と生

原初から現代まで

三弥井書店

瓜子姫の死と生――原初から現代まで――　目　次

序論

現在、国際社会・グローバル化の時代と言われている。国際化にあたっては、自身が住んでいる地域のことをまず知るべきではないか。そのためには、日本各地にのこっている昔話の調査・研究を行うことがひとつの鍵になるのではないだろうか。

昔話とはなにか。その定義に関してはいくつかの要素があるが、以下のふたつがとくに重要と考える。

①特定の作者が存在しない、または不明。
②口伝えで民間に伝承されてきた。

昔話は文献にのこっていない庶民の信仰や生活習慣などを知る上で貴重な資料となる。また、伝播の分布や地域による話型や要素の差異などから地域間の文化・風習の違い、地域ごとの交通・交流の歴史などを考察するうえでも非常に役立つものであると言う事ができる。

数ある昔話の中で、私は「瓜子姫」が最も調査に適した昔話であると考えている。その理由として以下の要素をあげることができる。

一、「瓜子姫」は日本列島の広い範囲に伝わっており、その採話例も多い。また、地域による差異が非常に大きくバリエーション豊かな類話が報告されている。比較できるサンプルが多い。

二、「桃太郎」などは江戸時代から明治にかけて絵本などで普及し、話が統一されていったが、「瓜子姫」は江戸～明治にかけて出版物として発刊された例は極めて少なく、出版文化の影響をあまり受けていない。そのため、口承文芸としての要素をより多くのこしていると考えられる。

三、いわゆる「本格昔話」に分類される話であり、話も比較的長く、話を構成する要素も多い。共通点・相違点を確認するための要素が豊富である。

とくに一は、地域独自の文化を考察するうえで有効であり、本来の姿を考察する上でも二のように口承としての形態を残しているため元をたどりやすいと考える。また、各地に多くの類話を残していることなどから、多くの研究者によって題材として取り上げられているが、「瓜子姫」に絞って体系的に考察した論文はまだない。そのため、「瓜子姫」に絞った研究を行う必要があるのではないかと考える。

以上の理由より本論では「瓜子姫」を研究することを試みる。なお、本論では児童向けに再構成された「瓜子姫」についての考察にも力を入れることとする。児童向けに再構成された昔話に関しての研究は、昔話研究の分野よりも児童文化研究の分野においてなされている。しかし、近年は伝統的な語りで昔話を知ったというひとは減り、再構成された絵本などで昔話に触れたというひとがほとんどである。そのため、昔話研究においても再構成されたものの研究は重要視すべきであると考える。そのため、私の研究テーマである「瓜子姫」と絡めて考察を試みることとする。

なお、この昔話の題名及び姫の名は瓜子姫の他、瓜姫、瓜姫子、瓜子姫子など多く見られるが、本論では昔話の題名は「瓜子姫」で統一し、登場人物である瓜子姫を指す場合は、「姫」と表記する。また、多くの類話で姫の敵役として登場するアマノジャクは、漢字表記で天の邪鬼、天邪鬼の他、あまんじゃくなどの表記も存在するが、本論ではカタカナ表記の「アマノジャク」で統一する。

本論は、序論・終章を除いて全二部で構成する。

第一部「口承文芸としての「瓜子姫」」では、語り手が語った昔話を記録した資料を中心に使用し、主に民俗的な方面からのアプローチを試みる。第一章では「瓜子姫」という昔話がどのようにして誕生したのかという事を考察する。先行研究や海外の説話などとも比較し、原初の「瓜子姫」から、どのようにして現在見られる「瓜子姫」に変化していったのか、という流れを中心として論じる。また、多くの類話で姫の外敵となるアマノジャクに関する考察もここで行う。第二章では地域別の「瓜子姫」の差異をまとめ、どのようにして日本列島に広がり、どのように変化をしていったのか、ということを考察することを目的とする。このテーマに関しては、論者はいままで地域別に型を分析するという手法を利用してきた。しかし、明確に地域を分けることには問題があると考えたため、本論では「瓜子姫」を構成する要素の中で特徴的なものを取り上げ、その地域差を見るという方法を使用することとする。第三章では「瓜子姫」と似た話型や要素を持つ昔話との比較検討を行い、それぞれの関係や影響などを考察する。

第二部「リライトされた「瓜子姫」」では、文字に記された文学として、再構成された「瓜子姫」の考察を行う。第一章では、アンケートの結果を踏まえ、現代において「瓜子姫」という昔話がどの程度の知名度を持ち、どのような昔話として認識されているのかということを分析する。第二章では近代以前の奈良絵本や豆本などに書かれた「瓜子姫」を考察する。第三章では近代以降、主に児童向けとして再構成された「瓜子姫」の考察を、「瓜子姫」を再構成した作家別に行う。特に多くの絵本や児童書などの参考資料とされ、現代において原典とも言うべき作品を書いた作家を中心として考察を行う。第四章では、有名な研究者や作家によって再構成されたものの、他の作品の参考資料にはされず、また現在ではあまり知られていないと思われる再構成された「瓜子姫」についての考察を行う。「瓜子姫」研究の一環であると同時に、現在では埋もれてしまった作品に光を当てることも目的とする。これらの考察を通して、先人たちの研究も取り込み、「瓜子姫」研究を体系的に完成させることを目的とする。

本論に入る前に、どのような昔話を「瓜子姫」として定義するのか、ということを確定する。

まずは、この昔話の題名「瓜子姫」について考察を行いたい。序論で述べたように、この昔話の題名及び主人公の姫の名は多彩である。『日本昔話通観』で見る限り、題名及び姫の名で最も多く見られるのは「瓜姫」である。次に多く見られるのは「瓜姫子」や「瓜子姫子」であり、「瓜子姫」と称されることはあまり多くはない。また、単語別に分別すると「瓜姫」というのは、「瓜＋姫」であり、「瓜から生まれた女の子（姫）」という単語の構成上もっとも単純である。「子」という単語には重要な意味は薄く、方言としての性格も強いと思われる。そのため、題名及び姫の名を「瓜姫」とする研究者も存在する。しかし、近年の研究論文では「瓜子姫」と表記されることが多く、児童書などでも「瓜子姫」とされることがほとんどである。そのため、現在では題名及び姫の名は瓜子姫として認識されていると見られる。

では、なぜ口承文芸では多くない、「瓜子姫」の題名及び姫の名で知られるようになったのであろうか。その答えとして、柳田国男の影響が大きいのではないかと考える。児童書の題名及び姫の名を見ると、明治から昭和初期にかけては「うりひめ」「うりこひめこ」とされているものがほとんどであるが、戦後あたりから「うりこひめ」が大半となっている。その間に、柳田国男による『桃太郎の誕生』と『日本の昔話』が上梓されているが、柳田はこれらにおいて、題名及び姫の名を「瓜子姫」と称している。昔話研究の中心的人物である柳田国男が「瓜子姫」という名を用いたことにより、この名称が一般的になったのではないかと考えられる（柳田国男の「瓜子姫」については、第二部第三章にて詳しく考察する）。民間伝承での使用例の多さと、「瓜から生まれた女の子（姫）」という単語の構成上もっとも単純であるということからして、瓜姫という名称を使用するのがもっとも適当であるとも考えられる。しかし、現在における使用例と知名度を考慮し、本論では瓜子姫という名称を用いることとする。

次に、どのような昔話を「瓜子姫」とするのかという定義を考察する。多くの類話を分析し、もっとも典型的と思われる展開は以下の通りである。

①老夫婦が瓜を手に入れ、そこから女の子が誕生する。
②老夫婦は女の子に「瓜子姫」（またはそれに類する名）をつけて大切に育てる。
③姫は成長すると機織の上手な娘になる。
④ある日、爺と婆は姫を残して出かける。
⑤姫が留守番をしていると外敵がやってきて無理やり戸を開けさせる。
⑥姫は外敵によって危害を加えられる。
⑦外敵は姫に化ける。そこに爺婆が帰って来るが、姫が偽物であることに気づかない。
⑧あるきっかけで真相が明らかになる。
⑨外敵は爺婆に制裁を加えられ、萱原や黍畑の中に捨てられるその時流れ出た血で染まったため、カヤやキビの根は

赤い。

多くの昔話がそうであるように、「瓜子姫」も地域によって話型や話素が異なるものの、だいたいこのような展開をとることが多い。この中でも特徴的と思われるものが①の「瓜からの誕生」という要素（以下「誕生の要素」）である。この昔話の題名および姫の名の由来であり、『日本昔話通観』は、展開や要素がおなじであっても、この要素を欠くものは別の昔話として分類することがある。しかし、瓜から生まれない型のものは、ただ単に語り手が省略しただけなのか、語り手が伝え聞いた時点から誕生の要素がなかったのかということの区別は難しい。また、誕生を欠くものも、「瓜子姫」の成立や伝播を考えるうえで重要な要素を含んでいると考えられ、別の昔話として分けることには反対である。

また、その逆に「誕生の要素」があってもその後の展開が他の類話とまったく異なるものも存在する。それらの理由から、以下の要素を持つ昔話を「瓜子姫」として定義したい。

A、瓜から子供が誕生する昔話（極少数であるが、男児が誕生するものも存在するため、女児に限定しない）

B、Aの条件を満たさない（誕生の要素がない、または瓜以外のものから誕生している）が、②～⑨の要素のうち、複数の要素を含む昔話。ただし、「⑥姫は外敵によって危害を加えられる。」は必ず含むものとする。

このA、Bのどちらかあるいはどちらの要素も含むものを「瓜子姫」として定義する。

地域による差異も簡単に触れる。「瓜子姫」の地域差でもっとも端的な差異と思われるのは⑥の外敵による被害である。中国地方を中心とした西日本では外敵によって木に縛られるだけで、後に無事救出されるという展開が多い。それに対して、東北地方を中心とした東日本では姫は外敵によって殺害されるという展開になることが多い。⑧の真相の発覚も、東日本では鳥が真相を告げることが多いのに対し、西日本では木に縛られた姫自身が真相を告げることが多い。また姫に危害を与える外敵は多くがアマノジャクであるが、岩手などでは山姥であることが多い、などの違いが見られる。

分布している範囲も非常に広く、北海道と沖縄を除いたほぼ日本列島全域に伝播している。ただ、東北地方と中国地方に集中し、関東・東海・近畿・四国などでは非常に少ないという偏りも見られる。採話数も多いが、近世から近代にかけて出版文化が発達した際、絵本などの題材として用いられることが非常に少なかった。そのため、現在での知名度は決して高いとは言えない。ただ、それ故に絵本化の際に施される脚色、書籍として流通することによる話型の統一を免れたと見ることもできる。そのため、口承文芸としての要素を比較的多く残している昔話であると言える。

第一部　口承文芸としての「瓜子姫」

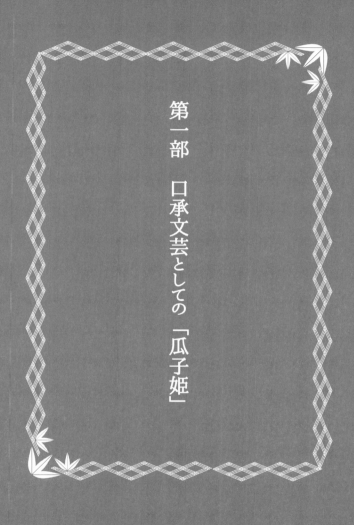

昔話などの口承文芸は民間に伝わったものであり文献に残らない民衆の生活や信仰などが背景にあることが多い。そのため、昔話を研究するには、民俗的な視点での考察が不可欠である。この第一部では、口承文芸として伝わった「瓜子姫」の考察をおもに民俗的な視点から行うことを目的とし、「瓜子姫」という昔話がどのように成立し、どのように変化し、どのように伝播していったのかということを中心に考察する。なお、現在では純粋に口承で伝承された資料のみを扱う事は不可能なため、昔話の資料としては口承されたものを文章で記録した資料を中心として扱う。

なお、採話数は採集の方法などにより変動するため、必ずしも絶対的な数字ではない。採話例がない地域も話が伝わっていないのではなく、単に採取者が例話を発見できていないだけという可能性もある。ただ、ある程度の傾向をつかむという点においては有効であると考える。

第一章　「瓜子姫」の誕生

まずは、「瓜子姫」という昔話がどのように成立したのか、という問題の考察を行う。先行研究のまとめ、海外の類話との比較を中心に、「瓜子姫」の話型がどのようにして現在見られる形になっていったのか、ということを見る。なお、個別の要素については第二章にて論ずる。

1.「瓜子姫」に関する先行研究

「瓜子姫」の成立に関しての考察を試みる。この問題に関しては柳田国男以来、数多くの研究者が取り組んでいる。まずは、先行研究で「瓜子姫」の成立に言及しているものの中から主なものをあげる。

①柳田国男『桃太郎の誕生』[1]など

書名は『桃太郎の誕生』であるが、「桃太郎」のみに限らず多くの昔話の起源などに関して論究しており、本格的な昔話研究の元祖ともいわれる著作である。この著作の中で柳田は瓜子姫には「神に仕える巫女」としての役割があると仮定し、神事の事業の困難さを伝える昔話であると仮定した。

②関敬吾「ヨーロッパ昔話の受容[2]」など
　関は「瓜子姫」を女性の生涯の象徴であるとしており、その成立にはユーラシア大陸に広く伝わる昔話「偽の花嫁」、とくに柑橘類から乙女が生まれる「偽の花嫁」系の「三つのオレンジ（シトロン）」の影響が強いと主張している。

③稲田浩二「「瓜姫」系譜考[3]」など
　稲田は基本的には関の「瓜子姫は帰化昔話」という説を支持している。しかし、関があげた「三つのオレンジ（シトロン）」系統は日本と文化交流のあった地域には存在しないことから「偽の花嫁」系統の「姉と妹」系昔話こそが「瓜子姫」のもとであるとしている。なお、北海道（アイヌ）、沖縄（琉球）に「瓜子姫」の類話が存在しないのは「姉と妹」系の話が広くのこっているからだとしている。

④猪野史子「瓜子姫の民話と焼畑農耕文化[4]」など
　猪野は「瓜子姫」を南方の説話「ハイヌレヴェレ神話[5]」との関係を指摘している。この神話にある人間の死体が有用な作物に変化したという要素は、瓜子姫や外敵の血でソバやカヤの根本が染まったことと一致するとしている。

⑤三浦佑之『昔話にみる悪と欲望[6]』など
　三浦は「瓜子姫」は桃太郎のパロディとして誕生したとしている。しかし、後年の論文「瓜子姫の死[7]」では「それは苦しまぎれの説明でもあった」と述べ、また起源に関して夭折した子供を悼む気持ちが含まれているのではないか

と述べている。

⑥剱持弘子「「瓜子姫」―伝播と変化に関する一考察」[8]など

現在の瓜子姫は、物語文学『瓜姫物語』[9]の影響を受けて完成し、中央から南下し、山陰から東北へ伝播した」と断定している。「瓜子姫」の原型となった昔話は存在したとしても、現在の形になったのは物語の影響による、としている。

このうち、後の研究に大きな影響を与えたのは、①・②・④であると思われる。それぞれの「瓜子姫」研究を詳しく見てみることとしたい。

§柳田国男の「瓜子姫」研究

柳田国男が本格的に「瓜子姫」に関する研究をまとめたのは『桃太郎の誕生』中にある「瓜子織姫」の章である。この章は一九三〇(昭和五)年に『旅と伝説』に掲載されたものを基本とし、書籍化にあたって新たに項目を加筆したものである。『桃太郎の誕生』を中心に、その他の論文に断片的に述べられる「瓜子姫」に関する考え方を確認すると、柳田国男は「瓜子姫」に対して以下のような考察を加えている。なお、とくに注記がないものは『桃太郎の誕生』において述べられている内容とする。

A　瓜子姫は水の流れによって清き所より運ばれてくる申し児であった。また、瓜は桃よりも古くから神聖なものとして扱われており、「桃太郎」の桃よりも古い要素である可能性が高い。
B　瓜子姫は神の子＝申し子であった。
C　瓜子姫の事業は神の衣を織りなすことであり、完成ののちには神の妻となる。日本古来の忌籠りの風習に通じる。
D　アマノジャクは姫の事業を妨害する敵であるが、最初から負けることが確定している敵である。姫の事業の完成を引き立てる役である。
E　瓜子姫は死亡するが復活するという型が本来のものであった。
F　瓜子姫は動物（鳥）の援助によって助けられるという型が本来のものであった。

それぞれの詳細を確認する。

Aに関して、瓜が水の流れを下ってきたという要素は柳田が『桃太郎の誕生』で挙げている、柳田自身が確認できた資料のほとんどに存在し、柳田はこの要素が「瓜子姫」という昔話には欠く事のできない要素であったと見ていた。この要素の由来として日本神話に川を流れてきたものがきっかけで女性が妊娠をするという要素のものが見られ、古来より川上の清く高きところに特別な力があると考えられていたということが大きいとしている。また、「うつぼ舟」によって高貴な者が流れ着くという思想も根源にあるのではないかと考察している。

また、流れてくるものが「瓜」であることに関しては、「桃太郎」の桃と比較して瓜の方が先行する要素であった可能性を考えていた。その理由として、第一に瓜は様々な民間信仰と結びついているということをあげている。古来より様々な儀式で使用され桃よりも霊怪味があったのではないかと考察している。瓜は水分が多いために水神信仰と結びつくことが多かったということも根拠としている。それに対して桃は中国的な思想が強く、瓜よりも新しい信仰であったのではないかとしている。

第二に瓜が中空であるということに着目している。中空であるため水に浮きやすい瓜は、桃と比べて川を流れて来るという要素と結合しやすく、中に何かが入っているという想像がしやすかったのではないかとも述べている。さらに、中空であることから「うつぼ舟」を連想させることにもつながったのではないかと考察している。

このように、桃よりも瓜の方が古い要素である可能性が高いとし、「瓜子姫」が「桃太郎」よりも先行する昔話であり、「桃太郎」の前身であった可能性も示している。

Bに関して、本来、「瓜子姫」の昔話は神より非凡な力を持つ子（申し児）を授かるという型であり、夫婦が積極的に申し児を望むという型であった可能性があったとし、「姫」と名づけられるのは瓜子姫が特別な申し児と考えられていたという証であるとしている。また、瓜の中から生まれるということから、「瓜子姫」は通常よりも小さなサイズの子、いわゆる小さ子譚であり、その小さ子が通常では考えられない速度で成長するというのが本来の語りであったとしている。小さ子は柳田の昔話研究におけるキーワードでもあり、「瓜子姫」と「桃太郎」や「一寸法師」との関わりを明確にしめしたものである。

また、いくつかの例話に「拾った瓜を容器に入れる」という要素が見られることから、神聖なものを補完する役目をもつものとして、本来は容器が重要な意味を持っていた可能性があるとしている。

Cに関して、瓜子姫には桃太郎の鬼退治に匹敵する事業があり、それは機織であったと見ていた。日本には古来より美女を籠らせて神の衣を織らせる習慣があった。瓜子姫は神の衣を織る巫女で、機織は神の祭りを完成させる大事業であり、完成したあかつきには姫は神の妻となるというのが本来の流れと考察していた。これはA、Bともつながり、姫はこの事業をなすために聖なる場所から送られてきた申し児であると柳田は見ていたと考えられる。

柳田の考えではこの「事業の完成」こそが「瓜子姫」の根幹であったという事になる。しかし、柳田は「瓜子姫」は「ある時代における悲劇趣味の発達」の影響を強く受けてしまったため、姫の受難のほうが強調されるようになり、事業の完成の要素がやや薄まってしまったと見ていた。

Ｄに関して、柳田は「瓜子姫」に登場する敵は姫の事業を妨害するための存在であり、突き詰めれば神の敵であると見ていた。姫の敵は大抵アマノジャクとなるが、その特徴として以下のものをあげている。

第一に、神に逆らおうとするものの、神に敵するまでの力はなく、常に負けるものであり、にくらしさとおかしみとをそなえていた存在であるとしている。隣の爺などと同じく神の正しさと最後の勝利とを鮮明に理解せしめるために仮設された悪役であり、姫の苦心を引き立てるための悪役と考えていた。

第二に、山に住む魔女（山の神）の部類であり、山母・山姥と近い存在で邪魔や真似をとくに得意とするものであると考察している。姫と入れ替わり、姫の真似をする存在としてふさわしいものと見ていたようである。

これらの特徴より、アマノジャクは瓜子姫の敵として最も適した存在であると見ていた。

なお、柳田は、少なくとも名称に関しては神話の「天探女」が語源であるとしており、山姥などと近いと考えていた事などから、アマノジャクは女性としての要素が強いとしている。

Ｅに関して、柳田は、元々昔話において生と死は曖昧であり、姫は死亡するがすぐに復活をする、というのが本来の型であったと見ていた。柳田は以下のように考えていたと思われる。

姫が生存する型……本来の型より「姫の死」が変化して「木に縛られる」などの要素に変化したもの。

姫が死亡する型……「姫の復活」という要素が抜け落ちたもの。

このことから、姫が死亡する型（以後「死亡型」）は大切な要素が抜け落ちた不完全なものであり、姫が生存する型（以後「生存型」）のほうがハッピーエンドという本来の形に近いものと考えていたのではないかと考える。

なお、姫が惨殺される要素に関して、『桃太郎の誕生』では以下のように述べている。

ただしこの「かちかち山」式の子供らしい惨虐によって、ただちに瓜子姫の殺戮という点を近代の改作と見ることは速断であらうかも知れぬ。

このように、姫が殺害される型は古くから存在した要素であると述べている。しかし、後の「耳の文学(10)（一）」で以下のように述べている。

（姫が料理される要素に関して）東北には一体に古風な形を伝へて居る昔話が多いのだが、是だけは後の改作としか思はれない。多分、カチカチ山などの影響の下に……（以下略）

それ以外でもたびたび「死亡型」はとくに児童向けとしてはふさわしくないと述べている。(11)これらのことから、少なくとも心情的には「死亡型」を好んでいなかったということがわかる。

なお、アマノジャクの血が作物の根を染める要素は「昔話の相互に融通する部分」「わざと付け添えた記念塔の類」としており、それほど重要な要素とは見ていなかったようである。

Ｆに関して、事の真相は鳥の知らせによって明らかになるものが本来の型であったとしている。元来、動物（鳥）の援助という要素は欠かすことのできないものであったと見ていた。「桃太郎」の犬・猿・雉などと同じく瓜子姫も動物の援助を得ていた。「桃太郎」も、もともと動物（鳥）の援助はもっとシンプルで黍団子などの契約もなかった可能性を示唆し、「桃太郎」との関係を考察している。

以上が柳田国男の「瓜子姫」に関する考察である。柳田の時代にはまだ資料の収集が不十分であり、資料が収集・整理された現在から見れば物足りない側面も多い。このことは柳田自身も自覚していたと思われ姫の生死が東西で変化する理由に対し『桃太郎の誕生』にて「なお今後の新採集までを引つくるめて、予断するだけの胆力は私はもつていない」と、結論を出すことは避け後世に託している。

なお、柳田国男の民俗学研究は『遠野物語』(12)からはじまるとも言われる。その『遠野物語』には、以下のようなエピソードが収録されている。

一一七　昔々これもあるところにトトとガガと、娘の嫁に行く仕度を買ひに町へ出て行くとて戸を鎖し、誰がみても明けるなよ、はアと答えたれば出でたり。昼のころヤマハハ来たりて娘を取りて食ひ、娘の皮を被り娘になりておる。夕方二人の親帰りて、おりこひめこ居たかと門の口より呼べば、あ、いたます、早かつたなしと答え、二親は買ひ来りし色々の支度の物を見せて娘の悦ぶ顔を見たり。次の日夜の明けたる時、家の鶏羽ばたきして、糠屋の隅ッ子見ろじゃ、けけろと啼く。はて常に変りたる鶏の啼きやふかなと二親は思ひたり。それより花嫁を送り出すとてヤマハハのおりこひめこを馬に載せ、今や引き出さんとするときまた鶏啼く。その声は、おりこひめこを載せなえでヤマハハのせた、けけろと聞こゆ。これを繰り返して歌ひしかば、二親も始めて心付き、ヤマハハを馬より引き下して殺したり。それより糠屋の隅を見に行きしに娘の骨あまた有りたり。

娘を夫婦の実の子であると語り、外敵を山母と語る以外は、現在、東北の太平洋側に多く見られる「瓜子姫」の型とほぼ同じである。現在では、「瓜子姫」の類話のひとつとして扱われる。しかし、柳田国男は『桃太郎の誕生』を書くにあたって参考にした類話の中に、『遠野物語』のものをあげていない。それは、柳田の引いた資料四の参考資料とほぼ同じ内容であるため、省略されたと考えられる。『遠野物語』では娘の名を「おりこひめこ」としているが、四では「瓜子姫子」としている。そのことから、四を先行する『遠野物語』よりも優先したものと考えられる。また『桃太郎の誕生』の中でこのように述べている。

……奥州の山母話のほうともとは相容れざる報告でなかつたのかもしれない。糠屋の隅つこに姫の骨が吊るしてあるのを、鶏が教へてくれたといふことが、かすかながらも二伝の脈絡あることを想像せしめる。

ここで言う奥州の山母の話は、糠屋の隅にある姫の骨、真相を知らせるのは鶏など、『遠野物語』のエピソードを念頭においていると思われる。この一文を読む限り、『桃太郎の誕生』「瓜子織姫」を雑誌に掲載した時点では、『遠野物語』のエピソードは、誕生の要素がなく、姫の名が「おりこひめこ」である時点で「瓜子姫」とは似て非なる昔話として認識していたのではないかという可能性が考えられる。ただし、のちの『日本昔話名彙』では「瓜子姫」の例話として『遠野物語』のエピソードを加えている[3]。採集が進み、誕生の要素および姫の名が「瓜子姫」系統ではない類話が多く見つかったことなどから考えを変え、「おりこひめこ」も「瓜子姫」の一種と見なすようになったのではないかと考える。

§関敬吾の「瓜子姫」研究

関敬吾は、柳田国男の「瓜子姫」研究を踏まえ、それを発展あるいは批判する形で研究を進めた。その研究の多くは、現在の「瓜子姫」研究に大きな影響を与えている。

関の「瓜子姫」研究における大きな成果は以下のものであると考える。

①全国の「瓜子姫」の類話を収集・整理し、東日本に「死亡型」、西日本に「生存型」が多いということを確認した。(14)
②「瓜子姫」は通過儀礼としての「成女式」の要素が強いということを提唱した。(15)
③「瓜子姫」の成立には海外の説話が大きくかかわっているということを提唱した。(16)

①に関して、「瓜子姫」は東西に於いて型が大きく異なることを最初に指摘したのは柳田である。(17) しかし、柳田の時代には資料が十分でなかったこともあり、柳田は東西における型の差異を「可能性がある」というところまでしか言及できなかった。関は柳田が収集した以上の資料を集め、柳田の指摘が事実であることを裏付けた。

②に関して、関は柳田国男が『桃太郎の誕生』で提唱した「瓜子姫は神に仕える巫女の象徴であり、妨害を乗り越えて神事を完成させることを説いた昔話」という説には賛成せず、「「瓜子姫」は女性の生涯の象徴としての昔話」と規定した。とくに古代の女性の人生で最も重大事であり、成人になるための境界でもあった結婚に焦点を当て、外敵による妨害は「困難をのりこえることによって幸せに至る」通過儀礼を語る要素であるとしている。姫の機織という

要素は嫁入りのための準備として見ることができ、大変重要な要素であるとしている。

③に関して、「瓜子姫」の成立にはユーラシア大陸に広く伝わる昔話「偽の花嫁」、とくに柑橘類から乙女が生まれる「偽の花嫁」系の「三つのオレンジ（シトロン）」の影響が強いと主張している。

関は「瓜子姫」を「三つのオレンジ（シトロン）」が元であるとしている。「三つのオレンジ（シトロン）」は、地中海沿岸を中心にユーラシア大陸に広く伝わる昔話であり、様々な共通点があることから「瓜子姫」と「三つのオレンジ（シトロン）」が同系統であると主張している。おもな共通点として以下のものがあげられる。

・植物から乙女が誕生する。
・乙女が敵によって殺害される。
・殺された乙女の魂が鳥に変化する。
・乙女は復活し、幸福な婚姻をする。

この系統の昔話は誕生から結婚までの女性の人生の縮図であり、「瓜子姫」とも通じるとしている。また、「瓜子姫」には「死亡型」と「生存型」が存在する。関は「真相を告げる鳥は殺された姫の魂」であるとし、(18)『日本昔話集成』の「瓜子織姫」の章で「死亡型」を典型話に選んでいるなど、「死亡型」のほうが日本列島において先行する型であると見ていたと思われる。

しかし、「女性の人生の縮図」「通過儀礼」の考え方で「瓜子姫」を見ると幸福な婚姻へとつながる「生存型」のほうが本来の型であるように見える。この疑問に関しては後の章で「瓜子姫」と「三つのオレンジ」の詳細な比較とともに考察する。

現在では、「瓜子姫」の起源をその種類は異なれども海外の説話に求める考え方がほぼ定説となっている。関以前にも「瓜子姫」と海外昔話との関連を指摘する意見はあったが、「瓜子姫」が海外からの「帰化昔話」であると根拠を示して詳細に論じたのは関が最初である。そのため、関敬吾から「瓜子姫」と海外の説話を比較する研究方法が本格的に始まったと考えられる。また、「偽の花嫁」起源説を支持する研究者も多く稲田浩二や剣持弘子らは、基本的に関の説を踏襲している。

§猪野史子の「瓜子姫」研究

猪野史子は、関敬吾のように「瓜子姫」の起源は海外の説話としているが、「偽の花嫁」系統ではなく、インドネシアの神話「ハイヌヴェレ神話」型のものであるとしている。[20]「ハイヌヴェレ神話」は現在のインドネシア、セラム島のウェマーレ族に伝わる神話である。なお、ハイヌヴェレは「ハイヌウェレ」などと表記するばあいもあるが本論では「ハイヌヴェレ」で統一する。（論文の引用などは引用論文に従う）。

「ハイヌヴェレ神話」の主題は「農耕の起源を説く」事と「人間の寿命の始まりを説く」事のふたつであると考えられている。そのうち、人間の寿命に関しては現在の「瓜子姫」に関しては希薄である。また、農業に関する要素も外敵による血の要素のみであり、決して関わりが深いようには見えない。だが、猪野は「焼畑農耕」というキーワードを用いて「瓜子姫」と「ハイヌヴェレ神話」との関わりを説いている。猪野の説の要点をまとめると以下のとおりになる。

・現在の「瓜子姫」の分布はかつて焼畑農耕が盛んであった地域に重なる。
・「血の要素」に登場する作物はソバ・粟・黍など焼畑農耕によって栽培されるものである。また、染まる植物がススキやカヤである類話も存在するが、それらは焼畑の休耕期に育つ植物である。
・姫の好物が芋類であり、老夫婦が家をあけるのは芋掘りに行くからという要素がある。また、九州には芋串によって姫が刺される要素も存在する。イモは焼畑農耕において重要な作物であり、稲作が広がる以前は日本列島の主食であった。

猪野の指摘するように「瓜子姫」の分布は内陸に偏っており、「血の要素」の存在や、村の境界になるなど重要な役割を果たしていた果樹が登場することなどから農村とのかかわりが深いことは間違いないと思われる。他にも、乙女の誕生の仕方、水との関わり、など両者には共通点の多いということを指摘している。「ハイヌヴェレ神話」との詳細な比較は後の節にて行う。

また、「瓜子姫」が農業、とくに焼畑農業のような原始的な農業とかかわりが深いとすると、瓜子姫の死という謎にもひとつの答えがみつかる。「ハイヌヴェレ神話」では異常誕生した乙女が有用植物へと転生するが、これは乙女の死によって大地の豊穣が約束されることであり、さらに突き詰めればもともと死ぬことによって大地を豊穣にする力をもった女神であるということになる。ハイヌヴェレの役割は死ぬことであり、むしろ死ぬために生まれてきた存在ということになる。

これを「瓜子姫」にあてはめると、瓜子姫は死ぬことによって大地の豊穣を約束する女神であり、死ぬために生まれてきた存在という事になる。

「ハイヌヴェレ神話」を日本に紹介した大林太良や吉田敦彦は、明言はしていないものの「ハイヌヴェレ神話」と「瓜子姫」になんらかのつながりがあるのではないかということを示唆していた。猪野史子はこれらの考え方を受けて、「瓜子姫」は「ハイヌヴェレ神話」だということを明確に主張した。現在では、「ハイヌヴェレ神話」の系統が「瓜子姫」の起源ではないかとする意見は多く、「瓜子姫」の起源説としては最も有力なものとなっていると考えられる。

以上が、「瓜子姫」の起源に関するおもな先行研究である。「瓜子姫」研究は国内の資料のみで「瓜子姫」を考えようとする柳田国男の研究から、国内の資料を充実させると同時に海外の説話に着目した関敬吾以降の研究に大別できる。[(21)] これらの説はどれもある程度の説得力をもっているものの、やや説明が難しい部分を持っている。これらの説の問題点、およびこれらを踏まえて論者自身がどのように考えるのかということを、次節以降で述べることとする。

2. 海外説話との比較から考察する「瓜子姫」の起源

前節で「瓜子姫」の起源に関する先行研究を俯瞰した結果、多くの要素の共通、展開の類似などから、「瓜子姫」の起源には海外の説話が関わっていると考える。そのため、この節では「瓜子姫」の起源となったと考えられる説話と「瓜子姫」を比較することを試みる。

なお、結論を先に述べると「瓜子姫」の起源となった海外説話はひとつではないと考える。多くの昔話がそうであるように、複数の説話の要素が結合し、「瓜子姫」へと変化していったものと考える。

その中でも、とくに「瓜子姫」の起源に大きく関わると考えられるのは前述の通り「偽の花嫁」と「ハイヌヴェレ型神話」のふたつである。

この節では、このふたつの説話を中心に「瓜子姫」の起源を考察する。

§「偽の花嫁」と「瓜子姫」

「偽の花嫁」と「瓜子姫」を比較するにあたり、まずは「偽の花嫁」が「瓜子姫」の起源となったとする説（以下「偽の花嫁」起源説）の検証から行う。この説の根本は「瓜子姫」が海外から流入した昔話が元となった「帰化昔話」であるという点である。まずは、関敬吾が「瓜子姫」の元となったと考える海外の昔話を紹介する。関は「瓜子姫」の起源を「偽の花嫁」系統のひとつであり、ヨーロッパを中心に世界的に広く伝わる昔話「三つのオレンジ（シトロン）」と述べている。まずは「三つのオレンジ（シトロン）」の検証から行う。例話をあげる。


昔、一人の王子のいる王様がいた。王子は（成長して王位につき）、花嫁を探しに旅に出た。ある時、泉について水を飲もうとした。水を飲んでいると水に三つのオレンジが映っているのが見えた。見上げると、オレンジがあったので、そのオレンジをもぎ取った。そして言った。

「オレンジを割って食べよう。」

それを割ってみると、最初のオレンジからは一本の櫛が出てきた。二番目のオレンジからは鏡が出てきた。三番目のオレンジからはとても綺麗な乙女が現れた。その乙女は真っ裸であった。そこで、王様は、「あなたのために服を取ってきましょう」と言った。そして宮殿へ乙女のために衣服を取りに帰った。その途中で、「ああ、あの人と結婚しよう。ああ、あの人と結婚しよう」と言い続けていた。

王様が行ってしまうと、ジプシーの魔女が乙女のいる所へ水を汲みにやって来た。そして水に映ったとても綺麗な乙女の姿を見るとそれが自分だと思い、言った。

「私はこんなに美しいのに水汲みするなんて。壊れろ、壊れろ、水甕よ。」

水瓶を投げつけ、壺は粉々に割れてしまった。そして上を見ると、木の上に乙女がいたのに気がついて、「あなたの髪に櫛を入れさせて下さいませんか」と言った。

乙女は「いいえ、櫛は結構です」と答えた。しかし、あまりに何度も言い張るので、とうとう承知した。魔女は乙女の髪に櫛を入れ始めたが、やがて頭に黒いピンを刺し、乙女を一羽の鳩に変えてしまった。鳩は飛び去り、かわりにジプシーがその木の上に登った。

王様は衣服を持って帰ってきたが、ジプシーを見て、「ああ、あなたはどうしてそんなに黒くなったのですか」と尋ねた。ジプシーは、「日に焼けてしまったのです」と答えた。王様はジプシーを宮殿につれて帰って言った。

「この乙女と結婚しなければならない。宮殿におればきっと白くなるに違いない。」

結婚式の準備が行われ、二人は結婚した。

数日後、ある日、王様の農夫たちが畑へ耕しに行った。すると、鳩が出てきて、農夫たちに言った。

「王様の農夫の皆さん、王様はあの女とどうしていらっしゃいますか。」

農夫たちは、「仲良くしていらっしゃいますよ」と答えた。

彼らは宮殿へ帰って、このことを王様に伝えた。王様は次の日も、また鳩が出てくるかどうか見るため待っているようにと農夫たちに言いつけた。彼らが次の日、また畑へ耕しに行くと、また鳩が迎えに出てきて、「王様の農夫の皆さん、王様はあの女とどうしていらっしゃいますか」と尋ねた。

農夫たちは、「仲良くしていらっしゃいますよ」と答えた。

彼らは宮殿へ帰って、このことをまた王様に伝えた。王様はそこで言った。

「明日は余のためにその鳩を捕らえて、宮殿へ連れてくるように」

そこで次の日、農夫たちが耕しに畑へ出ると、また鳩がやって来て、前と同じように言った。

「王様の農夫の皆さん、王様はあの女とどうしていらっしゃいますか」と尋ねた。

農夫たちは、「仲良くしていらっしゃいますよ」と答えた。

一人が鳩に近づき、鳩を捕らえた。そこで、それを王様の所へ持って行った。王様は鳩を撫でながら、「ああ、なんて綺麗な鳩なんだ」と言っていた。すると王妃は、「何て醜い鳩なんでしょう」と言った。

食事の時、鳩はやって来て、王様の料理をついばんだ。しかし王妃の皿には糞を落とした。そこで王妃は、「なんて汚いんでしょう。なんて汚くて不潔な鳩なんでしょう」と言った。王様が鳩を撫でていると、鳩の頭にピンが刺さっているのを知った、そこで、「頭にピンが刺さっている。抜いてやろう」と言うと、王妃は、「駄目です。抜いてはいけません。なんて汚らしいのでしょう。血がかかりますよ」と言って反対した。

しかし王様は聞き入れず、ピンを抜き取った。すぐに鳩は美しい乙女に変身した。そしてどのようにしてこうなったのかをすべて話した。こうして王様と乙女は結婚した。そしてジプシーの偽の王妃は焼き殺され、その灰は風に飛ばされた。(22)


話が比較的良くまとまっていて短いスペインの昔話「三つのオレンジ」を今回は参照した。

「三つのオレンジ（シトロン）」は「偽の花嫁」系統の昔話のひとつでヨーロッパからアジアまで広く分布しており、

類話を分析するとだいたい以下のような展開であることが多い。

ア、ある男（多くは王子といった身分の高い者）が花嫁を探して旅をする。
イ、柑橘類を見つけ、そこから美しい乙女が生まれる。男はその乙女を妻とすることにする。
ウ、男は娘を木に残して出かける。男が留守の時、外敵が現れ乙女は殺害される。
エ、殺された乙女は鳥に変る。外敵が乙女と入れ替わって嫁に行く。
オ、乙女が変じた鳥の知らせにより真相が判明する。外敵は殺害される。
カ、乙女は鳥の姿から人間の姿に復活する。男と幸せな結婚を迎える。

「瓜子姫」、とくに東北の一部に多く伝わる「木への連れ出し・「死亡型」」（この型についての詳細は後の節で行う）と比較すると以下のような共通点が見られる。なお、記号は「三つのオレンジ」概要の記号と対応している。

イ、果物から乙女が誕生する。
ウ、乙女が木で外敵によって殺害される。
エ、外敵が乙女と入れ替わり嫁に行こうとする。
オ、鳥によって真相が暴露され、外敵は罰を受ける。

「瓜子姫」にはアの男性が結婚相手を探しに行く展開がないこと、逆に姫が家から連れ出される展開があることは異なるが、果物からの誕生、木での外敵とのやり取り、鳥の知らせなど細かい要素まで非常によく似ている。関はこの「三つのオレンジ（シトロン）」から乙女の復活という要素をはずせば、ほぼ「木への連れ出し・「死亡型」」になることから、「死亡型」は「三つのオレンジ（シトロン）」が日本へ伝播する過程で復活の要素が抜け落ちたものであるとしている。ちなみに、剣持弘子の説は先にあげたように『瓜姫物語』起源であるが『瓜姫物語』以前に原初「瓜子姫」とでも言うべき昔話があったことを認めている。その原初「瓜子姫」はおそらく「三つのオレンジ（シトロン）」が元になったものであるとして関の説を支持している。(23)

このように非常に共通点の多い「三つのオレンジ（シトロン）」ではあるが、稲田浩二は日本と文化交流のあった地域にはこの昔話が採話されていないことを指摘し、「瓜子姫」の起源となった海外説話は別のものであるとしている。「三つのオレンジ（シトロン）」系統の昔話は日本の周辺で見るとチベットの「ミカン姫」、ミャンマーの「糸瓜から生まれた女」などが確認できるがこの地域は日本との直接の文化交流を確認することは難しいとしている。(24)稲田は同じ「偽の花嫁」系統の昔話で日本との交流が深かった琉球やアイヌに伝わる「姉と妹」の型を「瓜子姫」の原型と考える方が適切であるとした。(25)「姉と妹」の例話をあげる。

昔、お婆さんとお爺さんと、ある所におったそうだ。お婆さんは山に薪を取りに行ったそうだ。そして薪をたくさん取って、縛って自分の頭に載せることができないので、薪の側に泣いておったそうだ。そうしたところ按司さま（地方領主）がそこを通った。「なぜ泣いておるか、婆さん」と尋ねたら、
「わたしは薪をたくさん取って、自分一人で頭の上に載せることができないので、泣いている」
と言うたから、

「ああ、泣くな。私が手伝います」と言うと、按司と二人で頭にあげたそうだ。その時に、「あなたの孫娘一人、私の嫁としてください」と言って。

「はい」と言うて約束したそうだ。

そして家に帰って、貧乏者が、按司さまの嫁になんてどうしても行くとは言わないだろうと、自分でも思いながら、長女が来たので、長女に、

「今さっき、わたしが薪をたくさん取って、頭に上げられないでいる時、ある按司さまがいらっしゃって、頭にあげて、『あんたの孫娘一人を嫁にくれ』って言ったから、『くれる』と約束してある」

と言ったそうだ。長女に。言ったところが、

「おれら貧乏者が、按司さまの家になんて。自分は行かない」と言って。そしたから、ますますお婆ちゃんは泣いたそうだ。泣いておるうちに次女が来て、

「なぜ泣いておるか、お婆ちゃん」と尋ねたら、

「こうでこうで」と、長女に言ったように言うたそうだ。そう言ったところが、次女は、「心配するな。自分が行く」と言ったそうだ。

そして、とうとう按司さまの家に行って。按司さまと言ったら着物もいいし、簪も金の簪さすから、行って見て、長女は非常に憤慨したそうだ。なんとかして自分が按司の妻になれないかと思って、「今日は天気もいいから、婆ちゃん爺ちゃん、見に行こう」と言って、次女を按司さまの家より連れて来て。連れて来たところが、

「お婆ちゃんとお爺ちゃんと井戸を掘るために、ズーッと下に井戸を掘って、下におるから、あんた降りられる所まで行って、お婆ちゃんお爺ちゃんと大声で呼びなさい。そしたら応えるから」と言って、「そのままでは、

あんた降りられない、着物を脱げ」と。脱いだそうだ。そして着物は脱いで、簪も抜いて、姉さんに渡したところが、姉さんは妹を井戸の底に落としてしまって、妹は亡くなったそうだ。

そしたところが、妹の着物を着、簪をさして、自分が妹の替りに按司の家へ行ったそうだ。その時、按司は旅に行ってて、帰る途中、舟の中に、どこからかりっぱな、きれいな鳥が来て、おもしろく鳴いたそうだ。そしたところが、按司は、

「この鳥はきれいだから、自分が掴えて、家に持って飼う」ということで、持って帰り、家で養っておるうちに、反物をこしらえようとして、麻苧を足で掻きあざしたり（掻き乱したり）して、どうもならんから、「この鳥は悪いから殺して食べよう」と嫁が言ったそうだ。

「そうしなさい」と言って、殺して肉は食べて、骨は屋敷に埋めてあったそうだ。そうしたところが、その埋めてある所から、松の木がすうっと上まで伸びて、三年間で、もう大木になったから、これを切ってきて、織物の機を作ったそうだ。そうしたところが、この機では少しもきれいな反物ができないから、割って、火に燃やしたそうだ。そうしておるうちに隣から、お婆ちゃんが火借りに、火もらいに来たから、

「今日は木の薪、火がたくさんあるから、たくさん持っておいでなさい」と言うてね、たくさん、家まで持って来るうちに、金になったそうだ。お婆ちゃん〝ああ、これはとてもいい〟と思って、人にも知らせず、箪笥に入れておいたそうだ。そうしたところが、箪笥の中で機をチャンチャンチャンと織る音がするそうだ。〝なにかねえ、妙なもんだな〟と思って、箪笥を開けたところが、きれいな娘が、機をたくさん織ってたそうだ。そして親子のように、お婆ちゃんが可愛いがる。娘はお婆ちゃんにとってもいいようにやったそうだ。

ある日のこと、その娘が、

「今日はねえ、お婆ちゃん、りっぱなおいしいご馳走作るから、按司加那志を案内しておいでなさい」

「それはいいことですねえ」と言って、お婆ちゃんは按司さまを家に案内して来たそうだ。そうしたところが、ご飯は、米は半分煮て、お汁は何かの葉っぱを取って来て、お汁も何も食えないようにして炊いて、按司さまがいらっしゃったから、早速、それをお膳に出したそうだよ。そうしたところが、按司さまは、

「このご飯はおいしくないねえ」と、こう言われるそうだ。そうしたところが、

「自分の妻をだれと分からない人が、ご飯をおいしいとか、おいしくないとか言うようなこと分かるか」とこう言ったそうだ。按司さまは“これは妙なもんですねえ”と思って、娘といっしょに家へ帰ったそうだ。帰ったところが、自分の姉さんは、按司の妻としてちゃんとおったらしい。けれども、妹が来ているから按司さまも事情がわかり、

「お前は、自分の妻ではない」とこう言ったから、長女は雨だれの虫（やすで）になって、足がたあーくさん生えて、這うて逃げたそうだよ。妹は二回目のお嫁として、また按司さまのお嫁として、幸福に世の中を暮らしたということだ。(26)（沖縄県）

乙女と外敵の入れ替わりなど、先の「三つのオレンジ（シトロン）」と共通する要素もあるが、以下の相違をおもなものとしてあげることができる。

・乙女が果物から誕生する展開がない。
・外敵は実の姉である。

この相違はそのまま「瓜子姫」との相違ともなる。そのため、伝播の問題などは「三つのオレンジ（シトロン）」よりも説明しやすいものの、要素の類似点などは「三つのオレンジ（シトロン）」よりも遠くなっていると言える。

関は「偽の花嫁」系は誕生から結婚までの女性の人生の縮図であるとしている。とくに古代の女性の人生で最も重大事であり、おとなになるための境界でもあった結婚に焦点を当て、外敵による妨害は「困難をのりこえることによって幸せに至る」通過儀礼を語る要素であるとしている。そして、「瓜子姫」もその流れをくんでおり、「女性の人生」を語る昔話であると論じている。瓜子姫の機織という要素は嫁入りのための準備として見ることができ、大変重要な要素であるとしている。

このように「女性の人生の縮図」「通過儀礼」の考え方で「瓜子姫」を見ると幸福な婚姻へとつながる「生存型」のほうが本来の型であるように見える。しかし、関・稲田両人とも「死亡型」の方が要素としては古く日本列島に最初に広まった「瓜子姫」は「死亡型」であるとしている。これでは最後「幸福な婚姻」という型にならないのであるが、それに関しては「「死亡型」は復活の要素が抜け落ちたものである」としている。

つまり、「死亡型」は「偽の花嫁」系の昔話で最も重要な「最後に幸せになる」要素が抜け落ちた不完全な型であるということになる。その不完全の故にやがて昔話の法則に従って幸せな結末を迎える「生存型」へと変化していったとしている。

まとめると、日本列島だけで見ると、「瓜子姫」は「死亡型」が本来の型であるが、世界に目を向けると後に変化した「生存型」の方が本来の型に近づいているということである。この論理で考えると、なぜ「死亡型」が存在するのかということを無理なく説明できる。

以上のように「偽の花嫁」起源説は説明に無理がなく、また世界の昔話と比較するという客観的な分析も行っており、非常に有力な説のひとつにとして考慮するに値すると思われる。

しかし、「偽の花嫁」起源説にはいくつかの問題が存在する。

まず、復活が抜け落ちた要素であると仮定すると、なぜ、このように重要な要素が抜け落ちたのか、ということに関しての説明ができないという問題がある。また、本来「瓜子姫」に復活の要素があったのであれば、いくつか復活の要素を有する類話が残っていてもおかしくはない。だが、いままで確認した限りでは明確な「復活」の要素を有する類話は存在しない。

次に、伝播の関連において、先のように要素分析した結果、「姉と妹」は「三つのオレンジ（シトロン）」に比べて「瓜子姫」と通じる要素が少ないということが確認できた。とくに、「果物からの誕生」「木での外敵とのやりとり」といった「瓜子姫」に特徴的な要素がない。一方、「三つのオレンジ（シトロン）」は共通する要素が多いが日本と交流の深かった地域には見られない。このように、両者には「瓜子姫」のもととなったと考えるには決め手に欠けると思われる。

また、果たして「瓜子姫」の主題が「通過儀礼」であるのかという点にも以下の理由により疑問が残る。

・「瓜子姫に嫁入り話がある」という要素は地方によってはほとんど語られない。
・嫁入りがあるばあいでも物語の後半で突然なんの前触れもなく嫁入り話が出てくるなど、とってつけたような要素であることも多い。
・瓜子姫の年齢を「七歳」とするなど当時としても決して結婚適齢期でない女性として語るものも存在する。

全体的に見て、「嫁入り」という要素にはそれほど比重が置かれていないとも言える。また、「偽の花嫁」系統の説話では、夫となる男性が乙女を助けたり外敵を退治したりするなどの活躍をすることが多いが「瓜子姫」で男性がそういった活躍をすることはほとんどない。これらより、「女性の一生」「通過儀礼」という要素は「瓜子姫」の主題とまでは言い切れないのではないかと疑問を持つ。

「偽の花嫁」起源説は矛盾が少ない起源説であり、「瓜子姫」に「偽の花嫁」の要素が含まれていると見ることは問題ないと思われる。しかし、「瓜子姫」の起源とまで言い切るのは難しいのではないだろうか。そのため、「ハイヌヴェレ神話」起源説を検証し、比較検討することとしたい。

§「ハイヌヴェレ神話」起源説

「ハイヌヴェレ神話」は現在のインドネシア、セラム島のウェマーレ族に伝わる神話である。

ドイツの民族学者イェンゼンが採取して紹介した。イェンゼンの調査により、似た構造を持つ説話が環太平洋を中心に広く分布することが確認され、同系統の説話の代表的なものとして扱われる。農作物の起源を語る内容であることが多く、農耕文化と人身御供の関係が背景にあるとされている。イェンゼンの著書は日本では大林太良らによって『殺された女神』(27)として著書が翻訳され、紹介された。まずは、この神話がどのような話であるのか引用する。本文は『殺された女神』より引用した。なお、「ハイヌヴェレ神話」と表記したものはこのウェマーレ族の神話のみを示し、「ハイヌヴェレ型神話」と表記したものは同一の型をもつ説話全般を示すが、紛らわしいため本論では「ハイヌヴェレ型神話」を示す際には「(型)ハイヌヴェレ」と表記する。

人間たちの九家族がヌヌサク（神話的な人間発生の山）から移り出た時、彼らは西セラムのいくつかの場所で停止し、森の中の二つの比較的大きい場所（アヒオロとワライロン）の中間にある聖地タメネ・シワ（タメネは今なお祭儀舞踏所の名である。シワは九）にやって来た。そのころ人間たちの中にアメタ（暗い、黒い、夜の語義を持つ）という名の男がおり、まだ未婚で子がなかった。アメタはある日犬をつれて狩猟に出た。しばらくして犬は森で猪を嗅ぎつけ、ある池のところまで追跡した。猪は池の水に飛び込んだが、犬は岸に止まっていた。やがて猪はもう泳げなくなって溺死した。その男アメタがようやくその場に到着して死んだ猪をつり上げた。彼は猪の牙にココヤシの実がついているのを発見した。ところで当時地上にはまだココヤシは存在しなかったのである。アメタはヤシの実を彼の家のある台の上に置いた。彼はそれとサロング・パトラ（パトラは蛇の一種で、この名は蛇模様のある布を意味する）で覆った。その後彼は家の中に入って眠り、夢を見た。ある男が彼を訪れてこう言った。「おまえがあの台の上でサロングをかぶせたヤシの実を地中に植えなさい。それというのももう芽が出ているから。」そこでアメタは翌朝ヤシの実をとって植えた。三日後ヤシはもう高く成長した。更に三日後には開花した。彼は木に攀じ登り、花を切り取って飲物をそれからこしらえようとした。その作業の最中に彼は指を切ってしまい、血がヤシの花にしたたった。彼は家に帰って包帯した。三日後彼が戻ってみると、ヤシの葉にしたたった血が花の小液と混合し、そこから一人の人間が生じていた。人間の顔はすでに形をととのえていた。三日後彼が戻った時、人間の胴体も出来上がっており、更に三日後やって来たときには血滴から小さい少女が生まれていた。その夜彼の夢に同じ男が現れていった、「サロング・パトラを手にとってヤシの木の少女を丁寧にそれに包み、家に持って帰りなさい。」

翌朝彼はサロング・パトラを携えてヤシの木のもとに行き、攀じ登って少女を注意深く包んだ。そして、彼は地上に降り、少女を家につれて帰った。彼は少女をハイヌヴェレ（つまりココヤシの枝）と名づけた。

彼女は大変急速に成長し、すでに三日後には結婚可能な娘（ムルア）になっていた。ところが彼女は普通の人間ではなかった。彼女が用便すると、その排泄物は中国製皿や銅鑼のような貴重品なのであった、彼女の父アメタは非常な金持ちとなった。

そのころタメネ・シワでは盛大なマロ舞踏が挙行され、九夜続いた。九家族の人々がこれに参加した。彼らは舞踏に際して大きい九重の螺旋形を成した。（人々が夜マロ舞踏をする場合、中央に女たちは座る。彼女たちは踊らず、舞踏する男たちにシリーの葉とピナングの実を手渡し、男たちはそれを噛む。）この大舞踏で、少女ハイヌヴェレは中央に立ち、踊り手にシリーとピナングを手渡した。夜が白むと舞踏は終り、人々は帰って眠った。第二夜の夕方彼らは別の広場に集まった。というのは、マロ舞踏が九夜続けて行われる場合、毎回場所を変えて行わなければならないからである。ハイヌヴェレは再びシリーとピナングを手渡すべく広場の中央に位置した。だが踊り手がシリーをくれというと、彼女はシリーの代りに珊瑚を与えた。人々はみなその珊瑚がとても美しいと思った。踊り手も見物人も彼女に殺到し、シリーとピナグを求め、そして誰もが珊瑚をもらった。このようにして舞踏は人間たちが家に寝に帰る夜明けまで続いた。次の夜、舞踏は再び他の広場で行われ、ハイヌヴェレはシリーとピナングを与えるべく中央に立った。だが今夜は、彼女は美しい中国製磁器皿（いわゆるハナ）を渡し、居合わせた誰もがこのような皿一個をもらった。第四夜には、彼女はいっそう大型の中国製磁器皿（いわゆるキナ・バトゥ）を与えた。第五夜に彼女は山刀を、第六夜には美しく加工した銅製シリー箱を、第七夜には黄金製耳輪を、第八夜には美しい銅鑼を与えた。こうしてハイヌヴェレが踊り手に与える物品の価値は夜毎に増大し、事態は人々に無気味なものとなった。彼らは集合して相談し合った。彼らはハイヌヴェレがこのような富を与えることができるのを嫉妬し、彼女を殺すことに決めたのである。

大マロ舞踏の第九夜、ハイヌヴェレはシリーを与えようと再び広場の中央に立った。だが男たちは広場に深い穴を掘った。踊り手たちが形成する九重の螺旋の中心の環にその夜レシエラ家族が踊っていた。舞踏がゆっくり螺旋状に旋回する中で、彼らは少女ハイヌヴェレを穴の方へ押しつめ、その中へ投げこんだ。喧しい（三声部の）マロ唱歌が少女の叫び声をかき消した。人々は彼女に土をかぶせ、踊り手たちは舞踏のステップを踏みながら穴の上の土を固めた。夜明けにマロ舞踏は終わり、人々は家に帰った。マロ舞踏が終わってもハイヌヴェレが家に帰らないので、父のアメタは彼女が殺されたことを知った。彼はウリ竿（灌木状の植物。その木を託宣に用いる）九本を取り、これで家にマロ舞踏者の九円環を建てた。これで彼はハイヌヴェレがマロ広場で殺されたことを知った。そこで彼はココヤシの葉脈九本を携えて舞踏広場に赴いた。彼は九本の葉脈をつぎつぎに地中に刺した。九本目の葉脈で彼はマロ舞踏者の一番内側の円環に突き当たり、葉脈を抜き取ってみると、ハイヌヴェレの頭髪と血が付着していた。そこで彼は彼女の死体を掘り出し、それを細かく切断した。この身体の個々の部分を彼は舞踏広場の一帯のあちこちに埋葬した。ただ両腕だけは埋めず、ムルア・サテネのところへ持って行った。これはあの人間の創造に際して未熟なバナナから生れ、当時まだ人間たちを支配していた女性である。だが埋められたハイヌヴェレの身体諸部分は、当時まだ地上にはなかった諸物に変貌した――とりわけ芋に変貌したのであって、以後人類は主としてこの芋により生活しているのである。

アメタは人間を呪い、ムルア・サテネは殺害を犯した人間たちに立腹した。彼女はタメネ・シワのある広場に大きな門を建てた。門は、ちょうど人間たちがマロ舞踏の際とる並び方のように九重の螺旋から成っていた。ムルア・サテネ自身は門の片側の大きな木の幹に座り、両手にハイヌヴェレの切断された両腕を握っていた。次いで彼女は全人間を門の反対側に集めて告げた。「おまえたちが殺害を犯したので、わたしはもうここでくらしたくない。わたしは今日おまえたちのもとから立去る。今おまえたちはみなこの門を通ってわたしのもとに来なければならない。門を通過したものは人間のままでいられるが、通れなかったものは別の姿になるだろう。」さて人間たちは全員螺旋門を通ると試みたが、全員が通れたわけではなかった。門を通過してムルア・サテネのもとに行きつけなかったものは、この時動物か精霊になった。こうして、地上に棲息する豚、鹿、鳥類、魚類、そして多くの精霊が生じた。以前はそれらは人間だったのであるが、彼らは向うにムルア・サテネが待つ門を通れなかったのだ。しかし通過できた人間たちはムルア・サテネのもと行き着いた。あるものは彼女の座る木の幹の右側を、あるものは左側を通過した。だが彼女は通り過ぎる人間の各々をハイヌヴェレの腕で撲った。彼女の左側を通ったものは五本の竹を飛び越えねばならなかった。これらの人間たちからパタリマ、すなわち後の人々からパタシワ、すなわち九の人々が発生した。

だが、サテネは人間たちに言った、「わたしは今日のうちにおまえたちのもとから立去る。おまえたちは地上でわたしの姿を見ることはもうないだろう。おまえたちが死んだあとでようやくわたしと再会するだろう。だがその場合でも、おまえたちはわたしのもとに来るまで難儀な旅を経なければならない。」このときムルア・サテネは地上から姿を消し、以来西セラムの南方の死の山サラフアにニトゥ（精霊）となって住んでいる。彼女のもとに行きたいものは、まず死なねばならない。サラフアへの道は八つの山を越え、その各々に別の八つのニトゥ精霊が住んでいる。この時より地上に人間のほかに動物と精霊が存在するようになった。この時以来人間はパタシワとパタリマに分れた。

「(型)ハイヌヴェレ」として分類される説話は全ての要素が「ハイヌヴェレ神話」と同一というわけではないが、以下の要素はほぼ共通している。

・富を生み出す力を持つ乙女(まれに男性)がいる。
・乙女は殺害される(大抵は異性の手による)。
・乙女の死体から人間に有用な作物が誕生する。

猪野は代表的な「(型)ハイヌヴェレ」である「ハイヌヴェレ神話」と「瓜子姫」を比較すると、以下のような共通点が指摘できることを指摘している。

・誕生と水
乙女が誕生する果実が水に関係する。「瓜子姫」では畑で採れる瓜から姫が誕生する要素も存在するが、そもそも瓜は水分が多いこともあり水とは関係の深い作物である。(28)

・入れ物の要素
「瓜子姫」では、瓜を戸棚や箱に入れておくという要素が挿入されるばあいがある。ハイヌヴェレが生まれるヤシの実を布に包む展開と通じる。

・富を生み出す能力

ハイヌヴェレは体から陶磁器を出すが、これは富の象徴であると考えられる。ハイヌヴェレは富を無限に出す能力を持っている。「瓜子姫」では姫が「管が無い、さいがない」と歌いながら機を織る要素が存在する。これは、無の状態から無限に布（富）を出すことができることを暗示しているという意見もある。

・有用作物への転生

「乙女の死体から有用植物が生まれる」要素は、現在「瓜子姫」ではまれに姫が胡瓜や瓢箪に変化する話があるものの極めて数は少ない。だが、猪野は「殺害された外敵の血がソバやキビの根を赤く染める」という全国的に広く分布している要素がそのなごりであるとしている。

猪野は「瓜子姫」の本来の型は「死亡型」としている。その後昔話の法則に引かれる形で「生存型」が誕生し、本来の「死亡型」を追いやる形で広まっていった、ということになる。

この説を前節でとりあげた「偽の花嫁」起源説とくらべると、「偽の花嫁起源説」では説明の難しい要素の説明が可能となる。

「なぜ、復活の要素が抜け落ちたのか」「なぜ、復活の要素がのこっている類話がないのか」といった疑問に関して。これは、「死亡型」が本来のものであればもともと復活の要素は存在しなかったため、現在要素がのこっていないのは当然だということになる。

次に、「瓜子姫」に嫁入りの要素が強くないという疑問も、本来「嫁入り」という要素は存在せず、話が変化するにしたがって後に挿入されたものであると考えれば問題がない。もっとも「ハイヌヴェレ神話」のアメタは養父であるとともに配偶者としての意味もあったと考えることはできるが、おそらくその役割は老夫婦、とくに爺のほうが担っていたと考えたほうが説明しやすいと思われる。「瓜子姫」の婿とアメタは異なるものであると考えるべきである。

次に伝播に関して。古代の日本列島が南方の地域と関係があったであろうことはさまざまな方面から指摘されている。とくに、日本神話は南方神話とのかかわりが深いことが大林太良や吉田敦彦の研究によって論じられているが、『古事記』のオオゲツヒメ、『日本書紀』の保食神の源流は「（型）ハイヌヴェレ」である可能性が論じられている。[29]かなり古い時代に「（型）ハイヌヴェレ」は日本列島に上陸していたと見ることができる。

以上のことより、「ハイヌヴェレ神話起源説」は非常に信憑性のある起源説であると思われる。

しかし、「ハイヌヴェレ神話起源説」にも問題はある。

そもそも、猪野は「ハイヌヴェレ神話」が「瓜子姫」のもととなったものとして論を組み立てているが、日本列島に「ハイヌヴェレ神話」が伝播したという確実な証拠はない。「（型）ハイヌヴェレ」がもととなったと考えられる説話は多いが、「ハイヌヴェレ神話」には、「植物からの誕生」など他の「（型）ハイヌヴェレ」には見られないような要素も多く含まれる。神話などに見られる「（型）ハイヌヴェレ」に通じると見られるものにはそのような要素は含まれておらず、日本列島に「（型）ハイヌヴェレ」が伝播していたことは確実だとしても、即ち「ハイヌヴェレ神話」であると断言することは難しいのではないだろうか。また「ハイヌヴェレ神話」では「人間の寿命の始まり」を語るという側面が強い。しかし、「瓜子姫」ではこの要素は希薄である。昔話では本来重要な要素が抜け落ちることは珍しくないが、ただ単に抜け落ちただけですませてしまっていいのかという疑問は残る。

もっとも、「瓜子姫」において「血で染まる植物」「乙女の死」「イモ」など「（型）ハイヌヴェレ」の主要な要素が多く含まれる。そのため、「ハイヌヴェレ神話」とはまた別の「（型）ハイヌヴェレ」の影響を受けた可能性は十分考えられる。そのため、「ハイヌヴェレ神話起源説」は正確には「ハイヌヴェレ型神話起源説」とすべきものであると考える（便宜上、「（型）ハイヌヴェレ起源説」とする）。

だが、そうだとしても問題点は多い。

第一に、「植物からの誕生」「外敵との入れ替わり」などの要素が多くの「（型）ハイヌヴェレ」に見られない（植物からの誕生は「ハイヌヴェレ神話」には含まれている）。なぜこれらの要素が「瓜子姫」に存在するのかといった問題が浮上することとなる。

第二に「（型）ハイヌヴェレ」が起源であれば、「瓜子姫」は殺される女神であるということになる。しかし、現在の「瓜子姫」で血の要素がある類話では植物を染めるのは外敵の血であることがほとんどである。姫の血で染まる要素や姫の体が植物に転化する要素はそれほど多くはない。これを「（型）ハイヌヴェレ」のなごりであると言い切ってしまっていいのか、というのは問題である。また、東北の東側（おもに岩手県）の類話には血の要素そのものがほとんど見られず「（型）ハイヌヴェレ」とのかかわりが指摘できるかどうかは疑問である。

第三に「ハイヌヴェレ神話」の類話では、女神を殺害するのはおもに男性である。しかし、「瓜子姫」で外敵となるのはアマノジャクや山姥などであり、これらは女性の要素を強く持つ妖怪である。

ただ第二・第三の疑問はアマノジャクという存在を突き詰めればある程度説明は可能であると考える。詳しくは後の章で述べることとする。

以上のように「偽の花嫁」も「(型) ハイヌヴェレ」も「瓜子姫」の起源と断定するには問題が残る。しかし、「偽の花嫁」は外敵との入れ替わりなど、「(型) ハイヌヴェレ」では乙女の殺害・血で染まる植物など、それぞれの説話における重要な要素が「瓜子姫」を構成するにあたって特徴的な要素に通じていることは確認できた。

これらの説話が「瓜子姫」の成立に影響を与えたということは間違いないものと考える。

§その他の海外説話

次に、「(型) ハイヌヴェレ」「偽の花嫁」以外で「瓜子姫」の起源に影響を与えたと考えられる海外説話を検証してみる。それは、「瓜子姫」を構成する要素で重要と思われる「瓜からの誕生」について関わる説話である。「偽の花嫁」も「(型) ハイヌヴェレ」も植物からの誕生という要素を含む類話が存在するものの、それが日本列島へ伝播したという証拠はなく、また「瓜」という作物とは直接結びつかない。そのため「瓜」という植物が「瓜子姫」の要素に組み込まれるためには、他の要素の影響があった可能性を指摘できる。海外説話を紹介する前に、まず「瓜からの誕生」の要素について検証を試みる。

過去の研究では柳田国男が『桃太郎の誕生』で瓜であることに以下のような理由を想定している。

「①」瓜は中空であり、中になにかが入っているという想像がしやすかった。

「②」柳田は姫が生まれる瓜は川を流れてくるものが本来の型であり、川や海は異界とつながっており、うつぼ舟に乗って高貴なるものが流れてくるという思想が根底にあると柳田は見ていた。中空の瓜はうつぼ舟であり瓜は水に浮く果実であるため川を流れてくるという想像がしやすかった。

「③」瓜は霊的な力があると信じられていた。

これら柳田の説は、ある程度的を射たものではないかと考える。これらに南方神話をからめて掘り下げることにより瓜であることの、さらに言えば瓜でなくてはならない理由が説明できると考える。

まずは「①」の中空であるとことに関して。これは、卵から英雄が生まれることを説く「卵生神話」と人間が植物を選んだために繁栄と引き換えに永遠の生命を失ったことを説く「バナナタイプ」の複合が考えられる。「ハイヌヴェレ神話」では椰子の実から少女が生える型であり日本にも数は少ないが瓜の蔓に少女が「生える」型が存在する。しかし現在の「瓜子姫」は「瓜の中」から誕生する型が大半である。おそらく、ここには「卵生型」の説話の影響があるのではないかと考える。卵から人間が生まれるという説話は日本にはもちろん、朝鮮半島や台湾などの周辺諸国にも数多く存在する。三品彰英はもともと卵生型も南方の説話であり、それが北方へと伝わったものと想定している。さらに植物から人間が誕生するという要素も、卵生型の変形ではないかと述べている。[30] この論はあくまでも推測という形であるが、植物から人間が誕生する「バナナタイプ」は南方に豊富であり、接触があったことは十分想定できる。植物からの誕生と卵生型がある段階で結びついたと考えることは決して突飛な発想ではない。瓜は中空であること、および形が紡錘形であることから卵を連想しやすかったものと考えられる。

次に「②」に関して。瓜は水分が豊富であることから水の神の象徴とされることが多い。例えば「天人女房」で割った瓜から水が流れ出すという要素が存在するが、瓜と水のかかわりを示すものであると考えられる。「ハイヌヴェレ神話」でも椰子の実が水に浮いている他、南方の死と再生の神話では水が重要な役割を果たすことが多い。[31] もともと農業とかかわりの深い説話であれば水が重要な要素となるのは当然であるとも言えるが、これらのことから瓜子姫は大地に豊穣をもたらす水の女神としての性格をもっていたのではないかと考えられる。古代日本の灌漑は井戸よりも川が主流であったはずであり、水の恩恵はすなわち川の恩恵であったと考えていたと見るのが妥当である。そのため、「川を流れてきた瓜から姫が生まれた」という要素は本来のものか、そうでなくとも非常に早い段階で成立した要素である可能性を指摘できる。

次に、「川が異界とつながっている」という指摘に関して。昔話などでも川と異界のつながりを連想させるものは多く、川の先がこの世ではない場所とつながっているという思想があったことは間違いないと思われる。しかし、それが果たして「瓜子姫」と結びつけるのが可能なのかという疑問が残る。

それに関しては「瓜子姫」に存在する別の要素から異界とのつながりに信憑性があることを確認できると思われる。「瓜子姫」には鳥が真相を暴露するという要素が多いが、これは本来殺害された姫が転生した姿と見るのが妥当である。日本では古くから鳥を神聖なものとして見る思想があり、鳥の声は神の声として見られていた(32)。日本の昔話には「小鳥前生譚」と呼ばれる人間が鳥に変身する型の話は多い。それらの多くは例えば「ホトトギスの兄弟」でホトトギスの鳴き声を「オトトコイシ＝弟恋しい」とするなど鳥の鳴き声を人の言葉に見立てたものは多いが、これは神の声であったものが人の声に置き換わったものであると考えられる。このように見ると鳥というのは神の使いであり、空を飛んで神々の世界と行き来をしていた存在として認識されていたのではないかと推測できる。そうすると、姫は鳥に転生することによって神の世界である異界へ行くことが可能となったとすべきなのである。これと「異界とつながる川を流れてきた瓜」という要素をつなぎ合わせれば「異界からの来訪者が役目を終えて帰って行く」という形となることが確認できる。瓜子姫には異界とのつながりが強く意識されていたと見るべきなのである。なお、これらの

「瓜が川を流れて来る要素」「鳥が真相を告げる要素」に関しては後の章でさらに詳しく考察する。

このように、瓜は水の象徴であり、異界から姫を運んできたうつぼ舟であるという見方は説得力をもつものであると考える。さらに言えば、「卵生神話」では卵が海を流れてくるという型のものも多い。このことも、異界から流れてくるという要素が「瓜子姫」にとって重要要素であることを示すものであると考えられる。

これらの要素が結合して「瓜からの誕生」という要素が完成したと考えられるが、さらにそれを裏付ける南方神話が存在する。例として現在のミャンマー、ナガ族に伝わる神話をあげる。

大きな洪水がやってきた時、兄妹は丁度木の太鼓を作り上げたところだった。二人はそれに乗り込み、水上を漂った。どのくらいの時がたっただろう。兄が二度目に針で穴をあけて確認すると水は引いていた。二人は辺りを見回したが、何処にいるかも分からず、誰一人、葉っぱ一枚すら見当たらなかった。二人は結婚相手が欲しかったので、北と南に別れて旅立った。しかし、どこにも彼ら二人以外はいなかったのである。

すると、カッコウがこう鳴いた。

「兄妹たちよ、お互いを受け入れなさい。」

彼らはその鳥が二人に結婚しろと言っているのだと思った。そして、兄妹は結婚した。妹は妊娠3年目にヒョウタンを生んだ。毎日畑に通っているとヒョウタンの中から声がする。そこで熱い鉄の杖で刺してみると、その穴から最初にラメット族、次にインド人、そしてカム族、中国人、シャン族、モン族と西洋人が飛び出してきた。(33)

この「洪水の後に、兄妹が結婚。妹は瓜科の植物を産み、そこから人類の祖先が誕生」という型の神話は南方でいくつか見られる。また、「人間が瓜科の植物を生む」という要素を欠く「瓜からの誕生譚」も見られる。これらより以下のことが言える。

・女性が生む瓜は鳥卵の変形であると考えられる＝植物誕生と卵生神話が結びついたものが「瓜からの誕生」要素であることの裏付け。

・洪水神話が背景にあることから、瓜と水との結びつきを連想させる＝洪水神話と「瓜子姫」を比較すると、「瓜が川を流れ下る」というイメージと「洪水であらゆるものが押し流される」というイメージが重なると見ることができる。そう考えると、「うつぼ舟」のイメージと洪水のイメージが複合しているとも考えられる。

その他にも、機織についても海外説話の影響がある可能性も考えられる。「瓜子姫」は「瓜子織姫」などと称されることもあるように、多くの類話で機織をしている。この機織の要素に関してはポリネシアの神話「ヒナの神話」の類似性を指摘できる。ヒナの神話では機織をする女神が昇天するが、これは死を暗示していると見てほぼ間違いはない。また、機織をする女が暴行を受けて殺害されるという要素は、日本神話におけるワカヒルメの死のエピソードがそれに通じるものであると見られ、古い時代にすでに日本へと伝わっていた可能性がある。(34)

「瓜子姫」も機織の女神が暴行によって殺害される話であり、ヒナの神話とは非常に近い形を持つ。「瓜子姫」における機織の要素の源流をこのヒナの神話にあるとすることも可能なのである。またヒナの神話には多くの異伝があり、ヒナは多様な側面を持つ女神であるが、その性格のひとつに農業の始祖神というものがある。女神自身が死ぬかどうかという違いはあるものの、「ハイヌヴェレ神話」同様死体化成の説話であることが確認できる。ヒナは月へ昇天していることより月の女神としての側面を持っていると考えられるが、ハイヌヴェレもまた月の女神としての性格を強く持っている。ハイヌヴェレは「ラビエ・ハイヌヴェレ」と呼ばれることも多い。ラビエというのは月の属性を持つ乙女であり、ラビエとハイヌヴェレは異伝によっては同一のものとされている。満ち欠けをし、農耕の暦と深いかかわりのある月は死と再生、豊穣の象徴であるため、農業の女神である彼女たちが月とかかわりをもつのは至極当然なことなのである。農業と機織はどちらも女性の重要な仕事であったと考えられ、両要素はかなり密接な関係にあったと考えられる。

このように「(型)ハイヌヴェレ」の影響の強い「瓜子姫」がヒナの要素である機織の要素を持っていたとしても全く不思議はないと言える。ただし、機織の要素に関しては、「姫の生死」や「鳥」ほどの類似点があるわけではなく、機織は養蚕と関わるとする説、機織は神事であるとする説もある。機織の要素に関しては、後の章で詳しく検証することにしたい。

以上が、「瓜子姫」と海外説話との比較である。このように「ハイヌヴェレ神話」を基礎とし、「偽の花嫁」をはじめ多くの昔話の要素が結合し、誕生したものであると考えるのが最も妥当であると思われる。関敬吾による「帰化昔話」という言葉を借りれば、帰化しただけではなく様々な要素が結合した、「混血の帰化昔話」と言うことができるのではないだろうか。

なお、一章の1にて室町時代の御伽草子『瓜姫物語』が現在伝わっている「瓜子姫」の大元となっているという説があることを紹介したが、私はこの説に信憑性は薄いと考えるため、ここでは触れない。第二部で『瓜姫物語』を取りあげるさいに検証してみることとしたい。

3．アマノジャクの軌跡

日本にかぎらず昔話は結合や分裂などを繰り返してその型を変化してきたものが多い。おそらく、「瓜子姫」も元から現在の型であったわけではなく、さまざまな変化を遂げて現在の型となったと考えるべきである。

「瓜子姫」の起源のひとつとして想定する「(型)ハイヌヴェレ神話」と「瓜子姫」を比較すると、「殺害と植物への転生（あるいは転生を連想させる要素）」がもっとも重要な共通要素であると思われ、「瓜子姫」でも多くの地域でこの要素が存在している。「死と転生」は農耕に関わる重要な要素であり、「瓜子姫」に変化するうえでもこの重要要素は継承されたと見るべきであり、原初とまではいかなくともかなり早い段階で「瓜子姫」にも含まれていたものと考えられる。

しかし、「瓜子姫」において「死と転生」の要素を司るのは現在では外敵である。「(型)ハイヌヴェレ」では、転生するのは特別な力を持った乙女のはずである。そのため、「(型)ハイヌヴェレ」の影響を受けた「瓜子姫」では、もともと植物を血で染める主は姫だったと考えるべきであり、外敵の血によって染まる要素は後世の変形であると見る。

外敵は「(型)ハイヌヴェレ」や日本神話の類似箇所を見ても、もともとは姫を殺すという役割だけであった可能性が高いと思われる。にもかかわらず、現在の「瓜子姫」では姫の殺害だけでなく、皮を剥ぐなどの残虐行為、姫との入れ替わりを企むなど、姫の死亡後である後半はほぼ主人公といっていいほどの活躍ぶりである。

現在、この昔話のタイトルを「瓜子姫とアマノジャク」など外敵の名と併記することが多いのもそういった理由からであろう。明らかに「(型)ハイヌヴェレ」とは異なる発展をしている。姫と入れ替わるのは「偽の花嫁」系統の影響も考えられるが、それだけでは血で植物を染める要素などは説明ができない。外敵の存在は、「瓜子姫」という昔話が独特の雰囲気を持つ大きな要素である。そのため、これの検証することが「瓜子姫」の発展を考える上で重要である。

現在残っている類話では、姫の外敵となる存在は多様である。「アマノジャク（天の邪鬼）」「山姥」のようないわゆる妖怪の系統。「狼」「狸」といった動物の系統。「隣の家の娘」「村の鼻つまみ者の男」のような人間の系統とさまざまである。しかし、もっとも多いのは妖怪の系統であり、中でもアマノジャクが二番目に多い山姥を大きく引き離している。また、アマノジャクという妖怪は「瓜子姫」以外では本格昔話には登場することはまれである。以上のことより、数ある外敵の中でもアマノジャクは他の外敵とは異なり、「瓜子姫」という昔話と非常にかかわりが深い存在であると考えられる。そのため、アマノジャクを中心として外敵を考察してみることとしたい。なお、アマノジャクは地方によってアマンジャク、メメンジャクなどと多少呼び名が異なるが、ここではアマノジャクで統一することとする。

「瓜子姫」に登場するアマノジャクに関する研究としては柳田国男の研究が代表的なものとしてあげられる。(35)　柳田の意見をまとめてみると以下のようになる。

①アマノジャクの、少なくとも名称は神話のアマノサグメ（天佐具売『古事記』・天探女『日本書紀』）からきている。
②アマノジャクは物事の遂行を妨害する存在である。しかし、必ずその企ては失敗するという運命にある。
③山に住み、ひとの声などの物まねをする。山姥と通じることの多い神怪。

この中でまず注目したいのは①である。①の説は、柳田が始めて提唱したものではない。江戸時代後期の『嬉遊笑覧』に、アマノジャクとアマノサグメの関係に触れており、当時、アマノジャクとアマノサグメはなんらかの関係があると考えられていたと見ることができる(36)。

また、『瓜姫物語』にも、敵役として登場する「あまのさぐめ」は神代から悪さをしてきた存在として語れている(37)。ここでは直接神話のアマノサグメには触れていない。しかし、「神代」という表現があることなどから物語の作者が神話を意識していたと思われる。

このように、アマノジャクの語源がアマノサグメであるということは伝統的な見方であると言える。だが、果たしてこの説にどのくらい信憑性があるのか。アマノサグメが登場するのは『古事記』『日本書紀』のほぼ同じ場面、天孫降臨の前段階、アメノワカヒコの失敗を語る箇所である。また、『風土記』の摂津国逸文にもその名が登場する。

『摂津国風土記逸文』と見られる資料

摂津国風土記曰。難波高津者、天稚彦天降臨之時、属天稚彦而降臨天探女、乗磐舟而至于此。以天磐舟泊故、号高津云々。

（現代語訳）『摂津国風土記』に記述がある。難波の高津はアメノワカヒコが天より降臨する時、アメノワカヒコにつき従ってアマノサグメが降臨し、磐船に乗ってここに到着した。天の磐船を停泊したため、ここを高津というのである(38)。

ここではアメノワカヒコに伴って天から降りてきたことが記述されているのみである。

これらの記述を読むと、果たしてアマノジャクと通じるのかどうかという点に関しては違和感がある。『古事記』の記述では雉を射殺すようにアメノワカヒコをそそのかしたのはアマノサグメである。この点は、姫に戸を開けるようにそそのかしたアマノジャクの描写と重ならないことはない。だが、これだけでは少々理由付けとして弱いと言わざるを得ない。また、『風土記』の記述は単にアメノワカヒコに使えた女性であることがわかるだけである。これらの記述だけでは「瓜子姫」にアマノジャクが結びつく理由はもちろん、アマノジャクとアマノサグメは本当につながりがあるのかどうかということすらもはっきりとしない。柳田が言うような②、③の性格のほか、辞書などをひくと、だいたいアマノジャクは「ひとの言うことに逆らう存在」「いたずらものの妖怪」といったイメージで共通していると考えられる。だが、アマノサグメは、少なくとも現在文献として残されている資料と比較して、これらのイメージとはあまり接点がないように思える。

以上のことより、アマノジャク、とくに「瓜子姫」に登場するものと神話のアメノサグメの関係を直接示す証拠は乏しいように見える。しかし、アメノワカヒコに関する一連の神話を検証すると、興味深いエピソードに遭遇する。対応の箇所を引用する。

（本文）其雉飛降、止於天稚彦門前所植。湯津杜木之杪。時天探女、見、而謂天稚彦曰、奇鳥来居杜杪。天稚彦、乃取高皇産霊尊所賜天鹿児弓・天羽羽矢、射雉斃之。其矢洞達雉胸、而至高皇産霊尊之座前也。時高皇産霊尊、見其矢曰、是矢、則昔我賜天稚彦之矢也。血染其矢。蓋与国神相戦而然歟。於是、取矢還投下之。其矢落下、則中天稚彦之胸上。于時、天稚彦、新嘗休臥之時也。中矢立死。此世人所謂、反矢可畏之縁也。（『日本書紀』第九

段一書・小島憲之ほか校注『新編日本古典文学全集　日本書紀一』（小学館、一九九四年三月）より引用）

（現代語訳）雉は飛んで（地上へ）下り、アメノワカヒコの（屋敷の）門前に植わっている神聖な桂の木の梢にとまった。ちょうどアマノサグメが見つけて、アメノワカヒコに告げて「変わった鳥が来て、カツラの梢にとまっています」と言った。アメノワカヒコはそこでタカミムスヒノミコトから賜ったアマノカコユミとアマノハハヤを取り、雉を射殺した。その矢は、雉の胸を貫通し、タカミムスヒの御前に届いた。そこでタカミムスヒはご覧になって言われた。「この矢は、昔私がアメノワカヒコに授けた矢である。血が矢に染みている。思うに国神と戦ったのであろうか」と。そして、その矢を取って（地上へ）投げ返された。その矢は落下して、そのまま仰向けになっているアメノワカヒコの胸に命中した。その時、アメノワカヒコは新嘗の儀式で仰向けになって寝ているところであった。矢が当たってたちどころに死んだ。これが、世の人のいわゆる「返し矢恐るべし」ということの由縁である。[39]

ここでは返し矢によってアメノワカヒコが死亡する有名なエピソードが語られる。『日本書紀』ではアメノワカヒコが新嘗祭の最中に死亡したことになっている。新嘗祭は作物の豊穣を祈る儀式であるが、その場所でアメノワカヒコが死んだということは、彼の死によって穀物の豊穣が約束されることを暗示していると見ることもできる。[40]このように、アメノワカヒコを穀霊神であると仮定すると、南方神話、とくに「ハイヌヴェレ神話」の系統と同じ型になると考えられる。「ハイヌヴェレ神話」の系統がアメノワカヒコ神話の源流にあるすれば、「瓜子姫」とのつながりが見出せる。しかし、これだけではなぜアマノジャクというアマノサグメを連想させる名前へと変化したのか、といったことがうまく説明できない。この神話での主役はアメノワカヒコであり、穀霊神がアメノワカヒコであるならば、なぜ一脇役にしかすぎないアメノサグメの名が残ったのであろうか。

この疑問をとくためのヒントが、民間に伝わるある昔話に隠されていると考える。その昔話を以下に引用する。

昔々、アマンシャグメというものがいた。そのころは米でも麦でも、大豆でも黍でも、すべての穀物は根元からいっぱい実がついていたのだそうだが、これでは人間がよすぎるといって、アマンシャグメが手ですごいたのだという。まず最初に稲をすごき、つぎに麦をすごいた。そのつぎに大豆をすごきかけたが、莢の際がとがっていて痛いのですごけず、根元を少しすごいただけでやめた。それで大豆だけは今でも、根元近くまで実がつくのだそうだ。そのつぎに黍をすごいたが、葉で指を切って血が流れた。それで今でも黍の茎は赤い。アマンシャグメの指の血がついたのだという。また畑には作物ばかり生えていたけれどもこれでは人間がよすぎていかんといって、天から雑草の種子をまいた。それで畑にも今は雑草がたくさんできることになった。草とりも昔は箒で掃いてとったものであるが、これも人間がよすぎるといってアマンシャグメが、鎌かぎで一本一本抜いてとることにしたということである。また昔は「一生八月常月夜、小菜の汁に米の汁」といって、気候はいつも八月ごろのごとく、夜はまた月夜ばかりだった。食物は小菜の汁に米の飯ばかりの安気さであったが、それでは人間が安楽すぎるといって、寒い冬や暑い夏をつくり、夜も月夜ばかりでなく、闇夜があるようにしたのだそうだ。食物も米の飯はたやすく食えないことになってしまった。また船も、昔はトコバナをたたきさえすれば自由に行ったものだそうだが、それでは人がおごるからといって、樫の棒でこねることになったのだという。そんな次第でアマンシャグメは、人間のために悪いことばかりしたので、神様もたいそう腹を立てられて、虫けらにしてしまわれた。[41]

この昔話は、アマノジャクの血が植物の根を染めるという点において「瓜子姫」と共通することが指摘されている。しかし、ここで注目したいのはここで語られるアマノジャクが「作物を採る」という行為を行っている事である。「ハイヌヴェレ神話」では、ハイヌヴェレの死体を撒きそこから生えたイモを採るアメタを収穫者として見る事が可能であるが、その他、南方の大地母神系でも、収穫者の役割をもつ者も登場する。また、南方神話の影響を受けた日本神話でも、スサノオなどが収穫者の性格をもつ代表者と見ることができる。このように考えると、アメノワカヒコのばあいにも収穫者がいたということになる。その役割をおそらくアマノサグメが担っていたのではないだろうか。『風土記』などでアメノワカヒコとアマノサグメが一緒になって行動するのは単なる主従関係ではなく、死と転生、その収穫、豊穣を与える役目と受ける役目という表裏一体のものをそれぞれ司る存在ではなかったかと考える。そのように仮定すると、先の引用文で描かれる「アマノジャク」は「血で植物を染める」＝「植物への転生・豊穣の約束」、「穀物をしごき採る」＝「収穫・豊穣の享受」という二つの側面を併せ持った存在であるということになる。

このように、もともとのアマノサグメもアメノワカヒコも決して負の存在ではなかった。しかし、アマノジャクは良い存在として描かれることはまずない。現在残る神話のアメノワカヒコは反逆者、アマノサグメはそれをそのかした存在として描かれる。アメノワカヒコがよく書かれない理由に関しては吉井巌が元来あった伝承が日本神話に取り込まれていくにしたがって、力を失った氏族の説話であったアメノワカヒコに反逆者という悪い役目が回ったと論じている。(42) アマノジャクがあまりよく書かれないのも、そういった事情が背景にあるかもしれない。そこから柳田の言う②「必ず失敗する存在」というイメージが生まれた可能性もあると考えられる。

なお、日本神話と昔話「アマノジャク」を比較すると、どちらが先行して存在していたのかということは不明であり、また同時並存していた可能性もある。それぞれに影響があるかは断言できないが源流が同じであることはほぼ間違いないであろう。

しかし、現在残る「瓜子姫」を見ると、それだけではアマノジャクのすべてを説明できていないと思われる。「ひとの言うことに逆らう存在」「いたずらものの妖怪」といった性格は神話とのつながりは弱く、柳田の指摘する③の要素、山の神怪としてのアマノジャクもいままで論じた内容だけでは説明がつかない。おそらくアマノジャクも多くの昔話がそうであるようにさまざまな要素と結合し、多面的な性格をもつに至ったと考えられる。アマノジャクをもっと掘り下げるために、他の面からもアマノジャクを検証してみることが必要である。

ここでまず注目したいのは、柳田の指摘した③、山の神怪とのつながりである。「ひとの言うことに逆らう存在」「いたずらものの妖怪」といったアマノジャクの性格は広く昔話を見ると山に住む神怪の性格であることが多い。「瓜子姫」にも多く登場する山姥などがそれである。かつては山彦のように当時の科学では解明できなかった自然現象を山の神怪の仕業とすることが多々あり、いたずらものの山の神怪という概念が形成されていったと考えられる。現在アマノジャクの性格として認識されているものは元来山の神怪の性格であり、アマノジャクと山の神怪が結合することによってアマノジャクの性格として認識されるように至ったと考えるのが最も適切であると思われる。

では、なぜアマノジャクが山の神怪と結合することとなったのであろうか。これには豊穣と山とのかかわりという面が考えられる。肥後和男は、スサノオは元来山の神としての性格を持っていたとし、農業の神であるスサノオがさまざまな恵みをもたらす山の神であることは矛盾しないと論じている[43]。この論に従えば同じく農業の神であるアメノサグメもしくはアメノワカヒコも山の神としての性格を持っていたと考えることも可能となるのである。五来重は、アマノジャクはもともと山の神であったが信仰を失って山の妖怪に零落した存在であるとしているが[44]、アマノジャクは山の神としての地位を失うとともに山の妖怪としての性格をもつようになったのであろう。

また、アマノジャクを山の妖怪として見ると、アマノジャクには「山の民」としての側面を見ることができると思われる。柳田国男の著作などで山中には古くから里の民とは異なる生活習慣をもった人々が暮らしており、里の民とはある時は良好な関係を持ち、ある時は利害の不一致などにより恐れられたことが記されている。「瓜子姫」には姫を殺害したアマノジャクがその皮を剥いで自らがつけて姫に変装する要素が語られるばあいがある。これは、山の民の主な生業であった狩猟、動物の皮を剥いでそれを衣服として用いる、が元となっているとも考えられる。瓜子姫は元来大地の豊穣を約束する農業の女神であることを考えると、「アマノジャクが姫を殺害する＝山の民が農業を妨害する」「アマノジャクが最終的に倒される＝里の民が山の民に勝利する」という、五来重が指摘したような農耕民と狩猟民の争いという図式になる。(45)

以上のように、現在の「瓜子姫」に見られるアマノジャクは神話のアマノサグメを元にして山の神怪、山の民へ抱く里の民の恐怖といった要素も含んでいることが確認できた。とくにアマノサグメとのかかわりは重要である。アマノジャクはアマノサグメの名称だけでなく、その本来の役割も継承していると思われる。

もともと別の話として発展しながら、同じく「(型)ハイヌヴェレ」の流れを汲む「瓜子姫」とある段階で接触・吸収されと見ることが可能である。そして、原初の型に登場する「姫の殺害者」(即ち収穫者)の役割と、本来姫が持っていた「血で植物を染める」(即ち植物への転生)という役割を担うこととなった。このように、本来姫の役割であった「血の要素」を殺害者であるアマノジャクが引き継ぐことにより、原初の「瓜子姫」にはおそらく存在しなかった「姫の外敵の死」という要素が登場することとなった。「殺害者がその罪によって殺害される」という非常に合理的でわかりやすい型に変化したのではないだろうか。さらに、「血の要素」をアマノジャクが引き受けることにより姫が死ぬ必要はなくなったこととなる。それによって姫が死なない「生存型」が誕生したものと考えられる。このように、アマノジャクが吸収されることによって「瓜子姫」という昔話は大きな変革をとげたのではないだろうか。なお、もともと同じ「(型)ハイヌヴェレ」が根底にありながら、瓜子姫は「死」という要素から離れて、生存し幸せな結婚をする運命へと変化した。一方、アマノジャクは「姫に害をなす悪者」へと零落し、最後は殺害されるという運命となった。負の側面をすべて押し付けられたと見ることもでき、まさに「アマノジャクの悲劇」とも言うべきものと言えるのではないだろうか。

注

(1) 柳田国男『桃太郎の誕生』(三省堂、一九三三年一月)、『柳田國男全集　第六巻』(筑摩書房、一九九八年十月)所収を参照。
(2) 関敬吾「ヨーロッパ昔話の受容」(『日本の説話』第六巻、東京美術、一九七四年)、『関敬吾著作集四　日本昔話の比較研究』(同朋舎、一九八〇年十一月)所収を参照。
(3) 稲田浩二「「瓜姫」系譜考」(『女子大国文』第一一二号、一九九二年十二月)
(4) 猪野史子「瓜子姫の民話と焼畑農耕文化」(『現代のエスプリ臨時増刊号　日本人の原点1』(一九七八年一月)
(5) 猪野史子の論文では「ハイヌウェレ」という表記が用いられている。
(6) 三浦佑之『昔話にみる悪と欲望―継子・少年英雄・隣のじい』(新曜社、一九九二年三月)、『昔話にみる悪と欲望―継子・少年英雄・隣のじい―増補新版』(青土社、二〇一五年十二月)
(7) 三浦佑之「瓜子姫の死」(『東北学』vol.1、一九九一年十月)、『村落伝承論　『遠野物語』から―増補新版』(青土社、二〇一四年七月)に加筆修正のうえ収録。

（8）剣持弘子「「瓜子姫」—伝播と変化に関する一考察」（『昔話の成立と展開』昔話研究 土曜会、一九九一年十月）

（9）『瓜姫物語』（作者不明）は室町時代末期のお伽草子。大島建彦『御伽草子集　日本古典文学全集三六』（小学館、一九七四年九月）を参照。

（10）「耳の文学（一）」『祭日考』（小山書店、一九四六年十二月）、『柳田國男全集　第一六巻』（筑摩書房、一九九一年一月）所収を参照。

（11）柳田国男『昔話と文学』（創元社、一九三八年）、『柳田國男全集　第九巻』（筑摩書房、一九九八年六月）所収を参照。

（12）柳田国男『遠野物語』（聚精堂、一九一〇年六月）、『柳田國男全集　第二巻』（筑摩書房、一九九七年十月）所収を参照。

（13）柳田国男『日本昔話名彙』（NHK出版、一九四八年三月）

（14）関敬吾『日本昔話集成　第二部本格昔話』（角川書店、一九五三年四月）

（15）関敬吾「日本昔話の社会性に関する研究（学位請求論文、一九六一年）、『関敬吾著作集1　昔話の社会性』（同朋舎、一九八〇年十月）所収を参照。

（16）（2）参照。

（17）（1）参照。

（18）（2）参照。

（19）昔話は世界的に見て国や民族が異なっても共通する要素が多い。これを関敬吾は「昔話の法則」としている。（関敬吾『民話』、岩波書店、一九五五年五月）。瓜子姫のように「異常な誕生をした」主人公は困難を乗り越えて「異常なまでの幸福」に至るのが昔話の法則である。とくに主人公が女性である場合、「幸福な婚姻」に至るのが通常であり、殺害されるばあいも、「終盤で復活する」ことがほとんどである。
(20)（4）参照。
(21) 本論では昔話・伝説・神話など口承文芸一般を総称する際の便宜として説話という語を用いる。
(22) アウレリウス・エスピノーサ編・三原幸久編訳『スペイン民話集』（岩波書店、一九八九年十二月）
(23) 剣持弘子「瓜子姫　話型分析及び「三つのオレンジ」との関係」（『口承文藝研究』十一号、一九八八年）
(24)（3）参照。
(25)（24）参照。
(26) 福田晃・岩瀬博・遠藤庄治編『日本の昔話三〇　沖縄の昔話』（日本放送協会、一九八〇年八月）
(27) イェンゼン著・大林太良ほか訳『殺された女神』（弘文堂、一九七七年五月）
(28)（1）参照。
(29) 大林太良『稲作の神話』（弘文堂、一九七三年十月）
(30) 三品彰英『神話と文化史　三品彰英論文集3』（平凡社、一九七一年九月）
(31) 石田英一郎『桃太郎の母』（講談社、一九六六年七月）
(32) 福田晃「昔話の地域性―東西の二種類をめぐって」（『神語り・昔語りの伝承世界』（第一書房、一九九七年二月）
(33) 曽我部一行「兄妹始祖神話再考～生まれ出ずるものを中心として」（『常民文化』三〇号、二〇〇七年三月）
(34) 大林太良『神話の話』（講談社、一九七九年四月）
(35)（1）参照。

（36）喜多村信節『嬉遊笑覧』（一八三〇年）（長谷川強等校訂『嬉遊笑覧四』（岩波書店、二〇〇五年八月）参照。

（37）『瓜姫物語』は室町時代末期のお伽草子。大島建彦『御伽草子集　日本古典文学全集三六』（小学館、一九七四年九月）

（38）釈聖観『神跡名所小橋車』巻上　寛政元年（一七八九年）、植垣節也校注『新編日本古典文学全集　風土記』小学館、一九九七年一月）

（39）『日本書紀』現代語訳は以下の書物を参照にして解釈した。坂本太郎ほか校注『日本古典文學大系　日本書紀』（岩波書店、一九六五年）、宇治谷孟訳『日本書紀』（講談社、一九八八年）、小島憲之ほか校注『新編日本古典文学全集　日本書紀』（小学館、一九九四年）

（40）吉井巌『天皇の系譜と神話三』（塙書房、一九七六年）

（41）「天の邪鬼」『日本昔話大成　第三巻　本格昔話二誕生』（角川書店、一九七八年五月）

（42）（40）参照。

（43）肥後和男『日本神話研究』（河出書房、一九三八年四月）

（44）五来重『鬼むかし』（角川書店、一九八四年十二月）

（45）（44）参照。

第二章　要素別の起源と「瓜子姫」の地域差

昔話は語り手によって要素などが異なり、完全に同じものは存在しない。これは、「瓜子姫」でも同じである。「瓜子姫」は伝わっている範囲が広く、採話例も豊富なため、要素の種類が豊富である。そのため、この章では「瓜子姫」を構成する要素ごとに、その起源および地域による差異を考察する。また、それを踏まえ、「瓜子姫」がどのようにして日本列島へ広まっていったのかということも考察する。

1.「瓜子姫」を構成する要素

まずは、「瓜子姫」を構成する要素を分析する。以下に、「瓜子姫」を構成する要素として主なものとその種類をあげた。

A誕生の要素
　1あり（なんらかの異常誕生の要素がある）
　　①川を流れてくる
　　　a瓜　　　　　　　b瓜以外
　　※川を流れてくるタイプにはａ・ｂともに以下のパターンが見られる。
　　　・箱に入っている

・二つ以上流れてくる
・呼び寄せる唱え言がある
②畑などで採れる
　a瓜
　b瓜以外
2なし（姫が実子として語られる、あるいはとくに姫の来歴に関しては語られない）

B瓜をいったん戸棚などにしまう要素
1あり
2なし

C姫の名
1瓜姫系統　「瓜子姫」「瓜子姫子」「瓜姫子」などを含む、「瓜から生まれた高貴な娘（姫）の意味合いを含むもの。なお、単に「うりこ」などとするものもここに含める
2瓜姫系統以外の姫（織姫、単に姫、など）
3その他

D姫の急成長の要素
1あり
2なし

E芋の要素……「姫の好物は芋」「爺婆が留守にするのは芋ほりのため」など芋に関する要素
1あり
※芋の食い方の描写のあるものもあり
2なし

F機織の要素
1あり
※外敵が機織を真似する要素があるものもあり
2なし

G嫁入りの要素

1あり

①外敵による入れ替わりの前に嫁入りの話がある

②外敵による入れ替わりの後に嫁入りの話が出る

2なし

H外敵の種類

1アマノジャク系統

2アマノジャク系統以外

3外敵が存在しない

I姫の受難

1姫が殺害される型（「死亡型」）

①外に連れ出されて殺される

②その場で殺される

a食い殺される（食い殺される際にバラバラにされるものはあり）

bそれ以外

※なお、「死亡型」には死体や死体の一部を木などに吊るされるものと、殺された後に顔の皮を剥がされるもの、死体を料理されるものが存在する場合もある。

2姫が殺害されない型（「生存型」）

①木に連れ出され縛られる

②家の一角に閉じ込められる

○生存・死亡に関わらず木の要素が登場する場合の木の種類

ア柿の木

イ桃の木

ウ梨の木

エその他

※実を投げられる要素が存在するものもある

3受難なし

J真相の発覚

1鳥の知らせ

①カラス
②カラス以外
2姫自身が真相を知らせる
①鳥の鳴きまねをする
②叫ぶ
③歌を詠む
※なお、姫自身が真相を知らせる型には、偽の姫が外に出る際に「どの道を通るのか」を選択する要素のあるものがある。

3それ以外
K外敵の末路
1殺される
※血の要素（外敵の血がソバアワなどの植物の根を赤く染める要素）があるもの存在する
2逃げおおせる
3それ以外

それ以外の細かい要素の差異も存在するが、全体的に見て重要と思われる要素は以上である。それぞれの要素には、民俗的な由来が存在する可能性が考えられ、起源を考察することにより「瓜子姫」という昔話がどのように誕生したのかということを解明する手掛かりになると考える。また、要素の地域による差異を比較することにより、その地域に伝わる「瓜子姫」の特徴を知ることができる。それにより地域の特色や文化などと「瓜子姫」の結びつきを考察することができるのではないだろうか。また、要素の変遷を見る事により、「瓜子姫」という昔話がどのようにして日本列島へ伝播していったのかということもある程度、推測することが可能になるのではないかと期待する。以上の理由により、「瓜子姫」を構成する主要の要素をそれぞれ見ていくこととする。

なお、類話を調べるのに最も便利な資料は『日本昔話通観』（以後『通観』）である。しかし、『通観』は類話のほとんどを、あらすじのみしか紹介していないため、細かい部分がわからないことが多い。また、「典型話とほぼ同じ」などやや不親切な表記が多いほか、明らかに間違いの記述も存在する。間違いの記述の例は以下のようなものである（傍線は論者による）。

岩手編　瓜子姫―仇討ち型　類話1（1）

……山の大蛇が婆の声をまねて戸を開けさせ爺を飲み、姫に化ける。

（原典）西島憲也『山峡風土記・くづまき界隈』（2）を確認したところ、大蛇に飲まれるのは爺ではなく姫であった。

山形編　瓜姫子―仇討ち型　類話3（3）

裏の畑に瓜を植えると大きな瓜ができる。竹の子汁を石つきも取らずに食べる。

（原典）立石憲利『とうびんさんすけさるまなぐ―山形県南陽市の昔話』（4）を確認したところ、表記は「たけ汁」であり、石突きという表現があることからも竹の子ではなく「茸」（きのこ）のことであると思われる。

以上のような問題があるため、『通観』の記述のみを頼りにするのは危険と考えられる。また、『通観』が参照しなかった資料や『通観』後に編集された資料なども多く存在する。そのため、基本的には原典を確認することとする。原典を見ることができなかった資料に限り、『通観』の記述を参考にし、そのことを明記するものとする。また、この章は表1も参照のこと。

表1　地域別要素一覧（%の分数は全て地域別の総数に対して。0.1%以下は切り捨て）

地域	総数	姫の「誕生」 川の瓜 川の総数	箱の瓜	胡瓜	その他	畑の瓜 畑の総数	胡瓜	その他	誕生の要素なし
津軽	7	2（28%）	1（14%）	0	0	4（57%）	0	0	1（14%）
南部	11	3（27%）	2（18%）	0	0	1（9%）	0	0	6（54%）
岩手	55	34（61%）	0	0	0	6（10%）	1（1%）	1（1%）	15（27%）
秋田	49	25（51%）	7（14%）	1（2%）	4（8%）	5（10%）	1（2%）	0	19（38%）
宮城	7	4（57%）	0	0	0	3（42%）	0	1（14%）	0
山形北	13	5（38%）	2（15%）	3（23%）	0	2（15%）	0	0	6（46%）
山形南	38	8（21%）	1（2%）	0	0	19（50%）	0	0	11（28%）
福島	21	8（38%）	2（9%）	0	1（4%）	7（33%）	1（4%）	0	6（28%）
新潟	27	18（66%）	2（7%）	0	6（22%）	5（18%）	1（3%）	0	4（14%）

		姫の「受難の」							
		死亡型				生存型			
		死亡型総数	その場で殺される	外へ連れ出されて殺される	死体を木に吊るすモチーフ	生存型総数	木に縛られる	家の中に閉じ込められる	その他
津軽	7	2（28%）	1（14%）	1（14%）	0	5（71%）	0	5（71%）	0
南部	11	9（81%）	8（72%）	1（9%）	0	1（9%）	1（9%）	0	1（9%）
岩手	55	50（90%）	46（83%）	4（7%）	1（1%）	4（7%）	3（5%）	1（1%）	0
秋田	49	48（97%）	16（32%）	32（65%）	1（2%）	1（2%）	0	0	1（2%）
宮城	7	6（85%）	5（71%）	1（14%）	0	1（14%）	1（14%）	0	0
山形北	13	11（84%）	4（30%）	7（53%）	2（15%）	2（15%）	1（7%）	0	1（7%）
山形南	38	37（97%）	29（76%）	8（21%）	7（18%）	1（2%）	1（2%）	0	0
福島	21	19（90%）	17（80%）	2（9%）	0	2（9%）	0	2（9%）	0
新潟	27	19（70%）	16（59%）	3（11%）	12（44%）	8（29%）	8（29%）	0	0

地域	総数	姫の「外敵」 外敵の種類 アマノジャク	姫の「外敵」 外敵の種類 その他	外敵の末路 大敵生存・または生死不明	外敵の末路 外敵殺される	血で植物が染まる要素あり	鳥の要素あり	連れ出される際のやりとりあり
津軽	7	6（85％）	1（14％）	2（28％）	5（71％）	0	6（85％）	0
南部	11	10（90％）	1（9％）	8（72％）	3（27％）	1（9％）	5（45％）	1（9％）
岩手	55	28（50％）	27（49％）	31（56％）	24（43％）	1（1％）	27（49％）	0
秋田	49	47（95％）	2（4％）	15（30％）	34（69％）	20（40％）	19（38％）	15（30％）
宮城	7	4（57％）	3（42％）	2（28％）	5（71％）	2（28％）	6（85％）	0
山形北	13	12（92％）	1（7％）	10（76％）	3（23％）	5（38％）	7（53％）	2（15％）
山形南	38	36（94％）	2（5％）	10（26％）	28（73％）	23（60％）	26（68％）	1（2％）
福島	21	20（95％）	1（4％）	10（47％）	11（52％）	9（42％）	16（76％）	0
新潟	27	26（96％）	1（3％）	9（33％）	18（66％）	12（44％）	14（51％）	0

2. 姫の生死

『日本昔話通観』など、姫の生死によって型を分類することが多い。柳田国男や関敬吾なども、姫の生死には大きな関心をよせていた。主人公である姫の生死は、聴き手（あるいは読み手）にとって、「瓜子姫」という昔話の印象を最も左右するものではないかと考える。そのため、第一に姫の生死という要素についての考察を行うこととする。なお、この章でも姫がなんらかの形で命を落とす型を「死亡型」、姫が生きながらえる型を「生存型」とする。

姫の生死の要素の起源に関しては第一章で触れたように、「（型）ハイヌヴェレ」の系統の影響が大きいと考えられる。姫は、死ぬことによって大地を豊穣にする女神としての役割があった。姫は死ぬことに意味があったものと考えられ、人身御供の一種であったと考えられる。姫が死亡する「死亡型」の方が本来の型に近いものであると考えられる。さらに言えば、姫は異界から来た存在であり、殺害されることによって異界へ戻っていくというように見る事ができる。

もともと「死亡型」が存在し、姫の役割を外敵が担うようになって姫が死ぬ必要がなくなるなどの要因があり、「生存型」へと変化していったものと考える。

「死亡型」「生存型」は、東日本に「死亡型」が多く、西日本に「生存型」が多いという事が指摘されていた。採取された類話を分類すると、その指摘はほぼ間違いないという事が確認できる。もちろん例外はあり、東日本にも「生存型」は存在し、西日本にも「死亡型」は存在する。とくに、東日本でも青森県の西部（津軽地方）では「生存型」の割合が比較的高く、西日本でも兵庫県北部や広島県の比婆地域などは「死亡型」が多く見られ、九州地方でも「死亡型」は少なくはない。また、東日本と西日本で正確に分けられるわけではなく、関東や中部などでは「瓜子姫」がほとんど採取されない空白地帯が存在するほか、中日本にあたる現在の長野県では「生存型」がほとんどを占め、新潟県では「死亡型」「生存型」の割合がほぼ半分であるなど、正確に線を引いて東西に分けることは難しい。そのため、確実に言える事は、「東北地方を中心とした東日本では「死亡型」の割合が高く、中国地方を中心とした西日本

分布図1　姫の死亡・生存

● 死亡型　□ 生存型

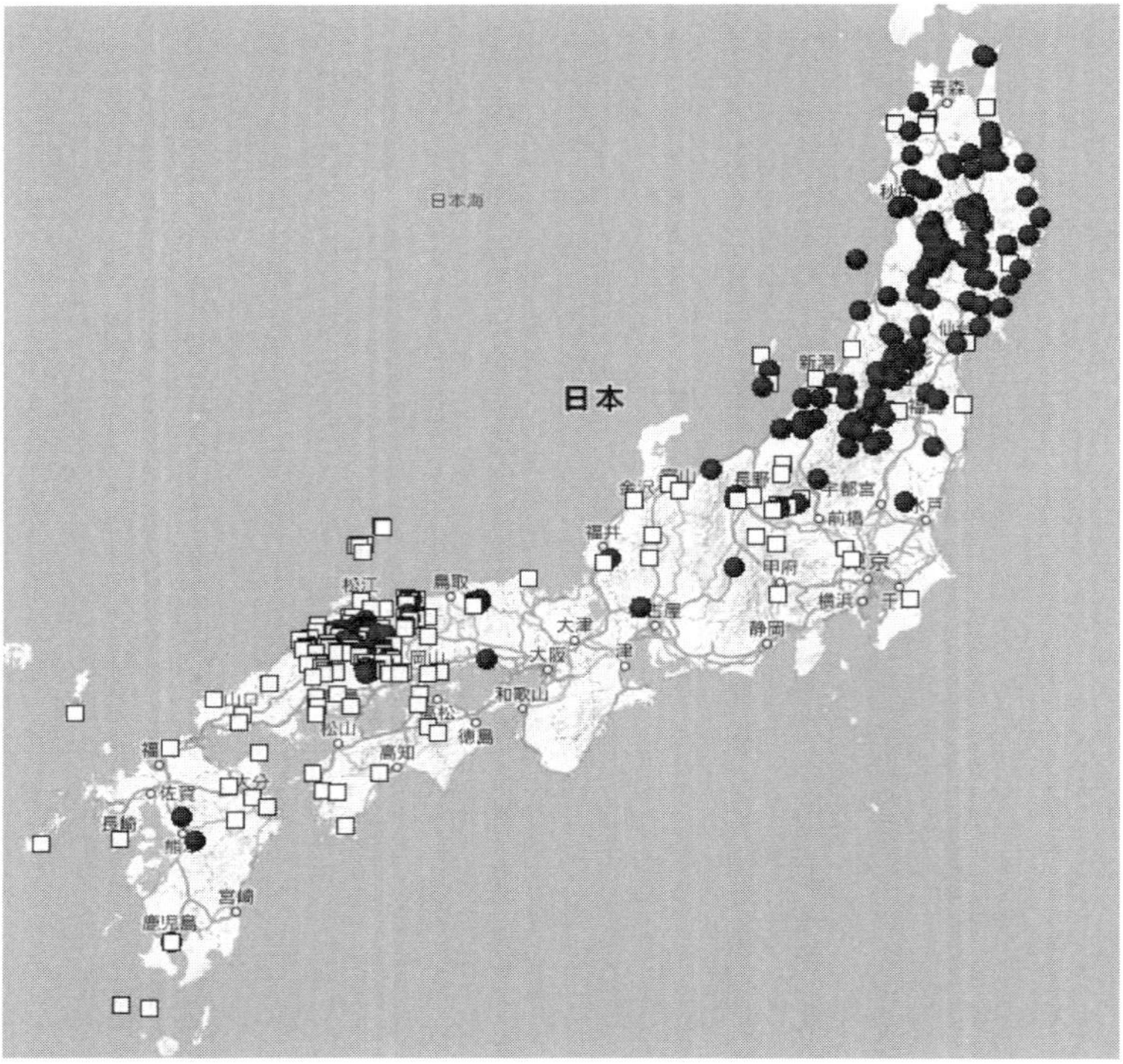

では「生存型」の割合が高い」ということである。（分布図1　参照）

　まずは、本来の型に近いと考える「死亡型」を詳細に見ていく。「死亡型」は東北を中心として多く見られるため、まずは東北を中心とした東日本の「死亡型」を見ていく。東北を中心とした東日本に伝わる類話をひとつずつ見ていくと、「死亡型」にはいくつかの種類、すなわち姫の最期にいくつかのパターンがあり、それらを分類すると大きく二つの型に分けられることが確認できる。

　第一にあげられるのが、「家の中で外敵に殺害される」型である。例をあげる。

（例話1）

……狼はいきなり内へ入って、

瓜子ノ姫子

さいばん（俎）出せッ

と言った。瓜子ノ姫子が

ダアガやアえ

爺様婆様に

クラアレンものを……

と言うと、ほんだら取って食うぞッと言う。仕方がないもんだから、瓜子ノ姫子が俎を出すと、狼は今度は、

瓜子ノ姫子

包丁出せ

と言う。

ダアガやアえ

爺様婆様に

クラアレンものを……

と瓜子ノ姫子は言う、

ほんだら取って食うぞッ

と言う。仕方がないから瓜子ノ姫子が包丁を出すと、

瓜子ノ姫子
このさいばんの上さ寝ろッ
と言う。
ダアガやアえ
爺様婆様に
クラアレンものを……
と言うと、狼は、
ほんだら取って食うぞッ
と言う。仕方がないもんだから、瓜子ノ姫子が俎の上に横になると、狼は包丁で頭だの手だの脚だのを別々に切んなぐって、そして、ああウンメエヤ、ウンメエヤ、と言って食って、骨コは縁側の下へかくして、残ったのを煮ていた。(5)（後略）（岩手県）

ここでは、姫が外敵によってまな板に寝かされ、解体され、食われた上に料理されるという現代から見れば非常に残虐な殺され方をしている。この型を、五来重は古代の説話になぞらえて「鬼一口型」としている。(6)本論では便宜上これにならう。なお、「鬼一口型」にはもうひとつの型が存在する。例をあげる。

（例話2）
……そしたところ天邪鬼の野郎は手首までガサッと入って、ミリミリ戸ァぼっこれる程も関わねで、開けて入って来たと。そして瓜姫子を殺してしなってはァ、瓜姫子の衣裳など来て、こじらね（知らぬ）ふりして機織っていたと。[7]（後略）（山形県）

（例話3）

「頭のはいるほど、開けてくれ」

と言うんだんが、また、戸をあけてやったれば、こんだは、あまのじゃくが、ガラガラと戸をあけて、家の中にはいって来たがんだと。ほうして、あまんじゃくは、瓜姫を殺して、瓜姫に化けて、はたを織っていたてや[8]（新潟県）

この型では、先の岩手の類話に見られるような姫と外敵の包丁やまな板を用意させるようなやり取りもなく、姫の解体の要素や姫の死体を料理する要素もなく、侵入と同時にあっさりと殺されている。このように、殺され方が不明、あるいは明記されていても「叩き殺された」など簡潔にすませるものも多く見られる。類話を分析していくと、姫が解体される要素や料理される要素は副次的なものであり、分類の際に重要になるのは姫が食い殺されるかどうかということになると考える。そのため、家で殺されかつ食い殺される要素のあるものを「鬼一口型A」、家で殺されかつ食い殺される要素のないものを「鬼一口型B」とすることにしたい。

なお、家で殺される型には、もうひとつのパターンが存在する。『通観』で、「変身型」として分類しているもので[9]、姫が外敵に体を乗っ取られ、体を強く打って死亡し、最終的にふくべに代わってしまうというものである。この型は新潟県にわずかひとつだけ採取される非常に珍しい型である。関敬吾が「後半に改作の跡がある」[10]と述べているように、その数の少なさや特殊性からデータとしてはあまり参考にできないものであると考えられる。この型は「鬼一口型その他」として例外として取り扱うこととする。なお、関敬吾はこの型を自身が編集した昔話集に原典として使用している。それに関しては第二部で考察する。

第二にあげられるのが、「外に連れ出されて殺される」型である。例をあげる。

（例話4）

……すると案のごとく天邪鬼が来て「瓜姫子、瓜姫子、おれと遊ばないか」と言った。瓜姫子は知らぬふりをしていると、天邪鬼はますますに猫なで声を出して「この戸を少しでいいから開けてくれないか」と言ってきかぬので、瓜姫子はとうとうそんだらばと思って、戸を少し開けると天邪鬼はそのすきまに長い爪をはさんで、がらがらと戸を開けてはいってしまったけど。そしていやがる瓜姫子をだまして、長者殿の裏さ桃もぎに行こうといった。瓜姫子は爺と婆にしかられるからといっても、天邪鬼はきかない。「草履をはいて行けば、ぽんぽんと鳴るから」といえば「下駄こ履いて行こうよ」という。「下駄こはけば、からんこと鳴るから」といえば「それではおれがぶって（負って）行く」という。「お前の背中になぞとげがあって、ばれられない」といったら「そんなら裏からはぞ桶を持ってくるから、それを当てがってがれ」というので、天邪鬼の背中に、はぞ桶を当て、瓜姫子はばれて出かけた。そして長者殿の裏の桃の木に、まず天邪鬼がのぼって、自分はうまいのを食い、瓜姫子には

かりっとかじて耳糞　鼻糞　ぶつ　ぶつぶ

と汚いのばかりをよこすので、今度は瓜姫子が木にのぼったば天邪鬼は下の方から「もっと迂遠方がよい、それにはけら虫がついているから」とだんだんとのぼらせてから「そら長者殿の婆あ来た」とおどかすと、瓜姫子は

動転してその高い木からおちて、死んでしまったけぢょん。そしたば天邪鬼はたちまち瓜姫子の皮をはいで自分は瓜姫子に化けて、知らぬふりをしてその家にもどって、機織をしていた。[11]（後略）（秋田県）

ここでは、外敵によって果実採り（ここでは桃採り）に連れ出され、そこで木から落とされて殺されるという展開になっている。この型を便宜上、「連れ出し型」とする。なお、「生存型」にも「連れ出し型」は存在する。区別するため「連れ出し型（死亡）」と表記する。「連れ出し型（死亡）」は大抵、例話のように木から落とされて、あるいは木の下で殺される、未熟な固い実をぶつけられて死亡するなど木の元へ連れ出されて殺されることが多い。しかし、木に連れていかれず、他の場所で殺されるものも存在する。そのため、木に連れ出されて殺される型を「連れ出し型A」、それ以外の場所へ連れていかれる型を「連れ出し型B」とする。

この「鬼一口型」＝家で殺される型と「連れ出し型（死亡）」＝外で殺される型のふたつが「死亡型」の大分類となる。なお、「外敵が姫を家で殺した後に、死体を木に吊るす」など鬼一口型と連れ出し型双方の要素を併せ持ったような型も存在する。この型は家で殺されていることから「鬼一口型」として分類することとする。この木に吊るすといった要素は、むしろ「木の要素」として扱うほうがわかり易いと考えるため、後の節で考察することとする。

これらの型の分布を確認する。（分布図2　参照）を確認すると、それぞれふたつの型が同じ割合の地域は少なく、それぞれの型の割合が高い地域は境界がはっきりしているということが確認できる。分布の範囲は以下の通りである。

・「鬼一口型」の割合が高い地域……青森東部（南部地方）・岩手県・宮城県・福島県・山形県南部、新潟。

分布図２　外敵による姫の殺害方法（東北）

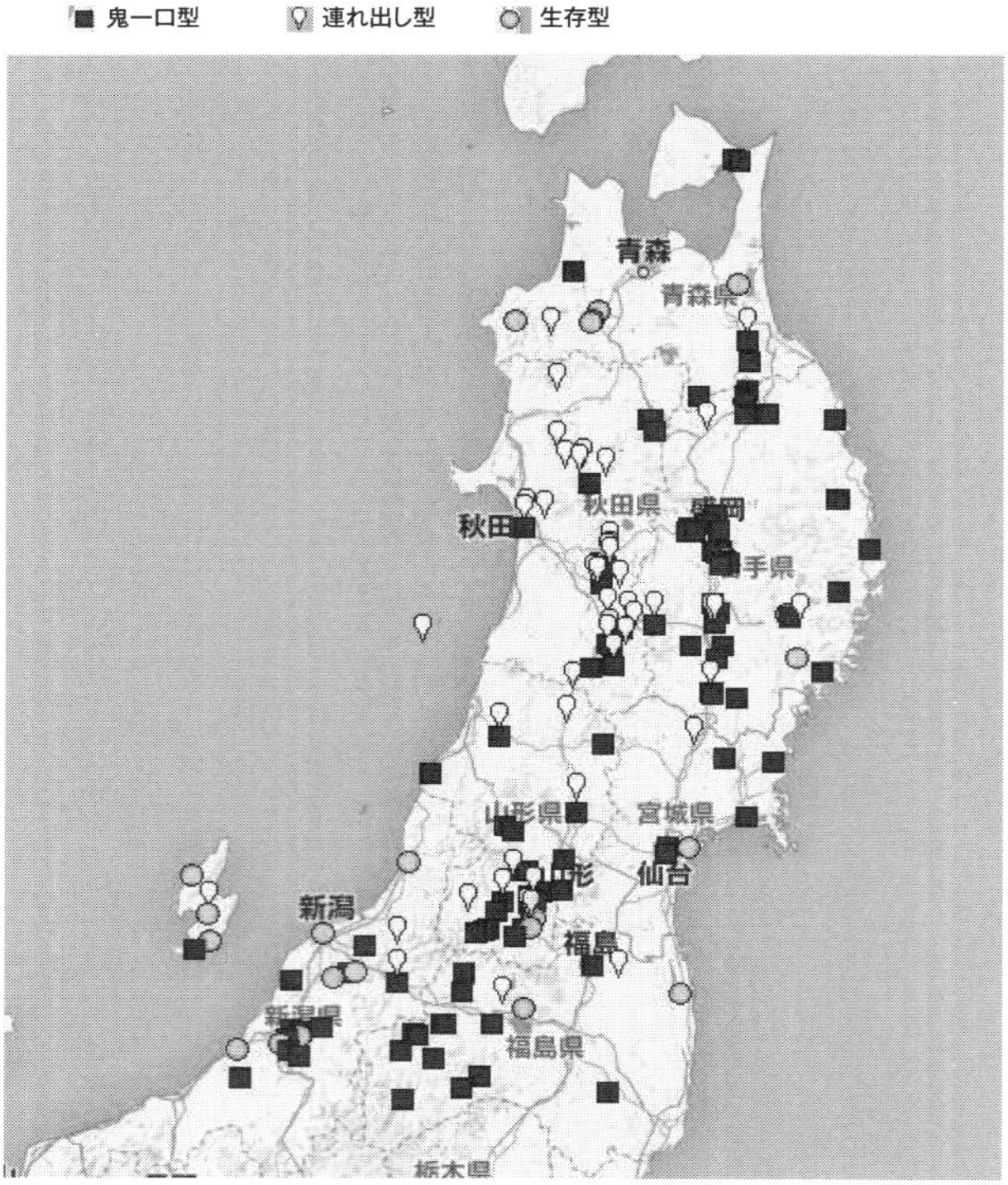

なお、そのうち「鬼一口型Ａ」の割合が高いのは岩手県・青森県東部・山形県南部で、あとは「鬼一口型Ｂ」の割合が高い。ただ、山形県南部では一応食い殺されるという表現は残っているものの、表現はあっさりしていることが多く、事実上「鬼一口型Ｂ」に近いと見ることも可能である。

・「連れ出し型（死亡）」の割合が高い地域……秋田県・山形県北部。

その他の地域は、「瓜子姫」の採話例自体が少ないため、とくに考慮しない。

全体的に見て、「鬼一口型」の方が範囲は広い。奥羽山脈東側（太平洋側）は「鬼一口型」、奥羽山脈西側（日本海側）は「連れ出し型」のように説明することもできそうであるが、日本海側の山形南部・新潟に「鬼一口型」が多いなどそう簡単には分類できない。また、青森県西部（津軽地方）は東北地方では珍しい「生存型」が多い地域であるものの、「家の中に閉じ込められる」という他にはあまり見られない要素である。津軽地方の「生存型」はほとんどが弘前周辺に集中しており、それ以外の地域では「鬼一口型」が多い。そのことから、津軽地方の「生存型」は「鬼一口型」の変化型であり、津軽地方は「鬼一口型」が多い地域であるとみることができる。そのことから、東北を中心とした東日本では、そのほとんどが「鬼一口型」の割合が高く、秋田県と山形県北部の狭い地域のみ「連れ出し型（死亡）」の割合が高いということになる。

「鬼一口型」と「連れ出し型（死亡）」を比較すると、「鬼一口型」の方が要素は少なく、シンプルな展開である。必ずしもシンプルな構成だから古いとは言えないものの、この「鬼一口型」に見られる、「娘が家で食い殺される」という要素は、説話文学にも見える。『日本霊異記』第三十三の万の子という娘が鬼（正確には鬼と思われる存在）に食われるという内容である。「瓜子姫」とは話の展開などが大分異なるため、直接的な関係は薄いと思われるが、少なくとも奈良時代あたりには娘が家で食われるという要素が日本列島に存在したという事は確認できる。シンプルな要素であるため当然とも考えられるが、要素そのものは相当古いということは間違いない。

また「瓜子姫」の主要な起源のひとつである「ハイヌヴェレ神話」と「鬼一口型」を比較すると、とくに「鬼一口型A」で重要な要素が共通すると見られる。それは、「乙女がバラバラに解体される」という要素である。「ハイヌヴェレ神話」の系統には多くの場合この要素が存在し、「鬼一口型A」でもこの要素が挿入されることが多い。「ハイヌヴェレ神話」のこの要素は、イモの栽培に関わる要素とされる。イモは、種芋を分割して植えるのが普通であるが、乙女をバラバラにして埋めることによりそこからイモが生えるというのは、種芋の分割から来ているとする考え方である。「瓜子姫」にも、姫の好物がイモであるなどイモが登場する事は多い（イモに関しては後の節で詳しく考察する）。

姫が外敵によってバラバラにされる要素およびイモの要素は、このイモの栽培に関わる要素の名残ということになる。姫が解体される要素はそこまで多く存在せず、伝わっている範囲も狭いが、姫ではなく外敵が解体される要素はとくに西日本に多く存在する。本来は殺される女神であった姫が解体されるはずであったが、時代が下って外敵が解体される要素に変化したと見ると、もともとは姫が解体される要素も多く見られた可能性が考えられる。外敵が解体される要素と姫が解体される要素は同じ類話に同時に存在することは少ない。このことも、姫が解体される要素が、外敵が解体される要素に変化したということの証拠と考える事もできる（外敵の末路に関しては後の節で詳しく考察する）。また、解体される要素は別としても「食い殺される」という要素は、「神に食われる」ということを想起させ、生贄譚としての側面がただ殺される型よりも強い。

これらのことから、以下のような仮説を立てることができる。

食い殺されるという要素のある「鬼一口型A」がより古い型であり、本来は外敵が姫をバラバラにして食い殺すという要素もセットであった。これらの要素のない「鬼一口型B」は、食い殺されるという要素がソフトに変化、あるいは抜け落ちたものである、という仮説である。この仮説だと、現在の岩手県を中心とした狭い地域に古い型が残されたということになる。またこの型は「ハイヌヴェレ神話」の要素を引き継ぐ「血の要素」を欠くものも多い。これは、姫が食い殺される時点で、姫が大地への人身御供という本来の役割を果たしているからと考えることができる。そのため、外敵があえて姫の役目を担うことはないという事になる。

この仮説が妥当かどうかは、その他の要素と総合して検証することとする。なお、非常に珍しい型として、「飲み込まれた姫が外敵の腹の中から助け出される」という型が存在する。「赤ずきん」「オオカミと七匹の子ヤギ」を彷彿とさせる要素ではあるが、あまりにも採話例が少ないため、語り手の改変である可能性が高いと思われる。本論ではとくに問題としない。

次に、「連れ出し型（死亡）」の検証を行う。「連れ出し型（死亡）」は関敬吾が『日本昔話集成』の典型話として選んで以降、この典型話を元にした再構成作品などが増えた。それによって、現在では知名度の高い型であり、「死亡型」としてはおそらく最も有名なものではないかと思われる。伝わっている範囲は広く東北全域で見られるものの、高い割合を示す範囲は「鬼一口型」に比べて狭く、秋田県と山形県北部のみとなっている。そのため、事実上秋田県と山形県北部のみに伝わる地方色の強い型ということになる。

「連れ出し型（死亡）」は、比較的シンプルな「鬼一口型」と比べてやや複雑な構成を持つ。とくに、姫と外敵のやり取りが多いことが特徴である。まず外敵が侵入する際、姫に戸を開けさせるやり取り、外敵が姫を外へ連れ出す際のやり取り、外敵との木でのやり取りがある、などである。これらの要素を欠くものも存在するが、高い割合で挿入されている外敵が侵入する際のやり取りは「鬼一口型」にも見られ、さらに「鬼一口型A」では外敵が姫をまな板に寝かせる際にやり取りが挿入される。これは、姫を連れ出す際のやり取りに対応するものであると考えられる。すると、「連れ出し型（死亡）」独自の要素とも言えるのは「木でのやり取り」の要素であるという事ができる。この「木でのやり取り」の要素は、「偽の花嫁」系統の海外説話と共通する。「偽の花嫁」系統の説話には「外敵との木でのやり取り」の要素が挿入されることが多い。また、「連れ出し型（死亡）」の多くは、外敵が罰を受けて殺害される、など「鬼一口型」以上に「偽の花嫁」系統との類似点が多い。先の節で検証したように、「瓜子姫」の類話は多少なりとも「偽の花嫁」の影響は受けている。その中でも、とくに「偽の花嫁」の影響が強いのが「連れ出し型（死亡）」と言うことになる。また、「連れ出し型（死亡）」の「木でのやり取り」の要素は、「天道さん金の鎖」など日本列島に伝わる他の昔話との類似点も見られる。それらの昔話から影響を受けて変化した可能性も考えられる。これらの昔話との比較は後の章で検証することとする。なお、姫の殺害方法としては圧倒的に木に登った姫をなんらかの方法で落として墜死させるというものが多い。それ以外には、長者に殺されるように誘導する、未熟な固い実をぶつけて殺害する、殺害方法はとくに明記されない、などが挙げられるが、いずれも墜死させるものに比べれば少数であり、墜死させるのが基本的な型であると見られる。

　中国地方を中心とした西日本の「瓜子姫」は「生存型」であるが木へ連れ出される要素が存在することがほとんどである。そのため、「連れ出し型（死亡）」と「生存型」は比較的近い位置にある可能性が考えられる。要素の型としては「鬼一口型」の方が古く、伝わっている範囲は広い。そのため、「連れ出し型（死亡）」は、西から新しく伝わり、本来存在した「鬼一口型」と結合したという可能性が考えられる。伝播の仕方に関しては後の節で詳しく考察することにする。

　また、「鬼一口型」「連れ出し型（死亡）」は双方とも「皮剥ぎ」の要素がある。外敵が姫の皮を剥いで姫に変装するという要素である。これは、皮を剥ぐという行為が再生に結びつくものであり、作物は種の固い皮を破って発芽することから農業と豊穣に関わる要素でもある。そのため、これは姫が再生と豊穣を祈る「（型）ハイヌヴェレ」の系統につながるものとも考えられる[12]。ただ、「鬼一口型A」のように食い殺す場合は、あえて皮を剥ぐのではなく、顔の皮はあくまで姫の死体の残骸でしかない。この要素が「（型）ハイヌヴェレ」と関わるかどうかは現在ではまだ結論は出せない。

　ここまでは、東北を中心とした東日本の「死亡型」を見てきた。次に、西日本の「死亡型」を見る事としたい。西日本には、東日本ほどではないものの「死亡型」は存在する。西日本で比較的多く「死亡型」が存在するのは、兵庫県北部・広島県比婆山周辺・九州地方である。ただし比婆山周辺以外は周辺と比べてやや多い程度であり、比婆山周辺は比較的範囲が限定されている。これら西日本の「死亡型」は、「鬼一口型」であることが多い。比婆山周辺は連れ出し型であるが、木へ連れ出すといったやりとりはなく、外敵が侵入と同時に姫を強引に外へ連れ出して殺害するという型であり、殺害場所は屋外であるものの「鬼一口型」に近いものであるとも言える。分布図を確認すると「瓜子姫」は全体的に見て内陸部・山岳地帯で採取されることが多いが、西日本の「死亡型」はとりわけその傾向が強いということが言える（分布図1　参照）。また、九州では西日本の「瓜子姫」の中心地を中国地方として見ると、周辺の地域に当たる。本来の「瓜子姫」が「死亡型」「鬼一口型」であったとすれば、新しい型である「生存型」が広まった西日本においても、本来の型に近い古いものが交通の便の悪い山奥や伝播の方向から見て端の地域に残ったと見ることも可能である。そこまで言い切ることは難しいとしても、一考する価値のある仮説であると考える。

このように、「死亡型」が先行するものであり「生存型」は後発的に変化したものであるという見方が論者の基本的見解である。それを踏まえ、「生存型」を考察する。まずは、「生存型」の多い中国地方を中心とした西日本から考察する。「生存型」は大きくふたつに分けることができる。

第一は、姫が外敵によって家の中（母屋ではなく離れの場合も含める）に閉じ込められる型である。便宜上、「屋内監禁型」とする。「屋内監禁型」は、中国地方を中心とした西日本ではほとんど見られない。とくに割合の高い地域もなく、とりわけ問題にする必要のない方であると言える。

次にあげられるのは、姫が外敵によって外へ連れ出され、縛られるという型である。おもに、なんらかの木（果樹であることが多い）に縛られることが多い。便宜上、「連れ出し型」とし「死亡型」のものと区別するため「連れ出し型（生存）」とする。例をあげる。

（例話5）

……「こんな瓜姫さんは、あんたも、毎日毎日、ここに入ってのう、こうしてしんきなことをやって、何をするよりは、ひとつ外に出て、今日はわしゃ、柿をもぎに行こうと思うのじゃがのう、柿もぎに行こうじゃありませんか。」「やれやら、それもこらえてくれよ、そがいなこともこらえてくれよ。お爺さんやお婆さんにしかられるから」いうて。「まあ、それがそうじゃろが、ひとつ毎日家内ばかりおるのも、悪いでしょうけえ、行きましょう。しわけりゃ、わしが負っていってやりますけえ。」言うて。「そりゃ、そうじゃあるがいかんよ」言うて。言うたところが、あまんじゃくだけんのう、「そんなら、行こうか」言うて。それから、あまんじゃくにおわれて今度、ドンドン、ドンドンそれが近くならいいが遠くの山の奥の方へ、負って行って、大きな柿の木がある。柿の木の根っこにそれを据えおいて、「それじゃお姫さん、わしが上がって柿をもぎますから、ここに坐って、待ちなさい」言うてのう。あまんじゃくだからのう、ガサガサ、ガサガサ木に登ってのう、柿をゴソゴソゴソもぐ。もいじゃ食い、もいじゃ食いするんじゃ。瓜姫さんは、下から、「あまんじゃく、おまえばかり食わんこうに、落としてくれや」いうて。「ハーイ」言うて一つもいで、わが食うて、さねが残れば、「さんさんさあねえよ、それ落ちた。さんさんさあねえよ。また落ちた。シューリシューリ、シュータンショー」言うて、しゅうたんやサネばかり落とすんだ。たいそうなっている柿をひとつも落とさんのだ。瓜姫さんも腹がたってのう。まあ、ところが、つれてきたんだけえ、しょうがない。あまんじゃくは、腹いっぱい食って、ひとつも落とさんだけえのう。あまんじゃくというぐらいだけえ、人のあっこへつれていくまでは、つかえっても、行ってからあがのことだなう。落りてなあ、瓜姫さんを、「そんじゃ、この柿の木にあんたが上りんさい」言うて、「わしゃよう上がらんよう。こがいな木に上がったことないんじゃけん」「ようあがりゃせんのだったら、ここの柿の木にゆわいつけてあげよう」いうて、柿の木にもっていって、くびりつけてしもうて、今度はあまんじゃくは、ドンドコドンドコ駆けて帰ってしもうた。瓜姫さんは、とこようさまとか、しようようさまできんけえのう、瓜姫さんは、泣く泣く残ったんだ。(13)（後略）（広島県）

（例話６）

……とうとうお姫さんを連れ出して、柿の木谷に行ったげない。

あまんじゃくが高い柿の木い登って、取っちゃあ食い、取っちゃあ食いして、姫さんにゃあ一つもやらんので、

瓜姫は下から、

「わしにゃ、くれんのかい」

いうと、

「そら落ちた」

いうて、渋い柿を投げたげない。姫さんが腹を立てたら、あまんじゃくが、

「そりじゃあ、あんた登って採りゃあええ」

いうて降りてきて、へいから姫さんを上がらして、上がらして、

「そがなあ、えい着物を着て登りゃ破れるけえ」

いうて、あまんじゃくが自分の着とったぼろぼろの汚い着物を姫さんに着せて、柿の木に登らせて、へから、

「もっとそら、もっとそら」

いうて、姫さんを高い所へ登らして、とうとうなわで瓜姫を柿の木に縛りつけたげない。(14)（後略）（広島県）

「連れ出し型（生存）」は、「姫を木に登らせて、木の上に縛るか」「木の根元付近に縛るか」「外敵が先に木に登る要素があるか」「姫を木の幹に縛るか、あるいは木の枝に吊るすか」などの要素の違いが見られる。しかし、とくに地域によって要素の偏りがあるなどといったことは少なく、全体的に見て語り口の違い程度であると考えられる。そのため、「連れ出し型（生存）」は「連れ出し型（死亡）」と同様、そこまで大きな差は少ないということができる。ただ両「連れ出し型」は木へ連れていく要素があるかどうか、木の種類はなにか、といった点で地域差による差異が多く見られる。そのため、「連れ出し型」においては、この木という要素を中心にして考察をするのがもっとも適当と考える。この「木の要素」に関してはのちに一節を設けて詳しく考察する。なお、「連れ出し型（生存）」の珍しい型として、宮崎県に伝わる型があげられる。これは、姫が外敵に未熟な固い果実を投げつけられて気絶するという「猿蟹合戦」を彷彿とさせる型である。便宜上「気絶型」などとも呼ぶべきこの型は全国でもただひとつだけの採話例しかなく、外敵が村の嫌われ者の男・無理助であるなど他では見られない要素が多く含まれる[15]。採取例の少なさから見ても、話者による改作の要素が強いものではないだろうか。そのため、あまり重要視する必要はないものと考える。

次に、東北を中心とした東日本の「生存型」を確認する。まずは、「連れ出し型（生存）」を見る。東日本でも「連れ出し型（生存）」は散見するが、まとまって存在するのは新潟県である。新潟は地理的に東日本と西日本の境目にあるためか、「生存型」と「死亡型」が両方存在する。「死亡型」は「連れ出し型（死亡）」も多く見られるが、「鬼一口型」の後に死体を木に吊るすという要素が入るものが多いことが特徴である。これは、「鬼一口型B」の要素と「連れ出し型」の要素を双方持っていると見る事ができる。この型はむしろ「連れ出し型（生存）」の生きている姫を木に縛りつける、という要素との関連が深いのではないか。そのため、「鬼一口型B」＋「死体を木に吊るす」型は、

「死亡型」から「生存型」へと変化していく過程の考察、「瓜子姫」が伝播する過程の考察において重要な鍵となる型であると考える。この問題は、伝播の過程を扱う節で詳しく考察することとする。それ以外の地域では、とくに「連れ出し型（生存）」がまとまって存在する地域というものはない。存在する範囲は広く、ほぼ全域であるが割合は極めて少ない。例外として処理しても問題はないと思われる。また、近代以降に書籍などによってもたらされ、そのまま語りとして定着したものも存在するのではないかと思われる。

次に「屋内監禁型」であるが、この型は青森県西部（津軽地方）に集中している。東北地方に「生存型」が比較的多く集中している珍しい例であるが、先に述べたようにその範囲は割合狭く、「鬼一口型」の変化形であると見られる。これは津軽地方には「生存型」が多いというよりも、津軽地方での採取が狭い範囲に集中していたため、この付近で語られていた型がたまたま多く採取されたというだけである可能性も考えられる。この型はあまり特別視するものではないとも考えられる。

以上が東北を中心とした東日本の「生存型」である。

なお、「生存型」にはもうひとつの型が存在する。『通観』で「平穏型」などとして分類される型であり、その名の通り「事件らしい事件が起こらない平穏な型」である。例をあげる。

（例話7）

むかしむかし、あるときにお爺さんとお婆さんがおりました。お爺さんは山へ木こりに行きました。お婆さんは川へ洗濯に行きました。洗濯するうちに上から大きな瓜が流れてきました。お婆さんが、

「お爺さんに見せまする」

言うて瓜を拾うて帰って、箪笥の中に入れました。間もなく箪笥の中で、
「爺さんくだがないばあさんはえがない」
言うてキッチョンバッチョンいうてはたを織り出しました。その声が聞えて箪笥をあけて見ればごうびなはたを織り出しておりました。お爺さんが帰ってその話を聞かせました。お爺さんはたいそう喜んで
「はあー、そうかそういのが瓜姫がなったんだろうだけん、瓜姫という名をつけりゃよかろう」いうことをいうてその家はまことに身代になったということでございます。昔こーぷり。(16)（広島県）

（例話８）

……神からの授かり子として、瓜姫と名づけて育てる。瓜姫は「てつだいをして、機を織る」と言い、町で絹糸を買って来てもらい、チャンカラチャンカラと織る。機織虫が来て、「何をしておりますか」と聞き、「機を織っている」と答えると、「機織虫だから」とてつだってくれる。機織雀も来て同じように問答をして、てつだうことになり、瓜姫が虫と雀のてつだいで毎日機を織り、爺は織物を町で売って大金を得たので、爺婆は一生安楽にくらした。(17)（梗概）（山梨県）

このように、姫の外敵が登場しないのである。中には姫が誕生したところで終わりというものもある。中には語り手が後半部分を忘れたため語れなかったというものもある。また、非常に珍しい例として姫が外敵を捕らえて縛るというものもあるが、これもその後姫が平穏な日常を送っているため、「平穏型」としてもよいものと思われる。「平穏型」に分類される型は、全国的に見て採話例は少なく、特別に多く見られる地域もない。このような展開の乏しい

ものは昔話の型としては明らかにはずれており、昔話というよりも近代の児童文学に近いものではないかと考える。採話例の中には、「姫が大きくなって学校へ行った」などという展開になるものもあり、これなどは近代以降に成立したことは間違いないが、全体的に見て比較的新しい時代に成立した型であると考えて大きな問題はないものと思われる。そのため、民俗的な方面からはあまり重視すべき型ではないのではないだろうか。

以上が、姫の生死の要素の種類とその地域差である。それぞれの要素の割合の高い地域をまとめると以下のようになる。なお、比較的採話例の少ない地域は割愛する。

「死亡型」（姫が外敵に殺害される）

・鬼一口型Ａ（姫が屋内で外敵に食い殺される）

　岩手県・青森県東部（南部地方）・山形県南部

・鬼一口型Ｂ（姫が屋内で食い殺される以外の方法で殺害される）

　福島県・新潟県（死体を木に吊るされる要素あり）・広島県比婆山周辺

　割合がやや高い地域　兵庫県北部。九州地方

・連れ出し型（死亡）（姫が外敵によって屋外へ連れ出され、そこで殺される）

　秋田県・山形県北部

・変身型（姫が外敵に体を乗っ取られた末に死亡。姫の体がふくべに変化する）

　新潟県に一例のみ

「生存型」（姫が外敵によって危害を加えられるものの、助けられる）

・連れ出し型（生存）（姫が外敵によって屋外へ連れ出され、縛られる）

　新潟県・長野県・兵庫県以西の中国地方全域・四国地方

・屋内監禁型（姫が外敵によって屋内に監禁される）

　青森県西部（津軽地方）

・気絶型（姫が外敵によって気絶させられる型）

　宮崎県に一例のみ

・平穏型（外敵が登場しないなど、姫が平穏に日常をすごす型）

　全国に何例か存在する

このように、「東日本は「死亡型」」「西日本は「生存型」」というだけではなく、東日本にも「生存型」の多い地域、西日本にも「死亡型」の多い地域が存在することが確認できる。また、採話例の少ない型は除いても、とくに東日本の「死亡型」は型が多く存在し、さらに細かく地域別に分類できることが確認できる。この地域差は、「瓜子姫」が全国に伝播をしていく過程および「死亡型」から「生存型」へと変化していく過程を考察するうえで重要な鍵になると思われる。他の要素の地域性ともあわせて、後の節で伝播の経緯を考察することとする。

この他に、姫の生死の周辺に関わる要素についても考察する。

第一に、姫と外敵の戸を挟んだやり取りを考察する。死亡・生存に関わらず姫と外敵の戸をはさんだやり取りがたいてい挿入される。姫が外敵とやり取りをしたうえに、結局戸を開けて中に入れてしまうことになる。姫の受難は戸を開けることから始まるのであり、「死亡型」の場合は姫の死への第一歩、「生存型」の場合でも姫の危機への第一歩となる。そのため、生死の要素につながる要素として考えることができる。外敵とのやりとりは、いくつかのパターンに分類できる。

まずあげられるのは「繰り返しのあるもの」である。例をあげる。

（例話９）


「開けらにゃあせんいうても、まあなんじゃがな、そがあ堅あこと喧しゅう言わあでも、その、あんたの、わしゃあ姿あ見い来たんじゃけん、片目だけ、こう見えるだけ開けて見せてくれえ。その位なこたあせわあなかろうがな」

「そりゃあまあ、せわあなあかもしらんけえ」いうんで、こう、片目位開けた。

「どうも片目でこう見たんじゃ、よう見えんのじゃが、手ょう片ひら入れて、なんと手が片ひら入あるだけ開けてくれんか。頼むけえ」。瓜姫ぁあやさしいもんじゃけえ、

「片ひらだけ開けちゃろう」

「まあ、ついでも、なんとここまで何してくれたんじゃけえ、頭が入るだけこう開けてくれんか。そうすりゃあ体あ入らんけえ、頭だけじゃけえ」

「そんならまあ、そりゃあそうしてあぎょう。はあ、そえからもうええ開けんで、もう」

「そりゃあそれで上等じゃ」。頭あ入れたところが、ずっと頭ごめ入って、

「ありゃ、あんたあ、その入ってしもうた」[18]（後略）（岡山県）

姫が外敵の要請に答えて、戸を段階的に開けていることが確認できる。
次にあげられるのは「繰り返しのないもの」である。先にあげた例話4の秋田の例がそうである。姫が戸を開けたのは、一度だけであることが確認できる。ただ、姫は外敵の戸を開けて欲しいという要請を断る、またこの例話では連れ出される際に繰り返して断る、という繰り返しは見られる。また、「繰り返しのあるもの」でも、開ける際に断るやり取りは見られる。ここでの繰り返しのない、というのは戸を開ける段階の繰り返しとして考える。

細かい要素の異同はあるものの、このふたつを大きな分類としてあげることができる。また、変則的な要素として「出入り口以外の場所から侵入するもの」をあげることができる。窓などから侵入という現実的なものから、姫の髪から落ちた滴やいろりなどのように、現実ではありえない経路から外敵が登場しているものも存在する。また、外敵とのやりとりがないものも存在する。この要素は「繰り返しのあるもの」「繰り返しのないもの」の副次的要素として扱うべきと考える。

分布を見ていくと、「繰り返しのあるもの」は西日本に多く、「繰り返しのないもの」は東日本にやや多い。すなわち、「繰り返しのあるもの」は「生存型」と結合し、「繰り返しのないもの」は「死亡型」と結合することが多いということになる。ただ、死亡・生存ほど明らかな差があるわけではなく、この事がどのような意味を持つのか、という点において現在ではまだ明確な答えは出せていない。

次に、「死体を木に吊るす」という要素を考察する。これは、おもに新潟県・山形県南部に多く見られる。新潟県は「死亡型」・「生存型」の混在する地域であり、山形県南部はすぐ北に「連れ出し型（死亡）」が多く採取される地域である。そのことから、この要素のある地域は「鬼一口型」と「連れ出し型（死亡）」「連れ出し型（生存）」といった「木の要素」とセットになる要素と接する地域に多く見られるということになる。このことから、この要素はもともと東北に存在した「鬼一口型」と西から流入した「連れ出し型（生存）」が結合する過渡期に誕生した要素と見る事ができる。この要素に関しては、後の「木の要素」の検証と伝播の過程の検証で詳しく見る事にする。

なお、「鬼一口型」「連れ出し型」に限らず、姫がひとりでいるところに外敵がやってくるという要素になにか重要な意味があるのではないかとする説も存在する。しかし、親などの庇護する者がいない間に外敵がやってくるという要素の昔話は日本列島をはじめ世界中で見られ、とくに珍しい要素ではない。これらの影響を受けた可能性もあるが、この問題に関してはとくに重要な意味はないものとして考える。しいて言えば、生贄となる乙女を神にささげるまで籠らせておくというように解釈できなくもないが、そこまで言い切るのは難しいと考える。

最後に、「連れ出し型」での「姫をおんぶする要素」を考察する。例としては、先にあげた秋田県の類話があげられる。このように、外敵とのやりとりを行った後、桶などに入れられた上に外敵におんぶされて木まで連れ出されるという要素である。この要素は、「連れ出し型（生存）」では非常に少ない。また、「連れ出し型（死亡）」でも山形県北部では少なく、ほとんどが秋田県のみに存在する。そのため、この要素は秋田県の地方色が強い要素という事になる。この桶に入れるという要素は「食わず女房」の山姥の女房が夫を桶に入れて運ぶ要素と共通点が見られる。このように、存在する地域の狭さ、他の昔話の要素との酷似などから、この要素はもともと「瓜子姫」系統の昔話に存在したものではなく、他の昔話と結合したことにより「瓜子姫」に定着したものではないかと考える。「（型）ハイヌヴェレ」「偽の花嫁」系統などにこの要素が見られないことも、本来からあったものではなく後に取り込まれたものということを示すものではないだろうか。

3. 姫の誕生

この昔話の主人公である姫が「瓜子姫」などと称されるのは、姫が瓜という植物から誕生するためである。いわゆる、一般的に異常誕生譚と呼ばれる要素であり、姫が通常の人間ではなく特別な力を持っているということを示すものである。また、『通観』では、姫の誕生の要素のあるなしによって別の昔話として分類しているなど、現代の研究でも重要な要素として見られることがほとんどである。

まずは、誕生の要素の有無から見る。瓜から生まれないものは全国的に平均的に存在している。岩手県ではやや割合が高いが極端に多いというわけではない。そのため、珍しい型ではないという事ができる。誕生の要素の有無に関しては、まず単純に誕生の要素の抜け落ちという事が考えられる。瓜から生まれていないにも関わらず、「瓜子姫」「瓜姫」などと称されていることがその証拠と考えられる。この場合は、語り継がれるうちに誕生の要素が抜け落ちたとも考えられる他、本来の語りでは誕生の要素が存在するものの、語り手によって省略されたという可能性も考えられる。昔話は同じ語り手によるものでも語り手や聴き手の状況などによって異なることが確認されている。「瓜子姫」の昔話で姫が瓜から生まれることは当然であり、聴き手もすでに了承済みのことであったため、語り手が省略して語ったという可能性も十分考えられるのである。ただ、要素の抜け落ちだけでは説明の難しいパターンもある。瓜から生まれない型に関してはこの節の最後に考察する。

次に、誕生の要素のうち、姫が生まれる「もの」の要素について考察してみる。類話の中で姫が生まれるものとしてもっとも多いのは瓜である。なぜ、瓜であるのかということは第一章ですでに述べた。要点のみをまとめると以下のようになる。

・瓜の要素は南方からもたらされたものであり、卵生神話とバナナタイプ神話の複合と考えられる。瓜は卵型で中空のため、卵とのつながりが考えられる。中からなにかが出て来るという想像がしやすかった。
・瓜は水分が多く、水神信仰と結びつきやすかった。水神はしばしば農業の神として信仰され、農業に関係する神話や昔話と結合することが多かった。
・瓜は種が多いため、大地の豊穣を願う信仰と結びつきやすかった。
・瓜は南方由来の作物である。

このように、姫が瓜から誕生することは偶然ではなく、やはりそれなりの意味があった可能性は高いと考える。なお、姫が瓜以外のものから生まれる型も存在する。例をあげると、栗・百合根・桃・箱（瓜が箱に入っているのではなく、箱そのものから姫が誕生する）などがある。これらの要素は全体的に見て非常に少ない。さらにこれらの中には瓜以外のものから生まれているにも関わらず、「瓜子姫」「瓜姫」などと称されることがある。これは、これらのものが瓜から誕生する型の変化形であるということを証明するものである可能性が高い。瓜以外から誕生する要素は変形型の一種としてそれほど重要な要素ではないと考える。

ただ、そういった変化形の要素が地域性を作っているパターンも存在する。例えば、山形県北部に伝わるキュウリから生まれる要素である（この型は地元で「胡瓜姫ご」と称されることが多いため、本論でもこれを用いる）。「胡瓜姫ご」が生まれるキュウリは現在一般的に食されている長細い形のものではなく、「シベリアキュウリ」だとされる。(19)シベリアキュウリは紡錘形であり、非常によく瓜と似ている。シベリアキュウリは古くから山形県北部で栽培されていた作物であり、瓜よりも馴染みのある作物であったと考えられる。山形県北部では、瓜に近い作物で自分たちにより身近な作物へと要素が変化したと考えられる。

また、箱から直接生まれる型は新潟県に多いという傾向が見られる。江戸時代の小説『昔話きちちゃんとんとん』は、北陸地方の「瓜子姫」を元にしたものであるが、そこでも箱から姫が直接誕生する展開となっている[20]。当時から、この地域では箱から直接生まれる型が多かった可能性も考えられ、この地域の特徴であるとも言える。箱から生まれる要素は、「瓜が箱に入って流れてくる」要素と密接に関わる。箱に入って流れてくる要素に関しては後でまた考察する。

次に、瓜の由来の要素を見る。瓜が老夫婦の元に来るには大きく分けてふたつのパターンがある。ひとつは、「桃太郎」などと同じように、川を流れて来て、洗濯をしている婆に拾われる要素（便宜上「川型」）であり、もうひとつは、畑などで採れた瓜を老夫婦が収穫する要素（便宜上「畑型」）。なお、「買ってきた瓜」「もらった瓜」などもこちらに含めるものとする）である。それぞれの例話をあげる。

「川型」

（例話1）

……お婆さんは川あ洗濯に行ったところが、洗濯うしゅるうちに瓜が流れてきて、こりゃあまあ瓜が流れてきた。こりゃあ食べられる瓜かどねえな瓜かなあ、思うて、食べてみたところが、大変おいしいそうな。ふん、、こりゃお爺さんに持って去んじゃらにゃあいけん。

「もひとつ流れえ、お爺さんにやる。もひとつ流れえ、お婆さんにやる」いうて、ところが、次い次い、言う度ゅう流れてきて、これもぎょうさん流れてきた。こりょう早う持って去んで、取り上げとかなやいけん思うて、へえから、戸棚あ取り上げてえたところが、お爺さんが、

「やれやら、お婆さんもどったぞよう。えらかった、えらかった」

「ああ、そりゃあお爺さんえらかったろう。お爺さん、今日川あ行って、ええ物拾うてきやた」

「ほん、どがあええ物を拾うたら」

「ほかじゃあなあがなあ、瓜が流れてきた」

「ほうほう、そりゃあ、その瓜ゅうほんなら出あてみてくれえ」

「戸棚にあるんじゃ」。せえから、戸棚から出あたところがなんと、かわいらしい、かわいらしい瓜の中から女の子が生まれていた。[21]（後略）（岡山県）

（例話2）

……婆がある日川に洗濯に行くと、箱こが二つ流れて来たので、「実のない箱はあっちゃ行け、実のある箱こはこっちゃ来い」と呼ぶと、重い箱が寄って来たので、家に帰って爺と二人で、開けて見たれば瓜が出て、瓜の中から女の子が生まれたので、瓜姫子と名づけてめんこいがって[22]……（後略）（秋田県）

「川型」は副次的な要素として、「瓜が箱に入っている」「瓜が複数流れて来る」などのものが見られる。それらの要素に関しては後で詳しく考察する。

「畑型」

（例話）

……「瓜作んば。なえだて隣の家あたりで作るババ瓜というのは気に合った瓜だ。ほんに丸々と美しくて仏様さなど上げっこんだらなんぼか喜ぶべから、ババ瓜作りすんべ。婆ァ」

なんて、

「ええごでなァ、あんださえもええごんだらええごでなァ」

そして、ババ瓜の種子蒔いたところァ、いや、すばらしい大きくなって、西瓜みたいにおがったけと。うまいがんべと思ってもいで来て、

「ばば、ばば、ばば瓜もいできたぜ」

「ほう。大きいごと。ほに」(23)（後略）（山形県）

「畑型」は変化形の要素として、「鳥が種を落としていく。その種を植えると瓜が実り、それから姫が誕生する」という型も見られる。そのほかにも、「姫が瓜から生まれるのではなく、瓜の蔓に姫が実るようにして誕生する」「瓜畑の中に姫がいる」といった型も見られる。その他にも、「川型」と「畑型」の結合とも言うべき、「川を流れてきた箱に瓜の種が入っている。撒くと瓜が実る」というものも存在する。ただ、これらは極めて少ない。

分布を確認すると、「川型」は青森から九州まで広い範囲に伝わっている。それに対して「畑型」の伝わっている範囲はほぼ東北地方である。その東北の中でも山形県南部から福島県東部にかけての範囲に集中している。（分布図3参照。）

分布図３　畑型

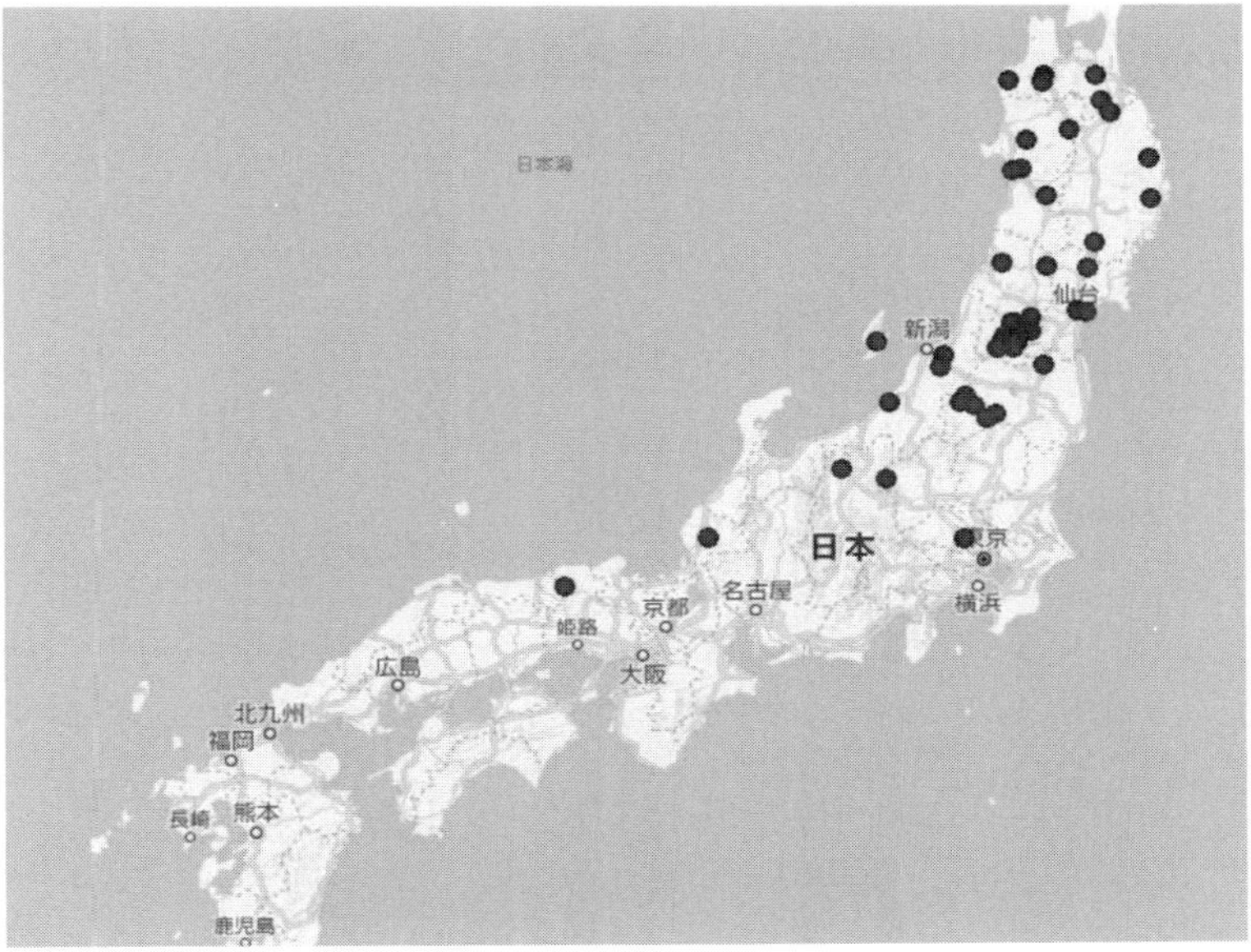

「川型」と「畑型」では、「畑型」の方が文献での登場は早い。室町時代後期に成立したと考えられる御伽草子『瓜姫物語』は「畑型」である。『瓜姫物語』がどこで作られたのかは不明であるが、近畿周辺であると考えられる。そのため、室町後期ごろには、西日本にも「畑型」が存在した可能性がある。ただ、西日本に「畑型」は全く見られないことに加え、「瓜姫物語」には現在の「瓜子姫」には見られない要素も多く含まれ、作者による翻案要素も多かった可能性が考えられる。そのため、『瓜姫物語』の「畑型」の要素も作者による創作であり、当時の昔話にあった要素ではない可能性も十分ありうるのではないか。そのため、この『瓜姫物語』によって、当時は西日本にも広く「畑型」が存在していたことの証明および「川型」よりも「畑型」が古いという証明にはならないものと思われる。

「川型」が文献に登場するのは、江戸時代後期の天保年間前後である。「川型」でもっとも古いのは、『嬉遊笑覧』であり、当時の信濃で語られていたものを元にしていると書かれている。また、同じく天保年間に成立した『昔話きちちゃんとんとん』にも「川型」が見られるが、これは、当時の北陸地方で語られていたものを元にしたと前書きに書かれている。さらに、同じく天保年間の『心学道之話』にも「川型」が見られる。著者の奥田頼杖は広島の出身であり、おそらく当時の広島周辺で語られていたものである可能性が高い。

これらの記録により、少なくとも江戸時代後期には「川型」が、広い範囲で語られていたということが確認できる。「畑型」と「川型」では、第一章でも触れたように、「川型」の方が本来の型に近いのではないかと考える。簡単にまとめると以下の通りである。

・瓜は水神信仰と深い関係があるとされる。水神と関わりが深いのは川である。
・川上は異界と繋がっていると考えられており、異界からの来訪者が現れる場所としては畑よりも川の方がふさわしいと考えられる。
・瓜には「うつぼ舟」のイメージが関係する可能性が考えられる。
・「瓜子姫」の起源となった可能性のある海外の口承文芸は洪水など水に関係するものが多い。

これらの理由により、「川型」が本来の型に近いものであると考える。

また、「川型」と「畑型」を比べると、「川型」では瓜を拾うのがほとんど婆であるのに対して、「畑型」はたいてい爺が拾うという差異が見られる。婆＝女性＝母、爺＝男性＝父親の象徴とすると、「川型」では子供の「所有権」が母親にあるのに対して、「畑型」では男性にあるということを示しているとも考えられる。古代の日本列島は母系社会であり、子供の所有権は女性にあるとすることが多かったとされる[24]。そのことからも、「川型」の方が古い型である可能性は高いと言えるのではないだろうか。

また、日本の神話や海外の昔話でも川を流れてきたものに感応して妊娠するという型も見られる。日本列島やその周辺に似たような要素があったということになり、そのことからも、「川型」は古い要素であると見たほうが良いのではないかと思われる。

なお、流れてきた瓜を食べたら爺婆が若返り、性交をして子供ができた、とする要素も数は少ないが存在する。これは、若返りの水と同じ要素であり、本来はこちらの方だったのではないかとする考え方も存在する[25]。たしかに、「瓜子姫」に近い南方の説話でも、性交の要素が挿入されるものは存在する。しかし、はっきりとそれを証明する材料はなく、若返りの要素自体が決めて少ないため、現時点ではこの説はとくに支持はしない。

「川型」が本来の型に近いのだとすれば、「畑型」は後の派生ということになる。南方の説話に瓜畑に子供がいるという要素の説話がある他、瓜が川を流れてくるという状況よりも、畑で瓜を収穫するという要素の方が現実的であり、水の神が地中（池・泉）などから現れるという要素も少なくはないため、「川型」から「畑型」へと変化していくという流れは十分起こり得ると言える。しかし、なぜ東北南部に「畑型」が集中しているのかという説明は難しい。南方神話との繋がりがあるとしても、南方との繋がりは考えにくい地域であり影響があるとするのはやや無理があると思われる。他の要素との関係を見る限り、この地域で独自に誕生し、発達した要素であると思われる（後の節で考察する）がなぜこの地域であるのかという点に関しては今後の課題としたい。

次に、誕生の要素に関わるものとして、「容器」（箱など）の要素に着目してみたい。容器の要素には以下のような種類がある。

A川を流れてくる瓜が容器に入って流れてくる。
・箱から直接姫が誕生する。
・箱の中に種が入っていて、それを撒く。
B拾った瓜を容器に入れて保管する。
・開けようとすると容器が開かず、叩き壊す。

Aの要素は当然、「畑型」とセットになることはないが、箱の中に種が入っている型は「畑型」と「川型」の結合したものと見ることができる。ただし、採話例は極めて少ない。

この中で注目したい要素はBの「拾った瓜を容器に入れる」型である。この型は全国的にほぼ平均的に分布している。容器ではなく布で包むもの、神棚などに備えておくという型のものも存在するが、多くは櫃などの箱型の容器である。猪野史子は、「ハイヌヴェレ神話」に、拾ったヤシの実をサロングパトラという布に包んで保管する、という要素がある事から以下のように考察している。

又、瓜子姫型説話の幾例かに伝承される、「川から拾いあげた瓜を大切に綿でくるんで戸棚、箪笥、櫃にしまう」という話素は、ハイヌウェレ神話の「アメタが椰子の実をサロング・パトラという特別の布にくるんで戸棚にしまった」という挿話によく似ている。日本の伝承の「綿」あるいは瓜の容器である「手箱」「櫃」等は、神子的存在を誕生させる神聖な果実を「包む」あるいは「入れる」のに用いられている点で、その機能がハイヌウェレ神話の「サロング・パトラ」の布のそれに対応すると思われる。[26]

このように、包む要素が箱などに入れて保管する要素に変化したものとしている。また、猪野史子は瓜を入れた箱が開かないという要素にも、南方説話、とくに台湾の先住民族である高砂族などの影響を指摘している。[27]ただ、それらの南方説話は「(型)ハイヌヴェレ」とは異なる説話の要素であり、堅牢なる箱の要素は比較的型の新しいと思われる西日本に集中している事などから、猪野史子自身もやや論理が弱いと認めている。この論の弱さを克服するものとして、猪野史子は以下のように述べている。

……より古い形は、東日本型の瓜子姫伝承に見出される。また先述したとおり、「瓜子姫民話」と「ハイヌウェレ神話」の話の全体構造を比較した場合、東日本に伝えられる伝承はよりハイヌウェレ神話に近い話型を伝えており古形を保存しているものと考えられる。

一方、「流れきたった堅牢な箱」の要素は、日本においてはいずれも西日本に集中して語られている。このことは、我国の瓜子姫誕生の話に関連して語られる要素、古い説話素から新しい説話素にたるまでの段階を重層的に我々に示していると考えられる。

また、台湾原住民族、高砂族の祖先伝説に語られている「なかなかあかない（神秘的な）堅牢な箱」の要素が、日本の瓜子姫伝承にも及んでいることは、瓜子姫型説話の現在形が我国において成立していく過程において、南方面の国々との文化的交流が背景にあったことを思わせるのである。そのことから、我国の瓜子姫伝承が後次的変化を起こしたのも、かなり古い時代のことであったろうと推定されるのである。中でも西日本の瓜子姫伝承が、やはり南方系の説話素の影響のもとに後次的変化を示しているということは、幾重にも押し寄せる口承文芸の伝播の波というものを目のあたりに見せるような思いがして興味深い(28)。

ここで述べられているのは「(型)ハイヌヴェレ」の影響を受けて誕生した原初の「瓜子姫」が広がった後に、他の説話の影響を受けて変化した「瓜子姫」が誕生したということである。

複雑なため、整理をして説明する。日本列島に「瓜子姫」がある程度定着した段階では、容器に入れる要素は存在しても、その容器が堅牢であるという要素は存在しなかった。しかし、その後に南方から堅牢な容器の要素が流入し、「瓜子姫」と結合して広がった、ということになると考えられる。この考え方であれば、南方は西日本の方が関わりは深く、なぜ堅牢な容器の要素が西日本にしか存在しないのかということを説明することが可能となる。

布で包む要素は「ハイヌヴェレ神話」以外の「(型)ハイヌヴェレ」にはほぼ存在せず、前章で考察したように「ハイヌヴェレ神話」が日本列島へ伝播したという証拠はない。また布で包むのと箱に入れるのとでは趣がだいぶ異なる。そのため、猪野の説に全面的に賛成することは難しいものの、それ以外に箱の要素を説明する仮説はなく、有力な仮説のひとつとして考慮すべきものではあると思われる。

なお「後次的変化」による段階的発展とも言うべき考え方は「瓜子姫」という昔話を考えるうえで重要な考え方になると思われるので後の章で詳しく考察する。

次に、Aの要素を確認する。この要素は東日本の日本海側、新潟から秋田までのあたりに集中している。この要素は容器の要素の変化形と考えることもできる。つまり、もともと「瓜を拾った後に容器に入れる」という要素だったものが変化し、箱に入った状態で流れて来たのではないかとする考え方である。また、この要素にも海外説話の影響があるのではないかという見方も想定できる。朝鮮半島では、英雄が生まれる卵が箱に入った状態で天から降りてくるという要素が存在する。高貴なるものが堅牢な容器に入って守られているという考え方はわかりやすい。卵というのが容器の象徴であると考えれば、高貴なる者は二重の容器によって守られているということになる。容器に入れる要素からの変化という説明では、なぜ日本海側に偏るのかということがうまく説明できないが、朝鮮半島の説話の影響を受けて変化したものと考えれば、朝鮮半島と行き来のしやすかった日本海に近い側にこの要素が多いということを説明しやすい。しかし、それではなぜより朝鮮半島に近い西日本でこの要素が少ないのかという新たな疑問も生じる。現段階では、この要素の起源について明確な答えを出すことは難しいと考える。

次に、「川型」に関係する要素として、「選択」の要素を考察する。「選択」の要素の例として、先にあげた秋田の例話2があげられる。例話2では、ふたつ流れて来た箱のうち、重い方が寄ってくるようにと唱えている。このように、ふたつ以上流れてきたもののなかからひとつを選択する要素である。

選択の要素は日本海沿岸を中心に全国的に広く伝わっている。なお、これらは箱に入って流れてくる型と結びつくものもある。いずれにしろ、ふたつながれてくる瓜のうち、婆が唱え言をすると良いものが流れてくるという型である。この「唱え言」に注目すると例話2はただよってくるだけであるが、岡山の例話1は婆が唱え言をすることにより新たな瓜、姫が生まれる特別な瓜が流れてくることになっている。もともとは、この婆が「唱え言をする」というのに呪術的な意味があったのではないかと考えられる。これによって、婆にはシャーマンと言うべき特別な力がそなわっていたのではないかと見ることができる。

そう考えると、「選択」そのものよりも唱え言のほうが要素としては重要ということになる。流れてきた瓜を呼び寄せる要素は簡略化されたものであると言える。あるいは、時代が下がって婆のシャーマン的な役割が薄れた結果であると見ることができるのではないだろうか。

このように考えると、本来は瓜がふたつ流れてくる必要はなかったということになる。婆のシャーマンと言う側面が薄れ、積極的に呼び寄せることができなくなったため、呼び寄せをするきっかけが必要になったのではないかと考える。ひとつめの瓜を食い、「もうひとつ欲しい」と思ったことによって、本来のシャーマンにもどる。呼び寄せのきっかけとして「ひとつめの瓜」という要素が生まれたのではないかと考えられる。時代が下がるにつれて古い要素が合理化されて残ったということができるのではないだろうか。そのように考えると、瓜が複数流れてくる型の選択の要素でも、良い瓜を呼び寄せる唱え言がもっとも重要な要素であり、ふたつ同時に流れてくるのは、呼び寄せる型の変化形であると思われる。ふたつ同時に流れる型は、構成上が単純で、昔話における繰り返しの要素もない。そのため、こちらは簡略化された型ではないかと思われる。

このように本来は婆がシャーマンで呼び寄せをしていたとすれば、大地を豊穣にする力をもった存在を異界から呼び寄せているということになる。これらの点も、「川型」の方が本来の型に近いという考え方を補強するものであると思われる。

最後に、この節の冒頭で触れた「誕生の要素のない」型の「瓜子姫」について考察する。誕生の要素のないものは、全国的に平均して分布している。誕生の要素のないものの多くは、姫を爺婆の実子として扱うことが多い。柳田国男『遠野物語』にもこの型が記録され、少なくとも明治期前半には存在していたことが確認される。『日本昔話通観』では、誕生の要素のない型を誕生の要素のある型と別の話型として分類している。しかし、誕生の要素がなくとも、姫の名を「瓜姫」「瓜子姫」などとしているものも多く、その大半は単に誕生の要素が省略あるいは簡略されたものであると思われる。昔話は繰り返し語っているうちに、聞き手と語り手が常識として認識している描写は省略する場合も見られる。「瓜子姫」における誕生の要素も「語らなくともお互い了解しているもの」として省略して語られた可能性は十分ありうる。あるいは時代を経て、誕生の要素が消滅したという可能性も指摘できる。

しかし、中には「瓜子姫」とはまったく別の昔話として発達したものもある可能性が考えられる。日本列島には、古来より「娘が外敵に殺害される」という型のものが多く見られる。古典資料では、先に紹介した『日本霊異記』の娘が鬼に食い殺される説話を例としてあげることができる。

これらのように、「瓜子姫」と似たような要素を持ちながらも直接的な関係のない昔話（便宜上、「織姫」とする）が、「瓜子姫」以前に、あるいは「瓜子姫」と併存していた可能性も十分あるのではないだろうか。この「織姫」の構成を見ると、この話も「人身御供」の系統である可能性は十分指摘できると思われる。そのため、同じく人身御供が起源となる「瓜子姫」に吸収され、徐々に消えて行った可能性も考えられるのではないだろうか。ただ、この仮説が正しかったとしても、現在残っている類話が「織姫」の流れを汲むものなのか、それとも単に「瓜子姫」から誕生の要素が抜け落ちただけなのか、ということを見分けることはほぼ不可能である。ここでは「織姫」という別の昔話の系統が存在したと言う可能性を指摘するにとどめることとしたい。

以上が、「瓜子姫」における誕生とそれにまつわる要素である。非常に多彩であり、各地域によって「瓜子姫」が独自に発展していったということを示す最も端的な見本ということができるかもしれない。

4．外敵の末路と血

姫の外敵はさまざまな種類が存在するが、アマノジャクが外敵であることがもっとも多い。また第一章で考察したように、「瓜子姫」の外敵としてはアマノジャクがもっとも民俗的な必然性があると考える。これらの理由より、アマノジャクが姫の外敵として定着したものと考える。また、アマノジャク以外の外敵では山姥が多く見られる。山姥は山の神の零落した姿であるとする説が有力である。アマノジャクも山の神の要素を持っており、山姥とアマノジャクは比較的近いものであると言える。山姥以外では、オオカミやサルなどがあるがこれらの動物も山の神として祭れることが多い。そのため、姫の外敵は基本的に「山の神の零落した姿」であると見る事ができる。

「瓜子姫」は、地域による姫の生死の違いが有名であるが、関敬吾は以下のようにも述べている。

この昔話は東北日本ならびに中国地方を中心としてとくに分布している。四国、九州、中部地方の分布は散発的のようである。この昔話は構造的には前述のように同一であるが、内容から見ると東西やや明白に二つに分かれている。東北地方では天の邪鬼の殺害方法はきわめて残虐で、ときとしては姫の顔の皮をはがすことすらある。これに対して西日本では姫を殺すよりは誘惑して着物をはぎとって木に縛りつける程度である。これに対して天の邪鬼に対する処置はまさに逆で、東北日本ではたんに追放する程度であるが、西日本では天の邪鬼の両足を牛馬に結わえつけて股裂きする残酷な処罰を加えている。この相違を説明することは困難である。ルース・ベネディクトが日本の分化型の説明に菊と刀を比喩とした方法を想起するほどである。解釈方法も昔話研究の重要な課題の一つであろう(29)。

このように、外敵の生死も地域によって異なるとしている。分布を見ると、外敵が殺害されない型は東北を中心とし東日本の割合はやや高い（分布図4　参照）。とくに、岩手県を中心とした範囲では外敵は制裁を受けることなく無事に逃げおおせてしまう展開が多い。また外敵が殺害される場合でも、「切り殺された」などあっさりと語られるこ

分布図４　外敵が死亡しない型

● 外敵が逃げおおせることが明確なもの　□ 外敵のその後がはっきりと語られないもの

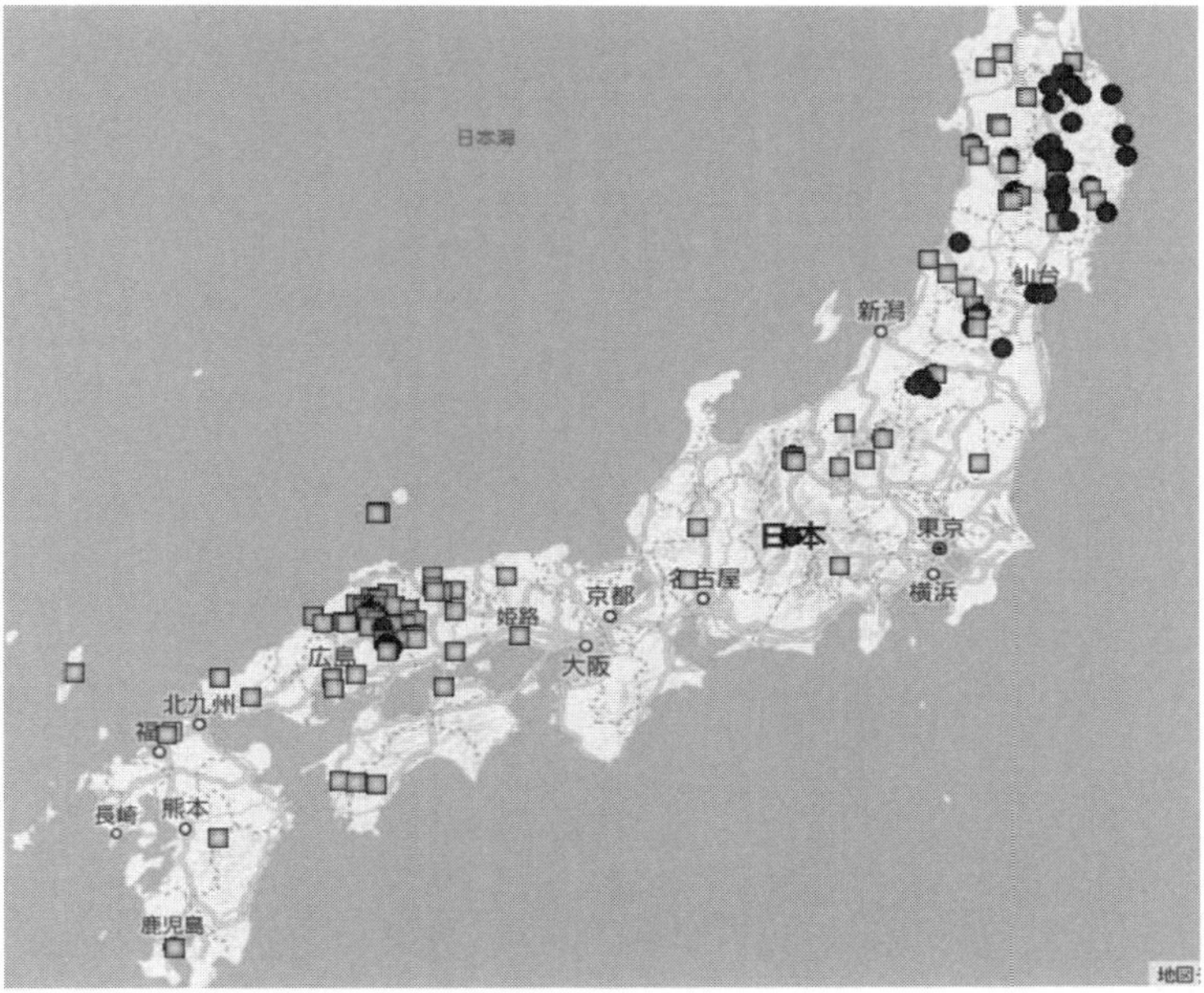

とが多い。また西日本も比婆郡を中心に外敵が殺害されない型が多く見られるが、これは「外敵の末路をはっきりと語らない・不明」というものがほとんどであり、東北のようにとくに制裁を受けずに逃げたと語るものは少ない。例をあげる。

（例話１）

さて、それでもなんとか、かんとかして、つぎの朝まになるど、瓜子姫コア流し元の隅コで、こそこそど顔ば洗ってゐだづも。それは昨夜がら、不審コたでてゐだ婆さまァ。その洗ひ方ば見でるづど、なじょにもいつもの瓜子姫コどは、にでも似つかない顔コ洗ひ方ばしてゐる。

「ありゃ、おら家の瓜子姫コたら、いづの間に顔の洗ひ方ば違へだど。顔コづものァかうして洗うもんだでァ」

ど、ごしごし洗つてやるど、瓜子姫コのうす皮、べらぐらど、ひんむぐれで、中からあまのじゃぐの正体現れだど。

「あや、このあまのじゃぐァ、おら家の瓜子姫コどこさやつたれや」ど、爺婆のどでにしてる間に、

「よべな（夕べ）の姫コ汁ァ、甘がたべァちぇ。」ど、あまのじゃぐぁ、ぼんぼり、ぼんぼりと奥山さ、逃げて行つてしまたどさ。どんどはれ。[30]（岩手県）

（例話２）

それで、これはおかしいと思い、また今朝も鶏がああ鳴いたっけがやいと思って、糠室の隅へ行って見ると、そこにはほんとうの瓜子姫子の骨がじゃくじゃくとあった。この事だがやい。口惜しいじゃやい。そしてあのうまさ乗っているのが山母だと思ったから、爺様婆様は土間からマサカリを持って行って、馬の上の山母を斬り殺した。[31]（岩手県）

それに対して、西日本の外敵に対する制裁は苛烈なものが多い。以下に例をあげる。

（例話３）

鎌でのう、それで切った。首を切って胴を切って、手と足とを切って、頭はかやの中へ、胴はそばの中へ。かやのねとでも、そばのねとでも赤がありましょうがのう、それがあまのじゃくを切った血が出て、赤くなったということであります。昔、こっぽり。[32]（広島県）

……お爺さんとお婆さんと、そのあまんじゃくを外へ連れて出て、お爺さんは右の足、お婆さんは左の足を両方から引っ張ったら、からだが二つに裂けて、そしてお爺さんは、これどこへもってて捨てようかおもうたけど捨てるところがないないけ。
「自分はいつも山へ行くから、山へ持ってて捨てる」
お婆さんは
「自分は、畑より行くところがないから、それでは畑へ持って行って捨ててやろう」そしたら、山の茅ーあ、あなたは御存知か知らんけどー茅いうもの、根が赤いんですね。そえで、あまんじゃくの血で茅の根はあの、赤くなって、それから、お婆さんは畑に持って行って捨てたら、その、蕎麦は赤いですけね、茎が、その蕎麦の茎が赤うなって、そいであまんじゃくの血でね、茅の根と茎と、そえから蕎麦の茎は赤いんだそうです。昔こっぷりです。[33]（広島県）

このように、とくに体をバラバラにされるものが多く見られる。姫の側から見ると東日本では「死亡型」が多く、西日本では「生存型」が多い。ところが姫を殺害している東日本より、姫を殺していない西日本の方が外敵への制裁苛烈という、現在の倫理観から見るとややアンバランスな事になっている。

また、外敵は殺害される際に、その血で植物の根や葉を染めるという要素が大抵セットになる。血の要素は、全国的に広がっているが、岩手県内では少ない傾向にある。これは、外敵が無事に逃げてしまう要素が多いため当然であると言える。

これらの要素は第一章で考察したように、「（型）ハイヌヴェレ」の名残であるとする考え方がもっとも適当であると考える。第一章で考察した内容を振り返ると以下のようになる。

・「ハイヌヴェレ神話」は女神が殺され豊穣をもたらすという内容である。その際、女神がバラバラにされるということが多い。本来は殺される女神である姫が殺害され、バラバラにされるはずであったことになる。植物の根が血で染まる要素は女神の体が作物に転生する要素の名残である。そのため、本来は女神である姫の血で植物が染まるはずであった。

・同じく「ハイヌヴェレ神話」の系統であるアマノジャクなどと結びつき、やがてバラバラにされる、植物を血で染める、などの役割は外敵が担うようになった。

これらを見ると、外敵がバラバラにされる西日本の方が古い型を有しているように見える。しかし、外敵の死および血の要素は本来、姫が担う役割であった。姫が殺害される（地域によってはバラバラにされる）ことで、本来の役割をある程度担っていると見る事ができる。そのため、必ずしも西日本の型が古いというわけではなく、むしろ「（型）ハイヌヴェレ」の要素が「外敵への制裁」と完全に結合した比較的新しい型であると見る事ができる。

一方の東日本の型は、姫が担う役割を外敵と分け合っていることになり姫の役割が外敵に移行していく過渡期の型と見る事が可能である。また、外敵が逃げおおせてしまう型は、「鬼一口型」と結びつく場合がほとんどである。「鬼一口型」では、姫が外敵に食われる、姫がバラバラにされる、姫の死体の一部を爺婆に食わせる、などの要素が結合することが多い。これらの要素は姫を食物にしているということであり、人身御供譚の要素であると考えられる。外敵が無事に逃げおおせる型も、外敵＝山の神に生贄を捧げる形とみることができ、「鬼一口型」と外敵が逃げおおせる型はともに本来の人身御供譚としての要素が強いものと見られるのではないか。

また、姫の一部を爺婆に食わせる要素では、「イモだ」と言って食わせるものもある。このことから、姫を食うという要素は姫が食物＝作物に変化をするという要素の名残であり、「(型)ハイヌヴェレ」の有用植物への変化の名残であると見ることができる。姫が喰われる要素は「血の要素」と基本的には同じものであり、むしろより古いものであるかと考えられる。「鬼一口型」で「血の要素」が少ないのはより古い要素が存在しているからとすることができるのではないだろうか。

また、本来のものに近いであろう「姫の血によって植物が染まる要素」は、数は少ないものの存在し、とくに中国地方の内陸部に多く見られる。東北の北部と中国地方の内陸部という離れた地で古い型を残す要素が存在するのは興味深い。後の章で、伝播の過程などを考察することとする。

なお、外敵への制裁がないか、あったとしても比較的描写があっさりしている東北の中で、秋田周辺では、東北の他の地域とはやや異なる要素が見られる。例をあげる。

> 爺と婆はなんてかんて怒って、天邪鬼を茅原の間を引っ張り回し。いじめじけてやったら「さんざんと血を流したので、今だに茅原の茅の根が赤く染まっているということだ。」[34]（秋田県）。

このように、外敵が爺婆によって畑や萱原の中で叩きのめされる。東北の中では例外的に制裁の描写が詳細である（なお、この例話のように「血の出るまで叩いた」だけで終わり、外敵の死を明確にしていないものも多いが、状況から見て外敵は殺害されたと見て問題はないものと思われる）。日本列島全域を見ても、この制裁の仕方はあまり例がなく、ほぼ秋田周辺独自の要素であると言える。

なぜこのような要素になったのかということは現時点では明確には言えない。ただ、秋田周辺は他の要素でも東北の他の地域と異なるものが多く、東北の中では異質である。伝播や変容を見るうえで重要な地域と思われるので後の章で詳しく考察することとする。

5. 木

「瓜子姫」の類話には木が登場するものがある。木が登場する類話は総数が非常に多く、東北から九州まで分布域も極めて広い。また、木が登場する場面は「姫が外敵に木の下に連れ出されて殺される」「外敵によって姫が木に縛られる」など、話の展開において重要なターニングポイントであることが多い。これらの理由により、木という要素は「瓜子姫」という昔話を考察するうえで重要な問題になるものと思われる。

木の要素は、日本列島の広い範囲、「瓜子姫」が伝わっている地域にはほぼ存在する。ただし、東北の青森・岩手・宮城・福島・山形南部は少ない。この辺りは、姫の生死の要素では「鬼一口型」（姫が侵入と同時に殺害される型）の地域である。

木の要素には以下のような型が存在する。

A姫が木の元で外敵に殺害される。

a木のぼりをさせられ、脅かされる・木を揺すられる、などによって木から落とされて殺される。

b固い未熟な実をぶつけられて殺される。（なお、姫が死亡せずに気絶するものもあるが一例しかない特殊な型である）

cその他（木に縛って切り刻む・果樹泥棒の罪を姫に擦り付けて木の持主に殺させる・とくに殺害方法は語られない、など）

B姫が外敵によって木に縛られる。

C外敵が殺害した姫の死体を木に吊るす。（木の根元に死体を埋める型もあり）

D鳥が木にとまって鳴き、真相を告げる。

それぞれの分布について確認する。Aはその大半が東北に見られるが、その分布には偏りが見られる。秋田・山形北部に集中し、東北の他の地域では少ない。東北の秋田・山形北部以外は、姫が家の中で殺される「鬼一口型」であるためである。また、全体的に見てA―aが多く、b・cは少ない。b・cはむしろ中国地方に多く見られる。ただし、中国地方は「死亡型」自体が少なく、中国地方全体で見れば少数ではある。

Bは関東以西に多く見られる。姫が無事に助けられる「生存型」はほとんどがこの型である。姫の縛られ方はいくつかバリエーションが見られ、「木の上に縛られる」（木登りさせられ縛られる、という型が多い）、「木の下に縛られる」、「木の枝に吊るされる」などである。また、「姫の髪の毛で縛る」「蔓で縛る」など姫を縛る道具にもバリエーションが見られる。ただし、これらはとくに地域性などがあるわけではない。語り口の違いであろうと思われる。

Cは山形から新潟にかけて見られる。それ以外の地域ではほとんど見られず、範囲は限定されている。なお、この型では姫を殺害する場所は侵入と同時に家で、というものがほとんどあり、木まで連れ出して殺害、という型は少ない。家で殺害し、死体をわざわざ木まで運んでいるということになる。

Ｄは東日本、長野以東に多く見られる。長野以西では鳥が真相を告げる要素は少ないため、鳥の要素に関わるＤが少ないのは当然であると言える。

以上が「瓜子姫」に見られる木の要素である。

次に登場する木の種類を見る。「瓜子姫」に登場する木には以下の種類がある。また、その分布域は以下の通りである。

柿の木……日本列島の広い範囲に伝わる。登場する木としては最も多い。
梨の木……日本列島の広い範囲に伝わるが、とくに中日本（長野）に多い。
桃の木……ほぼ秋田県内のみ。秋田ではほとんどが桃である。
山椒の木……新潟県内のみ。新潟でも半数程度。
その他……松の木、梅の木など。種類を特定しないものもある。日本列島全域に散見する。

全体的に見て、果樹が多いという事が確認できる。しかも、そのほとんどが柿・梨・桃である。桃はほとんどが秋田に集中しているため、秋田の地域的な変化として見たほうがよいと思われる。山椒も新潟のみ存在し、そもそも数が少ない。そうなると、木の要素で日本列島の広い範囲に伝わっているのは、柿と梨である。そのうち、総数では柿が圧倒的に多いため、木の要素における代表的な木は柿であるとすることができる。なお、柿をはじめとした果樹が登場する場合は、外敵が「果樹採り（柿採り・桃採り）に行こう」と姫を木まで連れ出すという要素が挿入されることが多い。果樹採りの要素が挿入されるものは、柿採りは柿の実が熟れる季節＝秋、といったように、姫が外敵から被害を受ける季節が確定する。桃は夏であるが、梨なども秋に実が熟れる。また、外敵の血で根が染まる作物も黍や粟など秋に収穫する作物であることが多い。「瓜子姫」は元々農業に関する神話が起源であると考えられるため、実りの季節である秋とは深い関係にあった可能性も指摘できるのではないだろうか。なお、Dの要素では、鳥がとまる木は特定されていないことがほとんどである。

次に、木のある場所を見る。木のある場所には以下のような要素がある。

・裏庭など、家から極めて近い場所
・裏の山、長者の畑など家からある程度の距離がある場所
・場所をとくに語らない

A〜Cは全体的に見て、家からある程度距離がある場所へ連れていく型であることが多い。姫の殺害を実行する、あるいは姫を隠すことが目的であれば、人目のつかない場所へ連れていくのは当然であり、ストーリー上の合理性から見れば、こちらのほうが理に適っていると言えるかもしれない。また、Dの鳥が告げる場合も、かごにのって家から少し離れた場所であるということが多い。これは木の要素というよりも、外敵の正体が発覚する際には、かごなどに乗ってどこかへ連れていかれるという問題に関わるのではないかと思われる。

次に、木の要素はもともとどのような意味を持っていたのか、ということを考察する。まずは、木の種類を特定せず「木」そのものの持つ意味を考察する。

まず注目したいのは、「瓜子姫」の成立に大きな影響を与えたと考えられる「偽の花嫁」系統の昔話である。この昔話では、乙女（または嫁）が外敵によって殺害されるという展開になるが、その殺害場所が木であるという事例がいくつか見られる。ここでの木は一種の境界線であり、ここを境にして生と死の世界が交差するという考え方がある。つまり、乙女は木という境界を越えて、生の世界から死の世界へと移動したものとみることができる。「瓜子姫」においても、姫が殺害される場所、即ち死の世界へ移動する場所が木であると見ることができる。(35)

次に、木が信仰の対象となっていたという可能性を指摘できる。世界的に、木、とくに巨木を信仰するという風習は多く見られ、世界を支える巨木（世界樹）に関する神話も多く残る。(36) 日本列島においても神木の信仰は各地に見られ、木への信仰が一般的であったことが確認できる。この木への信仰と「（型）ハイヌヴェレ」を起源とした人身御供の要素が結びついて「木の要素」に変化した可能性も考えられる。

そのように変化した可能性を示唆するものとして、以下の物をあげることができる。

第一に、地方によっては柿の木に人形を吊るして豊穣を願う風習がのこっているということがあげられる。(37) 人形はそもそも人間の代わりに作られたものであり、本来は人間の死体を吊るしていたのではないかと考えられる。これは木に生贄をささげるという風習が過去存在した可能性を指摘できる。そのように考えると、姫を木の元で殺害、あるいは死体を木に吊るすというのは姫＝生贄を木に捧げるという人身御供譚が元になっていると考えることができる。

第二に、地域によっては、姫が果実をぶつけられて流血する要素や熟した実をぶつけられて赤く染まる要素が見られるということがあげられる。血の要素は元々「（型）ハイヌヴェレ」における殺害された乙女が有用作物に変化したことの名残であると考えられ、そもそもその役目を担うのは本来、女神である姫の役割であったと考えられる。そのことから、これらの要素は「（型）ハイヌヴェレ」と同源であり、乙女の死体が有用作物に化成する、という要素から、乙女の死によって神聖な木に活力が与えられる（あるいは乙女そのものが木に化成する）という要素が名残であると見ることできるのではないだろうか。

また、「天道さん金の鎖」として知られる昔話は「瓜子姫」と似たような要素を多く含み、外敵と木でやり取りをする要素、外敵が木から落ちて死亡し、その血で作物の根を染める要素が見られる。このことからも、木の要素と血の要素は近い関係にあったのではないかということが窺える。「天道さん金の鎖」については後の章で詳しく考察する。

木の要素も「（型）ハイヌヴェレ」起源とすると、木の要素とソバやアワの根が染まる雑穀の要素のうちどちらが先行するものであるのかという疑問が生じる。焼き畑農業の伝来という側面で考えれば、早く伝来し、かつ主流であったのは雑穀栽培であり、「（型）ハイヌヴェレ」の要素はやはり雑穀栽培とともに流入したと考えるべきであろう。神話においても「（型）ハイヌヴェレ」系統の話は穀物（雑穀・稲作含め）栽培とのかかわりが深い。そのため、本来のものは雑穀が染まる型であり、木の要素は神木の信仰と「（型）ハイヌヴェレ」が複合した後発型と見るべきと考える。

以上が、木の要素の起源の考察である。大きなものとして「偽の花嫁」と「（型）ハイヌヴェレ」の起源をあげた。「死体を木に吊るす」「木で殺す」と要素を見た場合、「死体を木に吊るす」という要素の方が「木に縛る」とイメージが近い。また、「死体を木に吊るす」という方が、単に木の元で殺すよりも「生贄として木に捧げている」という意味合いが強いものと思われる。また、「死体を木に吊るす」要素の方が伝播している範囲は広く、「木に縛る」要素が多い西日本に近い地域に多く伝わっている。まず「死体を木に吊るす」という要素がありそこからさらに「木に縛る」（生存）という要素に変化していったのではないかと思われる。一方、「木で殺す」という型は、「偽の花嫁」の展開に近い。伝播している地域を見ると、ほぼ秋田・山形北部に集中しており、他の「木の要素」が多い地域とは離れている。これらのことから、日本列島での「木の要素」の多くはもともと「(型)ハイヌヴェレ」から変化したものであり、秋田・山形北部など一部地域の「木の要素」は「偽の花嫁」系統から変化したものであり、両者は根源が異なるのではないかと考える。もっとも昔話は長い時間をかけて様々な要因を吸収し、変化していくものであり、「(型)ハイヌヴェレ」「偽の花嫁」の両者がそれぞれ影響を与えながら、現在の型に変化していったものと思われる。あくまでも、「どちらの要素がより強いか」という問題であり、「(型)ハイヌヴェレ」の影響力の方が強かったということが言えそうである。

次に、木の要素で登場する木の種類の意味を考察する。「瓜子姫」に登場する木は、果樹であることがほとんどであり、中でも一番多いのは柿である。柿は、「垣」と音が通じ古くから村や家などの境界線とされてきた。そのため、あの世とこの世の境目にある木としてふさわしいものであると考えられる。また、柿の実は赤く、先ほど例をあげたように実の色から姫の血を連想させる要素はいくつかみられる。また、少し触れた柿の木に人形を吊るす儀式も人身御供の名残である可能性があり、「(型)ハイヌヴェレ」＝人身御供とはなんらかの関係があった可能性も指摘できる。それ以外にも、柿の実は防水・防虫に用いられる柿渋を取るのに必要なため、生活において非常に重要なものであった。

乙女の体が有用な作物に変化する「(型)ハイヌヴェレ」とは相性がよかったのではないかと言える。このように、柿は「偽の花嫁」「(型)ハイヌヴェレ」どちらとも通じる要素を持っており、木の要素の中でも非常に古いものと考えることができるのではないだろうか。

一方、桃は古代の中国で神聖なものとして扱われ、『古事記』神話の黄泉の国からの逃鼠譚においても重要な役割を果たしている。また近年の遺跡発掘で儀式に使用されたと見られる桃の種が大量に発掘されるなど、弥生時代頃にはすでに桃が神聖なものとして扱われていたことが確認されている。古くから神聖な霊木としてあがめられていた可能性は高い。しかし、桃の木は秋田県の狭い地域に集中し、他の地域ではほとんど見られない。

また、前に触れたように「瓜子姫」は実りの秋に関わりの深い昔話の可能性が高く、夏に実が熟する桃はややふさわしくないと見ることもできる。これらのデータより、「木の要素」は柿が最も基本的なものであり、後はその地域で親しまれている種類の木に変わっていったのではないかと考える。

このように、木の要素は民俗的に古い起源をもつことが確認できた。しかし、この要素が最初から「瓜子姫」に存在したのか、という点においては否定的な見解をとる。

おそらくは、「瓜子姫」が日本列島全域に広がって行くにつれて、段階的に「瓜子姫」に取り入れられていった要素ではないかと思われる。その根拠として、以下のものをあげることができる。

①「瓜子姫」の主な起源のひとつである「（型）ハイヌヴェレ」には木の要素は登場しない。
②古い型を残す東北の「瓜子姫」では、秋田・山形北部以外では木の要素が登場しないことが多い。

これらのことから、まず現在の「鬼一口型」に近い「瓜子姫」が普及し、その後木の要素が結合していった可能性も考えられる。

この木の要素の変化に関する考察は、後の節でまた詳しく考察を行うこととしたいと考える。

姫を殺す、あるいは姫を隠した外敵は姫に変装する。その変装は相当巧妙なのか、一緒に暮らしている老夫婦にも簡単には見破れない。ただ、ある事柄をきっかけに真相が明るみに出る事となる。

6. 真相の発覚

その真相を明らかにするきっかけとなる「ある事柄」にはいくつかの種類がある。だいたい以下のようなものである。

Ａ鳥が人語をしゃべり真相を知らせる。
Ｂ縛られている姫自身が叫んで真相を知らせる。
・姫が鳥の鳴きまねをする。
・姫が歌を詠む。
Ｃ洗顔によって被っていた姫の皮がはがれ、正体がばれる。
Ｄイモなど食べ物の食い方の違いで、正体がばれる。
Ｅ外敵自身が真相を告げる。
Ｆ爺婆が探して死体を自ら見つける。

まずあげられるのは、鳥の知らせによって真相が告げられる「鳥の要素」である。例をあげる。

（例話1）

……そしたらその日になったら、家のそばの木に鴉が飛んで来て

瓜姫子あ乗り掛けさ　天邪鬼乗ってゆく　かあ　かあ

と鳴くので、爺も婆もはてさて、ますます怪しいことだと思って化けの瓜姫子を裏のしずさ連れて行って、顔を表せると、いつもの瓜姫子と違って、たづきのあたりばかりにてらてらなでているので、ごりごり洗ってやると、化けの皮がはげて天邪鬼が現れだけど。[38]（後略）（秋田県）

（例話2）

「瓜姫子は今日は一人で織ってだべな、一人ばりで退屈だべほに」そしたら、

ギーコ・バダン

なんていう音する。機織ァまったにない音立てるもんだな。天気のせいでもあんべ、なんて、ばばと入って来たところァ、丁度家の前さ、鳥ァ大変にさわぐ。そして鳥は、

瓜姫子の織り機さ

天邪鬼はぶちのって

ギーコ・バダン

なんて言う。「鳥は、一体におかしなこと鳴くもんだな」と思っていたら、また、

瓜姫子の織り機さ

天邪鬼はぶちのって
ギーコ・バダン
なて啼く。今度は機織場さ行ってみた。そしたば、瓜姫子はいなくてアマノジャクは瓜姫子の衣など着て織っていたんだけど。(39)（山形県）

この型は、東日本から西日本までの非常に広い範囲に広がっており、もっとも採話例の多い要素である。この要素は「死亡型」「生存型」に関わらず結合しているのを見る事ができる。また、登場する鳥も複数いるが、カラスが最も多い。

次にあげられるのは、縛られている姫自身によって真相が明らかになるものである。例をあげる。

（例話3）

……あまんじゃくばばあが、木の上にむしょうに瓜姫御寮を連れて上がって、くくりつけてしもうて、せえから、あまんじゃくばばあは瓜姫御寮が織ょうた機ぇすがって、一生懸命機ぁ織りょおうるところへ、じいさんやばあさんが帰ってきて、せえから、帰ってきょうるところを瓜姫御寮が柿の木の上から見て、
「おじいさん、おばあさん。瓜姫御寮はここだ。瓜姫御寮はここだ。(40)」（後略）（岡山県）

（例話4）

柿の木谷通って、柿の木の下まできたらのう、柿の木の上から瓜姫さんが、

「わしが乗っていくかごへ乗ってあまんじゃくが嫁入りするかい、ピーヒョロ」
いうて泣いたげない。(41)（後略）（島根県）

この型は、西日本のとくに広島以西に多い。当然であるが、「死亡型」との結合は見られない。姫が生きていることがこの要素の絶対条件になるためである。

次にあげられるのは、顔を洗わせると化けの皮が剥がれる「洗顔の要素」である。例としては二章の4で紹介した例話1の岩手の型などが配当する。このように、「洗顔の要素」が真相発覚につながる場合もみられるが、他の要素、とくに「鳥の要素」と結合しているものも見られる。例話1のようにが真相を告げると、その確認のために顔を洗わせて真相を暴くという型である。その際には、「鳥の要素」がメインであり、「洗顔の要素」は副次的なものとなる。この型は、東日本、とくに東北に多い。この型も、「姫の皮を剥いで被る」ということが条件になるため、基本的には「死亡型」と結合する。また、鳥の要素から洗顔に移行する型は、東北の中でも秋田に多く見られる。

次にあげられるのはイモの食い方によって真相が発覚する「イモの食い方の要素」である。この型は、山形南部から新潟にかけて見られる。ただし、この型はあくまで老夫婦が訝しむというだけで終わっており、この段階で真相が発覚することは少ない。これに関しては後の章で述べる。

次に、「外敵自身が真相を告げる」という要素である。例話をあげる。

（例話5）

爺様婆様が夕方山から帰って来た。そして背負って来た薪をガラガラッと下して、瓜子ノ姫子、今帰ったぞと言うと、瓜子ノ姫子に化けたオオカミは、さアさ腹が空って来たこったから、はやく飯食っとがれと言う。爺様婆様が瓜子ノ姫子を煮た肉汁を、ああウンメア、ウンメアと言って食うと、狼は、

板場の下を見サ
骨こ置いたが
見ろやエ見ろやエ

と言って狼になってさっさと逃げて行った。そして爺様婆様はまた二人っこになった。(42)（岩手県）

この要素も単独で挿入されることは少なく、鳥や洗顔の要素によって正体がばれたのちに、外敵が自ら真相、おもに姫の死体のありかなどを言うということが多い。また、この要素のばあいは、外敵が罰を受けずにそのまま逃げおおせてしまうという結末になることがほとんどである。

最後の要素は爺婆が帰ってきて死体を見つける、あるいは姫がいないことに気づいて探し回って見つける、というものである。厳密に考えれば、すべての類話には少なからず爺婆が探すという要素は含まれる。ただ、それではあまりに数が多すぎ、かえって分類ができないため、「他の真相発覚の要素がなく、ただ爺婆が探して見つけるだけ」のものを、この探す要素とする。この要素は全体的に見て少ない。

この中で、注目したいのはA「鳥の要素」である。鳥の要素は伝わっている範囲が非常に広いうえに、姫自身が助けを求める型の中にも、姫が鳥真似をするものがある（分布図5　参照）。

これは、もともと鳥が真相を知らせる型であったのが、姫にその役割が移ったのではないかと考えられる。時代が下がり「死亡型」から「生存型」へと変わり、姫が死ななくなったことによりあえて鳥が登場する必要がなくなって

分布図5　鳥による真相の発覚

● 鳥が真相を知らせる　　姫が鳥真似をして真相を知らせる

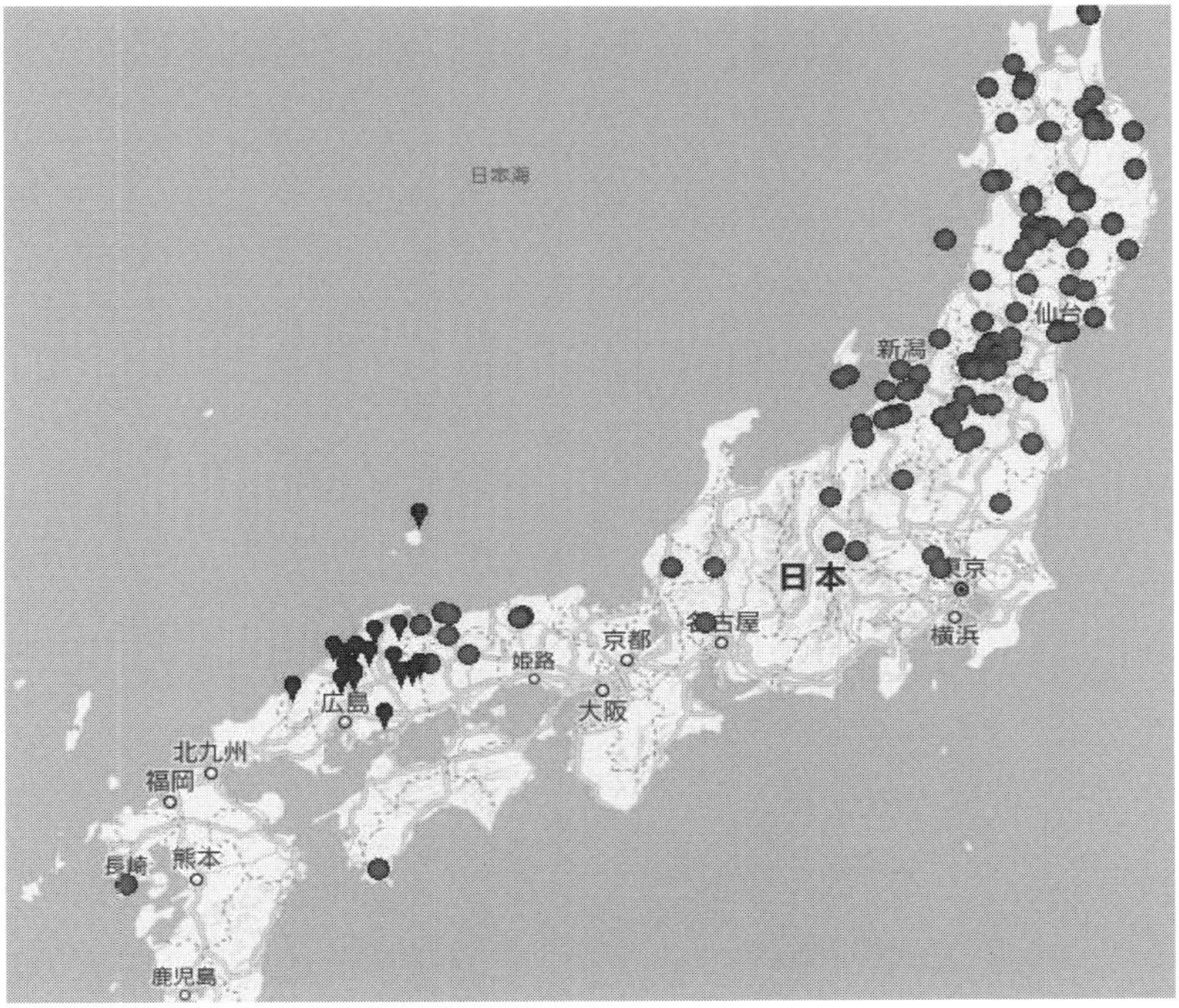

いったものと思われる。そのため、鳥真似の要素があるものはもちろん、姫が叫んだり歌を詠んだりするものも、元は鳥の要素であったという可能性も想定できる、そうであれば、「鳥の要素」はほとんどすべての類話に含まれていたということになる。

この鳥の要素は、相当古い要素であると考えられる。その理由として以下のものがあげられる。

・日本列島では古代よりひとの魂と鳥を結び付ける思想があった。
・南方神話でも神の使いとして鳥が登場し、重要な役割を果たすものが見られる。

多くの日本神話では、例えばヤマトタケルが死後に鳥になって大和へ飛んでいくというように、ひとの魂が鳥になって飛んでいくということを暗示したエピソードがいくつか見られる。また、日本の昔話でもいわゆる「小鳥前生譚」として分類される一群は、人間が小鳥に変化する話であり、人間の魂が鳥に変化するという思想が根底にあるものと推測される。「小鳥前生譚」ではとくに、「継子と鳥」として分類される昔話が、鳥が事件の真相を告げるという型であり、「瓜子姫」の鳥の要素に酷似している。

「瓜子姫」で真相を告げる鳥も、殺害された姫の魂が変化したものであると考えられる。実際に、鳥を姫の生まれ変わりのように語る例話も存在する。例をあげる。

（例話6）

庭の隅っこから鳥こあいっぴき、とことことこ、たやあて飛んでったど。そしたけゃ、その鳥こあ、
おら、はあ、赤や着物こも
櫛こも、何ても、いらなや
ほうけぇきょ
と鳴いで、飛んでってしまったど。
鳥こになって―。とうとうそれっきり帰っ来なやがったど。(43)（後略）（岩手県）

このほかにも、殺害された姫の体の一部が鳥に化したとする類話も存在する。これは、姫の魂が変化するということをわかりやすく表現されたものではないかと考える。また、鳥になった魂はそのまま異界へ飛んでいくとも考えら

れていたようであり、異界からやってきた姫は、死んで鳥になることにより元の異界へ帰還したと見る事もできる。さらに言えば、「神の使い・神の化身」として瓜＝卵に入って異界からやってきた姫が、鳥になって異界へ帰還するのである。このように、「瓜子姫」の鳥の要素には、古来からの魂と鳥の思想が含まれている可能性は高い。

また、南方神話には第一章で見たように、鳥が重要な役割を果たすものが見られる。洪水や生まれてきた丸い物など、日本神話ひいては「瓜子姫」にも類似する要素が含まれる。ここでは、鳥が男女二人に性交をうながしており、それによって夫婦となったふたりが一族の祖となる。これは、鳥が神の使い、あるいは神そのものの化身であると見る事ができる。「瓜子姫」の瓜が卵の象徴であり、姫自身も女神としての要素を持っている。そのため、鳥を神の使いとする説話とはもともと関わりが深かった可能性は十分考えられる。

また、鳥を神の使いとする説話には日本神話にも興味深い事例が見られる。「国譲り神話」の、アメノワカヒコにまつわる神話である。この神話では神の使いであるキジのナキメがアメノワカヒコによって射殺されているが、第一章で考察したようにアメノワカヒコは殺される神の要素を持ち、アマノサグメはアマノジャクの大元である等、「瓜子姫」との関わりは深い。そのことからも、「瓜子姫」には神の使いである鳥の要素が含まれている可能性は高いと言える。

このように、「瓜子姫」の鳥の要素には「小鳥前生譚」としての魂の象徴のイメージと「神の使い」としての要素が含まれている可能性を指摘できる。「小鳥前生譚」をはじめ、鳥にまつわる昔話は、もともと死者への哀悼の意が含まれているとされる。古来の民俗的な信仰の名残ももちろんあるだろうが、それ以上に、死者、この場合は姫と夭折した子供への思いを重ね合わせて語り継がれてきた可能性もある。鳥の要素が「生存型」と結合することは少なく、「死亡型」と結合することが多いのは、合理化だけではなく、「死亡型」には哀悼の意が含まれているからかもしれない。なお、三浦佑之はアイヌの昔話との関わりを論じている(44)。

また、鳥が真相を告げる際に木に止まって鳴くという要素も見られる。先の章で見たように鳥が死んだ姫の魂の化身であり、木は異界へつながる入り口として見れば、鳥になった姫の魂が木から異界へと旅立つということを暗示していると見ることができる。

以上より、「瓜子姫」における「鳥の要素」は非常に古い要素であることは間違いない。だが、これが「瓜子姫」において原初から存在する要素か、ということになると必ずしもそうではないと考える。

まず、比較的古い型を持つ東北の「鬼一口型」では鳥の要素が存在しないことが多いということがあげられる。この型では、外敵自身の口によって真相が語られることが多い。また、同じく古い要素を持つと思われる中国地方比婆郡の型も、爺婆が帰って来た後に姫を探しに行き死体を見つけるパターンが多い。「瓜子姫」の起源のひとつを「(型)ハイヌヴェレ」起源の人身御供譚に求めれば、そもそも姫が外敵に殺害された時点で役割は終了したこととなり、鳥が真相を告げる必要はないということになる。そのため、原初の段階では鳥の要素は存在せず、様々な説話と融合していく過程で「瓜子姫」に取り入れられていったものと思われる。

先にあげた南方神話との関わりを見ても、南方神話の多くは民族の祖を語る説話であるのに対して、「瓜子姫」には特定の民族や氏族の祖を語る要素は少ない。そのため、最初から含まれていた要素ではなく、日本列島に伝来する過程で結合した要素として見た方が適当と思われる。

また、「偽の花嫁」系統の影響も大きいのではないかと考える。原初の人身御供をテーマとした段階では真相の発覚は重要な要素ではなく、外敵との入れ替わりという要素が取り入れられるにつれて、真相発覚の要素が必要になっていったのではないかと見る。そう考えると、「入れ変わり」の要素が重要な要素となる「偽の花嫁」系統の影響も強いという事が考えられる。「偽の花嫁」には鳥が真相を告げる要素が含まれることが多く、その鳥は乙女の化身であるとされる。

このように、他の説話の影響を受けながら人身御供譚であった「瓜子姫」は入れ替わりの重視、夭折した子供への哀悼、異界への帰還、といった要素を取り入れて発展していったのではないだろうか。

次に、姫自身が知らせる型を見る。先に見たようにもともと鳥の要素があり、話が「生存型」に変わっていくにつれて、鳥の役割が姫に移行していったものと見る。そのため、「姫が鳥の鳴きまねをする」という型が最も古く、そこから姫が叫ぶ要素に変化し、さらに歌をよむ要素になったと見るべきと考える。なお、「一般的な庶民が歌を詠む要素を考えるはずはない」として、歌を詠む要素が最も古く、それが崩れて姫が叫ぶ要素になり、さらに鳥真似をする要素になったとする説も存在する。この説では室町時代の『瓜姫物語』は姫が歌を詠んで助けを求める型であるため、それが民間に広まったものとしている[45]。しかし、『瓜姫物語』はそこまで民間に広く読まれていたとは考えにくい書であり、民間には歌にまつわる昔話や伝説は多く、知識人でなくとも歌を詠める人間は多かったと思われる。「瓜子姫」に登場する歌は特別な技法もない単純な物であり、庶民でも十分作れるものである。そのため、この説は重視する必要はないと見る。

また、中国地方、とくに広島を中心とした地域には、外敵が道を選択するという要素が見られる。例をあげる。

（例話7）

お爺さんがさいをかって戻り、お婆さんがくだをかって戻って、そえから機さこさえて、着物も出来て、今度あお嫁さんに行くのに、「柿の木谷を通ろうか、栗の木谷を通ろうか、柿の木谷を通りゃ柿のしずくが落ちてきて汚い」いうて。「それじゃ栗の木谷を通ろうか」いうたら、「梨の木谷を通りゃ梨が頭へ落ちかかってこぶが出るけんあこは通るまい」いうて。「それじゃあ、すべっても柿の木谷を通るがええ」いうことになって、柿の木谷を通りかけたら、柿の木の下で休みおったら、瓜姫様がそらからあまのじゃくが嫁さんにゆく着物を着て行くのを見て、「瓜姫が乗りて行く玉のこし、あまのじゃくこそ乗りて行くか」いうて、歌詠みやった。そしたらお爺さんとお婆さんらが見つけて、「こりゃにせものだ」いうて、とうとう篭から引っぱり出して、あまのじゃくを切って、切って切りちゃぐって、唐黍畑の中へひとこげ、蕎麦畑の中へひとこげ、あかだの畑へひとこげ投げた。(後略)（広島県）(46)

このように、アマノジャクが自らのあまのじゃくな性格の故に自滅するというパターンであることが多い。この型は、「生存型」と結合することがほとんどである。この要素は、「死亡型」から「生存型」に変化していく過程で合理化を目的として挿入されたものではないかと考える。

いままで考察したように、もとは「死亡型」であり「生存型」は変化形であると見る。姫が死亡しないことによって、当然、外敵には「姫が助けを求める」という「死亡型」にはなかったリスクが生じる。そのため、家の近くの木に姫を縛るようなものはあまりに外敵が愚かで考えがないという印象を与えてしまう。家から遠い場所に縛ってもかごに乗せられて連れ出される際に姫を縛ってある場所を避けるようにしないというのも同様である。言葉巧みに姫を連れ出し、手玉に取るような外敵とイメージがそぐわなくなるという問題がある。そのため、「なぜ、姫を縛った木の前を通ることになったのか」ということに合理的な説明をつけるものとして、「道の選択」の要素が挿入され、広まっていったのではないかと考える。このように、姫が生存する型に変化することによって、真相発覚の要素も徐々に整合性を取るために変化していったと言うことがうかがえる。民衆も昔話にある程度の整合性や論理性を意識していたということの証明になるのではないだろうか。

なお、姫に化けた外敵を爺婆がかごなどに乗せて外へ連れ出す、という要素は連れ出す理由はさまざまであるものの存在することが多い。外敵がそもそも生贄を捧げるべき神であったとすれば、神を元の住処へ返すという意味合いがあったという可能性が考えられる。そこに、鳥や縛られた姫による真相の暴露という要素が組み合わさって変化をしたのではないかと考えるが、それを証明する証拠は現時点では確認できない。今後の課題としたい。

7．機織と嫁入り

「瓜子姫」には、「姫に嫁入りの話がある」という要素が存在することが多く、最後は無事に嫁入りをしてハッピーエンドとなる型はとくに「生存型」で多く見られる。

「嫁入り」という要素は女性が一人前のおとなになるうえでのターニングポイントであり、このように「嫁入り」によって女性の人生は一区切り付いたということになる。つまり、関敬吾などのように、「瓜子姫」を女性の一生の縮図を語る話として見ると、姫が大人の女性になるという目的を果たし、話が完了するということになる。「嫁入り」の要素は最も重要な欠かすことのできない要素となる。また、「瓜子姫」で姫が機織をするのは、嫁入りの準備のためであり、嫁入りへ向かう女性の通過儀礼のひとつであるという事になる(47)。

多くの類話で、姫の嫁入りをもってめでたい話として終わりにしていることから見て、「嫁入り」の要素を重要視して語った語り手が相当数いたことは間違いない。実際、「嫁入り」前の困難を語る話と想定していた語り手もいたのではないかと推測する。しかし、これが「瓜子姫」の起源においても最初から存在し、重要な要素だったかというと、決してそうではないと考える。

いままで見てきたように、「瓜子姫」の起源のひとつは「(型)ハイヌヴェレ」を基礎とした人身御供譚である可能性が高い。そうであれば、「嫁入り」という要素は、本来はほとんどなかったのではないかと考えられる。類話をみても、とくに東北を中心に「嫁入り」の要素は存在しないものも多く見られる。また、「嫁入り」が挿入される型でも、本来は「嫁入り」の要素は弱かったのではないかと思われる類話も存在する。例えば、前半ではとくに嫁入りの話はなく、爺婆が出かける理由も芋掘りなどと語られているが、後半になって突如として「嫁入り」の話が出てくるような類話がある。このような型は、もともと「嫁入り」の要素自体がなかったものの、後に挿入されたのではないかと考えられる。「瓜子姫」は、「(型)ハイヌヴェレ」を基礎とした人身御供譚だったものの、長い時間を経て「偽の花嫁」系統をはじめとした様々な説話の影響を受けて発展してきた。とくに「偽の花嫁」の影響により「嫁入り」の要素が挿入されるようになり、「生存型」に変化していく過程で、重要度を増していったのではないかと考えられる。

西日本を中心に、爺婆が姫をひとりにして家を空ける理由を「姫の嫁入り支度」とすることが多い。本来は、芋掘りなどが、爺婆が留守にする理由であったものの、変化したのではないかと考える。とくにその後につながらない芋掘りなどよりも「爺婆が姫の嫁入り支度のために留守にする」から「嫁入りの際に真相が発覚する」という流れの方が構成はわかりやすく、合理的であると言える。嫁入りの要素が挿入されることが多くなるにつれて、より合理的でわかりやすいように話が変化していったのではないだろうか。

また、第一章で述べたように「瓜子姫」がもともと「(型)ハイヌヴェレ」を起源に持つ人身御供譚であり、外敵は本来、生贄を差し出すべき「神」であったと考えれば、もともとは神を本来の住処へ返すという意味合いがあった可能性がある。嫁入りのためにかごに乗せて出発させるというのは、それが「偽の花嫁」などの影響を受けて変化したものである可能性も考えられる。姫に化けた外敵を送り出す理由が「祭りに連れていくため」「お参りに行くため」など必ずしも嫁入りと関係がない事が多いのも、もともとは嫁入りとは無関係の要素であったからとも考えられる。

このように、嫁入りの要素は本来の「瓜子姫」では必ずしも重要なものではなかった可能性は高い。そう考えると、「機織」の要素は「嫁入りの準備」の象徴であるとした関敬吾の説は成立しないこととなる。

では、機織要素にはどのような意味があるのか。機織の要素を神事として解釈したのは柳田国男である。柳田国男は以下のように述べている。

それは単に男子の武勇政略に相対して、女性の理想が巧思であり、技芸の精妙に在つたからといふだけで無く、また織物の工業が貴重であつて、それを能くするものが稀有であつたといふ為でも無く、一言でいうならばそれが同時にまた宗教上の任務でもあつたからである。神を祀るには清浄なる飲食を調理するを要件とした如く、かねて優秀なる美女を忌み籠らしめて、多くの日を費やして神の衣を織らしめたことは、或は我邦だけの特徴であつたかと思ふ重要なる慣習であつた。それが如何なる信仰に出たものかは、まだわれわれにも明白でないのだが、とにかくに機を織ることが上手といふのは、もとは確かに神を祀るに適したといふことも意味していた。(48)

しかし、この説に対しては関敬吾が以下のような疑問を述べている。

従来、瓜子姫は織姫に比定された。織姫は神に奉仕する処女で、のちには祀られて従神の一つに列すべき巫女であったという。もちろん、そうした信仰が日本にあったことを否定するものではないが、昔話がこうした特殊信仰を背景にして成立し、民衆の支持を果たしてかち得るか。仮に「瓜子姫」昔話が、織姫信仰を反映して成立したとすれば、それは昔話ではなく伝説となっただろう。(49)

関敬吾の反論は一理あり、さらに言えば柳田国男ははっきりとした根拠をしめしてはいない。そのため、柳田説をそのまま信じるのは難しいと言える。

しかし、機織が信仰の名残であるという考え方は有用であると思われる。なぜなら「(型)ハイヌヴェレ」起源説と機織の起源を同一に求める考え方が存在するからである。この説を解説するにあたり、まず姫の機織歌を紹介する。姫が機を織りながら唄う歌には以下のような歌詞が含まれるものがある。

(例話1)

とっきん　かたり、きん　かたり
管こ無いても七尋
とっきん　かたり、きん　かたり(50)(秋田県)

(例話2)

「じいさんさいがない、ばあさんくだがない(51)」(島根県)

これは、機織に使う道具がなくとも機を織れるということを唄った内容である。見方を変えれば姫が道具を使用しない理由は姫が体の中から機を出すことができたから道具が必要ないと解釈することも可能である。つまり本来姫は体の中から無限に機、あるいは機の材料となる糸を出すという要素であった可能性を示唆し、「ハイヌヴェレ神話」でハイヌヴェレが体内から無限に富を出す要素と繋がるとする考え方である。[52]さらに言えばここでの姫は体内から糸を出すカイコそのものでないかとしている。『古事記』のオオゲツヒメのエピソードは、「(型)ハイヌヴェレ」が起源であるとされる。ここで注目されるのが、女神の死体からカイコが誕生していることである。このことから、日本神話の「(型)ハイヌヴェレ」には養蚕の要素が含まれていると見ることができる。そのため、同じ「(型)ハイヌヴェレ」を起源に持つ「瓜子姫」にも養蚕の要素が含まれている可能性を指摘している。日本神話では、「(型)ハイヌヴェレ」における採取者の役割を持つスサノオが機織をする女性を殺したり傷つけたりしている。そのことからも、「(型)ハイヌヴェレ」と機織はつながりが深いとすることができる。

他にも、第一章でふれたように、南方の神話でこのようなものがある。

あるとき、ヒナはたいへん威勢よくタパを叩いていた。ところが、タガロア神は、コショウ科の木の根でつくった陶酔性飲料のカヴァを飲み過ぎていたので、ヒナの槌音がどうにも我慢できなかった。そこで使者をつかわしてヒナに止めるように言ったが、ヒナはこれを断った。いらいらしたタガロア神は、ヒナの頭を彼女自身の槌でぶん殴ってやれ、と使者に命令した。ところが、殴り方があまりに強かったので、ヒナの魂は身体から抜け出て月に昇ってしまった。そしてヒナは月の中でタパを叩きつづけているのである。[53]

これは、原始的な機織をする女性が昇天しているということであり、機織をする女性が殺害される「瓜子姫」、とくに「鬼一口型」との類似を見る事ができるのではないかと考える。このような説話も、「瓜子姫」の起源に関わる可能性を指摘できる。

もっとも、起源が海外説話などの要素だったとしても、語り手はとくにそのような事を意識しておらず、単に「（当時の）女性の仕事は機織がメインだった」ということも大きな要因であったと思われる。また、かつて語り手にインタビューをした際、もっとも力を入れえる描写のひとつが姫の機織歌であるという回答を得たことがある。あくまでその語り手の感想であり、姫の機織歌はすべての類話に挿入されているわけではないが、そのようなリズミカルな語りを楽しむための要素として、機織の要素は発展をしたのかもしれない。

8. イモ

「瓜子姫」にはイモという要素が登場することがある。イモの要素が登場する類話は一定数存在し、採取される範囲も広い。そのため、「瓜子姫」という昔話においてイモという要素はなんらかの意味を持っている可能性は高い。「瓜子姫」の起源を知るうえで、イモの要素の考察は欠かすことができないものである可能性が想定できる。

また、「瓜子姫」に登場する他の植物要素は瓜＝中から姫が誕生するもの、柿・桃などの果樹＝姫が殺害されるあるいは束縛される場所、ソバ・アワなどの雑穀類およびカヤ＝外敵あるいは姫が流す血で染まるもの、と役割がほぼ確定しているのに対して、イモは役割が複数存在し、類話によって異なるという特徴が見られる。イモの役割のパターンと地域差を見る事により、それぞれの地域における「瓜子姫」の特徴を見出し、伝播の経緯を考察する一助になるのではないだろうか。

「瓜子姫」におけるイモの要素がどのようなものか。イモの要素が含まれる例話をまずは紹介する。


じじとばば、瓜から生まっじゃ瓜姫子、大切に育てて、娘盛りになったもんだから、機織りさせっだごんだな。そしてある日、トコロ掘りに行って、

「トコロ好きだから掘って来て食せっからな」

て、じじとばば、トコロ掘りに行く時、その機りしった娘どこさ、

「決して、天邪鬼来たとき、戸開けなよ」

て言わっで、機織りしったどこだけな。そしたれば、そさ天邪鬼来て、

「戸開けて呉んねぇか」

「じじとばばに、決して戸開けんなて言わっじゃがら、戸開けらんね」

て、そうして言うて、んだげんど、天邪鬼、

「ちいと、爪の入るほど開けて呉んねぇか」

て、こんど爪の入るほど開けたれば、ガラッと入って来て、瓜姫子食ってしまったど。そうしてはぁ、瓜姫子食ってしまって、骨を流し尻さ投げてはぁ、自分がなりすまして、そして機織りしったどさ、じじとばば、トコロいっぱい掘って背負ってきて、茹でて呉っじゃど。いつもだど毛をとったり皮をむいたりして食うの、皮もむかね、毛もとんねで食うもんだから、

「なえだ、瓜姫子、そがえして食って」

て言うたら、
「毛は毛の薬、皮は皮の薬」
て、そしてそいつ食った。なんだかおかしいもんだな、いつもの瓜姫子とちがうもんだな、ていたら、やっぱり
烏が教えたんだけな。
瓜姫子のハタさ
天邪鬼ぁのりーた　のりーた
どかて、烏ぁ外で言うた。あんまり烏言うもんだから、そして流しさ行ってみたら、その骨殻いっぱいあっどこ
だけな。そして「この畜生、ほに、天邪鬼、瓜姫子殺して……」
て、殺して、うしろのカヤカブさ埋めた。そしてカヤの根元て赤いんだな、そして今でもカヤの根元は赤いはな、
天邪鬼埋めらっだからだど。とーぴったり。(54)（山形県）

この例話には、「姫の好物はトコロ」「爺婆が留守にする理由は芋掘り」「姫に化けた外敵のトコロの食い方が姫と異なり、爺婆が不審に思う」といった要素でトコロ（ヤマイモ）が登場する。

このように、なんらかの形でイモが登場する要素を便宜上「イモの要素」とする。イモの要素が含まれる類話は、五百以上の「瓜子姫」類話の中では八十話ほどである。また、イモの要素が含まれる類話の分布は東北から九州までと範囲は広いが、東北・新潟に多く見られる。とくに、山形、新潟に集中しており、全体の大半をこの二県が占める。中国地方や九州でも採取されるが総数は少なく、全体的に見て西日本では少なく東日本では多いという傾向があると見てほぼ間違いはない。

イモの要素はいくつかのパターンが登場する。大きく分けて、以下のように分類できる。なお紹介する順番は、話の展開の中でイモが登場するだいたいの位置とする。


A姫の好物がイモ。

B爺婆がイモを取りに行くために家を留守にする。

C外敵がイモ（またはイモの葉）利用し、腕をすべすべにして姫を騙して家に侵入する。

D姫がイモを掘った跡の穴に落ちて死ぬ。

E姫が外敵にイモ串で目を突かれる。

F外敵が姫の死体をイモ畑に捨てる。

Gイモの食い方が普段と違い、爺婆が不審に思う。
※それによって正体が暴かれる事もある。
H外敵が姫を解体し、その残骸（主に指）を爺婆に「イモだ」と言って食わせる。

これらの中で単独、もしくは複数の要素が挿入される。複数挿入される例としては、A姫の好物がイモであるために、B爺婆はイモを取りに行くために留守にする、といった形式となる。これらの要素は、採取される範囲がだいたい決まっている。

Aはイモの要素の中でもっとも多く、イモの要素が含まれる類話では大抵存在する。

一方、Bは中国地方では少なく、東北と新潟、関東北部に集中している。それ以外の地域では、爺婆が留守にする理由は、姫の嫁入りが決まっていてその道具を買いに行くためという理由がつけられていることが多い。また、とくに理由は述べないものの爺婆が山に行って留守にするという要素もあり、もともとは芋掘りのために山へ行っていた可能性も考えられる。

Gは主に東北と新潟、関東北部で採取される。とくに山形南部と新潟にほぼ集中している。また、イモの食い方によって正体がばれる型は全体的に見て少なく、大半は不審に思うだけで終わっている。

その他、Cは山形、Dは秋田、Eは鹿児島、Fは鳥取、Hは青森（東部）に見られるが、それぞれ採話例は一例程度しかない特殊な要素である。

なお、AとGの要素に類似するものとして、イモの代わりに小豆飯、餅などが姫の好物、それらの食べ方を見て不審に思うという要素もある。また、青森東部から岩手にかけては「外敵が姫の体を料理する」「イモとは称していなくとも指を残しておく要素」は見られ、Hの要素に類似する。これらはイモの要素からの変化形である可能性も指摘できるが、イモそのものは登場していないため、今回はイモの要素には含めないものとする。

以上が、イモの要素の種類と分布である。現代的な感覚で見れば、あらすじにはほとんど関わらないものが大半であると言える。昔話には、本来はなかったものの時代が進むにつれて、ストーリーの補足や合理化のために新たな要素が付け加えられることがある。しかし、イモの要素はストーリー上必要のない要素であり、後世に合理化などのために付け加えられた要素である可能性は低いと見られる。そのため、かなり古い時代から「瓜子姫」に含まれていた要素であるのではないかと考える。古い時代から残っている要素は古代の信仰など古い民俗的な要素と関係がある場合が多い。もし、イモの要素は古くから「瓜子姫」に存在した要素であれば、この要素には民俗的な要素がより深く残っていると考えられるのではないだろうか。

まずは、登場するイモがどのような種類であるのかということを確認したい。イモの要素として登場するイモは主なもので二種類存在する。

ひとつは、ヤマイモである。ホド、トコロなど地方によって呼び名は変化するが、いわゆる現在でも食されるヤマノイモ系統のイモである。

もうひとつはムカゴである。ヤマイモの地上の茎が肥大化したものであり、現在でも地方では食されている他、ヤマイモの栽培の種芋として使用されるものである。

それ以外のイモとしては、サトイモ、ジャガイモなどが登場するが、それらの事例はほとんど見られない。また、ムカゴはヤマイモの茎であるため、「瓜子姫」に登場するイモはほとんどがヤマイモであると言う事ができる。

ヤマイモとムカゴは、登場する地域が完全に分けられる。ヤマイモは東北から新潟、関東北部の類話に登場する。ほぼ東日本全域である。一方のムカゴは中国地方から九州までであり、ほぼ西日本である。なお、ヤマイモは西日本にも見られるが、わずかしか例はない。その逆に、東日本でムカゴの例は存在しない。（分布図6　参照）

なお、西日本にはヤマイモとムカゴが同時に登場する類話が見られるが、数は極めて少ない。また、ヤマイモは茹でて食べるなど調理して食べる類話もあるが、とくに調理の描写はなく生で食されていると思われる例が多く見られる。ムカゴはむかご飯として調理され食される例が多く見られる。

「瓜子姫」のイモの要素のほとんどがヤマイモであるという点に関して、あるデータと比較を試みたい。日本列島におけるヤマイモを特定の行事に用いる地域を示した研究がある。(55) これを見ると、イモの要素を含む「瓜子姫」の分布と一部では重なることが確認できる。一方、イモの要素の少ない西日本では、ヤマイモよりもサトイモの方を行事に使用する例が多いという事が確認できる。この分布から見て、「瓜子姫」にヤマイモが登場する理由としてヤマイ

分布図6　イモ

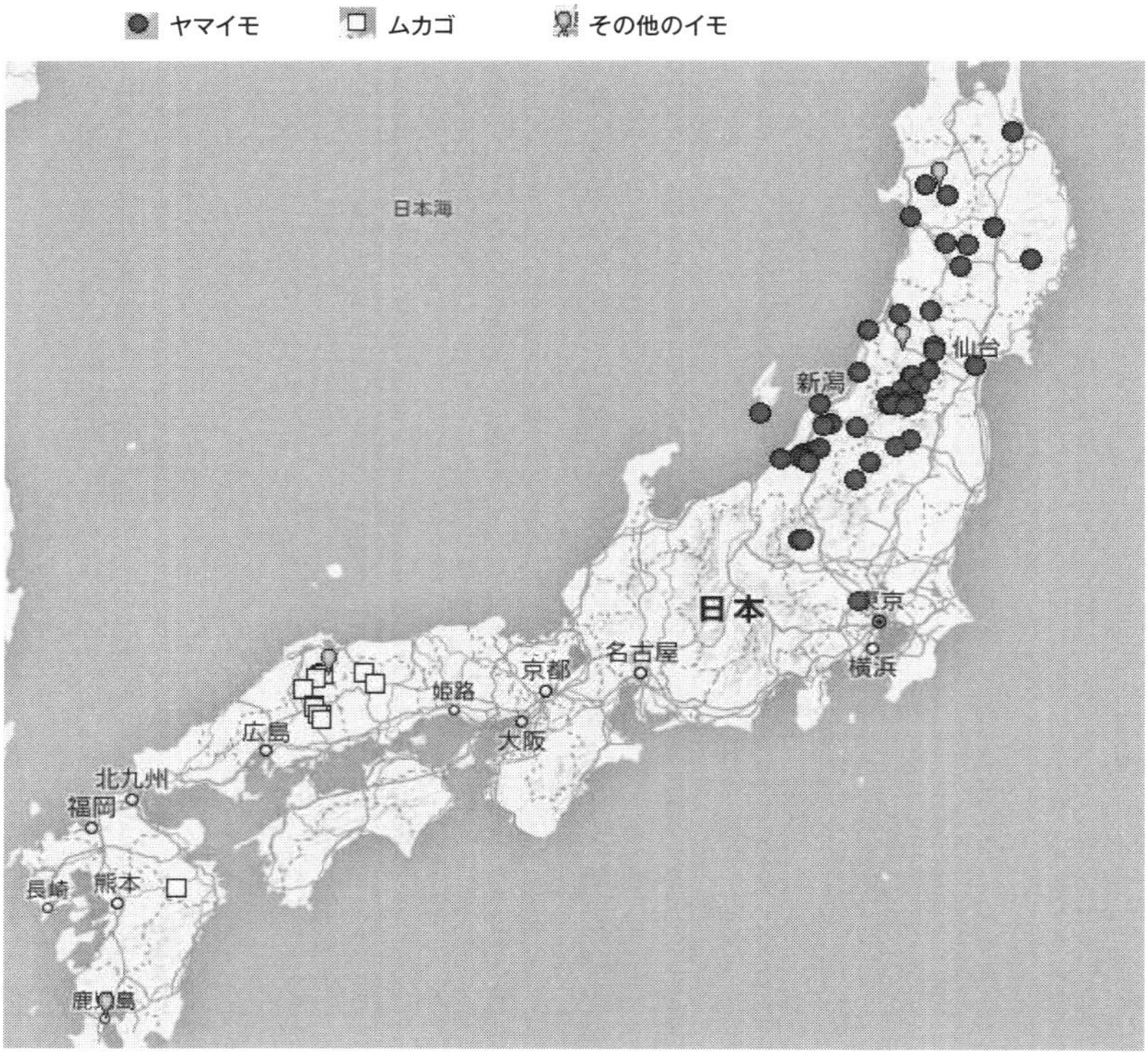

モが行事に使用される重要な作物という事が理由となる可能性が指摘できるのではないだろうか。

　なぜ、「瓜子姫」にはイモの要素が存在するのか。これまで見てきたように、「瓜子姫」にイモの要素が存在するのは民俗的な意味がある可能性が高い。

　「瓜子姫」における「イモの要素」の持つ民俗的な意味に注目したものとして、第一章で考察した「（型）ハイヌヴェレ」起源説がある。猪野史子は、「ハイヌヴェレ神話」でもっとも重要な要素は、女神が殺されることによって、作物などの有用な植物に変化する要素であるとしている。「瓜子姫」にも姫あるいは外敵の血によってアワやキビなどの根が赤く染まる要素（以降、「血の要素」とする）がその名残であるとしている。そして、バラバラにされたハイヌヴェレの死体がイモに化成するという要素から、イモの要素も「ハイヌヴェレ神話」が由来であるとしている[56]。

猪野史子は、血で根が染まるのがアワやキビ、ソバなど主に焼畑農業で栽培する作物、あるいはカヤのように焼畑の後に生える植物であることから、南方から伝わった「(型)ハイヌヴェレ」は焼畑農業とともに日本列島へ伝播したと考察している。「瓜子姫」の分布と、焼畑農業が盛んであった地域がほぼ重なることがその証明のひとつとしている。また、イモ類も焼畑農業で栽培する作物であり、ヤマイモは「ハイヌヴェレ神話」に登場するヤムイモ（ヤム）の一種であることもイモの要素が「(型)ハイヌヴェレ」由来の証拠としている[57]。

この「(型)ハイヌヴェレ起源説」は、現在、「瓜子姫」における「イモの要素」を説明するものとしてほぼ唯一のものであると思われる。それ以外に、「瓜子姫」に「イモの要素」が登場する理由を合理的に説明する説は現時点では出されていない。

この仮説であれば、イモの要素のFとHの説明が非常にしやすくなる。Fの芋畑に捨てられた姫の死体は、切り刻まれて土に埋められた女神の死体という要素の名残であり、本来はその死体がイモに変化したものと見ることができる。また、Hの姫の死体の一部を爺婆にイモとして食わせる要素も、同様に姫の体がイモに変化したということの名残として見ることができる。Hの要素に近い「外敵が姫の体を料理して爺婆に食わせる要素」のある類話では、血の要素が存在しないことが多い。「(型)ハイヌヴェレ」起源説から見れば、姫を食わせる要素と、血の要素はともに「殺された女神の体が有用な植物に変わる」という「(型)ハイヌヴェレ」の要素と同源であるということになる。同源の要素であるため同じ類話に重複して入ることがなかったのではないかと考えられる。

また、日本列島においてヤマイモは非常に古くから栽培されているとする説も存在する。その栽培は稲作以前の縄文時代からはじまっていたのではないかと見る考えも存在する。(58) またサトイモなどよりも早い段階で行われていたとする説も存在する。(59) 焼畑農業ではヤマイモ以上にサトイモが重要な位置を占める地域が多く、サトイモを年中行事に使用する地域も多い。(60)「瓜子姫」が焼畑とともに広まっていったのであれば、サトイモがもっと登場しても良さそうに思える。しかし、「(型) ハイヌヴェレ」とともに、ヤムイモ栽培が流入し、広がっていったと考えれば、この疑問は氷解する。このことから、「瓜子姫」の起源のひとつはサトイモ栽培が始まるよりも非常に古い時代に存在したと考えることも可能となる。

このように、「(型) ハイヌヴェレ」起源説とイモの要素を考察すると、なぜこのような要素が存在するのかということの説明がしやすい。

しかし、「(型) ハイヌヴェレ」がイモの要素の由来と考える説にも説明の難しい部分は存在する。

第一に、現在多く見られるイモの要素が「(型) ハイヌヴェレ」と異なるという点である。現在多く見られるのは「ハイヌヴェレ神話」に見られるような「有用植物への化成」ではなく、A姫の好物、Gイモの食い方といった、「(型) ハイヌヴェレ」とはあまりにも異なる要素である。FやHのような、「(型) ハイヌヴェレ」を髣髴とさせるような要素はほとんど見られない。

第二に、現在のイモの要素が非常に限定された地域にしか存在しないということである。イモの要素は現在、山形・新潟・群馬に集中し、総数自体そう多くはない。「(型) ハイヌヴェレ」において非常に重要な要素であった要素であるのにもかかわらず、あまりにも少なく、範囲が狭い。昔話は長い時がたつにつれて本来重要だったはずの要素が抜け落ちてしまうということは珍しくない。だが、簡単にそう言い切ってしまって良いのかという疑問は残る。

第三に、なぜ東日本ではヤマイモ、西日本ではムカゴと明確に分かれるのか、ということが説明できない。ヤマイモの栽培にはムカゴが使用されることが多く、東日本ではムカゴがあまり使用されなかったということもない。

これらの疑問に対する仮説として、日本列島における栽培作物の変化がまずあげられると思われる。「(型)ハイヌヴェレ」ではその地域において重要な作物の起源を語ることが多い。日本列島ではヤマイモ以外の焼畑農業、そして稲作が盛んになるにつれて、ヤマイモの相対的な価値が下がり、多くの地域では主要な作物ではなくなった。そのため、ヤマイモに関する要素がだんだんと消えて行ったと考えられえる。姫の好物が小豆飯や団子などイモ以外の食物になっている例が見られるが、これは時代が下ってイモの重要度が落ち、他の食物に変わった結果と見ることができるのではないだろうか。

そのほかに、「瓜子姫」における「(型)ハイヌヴェレ」以外の要素もあげることができると思われる。「瓜子姫」の起源は、「(型)ハイヌヴェレ」だけではなく、「偽の花嫁」系統の昔話(61)など様々なものが考えられている。また、「(型)ハイヌヴェレ」が起源だとしても、「(型)ハイヌヴェレ」は伝播している範囲が環太平洋全域と非常に広く、種類も多い(62)。それらの中には、当然、イモではなくて他の作物の起源を語る内容のものも存在する。「瓜子姫」は複数の説話が長い時間をかけて段階的に影響を与え、成立したものであると見ることができる(63)。すなわちイモの要素を有する類話はイモの起源を語る説話の影響が大きく、有しない類話はそれ以外の説話の影響が大きいのではないかと考えられる。

ただ、これらの仮説には証拠と断定できるものはない。また、第二の疑問、なぜイモの要素が山形・新潟に集中するのか、第三の疑問、なぜ東西でイモとムカゴに分かれるのかという点に対しての説明は難しい。

また、ヤマイモ栽培が稲作以前に行われていたというのはあくまでも可能性のひとつに過ぎない。「瓜子姫」とヤマイモ栽培の歴史を簡単に結びつけてしまっていいのかという問題は残る。

「（型）ハイヌヴェレ」以外の起源を想定すると、イモは各地で行事などに使用される重要な作物であり、ただ単に神の子である姫は重要な作物を好み、重要な作物が偽物の正体を暴く手助けになるという思考から生まれたものと見ることもできる。

ただ、この説をとった場合は、なぜイモ、とくにヤマイモの地域が多いのかという疑問に答えることはできない。

全体的に見て、イモの要素は「（型）ハイヌヴェレ」起源説とかかわりがあると見るのが、もっとも適当ではないかと思われる。伝播の範囲などから見ても、「（型）ハイヌヴェレ」が起源で、焼畑農業とともに広まっていったと考えるのが一番説明はしやすいという利点がある。ただ、いままで見てきたように「（型）ハイヌヴェレ」そのままの要素ではなく、様々な変化があったということは間違いない。「（型）ハイヌヴェレ」から現在見られるイモの要素、ひいては現在見られる「瓜子姫」にどのように変化していったのか、ということを考古学・民俗学の視点から考察を進めることを今後の課題としたい。

イモの要素は現在、多くが東日本、とくに山形・新潟に集中している。山形ではとくに南部に偏りが見られる。そのため、イモの要素は東北地方の西側、日本海側にやや偏っているということになる。この地域は、外敵（ほとんどがアマノジャク）が殺害され、その血で作物を染める要素が多いという共通点はあるが、それ以外の共通点は少ない。

姫の生死を見ても、山形南部は「死亡型」の「鬼一口型」が大半、新潟は「死亡型」と「生存型」が共存する。姫の誕生の要素も、山形南部は、姫が生まれる瓜が畑で採れる「畑型」で、新潟は川を流れてくる「川型」であるが瓜が容器に入っていることが多い。このようにばらつきが見られる。そのなかで、なぜイモの要素のみ共通するのかというのは、興味深い問題である。伝播の問題や、この地域におけるイモの民俗的な重要性が関わって来るのではないかと考えられる。

また、西日本で多く見られえるムカゴの要素は、なぜムカゴなのかということを考察する必要はやはりあると思われる。ムカゴが登場する類話の多い地域で、ムカゴがどのような位置にあり、どのように扱われたのかということを調べ、そこにどんな意味があるのかということの考察も、今後は試みたい。

9. 珍しい要素

昔話のような口承文芸は、語り手によってアレンジされ容易に形を変える。語り手によって独自に挿入された要素も多く存在する。そういった独自な要素は多くの場合、採話例が極端に少ない傾向にある。そのため、少ない要素をすべて考察してもあまり意味はないことが多い。ただ、珍しい要素を持つ型の中には、非常に興味深いものも存在する。この節では、珍しい要素を持つ型をいくつか紹介してみることとしたい。

一つ目は、「男の子の瓜子姫」である。例を挙げる。なお、この節では話の全体像を見るために、『日本昔話通観』の梗概を紹介することとする。

（例話1）

爺婆がいた。爺は山へ柴刈に、婆は川へ洗濯に行くと瓜が流れてくる。拾って帰り、棚に行き入れておくと、中から男の子が生まれる。爺と婆は瓜姫小次郎と名を付け、大切に育てる。爺と婆が留守が出かけた留守に天の邪鬼が来て、「菓子をくれるから」とだまして戸を開けさせ、小次郎を寺参りに誘う。天の邪鬼は途中で小次郎を木の梢にしばり、「瓜姫小次郎は木のうら（梢）にあまのじゃーくは寺まいり」と歌う。小次郎に縄をほどきまだ連れ立って行く。今度は小次郎が天の邪鬼を木の梢にしばり、「瓜姫小次郎は木のうらに、あまのじゃーくは寺参り」（原文のまま）と歌う。あまのじゃくも自分で縄をほどき、また小次郎をしばろうとすると、爺と婆が来てあまのじゃくを木に固くしばり、三人で寺参りに行った。[64]（岐阜県）

このように、瓜から生まれるのは男の子であり、彼は外敵によって拉致されるものの自力で脱出し、外敵に復讐をしている。しかし、男の子の名は「瓜姫小次郎」などとされており、「瓜子姫」系統の昔話を明らかに意識している。これは、「瓜子姫」を元にした一種のパロディ作品とも言えるものではないだろうか。この型は岐阜県周辺でしか採話されていない。岐阜周辺ひいて東海地方は「瓜子姫」の採話例が極めて少ない地域である。もともと「瓜子姫」に馴染みの薄い地域であり、それゆえにパロディ化されやすかったという可能性が考えられる。

次に、「他の昔話と結合した型」を紹介する。例をあげる。

（例話2）

……森の狸が人に化けてくる。「しらみを取ってやるから」と言って顔を出させて首を切り、肉を汁にして首は桶に隠す。「狸汁だ」と勧める、尻尾を見つけられて逃げる。じじばばが泣いていると兎が来てわけを聞き、狸を殺して仇を討つ。[65]（岩手県）

（例話3）

子のない爺婆が毎日神に願っていると、ある日婆は川で洗濯していて流れてきた瓜を拾う。家へ帰って割ってみると女の子が出てきたので、瓜子姫と名づけて育てる。娘が年頃になると、「嫁にくれ」と言ってくる人もあったが、爺婆が家に置いておくと、ある満月の夜、天から使者が来て瓜子姫を連れ去った。[66]（富山県）

例話2の後半は完全に「かちかち山」であり、例話3の後半は「竹姫」（『竹取物語』）などと結合したものと見られる。

他にも、瓜ではなく他のものから生まれる型も多く見られる。桃から生まれる「ももねこ」、栗から生まれる「栗子姫」、百合根から生まれる「百合姫」などが存在するが、二―2で考察したように、それらには重要な意味はないと考える。

また、九州では他の地域で見られない変わった要素を持つ「瓜子姫」の類話が多く見られる。例をあげると以下のようなものがある。

（熊本県の例）
姫は外敵に食われる。外敵は飯を「すり鉢で食う」「すりこぎを箸にする」と言うので爺婆は逃げ出す。(67)

（大分県の例）
後半が舌きり雀に類似する型となる。(68)

（鹿児島県の例1）
侵入してきた外敵に姫は芋を貫く竹串で目を貫かれる。神様にお願いしたら目がまた見えるようになった。(69)

（鹿児島県の例2）

姫が柿から生まれる。外敵によって殺害されるが、爺婆の夢枕に出て外敵と河童と猿の血で焼き物の色づけをするように告げる。爺婆は言われた通り焼き物を作り、良い暮らしをする。(70)

九州地方も全体で見れば中国地方の型に近いものが大半を占める。しかし、大陸に近い地域でこのような変わった型が多く見られるというのは注目に値するかもしれない。

このように、「瓜子姫」には珍しい要素が多く見られる。「瓜子姫」という昔話が広い範囲で愛され、語り継がれてきたという事の証明と言えるのではないだろうか。

10・地域別での型の分類

前節までで、各要素の地域性・起源などを確認した。主な要素だけでみても、以下のような地域差が見られる。

姫の誕生

「川型」……ほぼ日本列島全域に見られる。

「畑型」……山形南部から福島にかけて多い。

姫の生死

「死亡型」……東北を中心とした地域に多い。中国地方でも比婆郡には見られる。

「生存型」……関東以西に多い。

真相の発覚

鳥が真相を告げる……日本列島全域に見られるが、中国地方以西は少ない。

姫が真相を告げる要素……中国地方に多い。

外敵の末路

逃げおおせる……岩手・青森東部に多い。

殺される……全国的に多く見られるが、西日本の方が、描写が苛烈になる傾向にある。

おおまかにみただけでもこのような違いが見られる。細かい要素別に見ればさらに地域差が見られる。要素の違いは各地域の地域性などを見るうえで重要なものであると思われる。

これらを元にして、「地域別での型の分類」が可能かどうか、ということを検証してみたいと考える。

「瓜子姫」は「東北型」と「西南型」というように東西で分けられてきた[71]。これは、主に姫の生死による分類である。この分類の仕方は、基本的には問題がないものと思われる。姫の生死以外の要素で見ても、東北地方を中心とした東日本と中国地方を中心とした西日本で大別できる要素が多いからである。東西で異なる要素として以下のものがあげられる。

木（仮）……東日本には比較的少なく、西日本には多い。

イモ（仮）……東日本ではヤマイモで、西日本もヤマイモではあるがムカゴとなる。

箱（仮）……西日本には瓜を入れた容器が堅牢になり無理やり壊すという要素が見られる。

真相の発覚……どちらの地方でも鳥の要素が多いが、西日本では姫が助けを求める要素が多くなる。

外敵の末路……東日本より西日本の方が制裁は苛烈になる傾向にある。


しかし、東日本・西日本という分け方では不十分な面も存在する。まず、東日本と西日本をどこで分けるべきか、という問題がある。単純に現在の地政学における境界線、あるいは県境などによって明確にわけることは難しい。とくに、東西にまたがる新潟は「生存型」・「死亡型」が入り混じるうえに東西で明確に分けられず、混在している。また、木の要素が多いが「死体を吊るす」という西日本では見られない要素が含まれる。二章の5で考察したように、この要素は「人身御供」という点では「（型）ハイヌヴェレ」の原型に近いと考えられ、東北に多い「鬼一口型」に近い。しかし、「木に吊るす（縛る）」という要素そのものは西日本に多い「生存型」の要素に近い。そのため、新潟は東日本・西日本という分類では分けにくい面もある。他の地域では通常なら東日本に入る関東・長野は「生存型」が多く、木の要素が多いなど西日本に近い要素が強い。そうであれば、長野・関東は西日本に含めるという考え方もある。しかし、中部地方から近畿にかけて「瓜子姫」がほとんど採取されない「瓜子姫空白地帯」とも言うべきものが存在し、長野・関東と西日本の「瓜子姫」の中心地・中国地方とは接点が見出しにくいという問題がある。

これらの理由より、新潟・長野・関東は東・西どちらに分類するのも難しいということができる。そのため、これらを中日本に分類するのが適当ではないかと思われる。

それを踏まえ、以下のように分けるのが適当であると考える。

・東北地方
・中国地方を中心とした西日本
・中日本（中部および関東）

ここでの東・西・中は地政学・文化などとは無関係の、あくまで「瓜子姫」を分類するうえでの便宜上の分け方である。厳密に言えば四国や九州の「瓜子姫」にも中国地方とはやや異なる要素が見られるが、絶対数が少ないため西日本に分類することとする。

この分類を基本に、さらに細かい分類が可能かを考察する。まずは、東北地方を見る。

東北地方は、姫の生死において「鬼一口型」が多いというのがまず特徴としてあげられる。「鬼一口型」は青森東部から福島、山形県南部と東北の非常に広い範囲で採取される。また、東北では例外的に「生存型」が多い津軽地方であるが、ここでは「姫が家の中に監禁される」という他の地域ではあまり見られないものであり、また採取される範囲も狭い。これは、「鬼一口型」の変形したものと考えるのが妥当と思われる。そのため、東北では秋田・山形北部を除いてほとんどが「鬼一口型」であるということになる。これらの地域は、「外敵への制裁がないか、あっても緩い」などの共通点が見られる。これらの要素は「（型）ハイヌヴェレ」の要素と近い。また、この地域は誕生の要素でも分類が可能である。山形南部から福島にかけては「畑から誕生する」という型が非常に多く見られ、それを下位分類とすることが可能であると思われる。ちなみに、この地域は岩手や青森東部に比べて姫が殺害される描写がややあっさりしているという違いもある。他の細かい要素をあげれば細分化が可能であるが、際限がないため要素の重要度などを考えればここまでの分類が妥当であると考える。

このように、東北の大部分は「(型) ハイヌヴェレ」に近い形を残す型である。しかし、秋田と山形北部、とくに秋田は東北の中では異質な要素を多く含む。主に以下のような要素である。

・外敵が姫を木の元へ連れ出して殺す。
・登場する木は桃の木である。
・外敵が姫を連れ出す際にやりとりがある。
・外敵は黍や萱の中で叩きのめされる。

これらの要素は東北だけではなく、日本列島全域で見ても珍しい要素であり異質な「瓜子姫」であると言える。ただ、「木で殺す」という要素は異質であるが「木へ連れ出す」要素そのものは中部以西に多く見られる型であり、連れ出される際のやり取も中部以西に多い段階的に戸を開けさせる要素に通じるものと見る事ができる。黍や茅の中で叩き殺す要素は中国地方に多い苛烈な制裁に通じる。その事から、秋田・山形北部は中部以西と通じる要素が多いと考えられる。そのため、秋田・山形北部は東北の中でも異質なものとして区別するべきであると考える。なぜこのような特殊な型となったのかという事は後の節で考察する。

なお、細かい要素で見れば秋田と山形北部にもいろいろと違いは見られる。例えば連れ出す際のやり取りが秋田には多いが山形北部には少ない、山形北部にはキュウリから姫が生まれる型が多い、などである。これらは根本的な違いというよりも地域的な問題に根差した要素であると考えられ、型の本質から見れば些細な違いであると見られる。そのため、これ以上の細かい分類は行わないこととする。

以上が、東北の「瓜子姫」である。まとめると以下のようになる。

・東北A型

「鬼一口型」を基本とした「瓜子姫」。外敵への制裁はないか、描写があっさりしている物が多い。「（型）ハイヌヴェレ」に近い型。（東北で秋田・山形北部を除く全地域）

・東北A型a……A型の中で、川を流れてきたものから姫が誕生する型（青森・岩手・宮城）

・東北A型b……A型の中で、畑で採れたものから姫が誕生する型（山形南部・福島）

・東北B型

木への「連れ出し型」を基本とした「瓜子姫」。外敵への制裁は比較的苛烈。中部以西の「瓜子姫」と通じる要素を多く持つ。（秋田・山形北部）

次に、「瓜子姫」が東北と並んで多く見られる中国地方を中心とした西日本に移行する。西日本はそのほとんどが「生存型」・木への連れ出し型である。真相発覚の要素において、鳥が多いか、姫自身によるものが多いか、道の選択の要素があるか、といった違いは見られるが先に考察したようにこれらは根源をたどればすべて同じものであると考えられる。そのため、東北に比べれば根本的な差異は少ないと言える。ただ、採話数は少ないものの分類が必要と思われる地域は存在する。

まずは、現在の広島と島根にまたがる比婆山周辺である。この地域は、中国地方では例外的に「死亡型」の割合が高く、外敵の制裁がなく、植物を染めるのは姫自身の血、といった要素の割合が高い。これは、「(型)ハイヌヴェレ」の原型に近いものであると見る事ができる。もっとも採話数が多いのは狭い範囲を集中的に調査したからという理由もあるが、交通の便の悪い山中に古いと思われる型が残っているということはやはり注目すべきである。そのため、この地域の型は西日本のなかでも特別なものとして分類する。なお、この地域では外敵がアマノジャクではないものが多いという事も特徴としてあげられる。前の章で考察したように本来姫の外敵はアマノジャクではなかった可能性も高く、このことからも比婆郡のものは古い型を残しているのではないかと考えられる。

次に注目したいのが、現在の兵庫県北部である。兵庫県は現在の行政区分では近畿地方に入るが地理的に見て、とくに北部は中国地方に近い。この地域では「死亡型」の「鬼一口型」の割合が多く見られる。そもそもの採話数自体が少ないため割合が高くなるという側面も否定できないが、内陸部の山地であり中国地方では端にあたる地域に古い型が残っているということは、伝播と変容を考える意味でも重要であると思われる。そのため、兵庫北部も西日本の中では特別な地域として分類する。なお、この地域では外敵はアマノジャクではなく山姥であることが多い。山姥はアマノジャクと通じる山の神であり、どちらの方が古いのかということは断言できない。また、「外敵への制裁」が存在する、外敵の血で植物が染まるなど比婆郡のものよりも「(型)ハイヌヴェレ」から遠くなっていると見る事ができる。

最後が九州である。九州は「死亡型」がやや多い、他には見られない独特な要素が含まれることがあるなどの特徴がある。しかし、全体的に見れば採取話例は少なく、その大半は中国地方の型に近い。特徴的な要素も例外的であり伝統的なものかどうか疑わしいものが多い。しかし、九州は南方や大陸との中継地点でもあるため、海外からの伝播などを考える上では重要な地域である。そのため、九州もあえて別分類にするべきと考える。

他にも、近畿・四国で独特な要素が見られるが、採話例自体が非常に少ない、話型全体で見れば些細な要素の違いでしかない、例外的な話型のため伝統的なものでない可能性も高い、地域的に見て九州のような海外との交流は少ない、などの理由で特別な分類は必要ではないと見る。

以上が、西日本の「瓜子姫」である。まとめると以下のようになる。

・西日本A型
「生存型」、木への「連れ出し型」を基本とした「瓜子姫」。外敵への制裁は苛烈。本来の「死亡型」が様々な要因により変化したと考えられるもの。（兵庫県北部・比婆山周辺・九州以外の西日本。中国地方が中心）
・西日本B型
「鬼一口型」「外敵への制裁がない（姫の血で植物が染まる）」などの特徴を持つ「瓜子姫」。「（型）ハイヌヴェレ」に比較的近い型。（比婆郡）
・西日本C型
「鬼一口型」の「瓜子姫」。B型に次いで「（型）ハイヌヴェレ」に近い。（兵庫北部）
・西日本D型
「鬼一口型」がやや多い。他の地域では見られない独特な型が多い。（九州）

最後に、中日本の「瓜子姫」に移行する。中日本でもっとも特徴的と思われるのは現在の新潟を中心とした地域の

「瓜子姫」である。この地域には以下のような特徴が見られる。

・「死亡型」と「生存型」が混在する（地域によって明確に分けられない）。
・姫を家で殺して死体を木に吊るす（鬼一口型と連れ出し型の複合）
・箱から直接姫が誕生する（そのため、姫の名も単に「姫」などとするものが多い）
・登場する木が山椒であることが多い。

箱から直接生まれるのは瓜が箱に入っている型の変形であり、木が山椒であるのも地域で多く見られる木だからという可能性が高く、それほど大きな問題ではないと考える。これらの中で重要と思われるのは、やはり「死亡型」と「生存型」、「鬼一口型」と「連れ出し型」という東西の根幹となる要素が混在するという点であると思われる。前の節で考察したように「死体を木に吊るす」要素は作物に生贄を捧げるという人身御供の儀式が変化したものであり、「(型) ハイヌヴェレ」の系統のものが「偽の花嫁」などの影響を受けて変化して行く過渡期の要素であると考えられる。そのため、新潟は東北と西日本の型の両方の要素を持ち合わせているということになる。伝播と変容を考えるうえでも重要な地域であると思われる。

次に現在の長野の型を見る。長野は、新潟とは異なり「死亡型」はほとんどない。基本的な要素は中国地方の型と同じであるが、やや異なる要素も存在する。以下の要素である。

・外敵は侵入と同時に問答無用で事を起こす。（西日本にも存在するが数は少ない）

・外敵が姫を縛るのは庭の木である。（西日本にも存在するが数は少ない）
・姫を縛る木は梨の木である。

外敵が侵入と同時に事を起こす、家に比較的近い位置に姫を縛っているということから、西日本の型に比べて「鬼一口型」（侵入と同時に姫を殺害する、死体は家から近い場所で処理する）に近いと言える。このことから、長野の型も新潟ほど顕著ではないが、東北と西日本の型の両方の要素を受け継いでいると言える。なお、関東のものは数が少なく長野の型に比較的近いため、長野と同じ型として分類するものとする。

以上が中日本の「瓜子姫」であるまとめると以下のようになる。

・中日本A型
「死亡型」と「生存型」の割合がほぼ拮抗。「鬼一口型」と「連れ出し型」の両方の要素を持つ「死体を木に吊るす」という型が多い。（新潟）
・中日本B型
「生存型」が多い。「鬼一口型」と「連れ出し型」両方の要素を持つ「家の近所に姫を隠す」要素が多い。（長野・関東）

以上が、地域による「瓜子姫」の型の分類である。細かい要素別に見れば、他の分け方も可能となる（例・川を流れて来る瓜が箱に入っているかどうか、など）が、起源と話を構成する重要要素という観点からこの分類がもっとも適当であると考える。

ただ完全に東西で分けることは難しいものの「瓜子姫」を考察するうえでは東西で分けて考えるということも重要であるという事は、改めて確認できたものと思われる。東西という枠組みで日本列島の歴史や文化を見る事が重要であるという事を再認識させられた。

11．伝播と変容の考察

これまでの節で、「瓜子姫」を構成する要素と、その地域性を中心に考察してきた。この章ではいままでの考察を踏まえ、「瓜子姫」という昔話がどのように日本列島の広い範囲に伝播し、変容していったのかということを考察することとしたい。

「瓜子姫」は他の昔話と同じように、誕生した段階から現在採取される形ではなかったものと考えられる。元となった「原初の瓜子姫」というべきものが存在し、それから様々な要素を取り込んで変化して行ったものと考えられる。

「瓜子姫」はひとつの型から発生したとしても、ある地域では説話Aと結びつき「瓜子姫A」に変化し、ある地域では説話Bと結びつき「瓜子姫B」に変化するといったようにそれぞれの地域で段階的に変化して行ったものと考えられる。要素を分析し変化の過程を考察することで、どのように伝播していったのかということもある程度想定できるのではないだろうか。

しかし、いままで考察したように「瓜子姫」という昔話は様々な説話が結合して誕生したものであり、変容の過程も複数あると想定される。そのため、「原初の瓜子姫」としてひとつの型を特定することはほぼ不可能である。

ただ、「（型）ハイヌヴェレ」の要素を強く持つ型は、原初とまでは言えなくともかなり古いものであると考えられる。

この「（型）ハイヌヴェレ」に近いものを現在の類話で探してみると、青森東や岩手で多く見られる型、および中国地方の比婆郡に残る型が近いと思われる。青森東部・岩手は「死亡型」の「鬼一口型」、外敵は無事に逃げおおせる類話が多い。また、死体を料理するという要素も多く見られ、これは姫が作物に変化するという要素の名残であると見られる。比婆郡のものも「死亡型」「鬼一口型」であり、外敵は無事に逃げおおせているものが多い。また、「血の要素」も外敵の血ではなく姫の血によって染まっている。

これらの型が多く残る地域は山岳地帯であり、中央から遠く離れているなど交通の便が比較的不便である。人々の行き交いが比較的少なかった地域であり、そのため古い型が残りやすかったということが考えられる。

青森東部・岩手の属する東北地方と比婆郡の属する中国地方を比較すると、「死亡型」「外敵への制裁が軽い」などの要素が類話のほとんどを占める東北地方の方が、「生存型」「外敵への制裁が重い」などの要素を持つものが類話のほとんどを占める中国地方よりも古い型に近いと考えられる。南方や大陸と比較的近い中国地方の方が新しい要素と結合し変化を起こしやすかったのではないかと考える。

次に「瓜子姫」が発生した地域を考察する。昔話がどこで発生したのかということを考察することは困難を極めるが、「瓜子姫」は細かい場所までは特定できなくとも西日本のどこかで発生したものであると考えて大きな間違いはないのではないかと考える。西日本の方が南方に近く、とくに九州は南方とのかかわりが深かった。そのため、「瓜子姫」は西日本で発生して日本列島全域へ広まっていったと見るのがもっとも妥当と思われる。

そのことを踏まえて、「瓜子姫」がどのようにして日本列島全域へ広まっていったのかを見る。まずは日本列島における、「瓜子姫」全体の分布を見る（分布図1　参照）。

一見して、東北地方と中国地方に集中しているということが確認できる。その他の地域は九州地方と中部地方にやや多く見られる程度である。北海道・関東・東海・近畿・沖縄地方で採話例は少なく、まったく見られない地域もある。もともと文化や民族の異なっていた北海道や沖縄は別として、東北地方と中国地方という本州の両端に集中して存在しているということになる。もっとも、「瓜子姫」の採話例が少ない地域は全体的に見て昔話そのものが少ない地域であり、昔話が少ない要因は採取があまり進まなかったからという事情もある。だが、そういう要因を考慮したとしても、このような偏りはやはり珍しいものと言うべきである。

次に、全体的に見て内陸部に集中しているということが確認できる。沿岸部は非常に少ない。日本列島の場合、内陸部は即ち山岳地帯となる。そのため、「瓜子姫」が残っている地域はほとんどが山岳部地帯であると言いかえることもできる。また、多くの昔話がそうであるように、「瓜子姫」が採取されるのは農村である。そのため、「瓜子姫」は山岳地帯の農村に多く残る昔話ということが言える。このことは、「瓜子姫」が「（型）ハイヌヴェレ」などの農業に関する説話が元になって誕生した昔話であったということが重要になると思われる。「瓜子姫」に限らず多くの昔話は内陸部の農村の方が多く残る傾向にあるものの、「瓜子姫」には血の要素など農業に関わる要素が多く見られ、農業と関わりが深い事は間違いない。

また、全体的に見て太平洋側よりも日本海側のほうにやや偏りが見られるということはできる。

これらの特徴から、以下のことが言える。

まず、「瓜子姫」は日本海ルートで伝播していったのではないかということである[72]。日本海側に偏っている事、また日本海に浮かぶ島にも「瓜子姫」が伝わっていることから、日本海をわたっていったことは間違いない。また、東北地方・中国地方に多く残っているのに対して近畿から中部にかけて大きな空白地帯があることも、陸路ではなく海路で伝わったということを示しているのではないかと考える。

この考え方だと、東北の中で秋田・山形北部のみがなぜ他と違った要素を有しているのかということが比較的容易に説明できる。秋田・山形北部は日本海側の重要な港であり、古代から近世まで西側との交流が活発であった。そのため、西の方で変化した新しい要素（木の要素、外への連れ出し、外敵の惨殺など）が流入し、元からあった要素（姫の殺害など）と結合して独自の変化を遂げたのではないかと考える。

また、新潟で「死亡型」「生存型」がほぼ同じ比率であるのも陸路での繋がりがある東北と海路で繋がる西日本の両方の影響を受けているからと見ることができるのではないだろうか。また、先の章で考察したように長野・関東の「瓜子姫」は「生存型」ではあるが比較的「鬼一口型」に近い要素を持っている。長野・関東の「瓜子姫」も分布図からして西日本から陸路で伝わった可能性は低く、東北または北陸（新潟）から伝播したものと考えられる。

このように、「瓜子姫」の伝播の方向を確認できた。猪野史子は「瓜子姫」という昔話は焼畑農業とともに日本列島に広がっていったのではないかと考察している。(73) たしかに、「瓜子姫」の「血の要素」の対象となるのはソバ・アワ・ヒエといった焼畑で栽培されることの多い作物である。また山間の農村という稲作よりも焼畑による雑穀栽培に適した土地に多く残っているなど、いままで確認したデータはこの説を裏付けると思われるものが多い。また、農業は基本的に西日本で発達し、徐々に東へ伝播していったと考えられるが、そのこともいままでの考察と合致する。ただ、日本列島に焼畑農業が伝わったのは相当古い時代であり、その時代までさかのぼることが可能なのかという点はやはり疑問ではある。

まとめると、以下のようになる。

・「瓜子姫」は海外説話の影響を受けて西日本で誕生した。

・おもに日本海ルートを通って日本列島全域へ広まった。

・西日本では大陸などから渡ってきた別の説話と結びつくなどして徐々に変化していったが、比較的交通の便が悪い東北や中国地方でも山間部では古い型が残された。

・東北でも日本海ルートの重要な拠点であった秋田や山形北部には比較的西日本の影響の強いものに変化した。

このように考えるのがもっとも妥当ではないかと思われる。「瓜子姫」の伝播は、単に昔話研究の枠組みだけではなく、農業や交通の問題とも関わることが確認できた。考古学などと結びつけることにより、日本列島における農業の発展、交通の発展などを解明するための手掛かりとなりうるのではないかと考える。

ただ、「瓜子姫」以外の昔話も内陸部の農村の方が多く残る傾向にある太平洋側より日本海側の方が昔話は多く採取されるなど、「瓜子姫」だけのデータでは不十分であるというのもまた事実である。他の昔話の分布状況とも比較することが重要になると思われるが、資料が膨大であり、現時点ではまだ結論を出すには至っていない。今後の課題としたい。

注

（1）稲田浩二・小沢俊夫編『日本昔話通観　第二巻（青森）』（同朋舎、一九八二年二月）
（2）西島憲也『山峡風土記・くづまき界隈』（自刊、一九七五年十月）

（3）稲田浩二・小沢俊夫編『日本昔話通観　第六巻（山形）』（同朋舎、一九八六年十二月）
（4）立石憲利『とうびんさんすけさるまなぐ―山形県南陽市の昔話』（自刊、一九七八年七月）
（5）佐々木喜善『聴耳草紙』（筑摩書房、一九六四年九月）、ちくま文庫版（一九九三年六月）を参照。
（6）五来重『鬼むかし』（角川書店、一九八四年十二月）
（7）武田正編『とーびんと―工藤六兵衛翁昔話』（自刊、一九六七年十月）、活字版（東北大学短期大学部民話研究センター、二〇一二年七月）参照
（8）水沢謙一編『とんと昔があったげど　第一集』（未来社、一九五七年十二月）
（9）稲田浩二・小沢俊夫編『日本昔話通観　第十巻（新潟）』（同朋舎、一九八四年九月）
（10）関敬吾『日本昔話集成　第二部本格昔話』（角川書店、一九五三年四月）
（11）『昔話研究』（二巻十号、一九三七年八月）
（12）猪野史子「瓜子姫の民話と焼畑農耕文化」（『現代のエスプリ臨時増刊号　日本人の原点1』（一九七八年一月）
（13）松波久子・南条恭子編『作木の民俗』（自刊、一九七一年十一月）
（14）島根女子短期大学昔話研究会編『島根県邑智郡大和村昔話集稿』（自刊、一九七六年一月）
（15）石井研堂『日本全国国民童話』（同文館、一九一一年四月）
（16）大谷女子大学説話文学研究会『下高野昔話集』（自刊、一九六九年九月）
（17）稲田浩二・小沢俊夫編『日本昔話通観　第12巻（山梨・長野）』（同朋舎、一九八一年三月）・原典は土橋里木『続甲斐昔話集』（郷土研究社、一九三六年十一月）。ここでは、比較的よくまとめられた『通観』の梗概を使用した。
（18）稲田浩二等編『奥備中の昔話』（一九七三年二月、三弥井書店）

(19) 野村敬子「昔話の伝承と深化　山形県北の瓜姫譚・「胡瓜姫ご」をめぐって」(『野州國文学』七三号、二〇〇四年三月)
(20)『昔話きちちゃんとんとん』は江戸時代後期の合巻作家・柳亭種彦の作品。詳細は第二部にて述べる。
(21)(18)参照。
(22)(11)参照。
(23)(7)参照。
(24) 三浦佑之『神話と歴史叙述』(若草書房、一九九八年六月)
(25) 石田英一郎『桃太郎の母』(講談社、一九六六年七月)
(26)(12)参照。
(27) 猪野史子「瓜子姫誕生譚と南方の説話要素」(『学習院大学上代文学研究』第三号、一九七七年十二月)
(28)(27)参照。
(29)(10)参照。
(30) 平野直『すねこ・たんぱこ』(有光社、一九四三年十月)
(31)(5)参照。
(32)(13)参照。
(33)(16)参照。
(34)(11)参照。
(35) 関敬吾「ヨーロッパ昔話の受容」(『日本の説話』第6巻、東京美術、一九七四年)『関敬吾著作集4　日本昔話の

比較研究（同朋舎、一九八〇年十一月）所収を参照。

(36) 大林太良『神話の話』（講談社、一九七九年四月）

(37) 飯島吉晴『竈神と厠神　異界と此の世の境』（一九八六年五月、人文書院）、講談社学術文庫版（二〇〇七年九月）参照。

(38) (11) 参照。

(39) (7) 参照。

(40) 柴口成浩・柴口幸子編『三室むかしこっぷり―岡山県阿哲郡神郷町三室昔話集』（一九六九年、神郷町教育委員会）

(41) 島根女子短期大学昔話研究会編『島根県邑智郡大和村昔話集稿』（自刊、一九七六年一月）

(42) (5) 参照。

(43)『民話の手帖』第8号（一九八一年十月）

(44) 三浦佑之『古代研究　列島の神話・文化・言語』（青土社、二〇一二年十月）

(45) 剣持弘子「「瓜子姫」―伝播と変化に関する一考察」（『昔話の成立と展開』昔話研究 土曜会、一九九一年十月）

(46) (13) 参照。

(47) (35) 参照。

(48) 柳田国男『桃太郎の誕生』（三省堂、一九三三年一月）、『柳田國男全集　第6巻』（筑摩書房、一九九八年十月）所収を参照。

(49) (48) 参照。

(50)(11)参照。
(51)島根女子短期大学昔話研究会編『島根県邑智郡大和村昔話集稿』(自刊、一九七六年一月)
(52)荒川理恵「瓜子姫の諸相」(吉田敦彦編『比較神話学の鳥瞰図』大和書房、二〇〇五年十二月)
(53)大林太良『神話の話』(講談社、一九七九年四月)
(54)武田正編『飯豊山麓　中津川昔話集(上)』(自刊、一九七〇年十二月)活字版(山形短期大学民話研究センター、二〇〇九年七月)を参照。
(55)本間トシ「儀礼食物としての芋」(『史論』第一八集、一九六七年十二月)
(56)(12)参照。
(57)(12)参照。
(58)(55)参照。
(59)中尾佐助『栽培植物と農耕の起源』(岩波書店、一九六六年一月)
(60)坪井洋文『イモと日本人』(未来社、一九七九年十二月)
(61)(35)参照。
(62)イェンゼン著・大林太良ほか訳『殺された女神』(弘文堂、一九七七年五月)
(63)(27)参照。
(64)稲田浩二・小沢俊夫編『日本昔話通観第一三巻　岐阜・静岡・愛知』(同朋舎、一九八〇年十一月)
(65)稲田浩二・小沢俊夫編『日本昔話通観第三巻(岩手)』(同朋舎、一九八五年十月)
(66)稲田浩二・小沢俊夫編『日本昔話通観第十一巻(富山・石川・福井)』(同朋舎、一九八一年七月)

(67) 稲田浩二・小沢俊夫編『日本昔話通観第二四巻（長崎・熊本・宮崎）』（同朋舎、一九八〇年二月）
(68) 稲田浩二・小沢俊夫編『日本昔話通観第二三巻（福岡・佐賀・大分）』（同朋舎、一九八〇年四月）
(69) 稲田浩二・小沢俊夫編『日本昔話通観第二五巻（鹿児島）』（同朋舎、一九八〇年五月）
(70) (69) 参照。
(71) 大島建彦『御伽草子集　日本古典文学全集三六』（小学館、一九七四年九月）
(72) (71) 参照。
(73) (12) 参照。

第三章　瓜子姫と関わる他の昔話との比較

昔話の研究には、研究対象とする昔話だけではなく、他の昔話との比較検討も重要である。昔話は、他の昔話の要素と結合して発展する例、あるいはひとつの昔話が分裂して別々の昔話として発展していく例などがあり、共通する型や要素を有する昔話同士を比較することは、昔話の成立や展開を考察するうえで必要と考えられる。「瓜子姫」は他の昔話と要素が共通することが多い。そのような昔話と比較することにより、「瓜子姫」の成立および発展を考察するヒントになると考える。

そのため、この章では「瓜子姫」と共通する要素を持ち、なんらかの関わりがあると思われる昔話と「瓜子姫」との比較を中心に行う。

1．五大昔話との比較

江戸時代あたりからとくによく知られた五つの昔話を「五大昔話」と称することがある。「五大昔話」滝沢馬琴が称したもので「桃太郎」「かちかち山」「猿蟹合戦」「花咲爺」「舌切り雀」である。とくに根拠などがあるわけではないが、長年日本の代表的な昔話として親しまれてきた。これらは現在では多くの人が知っており、概要の説明なども不要と思われる。昔話の中でも代表的と言えるこれらの有名な昔話との比較をまずは試みることとする。

「桃太郎」

「五大昔話」に限定しなくとも、はじまり方が共通するということで「瓜子姫」に似ている昔話として、多くの人が真っ先に思い浮かべるのは「桃太郎」であると思われる。

ただし、「桃太郎」と「瓜子姫」を比較すると類似点と思われるものは案外少なく、「川を流れてきた果物から子供が生まれる」「鬼と呼ばれる存在と関わりを持つ」といった程度である。だが、「川を流れてきた果物からの誕生」という要素を持つ昔話は「桃太郎」と「瓜子姫」以外には見られず、このふたつの昔話にはなんらかのつながりがある可能性は高い。また、「瓜子姫」の類話には瓜ではなく桃から姫が誕生する型も存在する。

両者を比較すると、文献による登場は「瓜子姫」の方が早い。「瓜子姫」は室町時代末期のお伽草子『瓜姫物語』まで遡ることができるが、「桃太郎」は江戸時代以降の文献までしかさかのぼることができない(1)。ただ、文献に残っているということは、あくまで「あったということ」を証明するのみであり、文献に残っていなかったからといって「なかったこと」の証明にはならない。「桃太郎」も「瓜子姫」と同時代に存在していたが、文献に残らなかった可能性も指摘できる。

次に、要素を比較してみる。「瓜子姫」における瓜と、「桃太郎」における桃を比較した場合、桃よりも古い要素であると考える。以下の理由があげられる。

・瓜は中が中空であり何かが入っている容器、うつぼ舟という連想がしやすい。
・瓜は形が卵に似ていて、中から何かが誕生するという連想が生まれやすい。
・瓜は水神信仰の象徴であり、川を流れてくるという要素とつながりが深い。

・桃は中国など大陸の思想との繋がりの方が強い。

柳田国男も、桃よりも瓜の方が民俗的に古いということを認めている。ただ、柳田国男はこの一件をもって「瓜子姫」の方が「桃太郎」よりも古いとは言えないとしている。(2) たしかに、古い要素を持つ昔話が後の時代に誕生するということはありうるとされている。(3)

このように、「瓜子姫」の方が、「桃太郎」よりも古いと考えられる点は多いが、どれも確実な証拠とは言い切れない。また、「桃太郎」は江戸時代以降の赤本などの出版物で広まった面が強いため、現在残っている類話も「瓜子姫」よりパターンが少ない。もともとは多彩な型があったものの、出版文化の影響により徐々に統一されてしまったものと考えられる。そのため、「桃太郎」は出版物が広まる以前はどのような形であったのか、ということを知るのは困難である。出版文化の影響が少なく、伝統的な形を比較的残している「瓜子姫」との比較は難しい側面がある。

次に、「桃太郎」以外の「五大昔話」を見る。「五大昔話」の中で「瓜子姫」に似た要素は以下の通りである。

「カチカチ山」

タヌキが婆を殺して入れ替わり、婆の肉を調理して爺に食わせる。東北に見られる「鬼一口型」の「瓜子姫」にも似た要素を持つものが見られる。他にも、タヌキが婆の死体の在り処を教える台詞が似ている類話も存在する。数は少ないものの、「瓜子姫」の後半が「かちかち山」になっているものもある。

「猿蟹合戦」

果樹（おもに柿の木）でサルにカニは殺害される。「瓜子姫」も、果樹（おもに柿・梨・桃）の木で外敵に殺害されるものが見られる。殺害方法として、「猿蟹合戦」と同じ、青い実をぶつけて殺害するという要素も見られる他、姫の外敵がサルであるものも見られる。

「花咲爺」（灰撒爺）

殺された犬の死体から木が生えてくる。これは、「瓜子姫」と同じく「（型）ハイヌヴェレ」の影響である可能性を考えられる。また、「花咲爺」の犬の由来として、川を流れてくるものから誕生する類話も見られる。

「舌切り雀」

雀が入った鳥籠が、川を流れてくるという要素が含まれる類話がある。

このように、「瓜子姫」と共通する要素は五大昔話の中だけでも多く見られる。これは、それぞれの昔話と「瓜子姫」が深い関係があるというよりも、昔話の淵源をたどれば同じものにたどり着くということではないかと考えられる。たとえば、「カチカチ山」の人食いは人身御供譚であり、淵源は「（型）ハイヌヴェレ」である可能性が指摘できる。

これらの昔話は類話も多く、「桃太郎」と同じく書物で広まった可能性が高い。書物で有名になったこれらの昔話が「瓜子姫」に影響を与え、変化をさせた可能性もないとは言い切れない。現時点では、これらを考察できるほどの材料は持っていないため、「五大昔話」と「瓜子姫」の比較は今後の課題としたい。

2.「天道さん金の鎖」との比較

日本の昔話「天道さん金の鎖」（以後「金の鎖」と略す）[4]という昔話と「瓜子姫」との比較検討を試みる。「天道さん金の鎖」は、「瓜子姫」と似た要素を持つ昔話であり、なんらかの関係がある可能性が高い。しかし、両者の比較検討を詳細に行った論はまだない。また、「金の鎖」に関して論じた論文自体が非常に少なく、子供が殺害される要素が含まれることが多いためか、絵本などの児童書で取りあげられることは少ない。[5]「瓜子姫」研究を進めるために必要であることはもちろん、いままで深く論じられる機会のすくなかった昔話に光を当てるという意味においても、両者の比較検討は重要な意味があると考えるのである。

まず、「金の鎖」の例話を紹介する。

昔々の大昔、或る所に貧乏な一家がありました。此の家にはお母さんと、十一の男と九ツの女と、二ツの赤ん坊がおりました。お母さんは何時も「向うの山には山んぼうと言うばけものが住んでいるからお母さんがいない時には、『手を出して見い』と言え。もしがさがさの手じゃったら山んぼだ」と言っていた。

或る日の事。お母さんは山へ薪取りに出かけました。お母さんが薪を取っていると、山んぼうが出て来て、お母さんを山の中につれ込んで食ってしもうた。山んぼうはすぐにお母さんに化けて家へやって来た。そして戸をたたいた。兄はすぐ「手を出して見い」と言った。すると山んぼうは手を出しました。兄と妹はよくよく見ていましたが、がさがさの手であったので「山んぼう返ってしまえ」と叫びました。山んぼうは、其処にあった里芋の葉を取って手にまくびつけました。そして又戸をたたいた。兄は又、「手を出して見い」と言うた。山んぼうは手を出した。兄はつるつるの手であったので家の中へ入れました。其の晩山んぼうのお母さんは赤ん坊と一所に寝ました。夜が更けてゆくと「むっしゃむっしゃ」という音が聞こえる。兄は「お母さん何を食よんきゃー」と問うとお母さんは「口が悪いけ隣でねんじんぼしゅもろうて来て食いよんよー」と答えた。「わしんもくんにゃー」と言うと一きれ呉れたので、よくよく見るとそれは二ツの赤ん坊の指であった。兄はすぐに妹に言った。「これあ赤ん坊の指ど」と言って出した。妹もよくよく見ていたが「うん、此のお母さんは山んぼうだ」と二人はこそこそ相談し始めた。兄は「便所へゆきたい（ママ）と言って逃げてやろう」と言う。妹は賛成した。兄は「便所へ行きたい」とお母さんに告げて妹と二人で行こうとした。山んぼうは逃げられては大変と二人に縄をつけた。二人はお母さんが見えなくなると、縄をほどきやいこをして、裏口から其処にある一本の大きな木に鎌を打ち登った。

なかなかもどって来ないので山んぼおうは、裏へ出て見た。あたりを見ていたが居ないのできょっと上を見ると二人が下を向いている。山んぼうは「どうやって登ったのか」と問うた。兄はすぐ「隣で油をかって来てつけつけ登った」と言うた。隣で油をかって来てつけつけ登ろうとしたが、すべって登れないので山んぼうはもとの山んぼうにかえって「本当を言わにゃー食い殺すどー」とおどした。妹は恐れて「鎌を打ち打ちのぼった」と言ったので山んぼうは鎌をうちうちのぼった。二人はもう命がないと思って一生懸命天の神に祈った。祈っていると天からくさりがおりて来たのでそれにつかまって上った。山んぼうは追いつこうと思ってこれも又天の神を祈った。そうすると天から腐った縄が下りて来たのでそれにつかまって上っていると、縄が切れ下のあわの中へ落ちた。それで今もあわの中へ血のあるのがある。そりゃー山んぼうの血じゃそうな。(6)（広島県）

「金の鎖」も他の昔話と同じく地域や語り手によって少しずつ型や要素が異なるが、全体的な傾向として大きな異同はない。多くの例話が以下のような展開を取る。

・母が子供を残して出かける①。
・母が外敵に食われる。
・外敵は母に化ける②。
・子供たちとやり取りをした後、家の中に侵入する③。
・夜、子供の一人が物音に気付いて起きる。化けた母に聞くと、果物などを食っている、と言う。
・子供が欲しいと言うと、化けた母はひとつよこす。それは、末の子の身体の一部であった。
・子供たちは逃げて、木に登る④。
・外敵は木の登り方を問う。子供のひとりがうっかりのぼる方法をしゃべる。
・外敵がのぼってくる。子供たちは「天道さん金の鎖を下してください」と願う。
・空から金の鎖が下りてきて子供たちはそれにつかまり、天へ逃げる。
・外敵も金の鎖と願う。空から腐った鎖が下りてくる。
・外敵はそれにつかまり子供たちを追うが、途中で鎖は切れる。
・山姥は落下し、死亡する。その血でソバなどの根が赤く染まる⑤。
・子供たちは天へ昇って、月や星になる。

『日本昔話通観』で採話地を地図上で表記する。すると、北から南の広い範囲で採取されていることが確認できる。

日本以外に目を向けると、「金の鎖」は海外でも多く報告されている。朝鮮半島・中国・台湾・東南アジアなどで多く見られる。また、海外で確認される類話の多くは、ほぼ日本で採取されるものと同じ型である(7)。このことから、海外交流と深いかかわりを持つ昔話であり、海外から伝播し、日本に定着した昔話である考えられる。関敬吾の言葉を借りるなら、「帰化昔話」ということになる。

以上を踏まえて「瓜子姫」との比較検討を試みたい。まずは、「瓜子姫」の概要を改めて確認する。「瓜子姫」は型が多く、要素も多彩であるが、その中でも「金の鎖」にもっとも近いと思われる秋田の型を例にとる。

- 川を流れてきた瓜を婆が拾う。家に帰ると瓜が割れ、なかから女の子が出てくる。
- 爺婆は女の子に瓜子姫という名前をつける。姫が大きくなると機織の上手い美しい娘になる。
- ある日、爺婆が姫を残して出かける①。
- 外敵がやってきて、やり取りをした後、家の中に侵入する③。
- やりとりをした後に、果物を取りに連れて行かれる。
- 果樹に着くと、外敵は木に登り、自分だけが食べる。姫が欲しがると、虫食いや種を投げる。
- 姫が果樹を取りに木に登る④。
- 外敵は姫を驚かせて、木から落とす。姫は墜死する。
- 外敵は姫の皮を剥ぎ、姫に成りすます②。
- 姫の嫁入りが決まり、姫に化けた外敵はかごに乗り出発する。

・鳥が鳴いて真相を告げる。

・正体がばれた外敵は制裁を受ける。その時流れた血が、ソバなどの根を赤く染める⑤。

末尾に番号をつけたものが「金の鎖」と共通する要素であり番号を対応させている。なお、②のみ順番が前後する。「瓜子姫」の後半、爺婆が出かけた後の展開と「金の鎖」の展開は、留守番をしている子供のところに外敵がやってくるという点で、非常によく似ている。

番号をつけた箇所の他にも以下のような共通する要素が見られる。第一に、木登りという要素があげられる。「金の鎖」では、子供たちが外敵から逃げるために木に登る要素が多く見られる。「瓜子姫」でも、姫が外敵に木に連れていかれ、それに登る要素がある。なお、「金の鎖」では登る木が柿の木であることがやや多いが、「瓜子姫」でも登場する果樹が柿の木であることは多い（ただし例にあげた秋田では桃であることが多い）。

第二に、外敵に襲われるのが女性という共通要素があげられる。「金の鎖」の子供たちは姉妹、あるいは兄弟のひとりが女の子など、女の子が含まれていることが多い。また、外敵に食われる親はほとんどが母親であることも、女性が被害者の要素に含めることができると考える。「瓜子姫」は瓜から生まれた女の子が主人公であり、外敵から被害を受けるのは女性である。

第三にイモの要素が登場するということをあげられる。「金の鎖」では外敵が「肌がガサガサだから母ではない」と言われ、すべすべの山芋の葉を腕に巻く、など芋が小道具として使われることが多い。「瓜子姫」でも、姫の好物はイモ、爺婆が留守にするのは芋掘りのためなど、イモが小道具とされることは多い。

このように、ふたつの昔話には多くの共通点が見受けられる。採話された「金の鎖」では、語り手による原題が

分布図７　「瓜子姫」と「天道さん金の鎖」分布の比較

「天道さん金の鎖」の分布

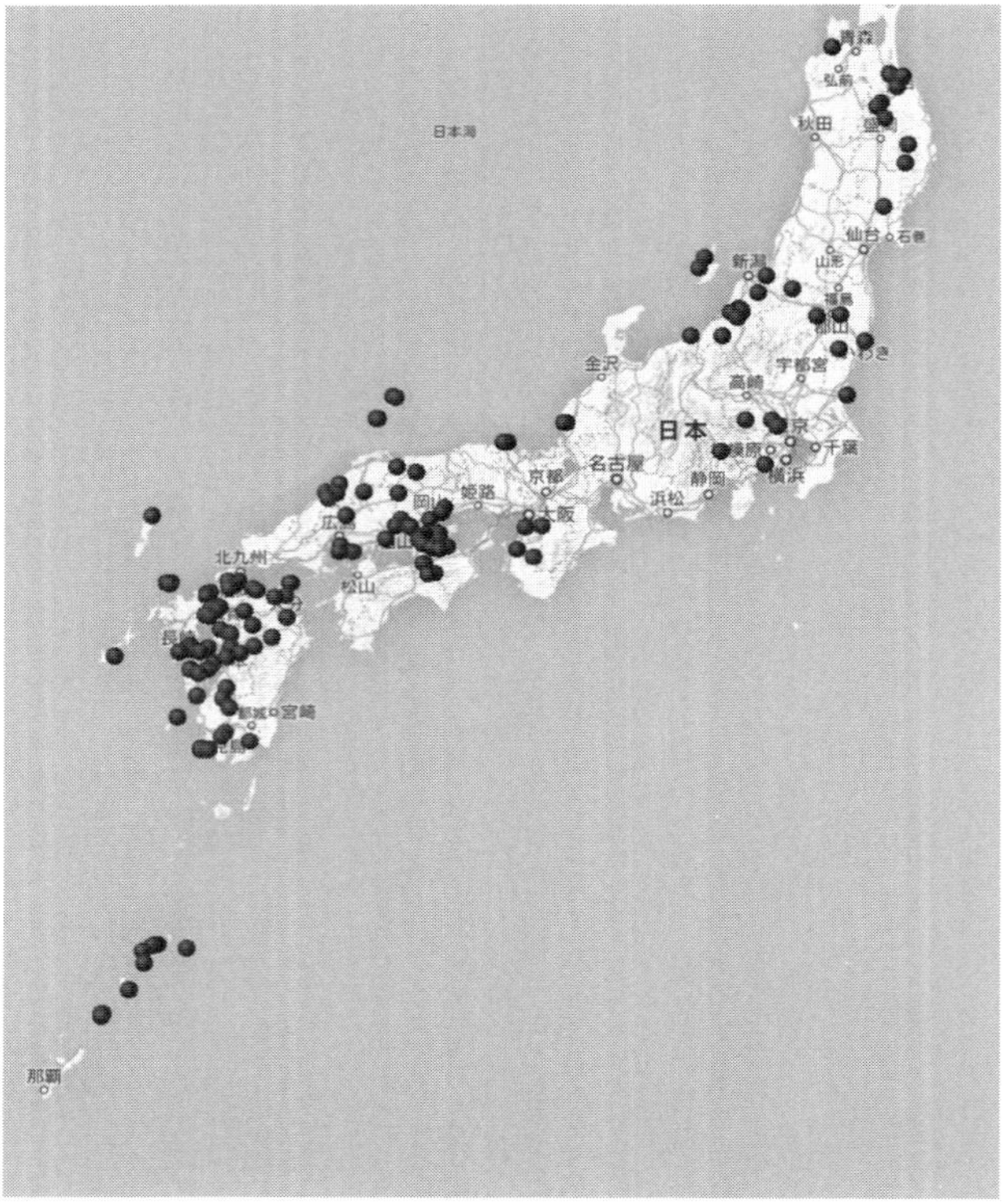

「瓜子姫」であるもの[8]、外敵があまのじゃくであるもの[9]なども採話されている。語り手の中には「瓜子姫」との類似性を意識していた者、あるいは両者を混同していた者もいたと考えられ、両者が近い昔話であるということの証左と言えるのではないだろうか。

次に、それぞれの分布の範囲を確認する。『昔話通観』を元に、それぞれの採話された地を地図に示す。（分布図７　参照）。

双方を比較すると、分布の傾向に明確な差異が確認できる。「金の鎖」は、中国（瀬戸内海周辺）・九州地方で、とくに多く採話されるが、東北・関東・甲信・東海・近畿では採話は少ない。一方「瓜子姫」は東

右同

「瓜子姫」の分布

北・中国（とくに内陸部）地方に採取例がとくに多く、関東・東海・近畿・九州では少ないことがわかる。中国地方以外は、この両者が多く採話される地域は重ならず、中国地方でも、「金の鎖」は日本海側には少ないということが確認できる。このことから、「金の鎖」と「瓜子姫」は、異なる発展・伝播の仕方をしたのではないか、と考えることが可能と思われる。なお、双方ともに関東・東海・近畿地方での採話例は少ないが、これらの地域は全体的に見て昔話の採話例が少ない地域である。

　それでは、具体的にそれぞれがどのような発展をしたのだろうか。

　まず、ふたつの昔話の大元をたどることを試みる。両者の共通する要素のうち、注目したいのは⑤の「外敵の血が植物の根を染める」という要素である。この要素は、南方の神話である「(型) ハイヌヴェレ」とつながりがあると見られる。[10]

「金の鎖」の主な外敵である山姥、「瓜子姫」の主な外敵であるアマノジャクは、ともに豊穣をもたらす神の零落した姿である。血の要素は、死体の有用作物への変化という要素の名残であり、「金の鎖」「瓜子姫」の双方は「(型) ハイヌヴェレ」を祖先のひとつに持つ昔話である、という可能性を指摘できる。しかし、「瓜子姫」は植物から誕生した姫の一代記としての側面が強いのに対して、「金の鎖」は、逃竄譚としての側面が強い。先祖が同じであったとしても、それぞれ別のタイプの昔話となっている。

海外の昔話と比較すると、「金の鎖」は海外でもほぼ同じ型の昔話が多く見つかっている。また、九州本島と南西諸島に多く分布し、海外でも朝鮮半島・台湾・中国南方の沿岸部などで多く採話されており、「金の鎖」系統の昔話は東シナ海・南シナ海を囲むような形で分布している。[11]もともと「(型) ハイヌヴェレ」由来の海外の昔話であり、台湾・南西諸島経由で北上、または朝鮮半島から南下、という形によって伝播し、日本列島に定着した「帰化昔話」であると考えることができる。[12]そうなると、日本列島ではまず九州に定着し、そこから東へ向かって伝播したと想定される。

一方、「瓜子姫」も関敬吾が「帰化昔話」であると仮定して以来、海外の昔話が元であるという考え方が有力である。しかし、断片的に似ているものは多数見つかってはいるものの、完全に同じ型の説話は海外では見つかっていない。このことから、海外から多数の要素が流入し、それらが日本列島で融合、さらに日本独自の要素が加わって誕生した「混血の帰化昔話」ともいうべきものである。海外の昔話がそのまま定着した「帰化昔話」である「金の鎖」とは事情が異なり、日本列島での発展が大きいと考えられる。

以上のことより、双方はどちらも「（型）ハイヌヴェレ」の影響が強いものの、成立の過程がまったく異なるということが確認できた。それでは、双方の昔話はどのような関係にあると言えるのだろうか。「金の鎖」が海外から伝播して定着した昔話であり、「瓜子姫」は日本列島で完成した昔話であるという仮説に従えば、「金の鎖」から「瓜子姫」に影響を与えていても、「瓜子姫」から「金の鎖」に影響を与えているという可能性は低いのではないかと考える。その前提で、考察を行う。

まず考えられるのは、「金の鎖」が「瓜子姫」の母体になったとする、言うなれば「親子」のような関係にあるとする仮説である。（以降、便宜上「親子仮説」とする）。この仮説で伝播と分布の関係を考えると、「金の鎖」が九州から西へ伝わるその途中で、「瓜子姫」が完成したということになる。中国地方以東に「金の鎖」が少ないのは、「瓜子姫」に吸収されたためであり、逆に中国地方以西に「瓜子姫」が少ないのは、すでに「金の鎖」が定着していたため、ということになり、分布が重ならないことの説明が可能となる。しかし、この仮説では、なぜ「瓜子姫」には「金の鎖」で重要な逃鼠譚の要素が薄いのか、ということをうまく説明できない。両者の間には、話型やテーマにおいて差異が大きい。

次に考えられるのが、「金の鎖」は「瓜子姫」に影響を与えてはいるものの、親子というほどのものではなく、一部の要素のみの影響にとどまるという、言うなれば「遠い親戚」のような関係にあるとする仮説である。（以降、便宜上「親戚仮説」とする）。「瓜子姫」は海外の昔話を元に日本列島で成立した昔話であるが、現在各地で様々な型が残っていることなどから見て、時代や地域によって段階を踏んで成立していったと考える。そのため現在見られる「瓜子姫」の原点となる「原初の瓜子姫」と言うべきものが存在していたのではないかと想定できる。「原初の瓜子姫」は、「瓜子姫」の基本要素を含んではいるものの現在見られる「瓜子姫」よりもシンプルな構成であった。しかし、「金の鎖」の要素を吸収して現在みられる型として完成したと考えることができる。具体的な例をあげて説明する。例えば「原初の瓜子姫」には、現在見られるような「木での外敵とのやりとり」「外敵が殺した被害者に化ける」という要素はなかったと仮定し、それが「金の鎖」の影響を受け、これらの要素が含まれるようになった、ということである。

この仮説、双方は同じ「(型) ハイヌヴェレ」の影響が強いが、本来は無関係であり、「金の鎖」が九州から東に伝わる段階で原初の「瓜子姫」と結合したということになる。親戚仮説は、双方の昔話の主題が大きく異なることの説明を親子仮説よりもつけやすいという利点がある。また、親子仮説よりも「瓜子姫」の段階的な発展をスムーズに説明できる。ただ、この仮説ではなぜ「金の鎖」「瓜子姫」双方の分布が重ならないのかということを親子仮説よりうまくは説明できない。

このように、親子仮説・親戚仮説ともに一長一短があり、両者の関係を完全に説明することができない。また、証明する根拠が現段階では一切ないという問題がある。

また、「瓜子姫」「金の鎖」も誰がどのようにして伝えたのかという点に関しては不明であり[13]、詳細な伝播の過程を論じることは現時点では難しい。データ収集や分析をもっと詳細に行い、より説得力がある説を構築し、実証していく必要がある。

今回は、「金の鎖」と「瓜子姫」との比較考察を中心に論をまとめた。ふたつの昔話が近い存在であり、大元をたどると同じ神話にたどりつくということは確認できたが、データが足りないことなどもあり、完全に論じつくすことはできなかった。

今後も研究を続行し、ふたつの昔話の関係をもっと明らかにしたいと考える。その際には、「金の鎖」や「瓜子姫」と似た要素を持つ別の昔話とのさらなる比較検討も重要になると思われる。例をあげると、「牛方山姥」は木に登って山姥をやりすごす要素、退治された山姥の血が植物を染める要素などを持ち、ふたつの昔話と共通する要素を持っている。

また、伝播している範囲も広く、「カチカチ山」は、殺害した相手に化けて家族を騙すという要素がふたつの昔話に共通する。これらの昔話と比較検討することにより、新しい視点が見えるものと期待している。

また、それ以外にも現代的なメディアと伝統的な昔話の関係についても考察していきたい。「金の鎖」は、絵本などでは少ないものの、テレビアニメで二回ほど放映されている。しかし、末の子供が食われる場面を割愛し、本来「かね」と読むべき「金」の文字を「きん」と読み、金色に光る鎖や綱が降りてくると描写している[14]。テレビアニメという性質上、子供が死亡する場面は放映するのが難しかったという事情、および金色の鎖が降りてきたほうが視覚的に見栄えするという理由などがあったものと推測される[15]。

特定の対象に語る伝統的な昔話と異なり、不特定多数を相手にするテレビアニメという媒体ではそういった配慮も仕方がないという側面もある。

また昔話は時代や語り手によって変化していくものであり、改変などを批判するべきではないと考えられなくもない。昔から伝わっている型もそのまま残していくことも必要である。

伝統的な昔話と最新の表現方法をどのように融合していくのか、ということも、この「金の鎖」という昔話を題材にして考えていきたい。

3. 小鳥前生譚との比較

「瓜子姫」には鳥が真相を告げるという要素が含まれる類話が多い。これは、殺された姫の魂が鳥に変化しているということを暗示していると考えられる。日本列島では、人間が鳥に変化（肉体ごと変わるものと魂だけのものが存在する）する「小鳥前生譚」と呼ばれる一群の昔話が存在する。二―5で考察したように、「瓜子姫」における鳥の要素も小鳥前生譚から影響を受けた可能性は高い。そのため、この節では小鳥前生譚と「瓜子姫」とを比較検討することとしたい。

数ある小鳥前生譚の中で、「瓜子姫」にもっとも近いと思われるものは「継子と鳥」として分類される型の昔話である。(16) なお、この昔話は通常、小鳥前生譚ではなく「継子いじめ譚」に分類される。ただ、これはあくまでも鳥への転生と継子いじめとどちらの要素をより重視するかという違いであるため、この話を小鳥前生譚として考察することはとくに問題がないと考える。

「継子と鳥」の例話をあげる。

あるところに親子五人で暮らしている家があった。そうしたところが、ふのわるかろふっちゃー、母さんがくさふるうて（病気して）とうとう死なれたげな、それじゃけん子供三人なーたいてーくようでずっとーないてばっかりおりましたげなばって、いくら泣いたっちゃーかかしゃんなー帰っちゃ来なれんけんっていうて、しまいーはあきらめましたげな、いっときして、その父さんなーよそから、またよめごばよびなったげな、そしたげなりゃーこんど来たごりょんさんなーたいてー根性の悪るか人じゃったげななけん、継子三人ばきむる（叱る）げなのなんのって、おごる（叱る）やらたたくやらしてずっとー、きめてばっかりおりました。あるとき父さんなー用のあって、よそ行きするときー三人の子供ばよーで、お前たちゃなんかお土産ば買うてきてやろうと思うとるがなんがよかけ、一番好いたものばいえって聞きましたあげな、そーすると一番姉さんなーあたきい鏡ば買うてきてやんなにというて頼みました。そのつぎに妹がまたあたきーはせきら（雪駄）ば買うてきてやんないいって頼みました。そーすりゃーまた一番すその弟たー、あたきーは硯ばていいました。それで父さんはなーよかよかおれが買うて来てやるけん、おとなしゅー留守番しとれいうといて出ていきなったげな。それからまー四、五日もして、継母さんなーじっと熱か湯ばくくらたぎらかいといて、子供いちょっとここい来てんない、ここから見ると、お父さんの帰って来ござるとのよーわかるけんていうてだましました。それで子供だちゃーすらごと（うそ）たー知らんな、三人ながらそこい走っていきましたげな。そうすると、継母さんなーその後ろからさいぜんからたぎらかいとった湯釜ん中い、ぽんと一人ば突っ込ーだげな。それで外の二人りゃー、あらっていうて逃ぎょうとするとばつかまえて、また釜い中に押し込みましたげな、それでとうとう三人ながら死んでしまいましたげな。それで継母さんなー、自分が殺いたとのわからんごと、すぐ三人の死骸ばひっぱり上げてきて、姉さんなーちょうず場の横い、妹たー手水鉢の下い、それから弟たー小便たごの横ににけましたげな。それから父さんが帰いてきなっただな、そーしたげなりゃーすぐい、ちょうずい行きとーなったげなけん行きなっただな、そしてちょうず場で手洗いよると、なんごろじゃろーかい、たった今出るとるとい、またちょうずい行きたかげなも、それでちょうずい行て帰ってこうとすると、向こうの方の梅の木い美しい名もわからんごーたる鳥の三羽飛―できて、一番上の枝い止まったとが、

父さん恋しやちんちろりん
きょうの鏡はもういらぬ　ちんちろりん

ていうて鳴いたげな。そーするとそのつぎんとが、

父さん恋しやちんちろりん

きょうのせきらはもういらぬ　ちんちろりん
て鳴きました。そのつぎんとがまた、
父さん恋しやちんちろりん
きょうの硯はもういらぬ　ちんちろりん
て鳴きました。そうして三羽ながらどこさいか飛うでいきました。それでお父さんなーいよいよふしぎじゃけん、家さいいて子供まーどこにいるかってたずねました。それで継母さんなーたった今まで近所で遊うどりましたといいました。それで父さんなーせきこーで、お前早うようでこいといいつけといて、自分なー便所の横のところに地掘ったごとしとったげなん。そこば掘ったげなりゃー三人ながらいけられとったげな。それで父さんなーたいがい腹かいて唐鍬で継母さんもなんもたたき殺いてしもうたげな。[17]（福岡県）

この昔話も多くのパターンが存在するが、だいたい以下のような流れである。

1、父親と子供（人数は異なる）。母親はなく父親が後添えをもらう。
2、父親が長期間家を留守にすることになる。
3、その隙に継母が継子を煮殺す。
4、父親が帰ってくると、庭の木で鳥が人語を語る。
5、鳥の声で真相を知った父親は継母に罰を与える。

この昔話は、「瓜子姫」と通じる要素が多いということが確認できる。共通点として以下のものをあげることができる。

・「継子と鳥」＝子供が煮殺される。「瓜子姫」＝姫が殺され死体を煮られる（青森東部など）。
・「継子と鳥」＝死体を埋めるものもある。「瓜子姫」＝姫の死体を埋める要素もある（山形など）。
・「継子と鳥」＝鳥が人語を語り真相を告げる。「瓜子姫」＝同じ要素。

前二者は「瓜子姫」では地域が限定されるため、比較が難しい面もあるが鳥が真相を告げる要素はやはり注目すべきであると思われる。これは、鳥が真相を告げるというだけではなく、告げられる内容も殺害の真相という点で酷似している。また、伝播している地域も、「死亡型」の「瓜子姫」は東北を中心とした東日本、「継子と鳥」も東日本に多いという点で共通する。(18)

「瓜子姫」には夭折した子供を悼む心情が含まれているということを先に考察した。「継子と鳥」も幼くして理不尽に命を絶たれた子供を哀悼する心情が含まれているものと見てほぼ間違いはない。東北の「瓜子姫」はもともと人身御供譚の側面が強かったが、徐々に元の型から変化し「鳥の要素」が挿入されたと考える。そのように考えると、「継子と鳥」が「瓜子姫」に影響を与えたか、あるいはもともと夭折した子供を悼む「小鳥前生譚」がありそれが「瓜子姫」および「継子いじめ譚」と結びついたのではないか。「瓜子姫」には「継子いじめ」の要素がないことから、「継子と鳥」の元となった小鳥前生譚が最初にあったのではないだろうか。起源に関しては資料が少なく明確な答えを出すことは難しいが、「瓜子姫」における「鳥の要素」と「継子と鳥」は深い関係があるという事だけは間違いがないと思われる。

また、「小鳥前生譚」の流れを汲み、「瓜子姫」に近い昔話として「蟹の甲」[19]という話をあげることができる。例話をあげる。

爺と婆があった。泉水に津蟹（川蟹）を飼ってあった。爺は津蟹をかわいがって、外でごちそうでももらってくると、「ジージが、マーゴ（孫）の、ツーガネは」というて、津蟹が出てくるとごちそうをかませた。そうしてごちそうはみんな津蟹にかませて、婆さんには少しもかませない。
ある日婆さんが「爺が孫の津蟹は」というたら、津蟹が出てきたので、婆さんは津蟹を突きとって、煮て食べた。爺が外から帰って、「爺が孫の津蟹は」というと、出てこない。そのとき木の上の鳥が、「ジージがツーガーネー、ミー（肉）はバーバがイーチ食て（打ち食って）ツー（甲）は前のサーサヤメ（笹山へ）」と鳴いたので、婆が鳥をホッホと追うた。爺は婆を追う。鳥はまた「爺が津蟹、肉は婆がいち食て、ツーは前の笹山へ」という。爺が前の笹山を見たところが、津蟹の甲があったとさ。[20]（鹿児島県）

鳥が真相を告げるという「瓜子姫」および「継子と鳥」に近い要素である。これも、もともとあった「小鳥前生譚」から発生したか、あるいは「継子と鳥」または「瓜子姫」から変化したものであるか可能性も想定できる。また、前の節で「瓜子姫」と「猿蟹合戦」に似た要素があることに言及したが、この昔話も蟹が被害者となる。なんらかの繋がりがある可能性を想定できなくもないがこの昔話自体、採話例が少なく考察できる要素が少ない。これらの昔話とどのようなつながりにあるのかはもう少しデータを集めてから考察することにしたい。

「瓜子姫」と通じる要素を持つ昔話は他にも多く存在する。例えば「天人女房」などは、天上界で瓜を割ったところ大洪水になったという要素が存在する。これは、先述の南方神話とも通じ、「瓜子姫」と根源が同一である可能性も指摘できる。他にも、同じく植物からの誕生ということで、「竹姫」（あるいは物語文学の『竹取物語』）となんらかの関わりがある可能性も考えられる。いずれにしろこれらとの比較は膨大な資料が必要となるため、現時点では論考可能なほどの材料はそろっていない。また、海外の昔話との比較も、今回は考察することができなかった。今後本論では取りあげなかった昔話との比較を進めていくことはもちろん、今回取りあげた昔話との比較もより詳細に進めていく事を目指したい。

注

（1）三浦佑之「瓜子姫の死」（『東北学』ｖｏｌ．１、一九九九年十月）、『村落伝承論　『遠野物語』から　増補新版』（青土社、二〇一四年七月）に加筆修正のうえ収録

（2）柳田国男『桃太郎の誕生』（三省堂、一九三三年一月）、『柳田國男全集　第六巻』（筑摩書房、一九九八年十月）所収を参照。

（3）福田晃「昔話の地域性―東西の二種類をめぐって」（『神語り・昔語りの伝承世界』（第一書房、一九九七年二月）

（4）『日本昔話大成』番号二四五。また、「天道さん金の綱」「天道さん強い鎖」などと称することもある。なお、「金」の読みは「かね」であり、鉄のことである。

（5）国立国会図書館の「児童書総合目録」（http://iss.ndl.go.jp/）で検索すると、単独の　書籍では数冊しか確認できなかった。「児童書総合目録」は日本で出版された書籍のすべてを完全に網羅しているわけではないが、少ないという傾向は確認できると思われる。

（6）村岡浅夫編『全国昔話資料集成一四　芸備昔話集』（岩崎美術社、一九七五年八月）

（7）飯倉照平「中国の人を食う妖怪と日本の山姥—逃走譚にみる両者の対応—」（『口承文芸研究』第十六号、一九九三年三月）

（8）稲田浩二・小沢俊夫編『日本昔話通観第一五巻（三重・滋賀・大阪・奈良・和歌山）』（一九七七年十一月）。原資料は中西包夫編『貴志の谷昔話集』（那賀郡貴志中学校、一九五二年〈未見〉）。なお、『日本昔話通観』の梗概では、瓜から生まれた女の子などの「瓜子姫」の要素は見られない。

（9）稲田浩二・小沢俊夫編『日本昔話通観第18巻（島根）』（一九七八年五月、同朋舎）。原資料は森脇太一編『岡本ツル昔話集』自刊、一九七四年〈未見〉）

（10）大林太良「生活様式としての焼畑耕作」（『日本民俗文化大系五』小学館、一九八三年十月）。吉田敦彦も『縄文の神話』（青土社、一九八七年十二月）で、大林の意見に賛同している。

（11）（7）参照。

（12）なお、（7）の飯倉論文は「金の鎖」系統の昔話を朝鮮半島から伝わったと断定しているが、「ハイヌヴェレ系神話」が南方由来であるため、南方から南西諸島・九州を通過して朝鮮半島へ伝わった可能性、または日本と朝鮮半島へは別々のルートで伝播した可能性も考えられる。

（13）「金の鎖」に関しては五来重が修験者と関係があると論じている。五来重『鬼むかし』（角川書店、一九八四年十二

月）

（14）「お月さん金の鎖」『まんが日本昔ばなし』（一九七五～一九九四年　ＴＢＳ系列）　一九七七年三月一九日放映・「お天道さまと金の綱」『ふるさと再生日本の昔ばなし』（二〇一二年～放映中　テレビ東京系列）二〇一四年六月一日放映。

（15）数は少ないが、子供たちが全員食われないで無事な型も存在はする。また、「金」の字の読み方を表記していない資料も多く、「きん」として語っていた語り手も存在する可能性はある。ただ、あえて数の少ない要素を選択したことに、製作者の意図を見る事ができる。

（16）『日本昔話大成』番号二一六、「継子譚」に分類。

（17）福岡県教育会編『全国昔話資料集成一一　福岡昔話集』（岩崎美術社、一九七五年）

（18）（3）参照。

（19）『日本昔話大成』番号一九三、「隣の爺」に分類。

（20）岩倉市郎『鹿児島県甑島昔話集』（一九七三年、三省堂）

第二部　リライトされた「瓜子姫」

＊＊＊＊＊＊＊＊＊＊＊＊＊＊＊＊＊＊＊＊＊＊＊＊＊＊＊＊＊＊＊＊＊

第一部では伝統的な語りで伝わった「瓜子姫」を中心に考察した。しかし、近年は伝統的な語りで昔話に触れたというひとは、とくに都市部では減少していると思われる。

首都圏の学生を中心に独自のアンケート調査を行ったが、この結果から見ても二十歳前後の世代にとって昔話はすでに「聞く文学」ではなく「読む文学」に変わりつつあるという傾向が見られた（アンケートについては第一章で詳しく考察する）。

そのことから、現代における昔話の状況を考察するためには、書かれた昔話、とくに多くのひとにとって、最初に昔話に触れる機会となると思われる児童向けに再構成されたものを確認することが必要であると考える。そのため、この第二部では児童向けに再構成された、昔話「瓜子姫」を題材として考察を行う。「瓜子姫」という昔話は、採話例が多く伝播している地域が広い昔話であるが、児童向け書籍として出版された数はそれほど多くなく、アンケートでも高い知名度はないという結果が出た。なぜこのような結果になったのかということを考察することにより、口承の昔話と現在の書かれた昔話に求められるものの違いを論じることができると考える。

第二部は、大きく分けて四章構成とする。第一章では、実施したアンケートの結果より、現代において「瓜子姫」という昔話がどのように認識されているのか、ということを確認する。第二章では、近代以前に再構成された「瓜子姫」に関する考察を行う。第三章では、近代以降に再構成された「瓜子姫」の歴史を俯瞰し、その中でも大きな影響を与えたと思われる作品、およびその作者に焦点を当てる。第四章では、有名な作家や学者によって再構成されたものの、現在ではあまり顧みられなくなった作品に注目する。

＊＊＊＊＊＊＊＊＊＊＊＊＊＊＊＊＊＊＊＊＊＊＊＊＊＊＊＊＊＊＊＊＊

第一章　アンケート結果に見る現代の瓜子姫への認識

この章ではアンケート結果を通して現代における「瓜子姫」という昔話への認識を確認する。おもに自身で行ったアンケート結果を元とするが、参考のため先行研究で行われたアンケート結果にも触れることとする。

1．再構成作品の定義

本論に入る前に、再構成された児童向け昔話の定義を確定する。本論では、以下の条件をすべて満たすものとして定義する。

第一に、「文字によって書かれている」、ということを定義に加える。昔話は口承であるために、本来は文字には残らない。文字に残すことによって、口承文芸から書かれた文芸に変化しているということが第一条件になる。なお、朗読劇や演劇なども、台本などが存在することから文字に書かれたもの見ることは可能である。しかし、それを加えると非常に範囲が広くなるため、今回は論じないこととする。

第二に、「特定の人物（再構成者）」によってなんらかの手を加えられていることが明白である」ということを定義とする。書き手自身がアレンジを加えたと明言しているものはもちろんのこと、現存する昔話資料などと比較して、書き手がなんらかの手を加えたことが明らかであれば、それを再構成とする。なお、内容には大きく手を加えず、単に言葉を児童向けにわかり易くなおしただけのものも再構成の一種として扱い、とくに再話として定義する。

第三に「児童（小学生まで）を主要な読者として想定している」ということを定義に加える。昔話集では、言葉を方言ではなく共通語に直したものや、あらすじのみの紹介にするなど、再話として手を加えたものも多い。しかし、書き手が主な読者の対象として児童を想定していないものは児童向けとみなさない。なお、刊行当時に書き手が児童を想定して書いたものの、長い時間を得て再刊行された際、出版者は児童ではなく一般向けとしていることが見られる。そういったケースは児童向けとは見なさないこととする。また、柳田国男の昔話集のように、出版社などを変えて何度も発刊されているものも存在する。そのようなものは、ある程度の年数を経ていて、形態や出版社などが大幅に変わったと見られるものに限り、新刊と同じ扱いして見ることとする。ただし、新しく刊行された時点で対象が児童ではなくなったものは児童向けには含まない。具体的な例を挙げると、柳田国男の『日本昔話上』(1)はアルスから最初に出版された時は児童を対象としていた。しかし、その後に刊行された文庫版『日本の昔話』(2)などは、内容は同一であるものの、明らかに児童ではなく一般を対象としている。そのため、最初のアルス版は児童向けとして扱うが、文庫版は扱わない。

また、以上の定義には当てはまっても、地域別の昔話集に収録されたものは取り扱わない。再構成者が、なぜこの話型を選んで再構成したのか、という問題についても考察を行うが、地域別の昔話集に掲載されているものは、著者による話型の選択肢が狭いと考えられるためである。

2.「瓜子姫」アンケートの概要と結果

現代において「瓜子姫」という昔話がどの程度の知名度があり、どのような昔話として認識されているかということとを調査する必要があると考え、独自にアンケートを作成し、「瓜子姫」に関しての調査を試みた。

二〇一一年の十月から三月の間に立正大学をはじめとして、東洋大学・国学院大学など都内の大学を中心に、その学生にアンケートへの協力を依頼した。(3) 結果、二百を超えるデータを収集することができた。

アンケートには以下の設問が設けられている。設問とその意図を示す。（図1）

年齢・性別・出身県
設問の意図：このアンケートがどのような対象者を中心に行われたのかを確認する意図である。

Q1　このアンケートははじめてですか？
設問の意図：授業ごとにアンケートを配布したため、重複してアンケートに答える回答者が現れるのを防ぐことが目的である。

Q2　あなたは日本昔話「瓜子姫」をご存知ですか？（「瓜姫」なども含みます）
設問の意図：「瓜子姫」の知名度を知るために最も根幹となる質問である。おなじ「知っている」にも差異があると考えたため、このような選択肢を設けた。

図１　アンケート

年齢（　　　　）性別　男・女　　　出身県（　　　　）※留学生の方は出身国をお願いします。

Q1．このアンケートははじめてですか？

1．はい　　2．いいえ

1の方　Q2以降へ進んでください。2のかたお疲れ様でした。アンケートを提出してください。

Q2．あたなは日本昔話「瓜子姫」をご存知ですか？（「瓜姫」なども含みます）

1．内容までよく知っている　2．内容をなんとなく知っている　3．タイトルを知っているが内容までは知らない　4．まったく知らない

1・2の方　Q3へ進んでください　3・4の方　Q8へ進んでください

Q3．あなたが「瓜子姫」を知ったのはいつごろですか？

1．就学前　2．小学生　3．中学生〜高校生　4．大学入学後

Q4．あなたが「瓜子姫」を知ったのはどのような媒体ですか？

1．絵本（含む読み聞かせ）　2．絵本以外の本（含む読み聞かせ）　3．素話　4．テレビ・ラジオ　5．その他（　　　　　　　）

Q5．あなたの知っている「瓜子姫」で主人公の女の子の敵はなんでしたか？　できるだけ詳しくお願いします。

Q6．あなたの知っている「瓜子姫」で主人公の女の子はどのような酷い目にあわされましたか？　できるだけ詳しくお願いします。

Q7．あなたの知っている「瓜子姫」では、最終的にどうなりましたか？　できるだけ詳しくお願いします。

Q8．あなたの知っている「日本の昔話」をできるだけ多く書いてください。書ききれないばあいは裏面も使用可です。

おつかれさまでした

Q３　あなたが「瓜子姫」を知ったのはいつごろですか？
設問の意図：現在、現代ではどのくらいの年代に「瓜子姫」ひいては昔話に親しむ機会があるのか、ということを調査するために設けた項目である。
Q４　あなたが「瓜子姫」を知ったのはどのような媒体ですか？
設問の意図：現代ではどのような媒体を通して「瓜子姫」ひいては昔話を知るのか、ということを調査するために設けた項目である。
Q５　あなたの知っている「瓜子姫」で主人公の女の子の敵はなんでしたか？　できるだけ詳しくお願いします。
Q６　あなたの知っている「瓜子姫」で主人公の女の子はどのような酷い目にあわされましたか？　できるだけ詳しくお願いします。
Q７　あなたの知っている「瓜子姫」では、敵は最終的にどうなりましたか？　できるだけ詳しくお願いします。
設問の意図：「瓜子姫」は多様な話型を持つ昔話である。そのため、どの型がよく知られているか、またはどの型がよく印象に残るのか、ということを調査するために設けた項目である。また、Q２において「1．内容までよく知っている」「2．内容をなんとなく知っている」を選択したばあいでも、記憶が正確でないばあい、漫画などで著しく脚色されたものを語り継がれた昔話であると誤解しているばあいなどがあると考えられるため、どれだけ正確に話を覚えているかということを確認するための意味もこの項目には含まれている。

Ｑ８　あなたの知っている「日本の昔話」をできるだけ多く書いてください。書ききれないばあいは裏面も使用可です。

設問の意図：「瓜子姫」以外の昔話をどのくらい知っているか、また現在どの昔話が多く知られているかということを確認するために設けた設問である。また、「どのようなものを昔話というのか」という質問があがったとき、あえて答えなかった。「どのようなものを昔話として認識しているか」ということを調査するための意図もあるからである。

○アンケート結果とその分析

年齢・性別・出身県

都内の大学生が中心であるため、関東甲信越出身者が多く年齢層は十代後半から二十代前半が多いという偏りはあるが、現代における「瓜子姫」の状況を知るひとつの目安として信頼のおけるデータであると考える。（図２）

まず、「瓜子姫」の現在における知名度に関して分析する。（図３）

Ｑ２の結果では、「タイトルだけ知っている」という回答も「知っている」に含め「知っている」と回答したのは全体の三割弱であった。Ｑ８のような自由回答の形式ではなく、「瓜子姫」というタイトルを明記しての質問であるため、この割合は低いと見るべきであると考える。

さらに、Ｑ５〜Ｑ７の回答を調査すると、「１．内容までよく知っている」「２．内容をなんとなく知っている」と回答した回答者でも内容を正確に理解していないばあいが多いと考えられる。

正確に理解していないと考えられる例として以下のような回答があげられる。

図２　アンケート結果１　回答者の出身都道府県・年齢・性別

	回答者　出身都道府県（人）	
北海道・東北	北海道	2
	青森	1
	岩手	1
	宮城	3
	秋田	4
	山形	2
	福島	3
	茨城	11
	栃木	5
	群馬	2
関東	埼玉	32
	千葉	34
	東京	49
	神奈川	28
	新潟	7
	石川	1
	山梨	1
中部	長野	2
	岐阜	1
	静岡	6
	愛知	2
近畿	滋賀	1
	京都	1
	大阪	1
中国・四国	鳥取	1
	岡山	2
	広島	1
	愛媛	1
九州・沖縄	佐賀	2
	長崎	1
	熊本	1
	沖縄	1
その他	海外	4
	未記入	1

回答者年齢層（人）	
10代	89
20代	119
30代以上	4
未記入	12

回答者性別（人）	
男性	107
女性	107

図３　アンケート結果２「Ｑ２　あなたは日本昔話「瓜子姫」をご存知ですか？」に対する回答結果

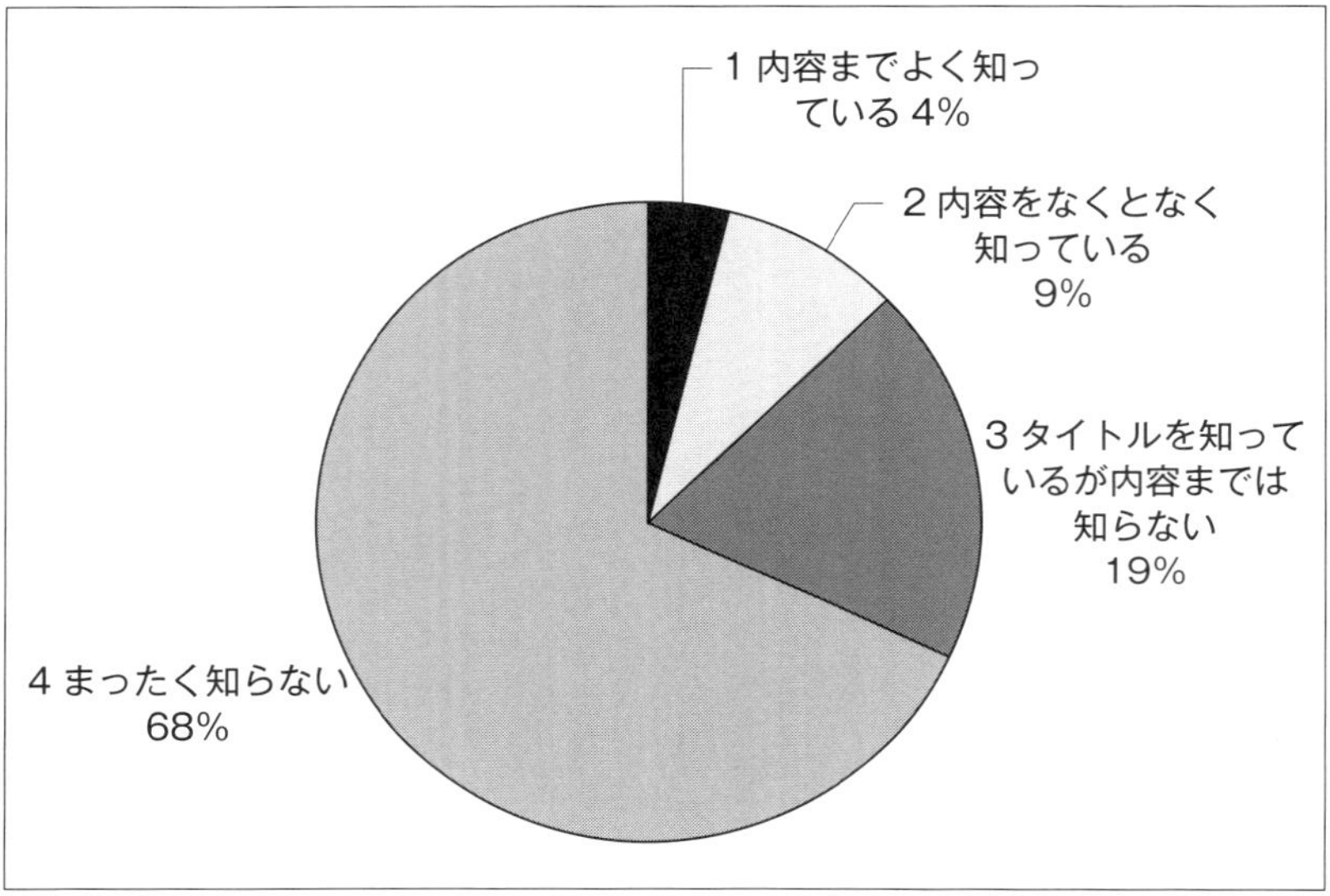

・猿にさらわれ育てられた（Ｑ６に対して）
・瓜の中に閉じ込められる（Ｑ６に対して）
・覚えていない（Ｑ７に対して）
・ゆるされた（Ｑ７にたいして）

「猿にさらわれ育てられた」「瓜の中に閉じ込められる」といった展開をとる「瓜子姫」は、民間で採取された類話にはほぼ存在せず、漫画や絵本などで著しく改変されたものである可能性が高い。これをもって「瓜子姫」を知っている、と規定するには少々問題があると思われる。このような信用のおけない回答を整理すると、「瓜子姫」をだいたい正確に知っていると考えて差し支えない回答者は全体の一割を切ることになる。これは、決して高い数字とは言えないと思われる。日本列島に非常に広く伝播し、採話数も非常に多いということを考えれば、その割には現代において「瓜子姫」はあまり知られて

図４　アンケート結果３「Ｑ３　あなたが「瓜子姫」を知ったのはいつごろですか？」に対する回答結果

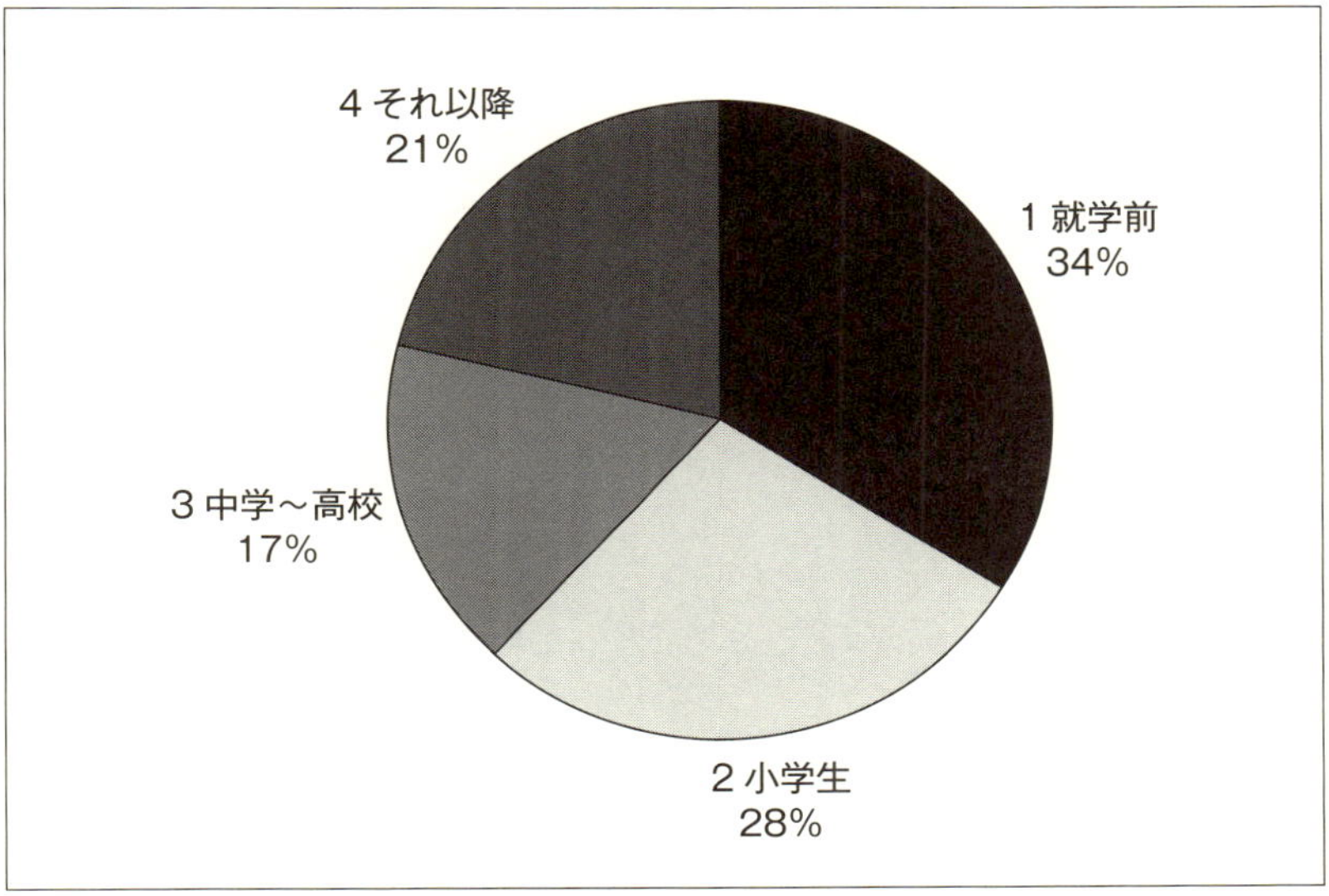

いない昔話であると言うことができる。ただ、「瓜子姫」と同様に伝播地域・採話地の多い「蛇女房」「猿婿入り」などに比べれば知名度はそれなりにあるものと思われる（Ｑ８の回答で、これらは回答者10人に満たなかった。巻末図参照）ため、「無名ではないが、有名とも言い難い」という状況であるの見るのがもっとも妥当であると考える。

次に、Ｑ３・Ｑ４の結果をもとに「「瓜子姫」をどのように知ったのか」、ということに関して分析する。

（図４・図５挿入）

Ｑ３・Ｑ４の回答を総合すると、「瓜子姫」を知ったのは「小学校卒業まで」であり、知った媒体は「書籍」であることが最も多い、という結果になる。

また、唯一、「語り」で「瓜子姫」を知ったという回答者に話を聞く機会を得たが、その「語り」と

図５　アンケート結果４　「Ｑ４　あなたが「瓜子姫」を知ったのはどのような媒体ですか？」に対する回答結果

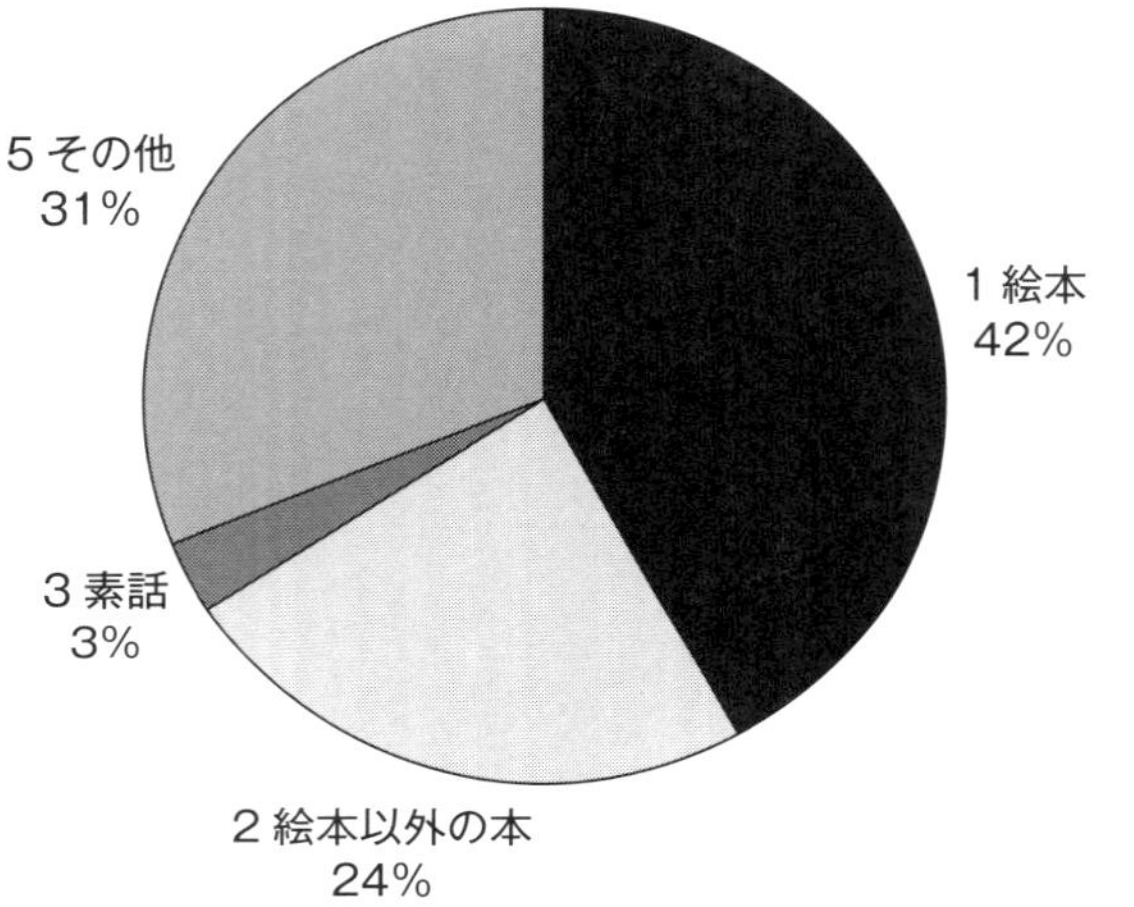

いうのは、話者が本を読んで覚えたものを聞かせた、ということであった。これは書籍の読み聞かせとほぼおなじであり、事実上書籍で知ったということである。伝統的な「口伝で話を覚えた語り部から口頭で」聞いて覚えた、という回答者はひとりもいなかった。

回答者は都市部出身であることが多いということも考えられるが、それを差し引いても、現代、「瓜子姫」さらにいえば昔話を知る機会は伝統的な口伝ではなく書籍によるものであることがほとんど、ということができる。

また、「幼少期に絵本で知った」という回答が多いということは、現在では「瓜子姫」ひいては昔話が「小さい子供の読むもの」であるとして認識されている、ということを示すデータであるとも言える。

次に、Ｑ５～Ｑ７までの結果をもとに「瓜子姫」がどのような話として認識されているのか、ということを分析する。

興味深いことに、「瓜子姫」を知った媒体が「絵本」であると答えながらも、Ｑ６において「瓜子姫が殺害された」という回答をした回答者が半数近くいた。それも、「皮をはがされた」など残虐な殺され方あげた回答者も存在した。

「瓜子姫」は大きく分けて姫が殺害される「死亡型」と無事に助けられる「生存型」が存在するが、絵本で「死亡型」を採用している例は少なく、採用したとしても残虐な殺され方は描写しない。それにもかかわらず、そういう回答をした回答者が多いということは、初めて「瓜子姫」を知ったのは絵本であるが、現時点での「瓜子姫」のイメージを確定させたのは別の媒体によるものと考えるべきである。

また、Ｑ７の外敵（Ｑ５によるとほとんどの回答者が瓜子姫の外敵はアマノジャクと認識している）も、絵本では殺されずに懲らしめられるだけですむばあいが多いが、「外敵は殺害される」と解答をした回答者も多く、これも絵本以外の媒体によるイメージであると考えられる。

これらの現代では残酷と思われる描写は、絵本よりも高学年の児童を対象とした児童書や、おとな向けの昔話集などで取り上げられることが多い。そのため、「死亡型」に触れる機会は、幼少期よりも年齢があがった段階である可能性が高い。

「瓜子姫」を知ったのは幼児期に絵本（「生存型」）であるとしても、後々まで心に残るのは、後に知った「死亡型」であるということになる。これは、主人公が無事に助けられるという型よりも、主人公が無残に殺されるという型のほうが、インパクトが強いため、絵本での「生存型」よりも印象に残りやすいからであると思われる。アマノジャクの末路も同様の理由で、殺害されるほうが印象に残りやすいからであると考えられる。

これらのことから、「瓜子姫」という昔話は現代では「主人公が殺害され、外敵も復讐で惨殺される怖い話・残酷な話」として認識されているのではないかと考える。

最後に、Q８の回答をもとに他の昔話の状況を確認してみたい。

Q８の結果より、「桃太郎」「浦島太郎」「かぐや姫」の三つが圧倒的な知名度を持つ事が確認できた。この三者は児童書での発行数も非常に多く現代における三大昔話ということも可能である。ただ、「かぐや姫」は古典文学『竹取物語』により有名なのであり、「桃太郎」「浦島太郎」も近世以降の出版によって広まったと考えられる。そのため、「口で伝えられた口承文芸としての昔話」というものとはかけ離れた存在であるとも言える。

四位以降も知名度の高い昔話が並ぶ。これらは児童書として多く出版されているものが多い。出版文化と昔話との密接なつながりがここでも確認できる。

その他、気になる点をいくつかあげる。

イソップ寓話「うさぎとかめ」、アンデルセン童話「親指姫」、浜田広介の童話「泣いた赤鬼」を日本の昔話として回答している者が五～一〇％存在した。（図６）

「うさぎとかめ」「親指姫」は質問文の「日本の昔話」という箇所をよく読んでいなかったとも考えられるが、海外の昔話や童話が非常に身近になっていることを示すデータと見ることも可能である。「泣いた赤鬼」は、「昔話風の創作童話」が昔話と認識されつつある現状を示すデータと取ることもできる。また、童話作家である浜田広介の名が忘れられているということを示すデータであるとも考えられるのではないだろうか。

また、Q２の回答とQ８で回答した昔話の数の相関に関してのデータも抽出してみた。「瓜子姫」を知っていると回答した者ほど多くの昔話を回答している割合が高い傾向にあるのではないかと考えられる。昔話に興味を持ってい

図６　アンケート結果５「Ｑ８　あなたの知っている「日本の昔話」をできるだけ多く書いてください」に対する回答結果（数字は回答数。回答10以下は省略）

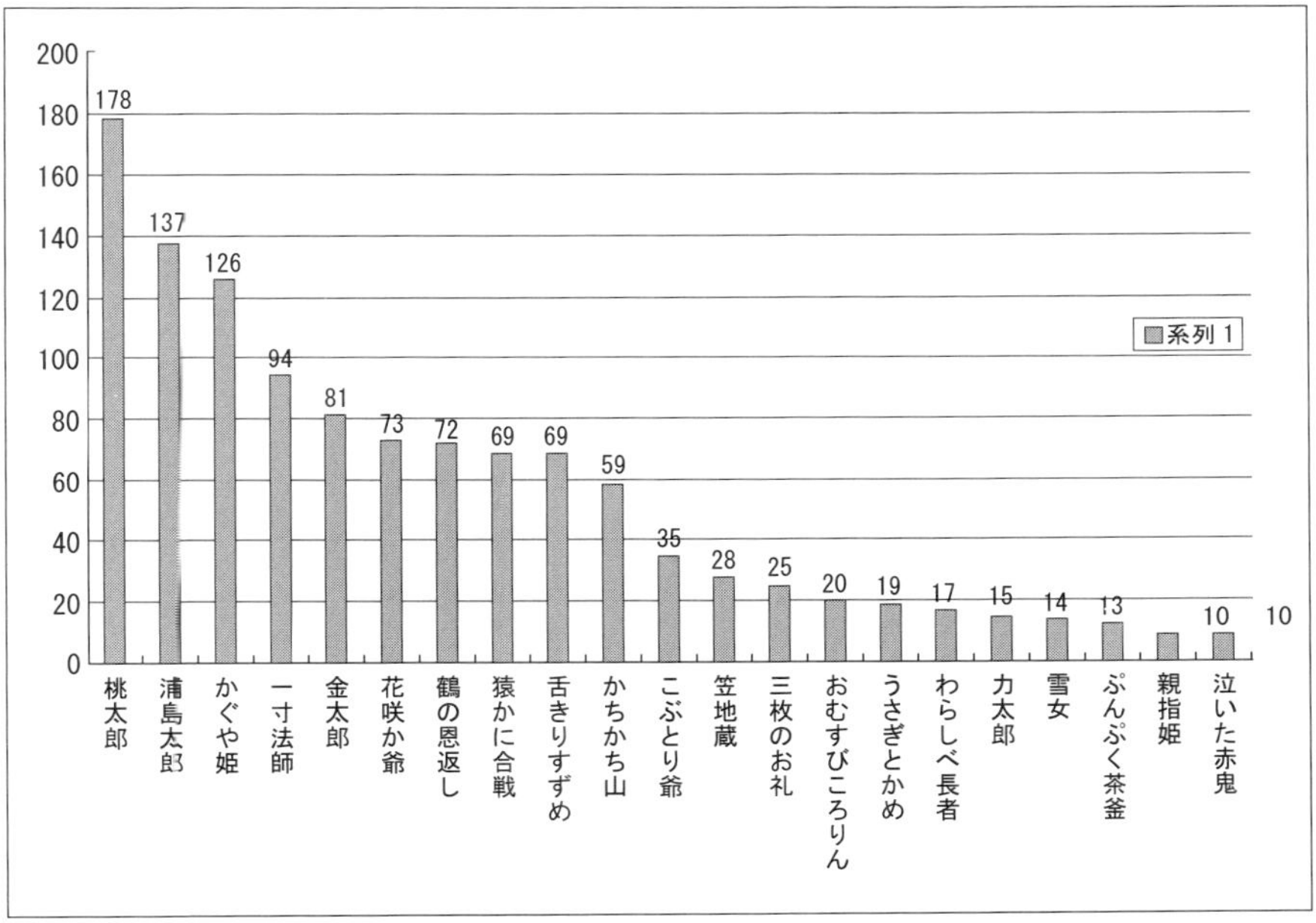

図７　アンケート結果６　Ｑ２に対する回答とＱ８に対する回答の相関

Ｑ２に対して選択した項目	回答者総数（人）	Ｑ８において回答した昔話の数（人）		
		挙げた昔話の数が４以下の回答者	挙げた昔話の数が５～９の回答者	挙げた昔話の数が10以上の回答者
１（瓜子姫をよく知っている）	9	2	2	5
２（瓜子姫をなんとなく知っている）	20	7	5	8
３（タイトルのみ知っている）	41	15	15	11
４（知らない）	146	66	63	17

る者ほど「瓜子姫」を詳しく知っている可能性も想定できる。

3．先行研究での昔話に関するアンケート

先行研究では「瓜子姫」に的を絞ったアンケートは行われていない。だが、昔話全般に関してのアンケートは何度か行われている。この章では、このような昔話に関してのアンケートの中から比較的見ることが容易で、現代における「瓜子姫」研究に応用できると考えられるものをいくつか選んで紹介することとしたい。

A，「日本の母親は、昔話をどのようにとらえているか」というアンケート

西條厚子等「母親と昔話調査委員会」により三十代・四十代の母親を中心に昔話に関するアンケート結果が、岩崎文雄・小松崎進『民話と子ども』[4]の中で紹介されている。やや古いアンケート結果であるが「どのような昔話が好きか」「どのような昔話が嫌いか」といったこととその理由を問う設問があり、現代ではどのような昔話が好まれるのか、昔話がどのように理解されているのか、といった認識を知ることができる資料となるため、本論で取り上げることとする。なお、項目によって昔話のタイトルに表記の揺れが見える（例・ある項目では「桃太郎」とされているが、別の項目では「ももたろう」となっているなど）が、原則として本文の表記に従う。

このアンケートでは、対象者に対して以下のような質問項目を設けている。

1あなたの年令は（20代、30代、40代、50代、60代）

2あなたが小学生ですごされたところ（県　市町村）

3あなたはむかしばなしをきいたことがありますか。（ある・ない）
4あなたは、昔話といわれたらどんな話を思い出しますか。
—（思い出したものを書いてください）
5あなたのすきなむかしばなしはなんですか。（そのわけもかいてください）
6あなたのきらいなむかしばなしはなんですか。（そのわけもかいてください）
7あなたは、子どもにむかしばなしをはなしてやったことがありますか。（ある　ない）
—（どんなむかしばなしをしてやりましたか、かけたらかいてください）
8あなたは、むかしばなしを子どもに伝えたいと思いますか。（思う、思わない）
—（どうしてそう思われるのか、そのわけをかける方はおかきください）

この中で、今回注目したいのは4、5、6である。

「4あなたは、昔話といわれたらどんな話を思い出しますか。」に対する回答としては、以下のような結果となっている。（投票数が多いもの順）「桃太郎」「花咲爺」「浦島太郎」「かちかち山」「舌切雀」「一寸法師」「さるかに」「金太郎」「鶴女房」「こぶとり」「鼠浄土」「文福茶釜」があげられている。

一般的に良く知られた昔話の知名度がやはり高いと言うことが確認でき、特に桃太郎の回答率は五三％と高い割合を占めた。

次に「5あなたのすきなむかしばなしはなんですか。」に対する回答としては以下のような昔話があげられている。（回答の多い順番であるのかは、明記がなく不明）「ももたろう」「花さかじじい」「一寸法師」「さるかに合戦」「こぶとり」「したきり雀」「かちかち山」「うらしまたろう」「金太郎」「かさじぞう」など。

好きな理由を見ると、「桃太郎」「一寸法師」など勇敢で心の正しい主人公が活躍するもの、「カチカチ山」「さるかに合戦」のような悪行には罰がくだるということを説くもの、「かさじぞう」のように善行は報われるということを説くものなど、児童への教育に応用が好まれる傾向にあることがわかる。

次に「6あなたのきらいなむかしばなしはなんですか。」に対する回答としては以下のような昔話があげられている。（回答の多い順番であるのかは、明記がなく不明）「したきり雀」「カチカチ山」「うらしまたろう」「花さかじじい」「ももたろう」など。

嫌いな理由を見ると、「したきり雀」の舌を切る要素、「カチカチ山」のタヌキによる婆の殺害など残酷と思われる要素を含むもの、「ももたろう」のように現代的な感覚では暴力的な要素を含むもの、「うらしまたろう」のようにハッピーエンドにならないものなどが好まれない要因であることがわかる。

B．「カチカチ山」絵本についてのアンケート

内ヶ崎有里子「日本児童文学会中部例会での議論」(5)の中に、名古屋市小学校教員の幾本幸代が行った小学生が「カチカチ山」をどう受けとめるのかということをアンケートによって調べた報告が紹介されている。「カチカチ山」は婆がタヌキに殺害された上に、話によってはその肉を調理され爺が喰わされるという要素がある。似たような要素は「瓜子姫」の一部の類話（おもに岩手・青森東部）にも存在する。これらは現代的な感覚では残酷な要素という事になるものと思われる。そのため、「カチカチ山」に対して小学生がどのような反応を示したのかという事を知ることは、「瓜子姫」に対して児童がどのような感想を抱くのかということを考察する手掛かりになるものと思われる。

アンケート調査は「小学生を対象としたアンケート調査」と「短大生・大学生を対象としたアンケート調査」が行われている。

まず、小学生を対象にした調査を見る。小学校三年生と五年生を対象にして以下のような調査が行われている。

・あらかじめ用意した絵本を読んでもらい質問に答えてもらう。

用意した絵本は以下の通り。

①おざわとしお再話・赤羽末吉画『かちかちやま』（一九八八年四月、福音館書店）

②松谷みよ子文・瀬川康男絵『かちかちやま』（一九六七年九月、ポプラ社）

③千葉幹夫文・構成　尾竹国観画『新・講談社の絵本4　かちかち山』（二〇〇一年五月、講談社）

④水端せり脚色・構成　難波高司絵『アニメ絵本1かちかち山』（二〇〇五年、永岡書店）

なお、④番以外では婆はタヌキに殺され、①では婆汁にされる。④ではけがをするだけである。タヌキも④以外は泥舟と一緒に沈んでしまうが、④では、命からがら生き延びている。

・これに対して、以下のような質問をし、それに答えてもらう。

（1）おはなしとして（絵の好みは別と考えて）どれが好きですか。

（2）その絵本を選んだ理由を教えてください。

その結果は以下のようになった。

小学三年生（一八名）①三名　②0名　③四名　④一一名
小学五年生（四八名）①四名　②八名　③0名　④三六名
三年生・五年生ともに④を最も好きな絵本にあげているという事がわかる。
その理由として、「婆が死なないから」という回答が両学年でも多く、五年生ではさらに「タヌキも死なないから」という理由をあげている回答者が多く見られる。

次に、大学生・短大生を対象としたアンケート調査を見る。以下のような調査が行われている。

調査対象
・大学生
教育学部四年生　四二名
文学部二～四年生　四五名
・女子短大
保育科一年生　一二七名

（1）あらかじめ用意した絵本を読んでもらい、自分自身はどの絵本が好きか、子どもに読み聞かせるとしたらどの絵本が適当だと思うか。使用した絵本は小学生への調査で使用した①②④と同じ（記号は上から順にA、B、Cとしている）。

（2）平田昭吾文・井上智絵『かちかちやま』（一九八五年、ポプラ社）の結末を紹介しどう思うかについて問う。
結末＝タヌキは溺れかけるが反省したので、ウサギによって救出される。その後、タヌキは爺婆に謝って許してもらい、爺婆、ウサギとともに仲良く餅を食べる。

その結果は以下のようになった。
自分が好きな絵本（絵）A二一％、B二九％、C五〇％
自分の好きな絵本（話）A一一．七％、B一五．四％、C七二．四％
子どもに読むのに適した絵本　A五．六％、B一五％、C七九．四％

結果としては、すべての項目でCが圧倒的多数を占めた。その理由として、絵に関しては「色がカラフル」「親しみやすい」といった理由をあげた回答者が多かった。話に関しては「婆が死なない」「タヌキが死なない」という理由をあげた回答者が多かった。
また、脚色された結末に関してどう思うかという項目には以下のような結果が出た。

仲直りをする結末の絵本について
積極的に肯定する回答　四七人　二二％

肯定する回答　一〇一人（四七．二%）
消極的に肯定する回答　二二人（一〇．三%）
書き換えもCまでにとどめるべきとする回答　五人（二．三%）
否定する回答　二八人（一三．一%）
どちらでもないとする回答　九人（四．二%）
無回答　二人

消極的肯定までを含め、肯定する意見が大半であることが確認できる。また、大学生の学部別に見ると、文学部の学生は積極的肯定、肯定を併せて三三．四%、教育学部では四〇．四%、女子短大生では九一．四%に及んでいるとしている。学部や性別などによって大きな違いがでるようであるが、それに関する詳細なデータは記載されていない。

以上A、Bの結果を「瓜子姫」に応用すると以下のことが言える。

まず、「瓜子姫」の知名度の低さである。Aの「4あなたは、昔話といわれたらどんな話を思い出しますか。」のなかで、上位には入っていないことが確認できる。もっとも、あくまでも「知っている」ではなくて「思い浮かぶかどうか」という趣旨の設問であるため、上位に入っていないことが即ち知らないということを示すのではない。だが、少なくとも代表的な昔話としてすぐに思い出せるほどなじみのある昔話ということはないと言える。

次に、A・Bのアンケート調査結果より、現代では残酷と思われる場面は敬遠されるということが確認できる。Aの調査対象の母親、Bの調査対象の大学生・小学生すべてにその傾向があるという事がわかる。そのため、現代では残酷と思われる要素が多く含まれる「瓜子姫」はあまり好まれる昔話ではないのではないだろうか。

また、Ｂの調査結果より伝統的なそのままの形を残したものよりも、現代風にアレンジされたものが好まれる傾向にあるとすることができる。挿絵に関してもアニメ風のものが好まれる傾向にある。

大幅なアレンジやアニメ風の挿絵などはとくに昔話研究者などから非難される傾向にある。しかし、この調査結果より、アレンジしたものやアニメ絵風のものが好まれるのも事実であり。昔話にまずは親しんでもらい、入り口を作るという点でこういったアレンジ・アニメ風の挿絵もある程度は必要ではないかと考える。そして、「瓜子姫」も、まずは親しんでもらうということを目的にアレンジや挿絵をアニメ風にすることなどもある程度は肯定するべきなのかもしれない。これらのアンケート調査結果は、今後、「瓜子姫」ひいては昔話を再構成するにあたりどのようにすべきなのかということを考えるヒントになるのではないだろうか。

注

（1）柳田国男『日本昔話上』（アルス、一九三〇年二月）

（2）柳田国男『日本の昔話』（新潮社、一九八三年六月）

（3）また、インターネットなども使用してデータを採取したが件数は少ない。

（4）岩崎文雄・小松崎進『民話と子ども』（文化書房博文社、一九八三年十二月）

（5）小長谷有紀等編『次世代をはぐくむために』（国立民族博物館、二〇〇八年三月、）

第二章　近代以前の文献に残る「瓜子姫」

昔話の再構成は近代以前の割合早い段階からはじまっており、説話文学や御伽草子などがこれに該当すると考えられる。このような近代以前の再構成で、「瓜子姫」およびその類話を題材にしたと考えられるものは極めて少ない。また、それらは長らく顧みられなかったものも多く、注目される機会も少なかった。今回は、「瓜子姫」が近代以前にどのような扱われ方をしたのかということを考察するため、またいままであまり注目されてこなかった文献に光を当てるために、近代以前の「瓜子姫」の再構成作品に注目したい。

1．御伽草子『瓜姫物語』

現存する文献の中で、「瓜子姫」を再構成した最も古いものは御伽草子『瓜姫物語』であるとされる。正確な成立年代は不明であるが、だいたい室町時代後期あたりには成立していたものと考えられている。近世を通じて文献などに登場することもない。

現存する写本などは非常に少ない。もっともよく知られたものは、大友圭堂が所蔵していたものである。これはもともと屏風に貼り付けてあったものを絵本形式に直したものであり冊子体である。(1) 市古貞次校訂『未完中世小説』(2) や横山重『神道物語集』(3) に翻刻され、大島建彦『御伽草子集』に現代語訳されたものも、これらを底本としている。それ以外では絵巻や奈良絵本が発見されているが、いずれも断簡であり完全なものではない(4)。

なお、現存する文献にタイトルはなく、姫も単に「姫」とされるだけで特定の名は付されていない。『瓜姫物語』というタイトルは大友圭堂所蔵のものの箱に書かれていたものであり(5)、歴代の所蔵者の誰かが便宜上つけた名称である可能性が高い。そのため当時、実際になんというタイトルであったのかは不明である。現在では、現代語訳のタイトルが『瓜姫物語』であることなどから、『瓜姫物語』が一般的である。そのため、本論では『瓜姫物語』という名称を用いることとする。

『瓜姫物語』は、現在、小学館の『日本古典文学大系36　御伽草子集(6)』に収録されているため、本文を読むことは比較的容易である。また大島建彦による現代語訳もつけられているため、内容を理解しやすい。

『瓜姫物語』は以下のような展開である。

イ、爺婆が畑から採ってきた瓜から姫が生まれる。生まれる前に夢のお告げあり。
ロ、姫はあらゆることに優れた才能を見せる。爺婆は姫に雅なことを教え込む。
ハ、守護にお嫁入りが決まり、爺婆が留守の間にあまのさぐめがやってくる。あまのさぐめは「天照る神天降りけるより昔より、万のことに障り煩いなす」存在。
ニ、あまのさぐめは姫に花をあげると言って騙して戸を開けさせる。
ホ、姫の着物を奪い木に縛り付ける。
へ、姫に化けたあまのさぐめは嫁入りの輿に乗る。その際、姫を縛った木を避けるように言うが、かごかきは道を間違えて姫を縛った木の前を通る。

ト、姫の歌で真相が知れ、あまのさぐめは殺され、その血ですすきや萱が染まる。
チ、姫は助けられて嫁入りし、やがて若君を生む
リ、姫が生まれたところは大和国石上である。

基本的には「生存型」である。製作されたのが上方であるとすれば、すでにこの頃から西日本では「生存型」の「瓜子姫」が流布していたということになる。しかし、現代ではあまり見られない要素も多く含まれる。主に以下のような展開である。

①姫が生まれる瓜が畑から採れる瓜であるという要素は、現在は東北の一部でのみ見られる。他はすべて川を流れる瓜である。姫を授かる前兆の夢をみる、夢のお告げがあるという要素は昔話ではほとんど例がない。
②昔話では姫の得意とすることは「機織り」のみである。それ以外の姫の技量についてはほとんど述べない。『瓜姫物語』で姫がたしなむ雅なることは都の文化を意識していると思われる。
③あまのさぐめという名は九州の一部では多く見られるが、『瓜姫物語』が流布したであろう近畿周辺では見られない。（ただしこれらは周圏論的に辺地へ追いやられた可能性も存在する）アマノジャクをこのように大袈裟な存在として語る昔話「瓜子姫」はない。また、そもそも「瓜子姫」は近畿周辺での採話例はあまり多くない。
④花でさそって戸を開けさせる要素は昔話ではごく稀にしか見らない。誘いをかけるばあいは果物採りを口実に使うという要素がほとんどである。
⑤かごかきが道を間違えるという要素はあまりみられない。アマノジャクはとくに策を立てない。中国地方の一部

では、アマノジャクがその「あまのじゃくな性格」から姫を縛った木へ向かう道へ行くように頼む要素が多く存在する。

⑥姫が子供を産むという要素はほぼ存在しない。

これらの要素が『瓜姫物語』の作者による脚色なのか、それとも当時流布していた「瓜子姫」にこのような要素が存在していたのかという点は不明である。ただ、現在採取された類話に①の畑で瓜が採れる要素を除いてほぼ存在しないということから見て、伝統的な語りではなく作者による脚色という側面が強いものと思われる。脚色の強い作品と見ると、当時の「瓜子姫」がどのようなものであったのかということを考察する資料としてはやや不適切であるとも言える。ただ、当時、現在の「瓜子姫」に近いものが存在し、大筋は現在のものとそう異なることはなかったということだけは証明できるのではないだろうか。

なお、この『瓜姫物語』が「瓜子姫」の起源であるとする説も存在する。剣持弘子が「「瓜子姫」―伝播と変化に関する一考察」(7)（以下、剣持論文と称する）でまとめた説である。多くの事典で『瓜姫物語』よりも昔話「瓜子姫」が先行し、「瓜子姫」をもとにして『瓜姫物語』が成立したとしてあるように、「瓜子姫」から『瓜姫物語』と見る見方が一般的である。(8)それに対して、逆の見方を主張した剣持の論は斬新であり、既存の定説に果敢に切り込んだ論文として評価できると思われる。

剣持の論の要旨を述べると「現在の瓜子姫は、物語文学『瓜姫物語』の影響を受けて完成した。さらに中央から南下し、山陰から東北へ伝播した」ということである。「瓜子姫」の原型となった昔話は存在したとしても、現在の形として整えられたのは物語の影響であるとしている。また、東北などで瓜子姫が殺害される型が多くのこっていることに関しては、話が伝わって行く過程で次第に悲劇を好む民衆の性質により主人公の姫が死亡するように変化し、さらに食い殺されるなど残虐化していったものだとしている。

論者は剣持の常識を疑ってみるという姿勢は評価するが『瓜姫物語』起源説には疑問を抱いている。この剣持の論のどこに問題があるのか。そのことを説明するために、剣持論文の主張を詳しく検証してみることとする。

剣持は『瓜姫物語』と中国地方に伝わる「瓜子姫」に同じような要素があることから「『瓜姫物語』の影響が見られる」としている。まとめると以下のようなものとなる。

〈1〉『瓜姫物語』で姫が自ら危機を知らせるのに「ふるちごを迎へとるべき手車にあまのさくこそ乗りて行きけれ」という和歌を詠むシーンがある。民間で和歌を作るような話が発生するとは考えにくい。「瓜子姫」で和歌を詠んで危機を知らせるものはすべて『瓜姫物語』の影響。また、民間においてしだいに歌を詠む形がくずれ、姫が単に声で助けを求めるだけに変化する。ひとの声と鳥の声は古代から通じるものとされており、そこから「鳥が人語をしゃべって姫の危機を知らせる」という形に変化した。

〈2〉『瓜姫物語』では、主人公は単に「姫」と書かれている。山陰地方で主人公が「姫」と呼ばれる類話があるが、それは『瓜姫物語』の影響を受けた証拠である。

だが、これだけで『瓜姫物語』の影響があることの証明とするのは少々疑問が残る。

〈1〉に関して。昔話「瓜子姫」ですでに歌を詠む型のものが存在し、『瓜姫物語』のほうがそれを参照にした可能性も否定できない。民間に伝わる歌は、とくに高度な技法も使用しておらず、「民間での創作は不可能」と断じるほど高度なものではない。昔話には歌が登場するものは少なくはなく、一般民衆にも歌を作れる人物は珍しくなかった。もちろん、歌を詠むタイプが『瓜姫物語』からの影響があったという可能性は否定できない。だが、たとえそうであったとしてもそれは一要素だけのことであり、話すべてが変化してしまうほどの影響があったかどうかということは別問題である。

また、剣持の主張する「姫の声から鳥の声」は当然逆の流れである「鳥の声からひとの声を連想し、変化した」と想定することも可能である。つまり、本来は鳥が人語をしゃべり姫の危機を知らせる型であったが、姫が自ら助けを求める型に変化したと見たとしても、なんら矛盾も問題も生じない。

このように、歌が使用されているという要素だけをもって「物語の影響を受け話が成立した証拠」とすることは少々飛躍的であると言うべきではないか。

〈2〉に対して。主人公の名前が変るのは昔話ではありふれたことである。「桃太郎」が「桃ノ子太郎」になるようなものである。瓜子姫を姫と呼ぶには単に省略されただけとも考えられ、それをもって『瓜姫物語』の影響とすることはあまりに強引ではないだろうか。

また、「「死亡型」は民衆が悲劇を好むことにより変化したものである」という説に関して。剣持の説では「民間は悲劇を好む」ことより、姫が救出されるはずが殺害されるようになり、姫が死ぬという悲劇がさらにエスカレートして残虐性が加味され、姫が皮を剥がされたり、食い殺されたりするような話に変化したとしている。「死亡型」が変化したものである証拠のひとつとして、剣持論文では他の有名な昔話、とくに「猿蟹合戦」「カチカチ山」と要素が似ているものがあることを指摘している。

東北には瓜子姫が青柿をぶつけられて死亡する要素が挿入された類話が存在する。剣持論文ではその要素を有する類話は「猿蟹合戦」と結合したものであると断定している。柿の木で縛られる要素から同じく柿の木が登場する「猿蟹合戦」の要素と融合し、さらに人間が柿の実程度で死亡するのは不自然なのでその後、木から落とされて殺されるといった内容に変化したとしている。

また、瓜子姫が殺害されたあとに料理され、それを老夫婦が食うという要素がある類話は「カチカチ山」と結合したものであり、残虐に変化していく過程で、より残虐な昔話と結合した結果であるとしている。

しかし、これらの考え方にはいくつか問題が見られる。たしかに、「死亡型」には他の昔話と似た要素が存在する。だが、だからといってそのことが即、他の昔話から影響を受けた証拠とはならない。要素が似ることは採話地の離れた昔話の間にもよくあることである。また剣持の主張とは逆の、「「死亡型」の「瓜子姫」が他の昔話に影響を与えた」ということも十分考えられる。

たしかに、「猿蟹合戦」「カチカチ山」は五大昔話に数えられ、現在でも非常に有名な昔話である。また、話が伝わっている範囲も非常に広い。しかし、「瓜子姫」が東北に広がる前に、それらのほうがすでに広く伝わっていたという証拠はなにもない。むしろ、「猿蟹合戦」や「カチカチ山」のように江戸時代の赤本によって広く読まれていた昔話は、出版文化とともに広まった可能性も考えられる。よって、「有名な昔話と要素が似ている」ということは「死亡型」が遅れて成立したことの証拠にはなりえない。また、剣持が言うような「民衆は悲劇を好む」「民衆は残虐を好む」というのは根拠に乏しいものと思われる。剣持は自説の根拠として小澤俊夫の論文をあげているが[9]、小澤の論は日本の昔話は主人公の立場が変化しない「循環型」であると指摘しているのであり、「悲劇に変る傾向がある」としているわけではない。日本の昔話には確かに「鶴女房」のように悲劇的な結末を迎えるものは多い。しかし、大抵はハッピーエンドである。悲劇を好むという指摘には賛成しかねる。

このように見て行くと、剣持が「『生存型』が先行していたとする証拠」としている要素は根拠としては脆弱なものがほとんどである。

また、剣持の論文の弱いところは、都合の良い事実だけを取捨選択していることである。②の姫の呼称のように物語と昔話が共通する部分はどんなに些細であったとしても「影響があった」としているのに対して、差異があったばあいはどんなに大きな差異であったとしても「民間に伝わるにしたがって抜け落ちたもの」としてとくに検証もせずに「問題はなし」ということで済ませている。たしかに、昔話は伝播の過程で本来重要なはずの要素が抜け落ちることは多々ある。しかし、それはあくまで「抜け落ちることもありうる」だけであり「重要なものが必ず抜け落ちる」わけではもちろんない。当然、重要な要素がそのまま残ることもある。

先にあげたように『瓜姫物語』と昔話「瓜子姫」との要素を比較すると相当な違いが見られる。いくつかは内容が重複するが、わかりやすくするために内容をまとめてみる。

イ、姫が生まれる瓜が畑から採れる瓜であるという要素は、現在は東北の一部でのみ見られる。他はすべて川を流れる瓜である。姫を授かる前兆の夢をみる、夢のお告げがあるという要素は昔話ではほとんど例がない。

ロ、昔話では姫の得意とすることは「機織」のみである。それ以外の姫の技量についてはほとんど述べない。『瓜姫物語』で姫がたしなむ雅なることは都の文化を意識していると思われる。

ハ、あまのさぐめという名は九州の一部では多く見られるが、『瓜姫物語』が流布したであろう近畿周辺では見られない。（ただしこれらは周圏論的に辺地へ追いやられた可能性も存在する）アマノジャクをこのように大袈裟な存在として語る昔話「瓜子姫」はない。また、そもそも「瓜子姫」は近畿周辺での採話例はあまり多くない。

ニ、花でさそって戸を開けさせる要素は昔話ではごく稀にしか見らない。誘いをかけるばあいは果物採りを口実に使うという要素がほとんどである。
ホ、姫を殺さずに着物を奪って着に縛るというのは西日本では通常見られる「生存型」の要素である。
へ、かごかきが道を間違えるという要素はあまりみられない。ほとんどのばあい、アマノジャクはとくに策を立てない。中国地方の一部では、アマノジャクがその「あまのじゃくな性格」から姫を縛った木へ向かう道へ行くように頼む要素が多く存在する。
ト、全国的に広く見られる要素である。この要素は後の節で言及するように、南方の神話と結びつきがある可能性が高い。
チ、姫の出産という要素は昔話「瓜子姫」では皆無である。
リ、「場所」を限定する語り口は昔話「瓜子姫」にはほとんどない。

このように、民間に伝わることにより抜け落ちたと考えるには、あまりに重要な部分が抜けていることが多い。チは一族の始祖を語る内容として利用しやすい要素である。リは石上には有名な石上神宮があるため、他地域に伝播しても割合残りやすい要素であると考えられる。例えば、全国の「蛇女房」に三井寺の鐘の起源を語る要素が含まれている。このように、本来なら昔話になっても残りやすいであろう要素が現在採取される昔話「瓜子姫」にないのは疑問である。

また本文では「あまのさぐめ」であるのに、歌では「あまのさく」としているのは、単に字数合わせとも取れるが、『瓜姫物語』の作者が下敷きにした昔話は外敵の名称が「アマノジャク」系統の名称であったという可能性を示唆するものとして見ることも決して強引ではないと考える。つまり、もともと作者が参考にした昔話では「アマノジャク」系統の名だったのを、神話などの知識をもとに「あまのさぐめ」と直したと見て取れないこともない。しかし、歌の場合は字数やリズムの関係もありそのままにしたと見ることも可能である。

　これらのことより、やはり民間の「瓜子姫」はすでに広く流布しており、『瓜姫物語』はそれを下敷きに書かれたと見るほうが問題は少ないと見る。もちろん民間の「瓜子姫」に『瓜姫物語』がなにかしらの影響を与えた可能性はある。本来「死亡型」が主流であったが、『瓜姫物語』の影響を受けて西日本では「生存型」が主流となった可能性もまったくないとは言い切れない。だが、『瓜姫物語』は写本などの現存数も少なく、広く読まれていたという記録もない。むしろあまり読まれていなかったのではないかと考える。たとえば、滝沢馬琴の『燕石雑志[10]』で「桃太郎」を言及する際に、類似の話としてまったく触れられていない。これは、馬琴が「瓜子姫」の昔話及び『瓜姫物語』を知らなかったからと考えるのが妥当ではないだろうか。少なくとも当時の江戸ではすでに有名な物語ではなく、あまり広く世に出回った書物ではないと考えられる。もちろん、書物が滅びても口承で話が残ることはあり、剣持も『瓜姫物語』の内容が口伝えで伝わったと主張している。しかし、現在伝わっている昔話「瓜子姫」に『瓜姫物語』の要素が非常に少ないことからして、影響はほとんどなかったと考えるべきではないだろうか。

　このように、『瓜姫物語』は、あまり広く読まれた書物ではなかったと考える。しかし、古い時代に「瓜子姫」が存在したことを示す貴重な資料であり、他には見られないユニークな要素も多い。後世に残していくべき重要な文献であると考える。

2. 柳亭種彦『昔話きちちゃんとんとん』

『昔話きちちゃんとんとん』は、江戸時代の戯作者、柳亭種彦[11]による豆本（子供向けの小型絵本）である。前書きによれば、種彦の娘が「越の国人」から聞いた話を元にしたものであり、「川を流れてきた箱から姫が生まれる」「姫は機織をする」「あまのじゃくという敵が登場する」などの要素から、昔話「瓜子姫」およびそれに準ずるものが元であると考えられる。近代以前で、文字として残る「瓜子姫」の数は極めて少ない。そのため、『昔話きちちゃんとんとん』（以下『とんとん』）は、近代以前の「瓜子姫」がどのようなものであったのかということを知る貴重な資料である。また、江戸時代に昔話がどのようなアレンジをなされたのかを知る資料でもある。

『とんとん』は、『国書総目録』では、「合巻」として分類されている。[12]『とんとん』は種彦の代表作である『偐紫田舎源氏』第三編の奥付に予告として見える。『偐紫田舎源氏』が、文政十三（一八三〇・天保元）年の刊行であることから、同じ年の作と考えられている。[13]

この『偐紫田舎源氏』の奥付などにより存在自体は以前から知られていたが、現存するものは極めて少ない。内容に関する資料も存在しなかったため、近世研究家の林美一が偶然発見するまで、その詳細は不明であった。現在では、林美一が発見したものが唯一確認できる現存資料であるが、複写されたものが論文として掲載されている。また現在、立命館大学アートリサーチセンターにて林美一コレクションのひとつである『とんとん』のデジタル化が完了しネット上で閲覧が可能な状態となった。そのため資料を確認することは比較的容易である。また、林美一自身の手によって翻刻もされている。[14]内容は、昔話として各地に残る「瓜子姫」と非常によく似ており、「瓜子姫」の類話をもとにして作成された事はほぼ間違いない。

『とんとん』はまだ現代語訳をしたものは存在しない。まずは、試訳から行う事とする。

§現代語訳

（前書き）

越の国のひとから聞いた話として、娘の豊が物語る童話が三つ四つあり、これはそのひとつであり、『竹取物語』と「桃太郎」を合わせたようだが、近年作られた物とは思えない。（豊が）片言交じりなので、聞き取りにくい個所は、少しばかり私意を加えた。（豊が）「きちちゃんとんとんの、お話しよう」といつも言っているので、そのまま題名とした。

（第三図）

むかしむかし、武蔵の国入間郡に、貧しい生活をしている夫婦がおり、耕す畑も持っていなかったので、夫は山で柴を刈り、妻はひとに雇われて、針縫いの仕事をし、貧しい暮らしながらも、その心は正直で、神を敬い、凍えているひとがいる時は、自分が着ている衣服を脱いで着せ、決して偽りを夫婦ともに言わなかったので、無知な里人らも、さすがに二人の行いに感じ入り、正直とと・正直かかと異名で呼んで、夫婦をうやまった。

○（夫婦が住んでいる）この辺りは、街道からはずれた片田舎なので、ひとが住んでいる家も多くなく、隣の家といってもこの家から三四町へだたっていた。（その家に）ひとりで住んでいる男がいて、夫婦とは対照的に、貪欲非道の性分で、慈悲の心は露となく、ただ魚を釣り、鳥を捕ることをして、次へ

（第四図）

つづき ひとを欺き、不当な財をむさぼりとったため、近隣のひとは、彼を憎み、「鬼まさりの悪太郎」とあだ名をつけて恐れた。

○そうしたある日、正直かかがいつものように、川辺に下り立って、洗濯をしていると、水上より美しい香箱が二つ流れてきた。「あら見事な香箱だこと」と思いながらぼんやりみているところへ、例の悪太郎が駆けつけて来た。悪太郎はこの川の下流で釣りをしていたが、なにやら水の上にあったのを遠目にみつけて、そうしてここにきたようだ。悪太郎が言うには「あんたと自分の二人以外、ほかには辺りにひとはいない。あの香箱もふたつある。そういうわけでこれをひとつずつ拾って帰り宝としよう」と言いながら、次へ

（第五図）

つづき 持っている釣竿で川の水を打ち叩いて、「実のない香箱そっちへ行け、実のある香箱こっちへ来い」と繰り返し繰り返し唄ったところ、みるみるひとつの香箱が岸辺へ流れよってきた。悪太郎は大変喜んで、降りて行って拾い上げると、その箱は小さいけれど、とても重かったので、中にはなにがあるのだろうと、心弾んで駆け去った。正直かかは、香箱をあえて拾おうという気持ちはなく、洗濯していた衣服を、やがて水から引上げて、盥の中に入れたところ、その衣服の袖の中に、残ったひとつの香箱がちょうど引っかかって、盥の中にあった。もし落とした持ち主がいるのなら、そのひとに返そうと思って、正直かかもまた、急いで家に帰った。

（第六図）

悪太郎は自分の家に戻り、こんなふうに香箱が重いのは、きっと黄金が入っているのだと思ったが、それにしても水に沈まず流れよせたのは不思議だと独り言を言いながら、香箱の蓋をとってみると、まあ不思議なことに、箱の中から煙が立って見えたが、そのうちに身の丈は六尺あまりで、色黒で、目が光り、しかめ面をした、まるで地獄の画に描かれた鬼のような者が現れ中の巻へ続く、上の巻の続き悪太郎を見てにんまり笑い、「俺は天の邪鬼という。ひとの恐れる邪鬼なんぞを連れ帰ったお前の心を、たいそう怪しく思うが、このまま帰るのも本望でないので、これよりここを住家としよう。ああ、汚い家だな。まず、このあたりを掃き清めよ。酒も飲む、餅も食う。すぐに買って来い」と、悠々と座に座り込み、これより悪太郎をいじめ苦しめて、下人のように働かせた。悪太郎は腹を立てたが、天の邪鬼の姿は恐ろしく、その上に力も強く、敵わないのでどうしようもないと、天の邪鬼を主人のように崇めて、恐る恐る世話をした。

（第七図）

正直かかも拾い上げた香箱を持ち帰り、夫に状況を説明し、そこここに尋ねてみたが、落とし主は現れなかったので、恵比寿棚の上に乗せ、そのままにして中も見ず、一月ほど過ぎて後、ある日

〇きちちゃんとんとんと、かすかに音が聞こえたので、夫婦は耳をそばだてて、どこからだろうと、よく聞いてみれば、例の香箱の中からで、不思議に思って、そのうちに箱を取り下ろして、この時初めて蓋を取り、なかをよく見れば、その丈は一寸ほどの、美しい姫君が、機を織っておられ、例のきちちゃんとんとんは、この機を織る音であった。大変愛らしいと夫婦は近づいて、つくづく眺めていると、この姫はみるみると、一六、七歳ほどのひとの丈に、たちまち大きくなったが、みどりの黒髪、花の顔、そのあでやかなさは素晴らしく、たとえて言う言葉もないほどで

あった。姫君はにっこりと笑いなさり、「私は呉羽というものであるが、この家に養われることになったのは、浅くはない縁があるからで、これよりお二方を、私が養いましょう、心安らかにいてください」と言う。まるで父母のようにうやまい、まめまめしく世話をした。

（第八図）

呉羽姫は、あの小さな香箱の中から、たくさんの糸を取り出し、機しろを作って、毎日きちちゃんとんとんきちちゃんとんと機を織り上げた。綾錦はまだその頃は日本では見慣れないものだったので、買い求める者は後先を争い、門前には市ができ、たちまちにこの夫婦は、大変裕福な身となった。いまの世で呉服というのは、この呉羽姫の織り上げなさったためについた名称である。

（第九図）

天の邪鬼が傍若無人にふるまうことは、まずますひどくなり、昼夜を問わず出歩き、近隣を大いに騒がせ、釣りをするひとがいれば竿を折り、網を下すひとがいれば引き破り、稲を刈って日に乾してあれば、引きかなぐり捨てて泥に放り込み、機を織る家に入っては、足をあげて糸を踏み切った。たいへんな難儀ではあったが、天の邪鬼の力を恐れおののいて、やめさせようとする者もなかった。しかし、ここで不思議なのは、あの正直な夫婦を天の邪鬼が見るときは、猫に追われた鼠のように、背をかがめてうずくまり、何処へとなく右へ逃げ去るので、村のものどもは大変喜んで、天の邪鬼が乱暴して、手に負えない時は、正直な夫婦を連れて来るが、夫でも妻でも、ひとりでもそこへ来るとすぐに、天の邪鬼は恐れ入って、すごすごと悪太郎の家に帰って寝込んでしまう。

（第十図）

夫婦は家が裕福になり、満ち足りるようになったが、少しも奢る心はなく、美食はせず衣装は飾らず、やりなれた仕事の洗濯に女房は川へ行き、夫は家に残って、姫君に言うには、「今日は九月九日で、今年の節句の最後です。せめては肴を用意しよう、と思いましたがここは海から遠く、さらにはこの頃天の邪鬼が、暴れ歩いて川魚さえ釣って手に入れる者もいなくなり、なので今から市へ行って、干物でも求めてこようと思います。しばらく留守にいたしてもよろしいですか」と言ったなら姫君はかぶりを振り、「私は魚を食べたくない、夕餉には野老を掘ってきてください」と言われた。あるじはしばしば考え、「このあたりはみな、荒れ地で野老のある野辺はないです」とため息をついたなら姫君は笑って「そこそこの沢を掘れば、苦味もなくてとても太い野老がたくさんあるが、このあたりのひとはそれを知らないのです。まず試しに私が言うあたりに行ってみてください」と教えたので、元々ひとのいうことを疑わない性質のため、そうであればと鍬をもって、出て行こうとしたが、

次へ

（第十一図）

続きまた帰って姫君のお側近くによって、「いま言った天の邪鬼は恐ろしい鬼であり、三、四町は隔たっているが、ここへ来ないともかぎりません。私が帰るそれまでは、門をしっかりと中からしめ、うっかりと開けないように。それでは」と出かけた。

○天の邪鬼は通力によって、夫婦とも家にいないのを早くも知って走り来て、戸口に立ってうかがうと、戸はしっ

かりと錠がおりていて、下の巻へ

中より例のきちちゃんとんという音が、中に聞こえたので、では姫だけが留守番をしていて、機を織っているのだな、と心の中で思い、しずかに、落ち着いて戸を叩き、「姫君、帰ってまいりましたよ、ここを開けてくだされ」と、女房の声を真似て、声をかけたので、姫君は本当に女房だと思って、留め木をはずし、戸を引きあけたので、天の邪鬼は「しめた」と中に飛び行って、あ、なんということ、と驚く姫君を取り押さえて、戸は元のように錠をかけた。

（第十二図）

○この家のあるじは、そんな事とは知らず、姫君（呉羽姫）の教えてくれた沢辺に着いて穴を掘ってみれば、本当に本当に多くの野老があった。大喜びしながら籠に入れ、帰る途中で、間もなく女房に会い、事の顛末を説明し、一緒に我が家の家の戸口の前に来たが、家できちちゃんとんと機を織る音をなしているので、さぞや姫君は待ちくたびれておられるのだろうと、入り口の戸を叩こうとしたが、立てかけているだけで、止め木は置いてないらしく、さっと開いた。その中の光景は無残にも、姫君を肌着だけにして着物を剥ぎ取って、端の柱に縛り付け、天邪鬼は姫君の小袖をはおり、きちちゃんとん、と夢中で、機を織っていた。夫婦はこれを見て「この憎い奴め」と夫はそのまま走りかかり、天邪鬼が着ている小袖を取ってから腕をねじ上げ、膝を押しつけて動けないようにし、その間に女房は、姫君のいましめを解いて、着替えの小袖を取り出して着させ、いろいろと介抱をした。

（第十三図）

○悪太郎はこの（正直トトカカの）家が近頃裕福であること事情を聞いて、その財宝をこっそり奪い取ろうと企んで、ちょうど今日は夫婦ともに家にいないということを窺い知り、戸口まで忍び寄って来たところ、早くも主は帰ってきて、天邪鬼が自分より先にここに来て、ひどい目にあっているのを透かし見して大いにうろたえて、そのまま逃げかえろうとしている折に、身には鎧兜をつけ、手には鉾を横向きに持っている不思議な姿が、空に現れ、悪太郎の襟元をつかんで、宙に引き立て、「よきかなよきかな。我は武芝寺の毘沙門天であるぞ。総じてここいらの里の民たちは神仏をうやまわず、みなみな心がねじれている。ただこの家の夫婦のみ、その行いは正しく、慈悲の心が深い者であるため、まず幸福を彼らにあたえ、そうして村の者供を正しい道に導こうと、我の足元に踏みつけている天邪鬼を、さきごろ、ここいらに放って、乱暴をさせたのも、それはみな意味のあることであり、ある時は乾している稲を捨て、また織りかけの次へ

（第十四図）

続き 機の糸を断ち切らせるなどしたのは、他人の田んぼを横取りし、不義の財をかすめとった者であるためのいましめである。釣竿を折り、綱を切ったのは殺生をやめさせるためである。掘っても尽きない野老のありかをそれなる姫から知らせたので、これを取って市で売り、これより後は生き物の命をとることをしてはならない。そのようにすれば、この地は栄えるであろう。ゆめゆめ疑うな」と言って、悪太郎を地に投げ捨て、天邪鬼を引き従えて、雲に乗って毘沙門天は東へ飛び去りなさった。
○悪太郎は言うまでもなく、近郷の者供も、この奇特を伝え聞いて、皆々改心して、五常の道を守ったので、次第にこの里は賑わい、野老を掘って次へ

（第十五図）

続き売ったが、その味は、他の産地の物よりもすぐれていたので、野老沢とこの村を、誰いうとなく名付けたのであった。夫婦は感激の涙を止めることができず、毘沙門天を伏拝し、天邪鬼が織った機を何気なく見ると、わずかな時間で一丈ほど、亀甲の紋様の美しい綾を織っていた。これを手本に呉羽姫は、それからこの紋様の綾を織るようになり、どんどん求めるひとが多くなり、ますます家は裕福になった。いま、毘沙門亀甲と呼ばれている綾の始まりである。

（広告　美艶仙女香　この世にまたとないお薬・白粉の販売所　南伝馬町三丁目西側　坂本氏）

（第十六図）

呉羽姫が美人であるという噂は、都まで届き、ついに帝のお耳に入った。この野老沢の地に勅使が下向して、姫を内裏に召すと、そのあでやかさ、美しさ、伝聞など物の数ではなく、更衣の位をお授けになった。帝のお側に仕えていたが、ほどなくして跡継ぎの御子をもうけたので、太后という第一の后に進んだそうな。

○野老沢の夫婦へは百万町の田を賜り、夫婦は大福長者と敬われ、それで一期栄えた。めでたしめでたし。

柳亭種彦　補綴
歌川貞秀　画図

前書きにはこの作品がどのようにして誕生したのかが記されている。

この前書きを事実と想定すると、以下のことが言える。

一、種彦は娘の豊から聞くまで「瓜子姫」およびその類話を知らなかった
二、越の国、現在の北陸地方のひとが語ったものが元である
三、種彦が直接聞いた話ではなく、娘からのまた聞きであった
四、「いささか私意を加えて」とあるように、聞いた昔話そのものを書き写したのではなく、種彦の手によって脚色が加えられている

他にも、種彦の娘の名が豊であるというのは、この資料が発見された事により明らかになったようである。(15)

しかし、この前書きをそのまま信用してよいのかという問題がある。種彦が戯作者であり『とんとん』は娯楽読み物である以上、事実よりも面白さを優先する可能性は十分にありうると考えられる。そのため、前書きの内容の信憑性も含めて考察を行うこととしたい。

まず、種彦は娘から聞くまでに「瓜子姫」系統の話を知らなかったというのは事実か、という点を考察してみたい。種彦は現代でも評価の高い考証随筆を多数残している。博学な知識人であった種彦が、前書きにあるように「瓜子姫」系統の話を本当に知らなかったのか、という疑問が生じる。

天保期の『嬉遊笑覧』の記述にあるように、少なくとも天保年間前後の江戸では「瓜子姫」はあまり知られていな

い昔話であった（次の章で詳しく考察する）。また、それ以前の滝沢馬琴の考証随筆『燕石雑志』（文化八（一八一一）年）には昔話について述べた章があり「桃太郎」の由来などを考察されているが、そこでも「瓜子姫」に関しては一言も述べられていない。馬琴が「瓜子姫」を知らなったという可能性も十分考えられる。これらのことから、「瓜子姫」は当時の江戸で博学な知識人でも知らないほどなじみのない昔話であり、種彦が知らなかったとしても不思議はなかったと思われる。また、種彦は考証随筆もいくつか残しているがそれらには「瓜子姫」に関する記述は存在せず、民間の昔話に関する記述自体が非常に少ない。当時、昔話の研究や収集に熱心な知識人は少なく、種彦も例外ではなかったと見られる。このことからも種彦がその時点まで「瓜子姫」を知らなかったということが事実である可能性は高いと考える。

次に、『とんとん』が越の国の「瓜子姫」を元にしたというのは事実であるか、という点を考察する。この考察に関しては『とんとん』と当時の北陸の「瓜子姫」を比較する必要があるが、当時の北陸地方で語られていた「瓜子姫」は記録に残っていない。しかし現在採取されるものを分析することにより、だいたいの姿を類推することは可能であると思われる。現在の北陸地方で採取された「瓜子姫」の類話を確認し、この地方の類話に見える特色を考察してみることとしたい。

『とんとん』には現在採取される「瓜子姫」には見られない要素も多いが、川を流れてきたものから姫が誕生する、姫が機織をする、姫の敵として天の邪鬼が登場するなど基本的な要素は現在の「瓜子姫」と共通する。「瓜子姫」の類話が元であるということが改めて確認できる。

現在の北陸地方で採取される「瓜子姫」の類話を見る。北陸地方の特色としてあげられるのが以下の要素である。他地方でも全くないわけではないが、他と比べて北陸地方ではとくに多く見られる要素である。

A姫の生まれる瓜は川を流れてくるが、瓜は箱に入っていることが他の地方に比べてやや多い。また、箱の中に瓜が入っているのではなく、箱を開けたら姫が入っているという他地方ではあまりない型が多く見られる。なお、箱が二つ流れてくると明言している類話は少ないが婆が「実のある箱」を呼び寄せる唱え言葉が存在するものは多く、元々は箱がふたつ流れてくる要素が多かったのではないかと考えられる。

B姫の名は「瓜姫」とされることが多いが、単に「姫」とだけ呼ばれるものも他地方に比べ多い。これは、姫が瓜から生まれない型も多いということも関係すると考える。

C姫が殺害される「死亡型」と無事に助けられる「生存型」がほぼ半数である。

D「生存型」では木に縛られることが多い。他の地方では「柿」「梨」といった果樹であるが、新潟のものは「山椒の木」が多く見られ、木の種類を特定しないものも見える。また、「死亡型」でも「死体を木に吊るす」という他地方ではあまりない要素が見られる。


また、他地方でも多く見られ、必ずしも北陸地方だけの特色ではないが、かなり高い割合で北陸の「瓜子姫」に見られる要素として以下のものがあげられる。


E姫は山芋を好む。

F鳥が真相を告げる。

G外敵は殺害され、その血が穀物を染める。

また、「瓜子姫」に限らず、北陸周辺の昔話全体の特色でもあるが、結末句についても言及できる。

H結末句は「これで一期栄えた」の系統であることが多い。

『とんとん』と現在の北陸の「瓜子姫」とを比較すると多くの共通点が存在することが確認できる。とくに重要と思われる共通点は以下の点である。

・Aのようにどちらも川をふたつの箱が流れてきて、姫はそのうちの一方から直接誕生する。
・Bのように、姫の呼称に瓜姫系統以外のものが用いられている。
・Eにあるように、山芋（野老）が姫の好物である。
・Hにあるように「これで一期栄えた」系統の結末句で締められている。

このような共通点から種彦が聞いた元の話にも以下のような要素が含まれていたのではないかと考えられる。

まず、種彦が聞いた話は川を流れてきた箱から姫が誕生する型であったと考えられる。また、ふたつの箱が流れてきて、唱えごろによってひとつを選択するという要素もあった可能性が高いと見る。姫が箱から出てきた、すなわち瓜からの誕生の要素がなかったものと思われ、『とんとん』で瓜の要素が全く見られないことも、種彦が聞いた話は姫が箱から誕生する型であったということを示しているのではないかと考える。

次に種彦が聴いた話は姫の名が瓜姫系統以外のものであった可能性が考えられる。また、このことは種彦が聞いた話では姫は箱から直接誕生した、ということを補強するものであると言うこともできる。瓜姫系統以外の名で呼ばれるのは、姫が箱から直接誕生し、瓜から生まれていないためであると考えられるからである。ところで、現在の我々が『とんとん』は「瓜子姫」が元であるということ「箱から直接姫が誕生する」型の類話を「瓜子姫」の系統だということを認識できるのは、「瓜子姫」という昔話を知っているからである。これまでの考察により、種彦は越の国人から聞くまで「瓜子姫」系統の話は知らず、聞いた話では姫は瓜から生まれていない。種彦は「「瓜子姫」＝「瓜から姫が生まれる話」という昔話の存在を全く知らなかったのであり、自分がアレンジした昔話が「瓜子姫」の系統であるということは認識できなかったということになる。現代の我々と種彦とでは、この昔話に対する感じ方は大きく異なっていたと考えられる。

次に、種彦が聞いた話にはヤマイモが登場したということが考えられる。『とんとん』では、姫をひとりにする理由が野老を掘りに行くためとなっている。それだけではなく、野老は毘沙門天からの授けものであり、郷の者が殺生をやめて新しい生活を始めるために必要な資源という重要な役割を与えられている。Eのように現在の類話でもイモは姫の好物として登場することが多い。種彦が聞いた話にも、イモの要素が含まれていたことはまず間違いない。

また種彦が聞いたものも、「これで一期栄えた」という語で締めくくられていたと見て問題はないと思われる。

以上より種彦の聞いた「瓜子姫」の類話は現在、北陸で採取される類話と共通する要素を多く含んでいたということが確認できる。前書きにあるように越の国人から聞いたという話は事実であり、当時の北陸地方では現在の「瓜子姫」と共通する要素を含むものが語られていたという可能性は十分ありうるのではないだろうか。

このように、越の国人の話が元となっているというのが事実であるとすれば、この人物はどのような来歴の者かということになる。種彦の別作品『むかしばなし浦島ぢぢい』[16]の前書きにも昔話の語り手として「越後とやらんの人」という記述がある。『むかしばなし浦島ぢぢい』は『とんとん』と同じく『修紫田舎源氏』第三編の奥付に予告として見え、ほぼ同時期に書かれた作品であると考えられる。『とんとん』と現在の採話に共通する要素の多くは新潟県採取の類話であり、この事からも、両者は同一人物で、「越の国人」は越後のひとであった可能性は高いと思われる。だがそれ以外にこの人物に関しての資料はなく、現時点ではどのような人物であったのかは不明である。今後、来歴を知る手がかりを探してみたいと考えている。

なお、「越の国人」から直接聞いたのではなく、娘からのまた聴きであるという記述に関しても直接・間接含めて資料はなく、真偽は不明である。

種彦はとくに翻案小説にその才能を発揮した作家であり、原案に大胆な脚色を施したものが多い。当然『とんとん』も「越の国人」が語ったそのままではなく、種彦が前書きにあるように「私意をくわえて」脚色したものと考えられる。では、種彦は元の話にどのような脚色をほどこしたのか。まずは『とんとん』の要素の中で、現在の類話ではほぼ見られない要素を確認する。現在の北陸地方のものと当時のものとは異なる可能性があるため、地域を限定せず、国で採取された類話を総括しその中に全く、あるいは極めて少ない要素を抜き出してみる。

ア、物語の舞台を武蔵野国入間郡としている。
イ、悪太郎という悪辣な男が登場する。
ウ、ふたつ流れてきた箱のうち、姫が生まれる箱以外から天の邪鬼が出てくる。天の邪鬼は悪太郎を虐待する。
エ、姫は呉羽姫と名付けられる。

オ、天の邪鬼は様々な悪行を行うが、正直夫婦の姿を見るとおとなしくなる。
カ、姫が野老のとれる場所を教える。
キ、姫は毘沙門天の授けものであり、天の邪鬼も心根の悪い里人を懲らしめるために毘沙門天が遣わした者であった。
ク、姫が教えてくれた場所から野老を掘って売るようになる。それが評判となり、あたりは野老沢と呼ばれる。
ケ、天の邪鬼が織りかけの機から毘沙門亀甲と呼ばれる文様ができた。
コ、姫は入内し、お世継ぎを産む。

現在の採話にない展開のすべてを種彦の脚色と断定することは難しいが、これらのものの中には種彦が脚色したものがあると考えられる。合巻の定番や種彦の作風などから、どの部分が種彦の脚色であるのかある程度類推することが可能であると思われる。

合巻は勧善懲悪が題材とされることが多く、種彦の合巻にも勧善懲悪の要素が含まれている。『とんとん』は全体的に見て、善行には幸いが、悪行には報いがあるという勧善懲悪の教訓譚となっていることが確認できる。この勧善懲悪に関わる要素は現在の採話には見られないものが多く、種彦の脚色である可能性が高いと見る。例えば正直とかかの夫婦は、「瓜子姫」での老夫婦に当たるが、『とんとん』では事実上この夫婦が主役となっている。「瓜子姫」という昔話には勧善懲悪の要素、とくに勧善を強調するにはやや弱い。とくに姫を中心として見ると、姫はとくに善行をなしているわけではない。そのため、善行に幸ということを強調するためには、夫婦を中心とし、「善行＝正直な生活」「与えられる幸＝呉羽姫、野老芋、長者となり皆に崇められる」という図式に種彦が脚色したと考えられる。

また、合巻は比較的複雑な構成が好まれたが、種彦の作品も二重三重の人間関係をはじめとした複雑な構成のものが多い。『とんとん』の構成も「瓜子姫」より登場人物が多く、そこに種彦の脚色があると考える。例えば、「瓜子姫」では単純な悪役として語られる天の邪鬼が『とんとん』では悪人を懲らしめ、姫には新しい図柄を教えるために天より派遣されたという説明がされる。単なる悪役ではなく、善としての側面も持っているということになる。また、悪太郎という天の邪鬼とは別の悪役が登場し、それが天の邪鬼によってひどい目に合わされるという構成を取るが、悪太郎の存在により人間が犯している悪事とそれを懲らしめる天の邪鬼という側面が強調されることとなる。悪太郎は、そのために種彦が創作した登場人物であると考える。

また、種彦は博識であり考証随筆も多く残しているが、自身の作品にさりげなく薀蓄を挿入することを得意としていた。例えば、種彦は、舞台として入間郡野老沢を選んでいる。作中に登場する野老沢は、現在の埼玉県所沢市のことであり、野老が多く採れたためにその名称で呼ばれた[17]。種彦はその知識により野老が重要な要素となる話の舞台として所沢を選んだものと考えられる。また、姫の名である「くれは」は綾錦との関わりが深い語であり機織をする姫の名としてふさわしいという事、天の邪鬼と毘沙門天の関連[18]など、種彦の博識ぶりがうかがえる要素が多く見られる。このような、現在の類話には見られず考証学の要素が強いものは種彦の脚色の可能性が高いとみる。

また、挿絵に関して。合巻は内容以上に挿絵が重視されたが、『とんとん』も文字よりも挿絵の割合が多い。挿絵は浮世絵師・歌川貞秀[19]によるものであるが、種彦は絵のたしなみもあり、種彦の作品の下絵は大抵自身で下絵を描いていた。『とんとん』も種彦自身が下絵を描いた可能性が考えられる。豆本であるため小さなページであるが、非常に細かく描き込まれ、力を入れて描かれたことがうかがえる。なお、呉羽姫の髪形は近世期の島田髷に近い。合巻の多くは時代設定が古くても近世期、すなわち読者にとっては現代の装いであることが多いが、『とんとん』もその例にもれないということになる。

このように「瓜子姫」に関する資料として興味深い資料であるが、『昔話きちちゃんとんとん』は当時どのくらい読まれたのか。そのことに関する直接の記録はない。

間接的な資料として、仮名垣魯文の合巻『昔咄猿蟹合戦』[20]の記述があげられる。この書には火鉢を囲んだ子供が順番に昔話を披露する様子が描かれ、そこに、「きっちゃんとんとんのおはなししなよ」という一文がある。この「きちちゃんとんとんのおはなし」というのは『とんとん』の事を示していると見ることも可能であり[21]、他の書物に引用されるほど当時は読まれていたという説もある[22]。だが、魯文は同じ合巻作家として種彦の作品をよく読んでいた可能性も高い[23]。ここで『とんとん』が挙げられているのは魯文の種彦に対する愛着であり、一般的によく読まれていたからではないということも考えられる。また、『とんとん』は現代では現存するものはほとんどない。もともと豆本は小さく、大衆向けのものであるために大事に扱わることは少なかった。さらに天保年間の後半には水野忠邦による天保の改革により種彦は絶筆に追い込まれ、種彦の作品を多く出版していた『とんとん』の版元、鶴屋喜衛門が没落するなど、作品が残りにくい状況であった。現存数が少ないからといって、当時も読まれていなかったとは言い切れないが、これほどまでに希少ということからして、当時爆発的に読まれていたということは考えにくいのではないだろうか。『昔咄猿蟹合戦』以外に『とんとん』に触れた資料がない事からも『とんとん』はあまり広く読まれたものではなかったのではないかと考える。

近代以前の北陸の「瓜子姫」を記した文献は現時点では他にはなく、断片的ではあるが当時の北陸地方の「瓜子姫」の姿を伝える貴重な資料であると言える。作品として見ても、短い内容の中に合巻および種彦作品の要素が多く含まれている。文章が平易で読みやすいこともあり、合巻および種彦作品への入り口としては最適なのではないかと考える。そのため、もっと広く読まれてもよい作品ではないだろうか。

3．学者たちによる「瓜子姫」

近代以前で、「瓜子姫」に関する記録が残るものとしては、『瓜姫物語』『昔話きちちゃんとんとん』以外にふたつの資料が確認できる。ひとつは、喜多村信節『嬉遊笑覧』の記事であり、もうひとつは奥田頼杖による講演の記録、『心学道之話』である。これらは学者の手による記録であり、本論で定義する再構成作品ではない。だが、近代以前の「瓜子姫」がどのようなものであったのかということを知る手掛かりになるため、触れておくこととする。

○喜多村信節(24)『嬉遊笑覧』

江戸後期の随筆である。十二巻。付録一巻。一八三〇（文政十三）年（改元があったため天保元年でもある）成立。諸書から江戸の風俗習慣や歌舞音曲などを中心にさまざまな記事を集め、二十八項目に類別して叙述したものであり、百科事典としての機能も持つ。当時の風俗を知る重要な資料のひとつである。信濃の人から聞いた話として巻之九に「瓜子姫」を紹介している。なお、成立年代がはっきりしている資料としては、この資料が最も古いものである。以下が本文である。

瓜姫の話など是なり。今江戸の小児、多くは此話を知らず。桃太郎と同類の話にて、老婆洗濯してある処へ、瓜流れ来ければ拾ひとり、家に帰りて老父に喰わせむとて割たれば、内より小さき姫出たり。いつくしき事限りなければ夫婦喜び、養ひて一間なる内におく。姫生ひ立て機織をる事をよくして、常に一間の外に出ず。ある時、庭の樹に鳥の声して、瓜ひめの織るたるはたのこしに、あまのじゃくが乗たりと聞えけるに、夫婦あやしと思ひて、一間の内に入て見れば、あまのじゃく瓜姫を縄もて縛りぬ。夫婦驚きて是をたすけ、あまのじゃくを縛りて、此奴薄の葉にてひかんとて、すすきの葉もてひき切って殺ぬ。今も芒の葉のもとに赤く染たるは、その血の痕なりといふ物語、郷下には今も語れり（信濃の人の語るを聞しことあり）。

ここでは「今江戸の小児、多くは此話を知らず」と書かれており、この記事が正しければ当時、江戸では「瓜子姫」は一般民衆にそれほど知られた話ではなかったということになる。また、現代でも関東地方での「瓜子姫」の採話例は極めて少ない。「瓜子姫」は近代以前から関東地方には広まっていなかったということになる。信節はさらに、この昔話が『竹取物語』の影響を強く受けており、小さな瓜に顔を書き着物を着せる古い遊びから発生したということ、アマノジャクというのは虫のことであると仮説を立てている。しかし、「瓜子姫」には植物からの誕生ということ以外『竹取物語』との共通性は薄く、影響を受けているとは言い難い。瓜の遊戯が「瓜子姫」と関連があるのか、ということも根拠となるような事例は全くない。また、アマノジャクが虫になるという昔話は存在するが、それも数は少ない。そのため、信節の起源説にはあまり賛成はできない。

○奥田頼杖(25)『心学道之話』

広島の儒学者奥田頼杖の講演の記録。一八四二（天保十二）年江戸参前舎での頼杖の道話（一般民衆向けの教導講演）を平野橘翁が筆記し、一八四三（天保十三）年に出版された。ここに「瓜子姫」に関する記述が残っている。以下が本文である。

何国の山の奥へ往ても二才か三才の小児の時に親が、はなして聞す、はなしはむかしむかしじじいは山へ芝かりにばばあは川へせんだじゅにの咄じゃが、あれはありがたい話でござります。あのはなしはむかし延喜の、みかど様が御幼少の御とき夜なきを、あそばさる御癖がごさって、その時天満宮は菅原の道真卿と申て、まだ六位の御公家様でござったげなが、みかどの御傅母役のような事を御つとめなさって御ざったゆへ毎夜毎夜御側で御とぎばななしに、いろいろな御はなしをなさる（中略）此むかしむかしの咄を御作りなされ毎晩毎晩御そばで此おはなしをされたと申すことじやが（中略）そこで瓜がながれて来たといふは[26]（後略）

ここでは明記されていないものの、川で洗濯をしていたら瓜が流れてきた話ということであり、ほぼ「瓜子姫」の話と考えて問題ない[27]。「何国の山の奥へ往ても二才か三才の小児の時に親が、はなして聞す」と書かれており当時、頼杖の地元であった広島では「瓜子姫」が流布しており、一般民衆にも広く知られていたであろうことの証明にはなると思われる。現在でも広島をはじめ中国地方は「瓜子姫」が多く採話される地域であるが、近世後期にはその傾向がほぼ確定していたと考えられる。なお、ここに書かれる菅原道真創作説などは他に資料もなく、根拠に乏しい。おそらく一般民衆にわかりやすく心学を説明するための材料として、庶民にも名の知れた人物を持ち出しただけと思われる。また、余談ではあるがこの講演は江戸で行われており、前の『嬉遊笑覧』の記録からすればおそらく聴衆は頼杖が語るこの昔話を知らず、戸惑ったであろうことが想像できる。

以上が、近代以前の学者たちによる「瓜子姫」である。これらの記録は近代以前の「瓜子姫」のことを知る貴重な資料である。これらを事実として仮定し、まとめると以下のようなことがわかる。

①少なくとも天保年間までは江戸ではあまり有名な昔話ではなかった。
②広島周辺では非常によく知られた一般的な昔話であった。
③信濃では「生存型」がすでに存在していた。
④信濃・広島では瓜が川を流れてくる型が広く伝わっていた。

また、『とんとん』も含め、三資料はすべて天保年間のものである。これらはとくに繋がりがあったわけではなく、また天保の前後、とくに「瓜子姫」ブームがあったという記録も無い。なぜこのようなことになったのかは現時点では不明である。

「瓜子姫」は出版の盛んな江戸とその周辺ではあまり知られていない、なじみの薄い昔話であった。そのことが、近世期に赤本などによって再構成され、広まっていかなかった最大の要因であると考えられる。また、『嬉遊笑覧』以外の資料は近代初期にはすでに多くが失われていたものと考えられる。そのため、それらが近代以降の再構成に直接的な影響を与えたとは考えにくい。近代以降の「瓜子姫」再構成作品は再構成者が近代以前の文献に残る「瓜子姫」と近代以後の再構成「瓜子姫」には直接的なつながりは薄いということができるのではないだろうか。

注

（1）市古貞次校訂『未完中世小説三』（古典文庫、一九五一年）
（2）（1）参照
（3）横山重『神道物語集』（古典文庫、一九六一年六月）

（4）（1）参照。石川透「『瓜子姫』奈良絵　解題・影印」（『三田國文』五二、二〇一二年十二月）
（5）（1）参照
（6）大島建彦『御伽草子集　日本古典文学全集36』（小学館、一九七四年九月）
（7）剣持弘子「「瓜子姫」―伝播と変化に関する一考察」（『昔話の成立と展開』昔話研究 土曜会、一九九一年十月）
（8）稲田浩二等編『日本昔話事典』（弘文堂、一九七七年十二月）など
（9）小澤俊夫「日本昔話の構造」（君島久編『日本民間伝承の源流』、小学館、一九八九年四月）
（10）滝沢馬琴『燕石雑志』（一八一一年）。日本随筆大成編輯部編『日本随筆大成十巻』（日本随筆大成編輯部、一九二九年）参照
（11）柳亭種彦（一七八三〜一八四二）本名、高屋知久、通称は彦四郎。別号として偐紫楼なども用いた。江戸生まれで、旗本であった。最初は読本を志すが合巻に転向する。『源氏物語』を題材に取った『偐紫田舎源氏』などで人気を博した。『偐紫田舎源氏』が描写に問題があるとして幕府により絶版を命じられ、それから間もなく死去した。
（12）岩波書店編『国書総目録』第七巻（岩波書店、一九七〇年九月）
（13）林美一「『昔話きちちゃんとんとん』の発見と紹介」（『江戸文学新誌』復刊一　未刊江戸文学刊行会、一九五九年九月）
（14）（13）参照
（15）（13）参照
（16）柳亭種彦『むかしばなし浦島ぢぢい』天保年間、鶴屋喜衛門より刊行。歌川貞秀画。鈴木重三等編『近世子どもの

絵本集・江戸編』（岩波書店、一九八五年七月）参照
（17）「角川日本地名大辞典」編纂委員会『日本地名大辞典一一埼玉県』（角川書店、一九八〇年七月）
（18）毘沙門天の鎧の腹についている鬼面は天の邪鬼であるとされる。また多聞天（部毘沙門天の四天王の時の名）が踏みつけている鬼は天の邪鬼であるとされる。
（19）歌川貞秀（一八〇七～一八七八頃）浮世絵師。横浜絵の代表的人物。合巻の挿絵でも知られた。
（20）『昔咄猿蟹合戦』仮名垣魯文（当時は魯文名義）作・一光斎芳盛画の合巻。安政三（一八五六）年の作。内ケ崎有里子「合巻『昔咄猿蟹合戦』について」参照
（21）内ケ崎有里子「合巻『昔咄猿蟹合戦』について」（『叢』第三〇号、二〇〇九年二月）
（22）横山泰子「女の敵はアマノジャク昔話「瓜子織姫」系絵本における妖怪」（小松和彦編『妖怪文化叢書　妖怪文化の伝統と創造絵巻・草紙からマンガ・ラノベまで』せりか書房、二〇一〇年九月）
（23）仮名垣魯文という筆名も、種彦作の『当年積雪白標紙』の登場人物、赤本入道仮名垣から取られているなど、種彦の作品をよく読んでいたと考えられる。
（24）喜多村信節（一七八三～一八五六）江戸時代後期の国学者。民間風俗や雑事の考証記録にすぐれた。『嬉遊笑覧』をあらわした。
（25）奥田頼杖（生年不詳～一八四九）幕末の心学者。名は在中。脚が悪く杖を用いたので頼杖と号した。京都で心学を学び広島に設立された歓心舎の第一世舎主となる。頼杖は朱子学を根拠とする淇水の心学説を継承し心学を倫理運動ととらえ道話による民衆教化に努めた。
（26）奥田頼杖『心学道之話』（文友堂書店、一九一〇年六月）を参照

(27)　神田龍身・西沢正史編『中世王朝物語・御伽草子事典』（勉誠出版、二〇〇二年五月）

第三章　近代以降の児童向け「瓜子姫」

現在では昔話は伝統的な語りで知ったというひとは少なくなり、ほとんどが絵本などの児童書を通じて昔話に触れている。第一章のアンケート結果の通り、「瓜子姫」も絵本などの児童書から知ったというひとが多い。そのため、現代において「瓜子姫」という昔話がどのように認識されているのかを知るには、近代から現代にかけて発刊された「瓜子姫」児童書について考察する必要があるものと思われる。

この章では、近代以降の児童向けに再構成された「瓜子姫」を中心に考察を行う。

1．児童向け「瓜子姫」の流れ

まずは、近代以降児童向けに再構成された「瓜子姫」の流れを追ってみる事としたい。

児童書は図書館などの施設に所蔵されていないことも多く、失われたものも多いと考えられる。すべてを確認することはほぼ不可能な状況のため、今回は「自身の目で確認できた資料」を中心として考察を行う。

§明治・大正期の瓜子姫

明治・大正期児童向け「瓜子姫」の中でとくに注目したいものは、高野辰之『家庭お伽話』所収「瓜姫」（以降、高野「瓜姫」[1]と楠山正雄『日本童話宝玉集下』[2]所収「瓜子姫子」(以下、楠山「瓜子姫子」)である。

高野「瓜姫」が掲載された『家庭お伽話』は、当時、春陽堂から発行されていた雑誌であり、海外の昔話と日本の昔話を一話ずつ紹介していた。なお、当時は現在では昔話として分類するものも童話と称することが多かった[3]。この雑誌でも例外ではなく、昔話は童話と表記されていたが、本論では現代の用語である昔話とする。

高野「瓜姫」現時点で確認できたかぎりでは近代以降でもっとも古い児童向け「瓜子姫」である。高野辰之は、日本の昔話が失われていくことに危機感を抱き、全国の小学校教師などの協力を得て昔話を採取していたが、どの地方の「瓜子姫」を元としたのかという点に関しては不明である。基本的な流れは西日本に多い「生存型」である。全体的に文章が装飾され長めとなっている。

楠山「瓜子姫子」が掲載された『日本童話宝玉集』は冨山房による児童向けシリーズ『模範家庭文庫』のひとつである。『日本童話宝玉集』は当時よく読まれ、評判も悪くはなかった[4]。のちに上下巻をまとめた大判『巨人版』、再編集して全三巻にしたものも発行されている。

その後の児童向け「瓜子姫」の多くは、楠山「瓜子姫子」と同様の展開をとるものや同様の要素を含むものが多く見られる。そのことから、楠山「瓜子姫子」は、近代以降の「瓜子姫」の典型話のひとつとして非常に大きな役割を果たしたものであると考えられる。以降、高野辰之が取り入れ楠山正雄が完成させて広めたこの型を便宜上「I型」とする。

§昭和期以降の「瓜子姫」

昭和の戦前・戦中は児童向け「瓜子姫」は非常に少ないが、戦後は児童向け「瓜子姫」の点数も増加している。昭和期の児童向け「瓜子姫」には以下のような特徴が見られる。

第一に、「瓜子姫」単独での書籍が出版されるようになったということである。昭和以前は「瓜子姫」は昔話集や童話集に収録されたものだけであったが、戦後になり単独の書籍、とくに絵本として出版されるようになった。論末の年表でも見られるように、戦後になり児童向け書籍の点数は飛躍的に増えている。戦後になって社会や経済が安定し、多くの児童向け書籍が求められるようになり、また出版技術の向上などで書籍が安価に製作できるようになった。そのため、「瓜子姫」も単独の書籍として出版される機会に恵まれるようになったと考えられる。

次に、タイトル及び姫の名は「うりこひめ」がほとんどとなる、ということがあげられる。二七一ページ以降の年表でわかるように、戦前は「うりひめ」「うりこひめこ」とされることが多かったタイトル及び姫の名が、戦後はほぼ「うりこひめ」となる。また「うりこひめとあまのじゃく」のように外敵の名を併記したものも増加する。

次に、昔話の採取・研究が進み、内容が多様化する。内容の多様化に関しての詳細は後の節で考察する。

昭和期の児童向け「瓜子姫」でとくに注目したいものは柳田国男『日本昔話上』（のちに改定され『日本の昔話』となり[5]）所収の「瓜子姫」（以降柳田「瓜子姫」）、関敬吾『空にのぼったおけやさん』[6]所収の「うりひめ子」（以下関「うりひめ子」）である。

柳田国男『日本の昔話』は、日本全国の昔話を集め、児童にもわかりやすいよう手を加えたものである。現代でも文庫本で発売され容易に手に入るロングセラーである。島根で採取されたものがもととなっており、基本的な筋は「生存型」で、I型と同じであるが、あまのじゃくは姫を裏庭の柿の木に縛る、爺婆は姫を鎮守様の祭りに連れて行こうとする、といった点が異なっている。

なお、「うりこひめ」というタイトルおよび姫の名が増えたのは柳田「瓜子姫」以降である。全国的な採話例を見ると、姫が「瓜子姫」という名で呼ばれることは少なく、「瓜姫」「瓜姫子」とされることが多い。しかし、序論で述べたように柳田国男は柳田「瓜子姫」、および研究論文『桃太郎の誕生』において、姫を「瓜子姫」と称している。昔話研究の中心的人物のひとりである柳田国男が「瓜子姫」という名を用いたことにより、この名称が一般的になったのではないかと考える。

関敬吾『空へのぼったおけやさん』は柳田の昔話集と同じく、各地の昔話を集め、それを児童向けに書き直したものである。採話地は秋田県平鹿郡と明記されている。

関「うりひめ子」以降、姫とあまのじゃくの軽妙なやりとり、鳥による真相の暴露といういままでの児童向け「瓜子姫」では見られなかった要素を含むものが多くなっている。関「うりひめ子」の後に『日本昔話集成』[7]（以下『集成』）が発刊されるが、そこで「瓜子姫」（集成では「瓜子織姫」）の典型話として載せられているものは、関「うりひめ子」とほぼおなじである。また採話地も「うりひめ子」と同じ秋田県平鹿郡と明記されている。昔話研究において重要な役割を果たした関敬吾がこの型を自身の昔話集、および研究書の典型話として選んだため、この型を取り入れる児童書が増えたものと考えられる。

また、関「うりひめ子」の型を取り入れた作家の中に有名な児童文学者がいたことも、この型を広める大きな要因であったと思われる。とくに注目したいのは坪田譲治と松谷みよ子である。

坪田譲治『新百選日本むかしばなし』[8]に収録された「うりひめこ」（以下、坪田「うりひめこ」）は、ほぼ関「うりひめ子」と同じ展開であり、関敬吾のものを参考にした可能性は高い。坪田譲治の昔話集は生前から現在まで「全集」「選集」という形で度々再販されているが、「うりひめこ」もほぼ収録されている。

松谷みよ子は「瓜子姫」を好きな昔話のひとつにあげ[9]、作品の題材として何度も取りあげている。その多くは、関

「うりひめ子」と近い。松谷みよ子の児童向け「瓜子姫」は、タイトル及び姫の名を「うりこひめ」（タイトルは「うりこひめとあまのじゃく」のように敵役の名を併記することが多い）とし、関「瓜姫子」では姫が殺される「死亡型」であったのを姫が縛られるだけで死亡しない「生存型」に改めている。松谷みよ子の手による児童向け「瓜子姫」は点数も多く、現在もっとも多くのひとが触れる機会が多い児童向け「瓜子姫」であると言える。

関「うりひめ子」の型は関敬吾がはじめて児童向けに取り入れ、坪田譲治・松谷みよ子を経て広まったという事ができると思われる。以降関敬吾が採用し、坪田譲治・松谷みよ子が広めたこの型を便宜上「Ⅱ型」とする。

柳田国男は「うりこひめ」という名称を確立させ、関敬吾は「姫とあまのじゃくの軽妙なやりとり」「鳥による真相の暴露」というそれまではあまり使用されなかった新しい展開を持ち込み、新たな典型話を確立させるのに一役かったと言える。昔話研究者である柳田国男と関敬吾が昭和期以降の児童向け「うりこひめ」の典型話を形成したということが確認できる。

昭和の後期からテレビアニメのような挿絵を使用した「アニメ絵本」と呼ばれる昔話絵本が台頭し始めた。平成期には安価な値段と若い世代に好まれる絵柄で大きく普及したと考えられるが、「瓜子姫」に関しては、アニメ絵本はきわめて少ない(10)。また、数多くの昔話や童話をあつめ、「ひとつの話を数ページ単位」でまとめたアンソロジー作品集も多く発行されるようになり、「瓜子姫」も収録されることが多い。価格に対して話が多く収録されているというコストパフォーマンスの良さから近年普及しており、それで「瓜子姫」を知った児童が増えている可能性も考えられる。

このように、現在の児童向け「瓜子姫」には、「Ⅰ型」「Ⅱ型」ふたつの典型話と呼べるものがあることが確認できた。それ以外にも関敬吾が岩波文庫で紹介したもの(11)を元にした型、中国地方の「道の選択」の要素を取り入れた型、木下順二のように独自の要素を盛り込んだものなど非常に多彩である。口承の時代から多様な型を持つ昔話である「瓜子姫」は、「読む昔話」に変わった状態でもその多様性を保ち続けているということができる。

2. 挿絵に見る「瓜子姫」

前節では近代以降の児童向けに再構成された「瓜子姫」のストーリー・要素の面での流れを中心に考察した。児童書は挿絵がつけられることが多く、児童書の「瓜子姫」も挿絵がつけらえたものが大半をしめる。挿絵は読み手が昔話に抱く印象に大きな影響を与える可能性が高い。近代以降、聴く昔話から読む昔話に変化したと同時に見る昔話にも変化していると言う事もできるのではないだろうか。そのため、近代以降の「瓜子姫」を考察するためには、挿絵の流れを知ることが重要であると考える。そのため、この節では挿絵から見る「瓜子姫」の考察を行うこととする。

§「瓜子姫」絵本

アンケートの結果では「瓜子姫」を最初に知った媒体は絵本であるという回答が最も多かった。絵本は児童書の中でもより幼い年齢を対象にしていること多く、人生でもっとも早く「瓜子姫」ひいては昔話に触れる機会でもあると考える。また、絵本は視覚的な要素があるという点で伝統的な語りとは大きく異なる。以上より、近代以降に絵本として再構成された「瓜子姫」についても考察を加え、一般的における「瓜子姫」の認識などにどのような影響を与えているのかを考察する必要がある。

まず、どのようなものを絵本として定義するのかを規定する。辞書によると、絵本の定義は以下の通りである。なお、読み物としての絵本以外の解説に関しては割愛する。

◎児童向け「瓜子姫」年表

番号	出版年	元号	月	タイトル	収録書籍タイトル（タイトルとおなじものは省略）	種別	姫の容姿	あまのじゃく	作者（文）	作者（絵）	出版社	備考
1	1907	M40	8	◆瓜姫	家庭お伽話　第七篇		長い髪・背で結う	女性	高野辰之	鰭崎英朋	春陽堂	
2	1911	M44	4	瓜姫	日本全国国民童話				石井研堂	なし	宝文館	宮崎県のものが元。固い梨をぶつけられて気絶。生存型。
3	1921	T10	4	瓜子姫子	滑稽童話集		長い髪・背で結う	なし	藤澤衛彦	不明	国民書院	前半は鬼一口型（姫が外敵の侵入と同時に殺害される）・後半が「古屋のも
4	1922	T11	4	◆瓜子姫子	日本童話宝玉集　下		長い髪・背で結う	なし	楠山正雄	不明	冨山房	
5	1924	T13	12	瓜姫物語	ひろすけ童話読本　第2集		頭の上で結う	なし	浜田広介	初山滋	実業之日本社	山形県南部の型（鬼一口型）を元にして創作。死亡型。
6	1925	T14	6	◆瓜子姫子	小学校へ入る迄の子供に聞かせる話				加藤美侖	なし	誠文堂書店	
7	1926	T15	1	瓜子姫の話	黄金の馬				森口多里	なし	実業之日本社	岩手県の型。鬼一口型。
8			10	◆ウリ子ヒメ子	日本昔噺カチカチ山		肩まで	妖怪	北村寿夫	斎田たかし	イデア書院	
9	1928	S3	9	瓜姫	日本童話集　上				松村武雄	なし	誠文堂書店	2番とほぼ同じ
10	1930	S5	2	瓜子姫	日本の昔話　上				柳田国男	なし	アルス	島根の型が元
11			10	◆うりこひめこ	一年生の童話		肩まで	男の子風	久米元一	寺田良作	金の星社	血の要素なし
12	1937	S12	7	瓜姫	二学年上巻				浜田広介	なし	中行館書房	5番とほぼ同じ
13	1938	S13	12	◆瓜子姫子	巨人版　日本童話宝玉集		なし	なし	楠山正雄	不明		4番と同じ内容
14	1941	S16	9	瓜子姫	日本の昔話				柳田国男	なし	三国書房	10番と同じ内容
15	1951	S25	8	うりひめものがたり	ひろすけ家庭童話文庫3		頭の上で結う	妖怪	浜田広介	不明	主婦の友社	5番の改訂版。姫がからすの活躍により生き返る。
16			10	◆うりこひめ	お話教室・小学1・2年		なし	なし	水谷まさる	大石哲路	金の星社	血の要素なし

17			11	◇うりひめ子	空へのぼったおけやさん		肩まで	鬼	関敬吾	鈴木寿雄	大日本雄弁講談社	死亡型
18	1953	S28	8	◆うり子姫子	新版日本童話宝玉集　中		肩まで	なし	楠山正雄	川崎福三郎	同和春秋社	4番の再収録
19			9	◆うりこひめ	二年ブック　3巻6号		肩まで	男の子	西山敏夫	井江春代	学習研究社	児童向け雑誌の記事。血の要素なし。
20	1954	S29	7	うり子ひめとあまのじゃく	日本民話集				木村次郎	なし	アルス	独自の展開をとる
21			不明	うりこひめとあまのじゃく		絵本	長い髪・背で結う	子鬼	木村次郎	人形座	エンゼル社	
22	1955	S30	2	◆うり子姫子	三年生の少女童話		頭の上で結う	男の子	楠山正雄	大石哲路	金の星社	
23			3	うりこ姫		絵本	肩まで	子鬼	平井芳夫	石井健之	大日本雄弁講談社	当時、非常に人気のあったシリーズのひとつ。広く読まれたものと推測される。
24				◆うりこ姫とあまんじゃく	6年の学習　9巻12号		肩まで	妖怪	西山敏夫	市川禎男	学習研究社	児童向け雑誌の記事。血の要素なし
25			6	うり子ひめ	日本のむかし話　二年		長い髪・背で結う	男の子	大藤時彦	高雄貞子	実業之日本社	
26	1956	S31	2	うりこひめ	たのしく話せる日本むかしばなし		頭の上で結う	鬼	山本和夫	不明	池田書店	関敬吾の岩波文庫版と同じ
27			6	◇うりこひめ	日本むかしばなし宝玉集　下		長い髪・背で結う	妖怪	塚原亮一	不明	宝文館	死亡型
28			10	うりこひめ			おかっぱ	婆（山姥）	藤澤衛彦	斉藤としひろ	宝文館	3番の再収録
29			11	◇うり子ひめ	日本のむかし話　二年生		長い髪・背で結う	鬼	大木雄二	大石哲路	偕成社	姫は木から落ちて気絶。血の要素なし。生存型。
30				◆うりこひめとあまのじゃく	小学四年生　35巻9号		おかっぱ	鬼	小野忠孝	黒崎義介	小学館	児童向け雑誌の記事

31			12	◆うりこ姫	つるの恩がえし　日本民話		おかっぱ	男の子	徳永寿美子	羽石光志	偕成社	
32				うりこひめとあまんじゃく	ききみみずきん		芥子坊主	妖怪	木下順二	初山滋	岩波書店	後半は独自の展開を取る。現在でもよく読まれているもののひとつ
33	1957	S32	不明	◆うりこひめ		絵本	長い髪・背で結う	子鬼	こうだやすし	はやしよしお	トッパン	血の要素なし
34			1	うりこひめ	日本むかしばなし		肩まで	子鬼	佐藤義美	柿本幸造	学習研究社	島根県のものが元。「道の選択」の要素を採用。
35				うりひめとあまのじゃく		絵本	長い髪結わず	妖怪	浜田広介	秋野不矩	福音館書店	5番の省略版。姫が無事に助かる
36			8	◇うりひめこ	新百選　日本むかしばなし				坪田譲治	なし	新潮社	死亡型
37			10	◇瓜ひめこ			背中で結う	妖怪	坪田譲治	中尾彰	金の星社	36番と同じ内容
38			11	うりひめものがたり	ひろすけ童話集　お日さまとぱん		肩まで	妖怪	浜田広介	不明	日本書房	
39	1958	S33	1	◆あまんじゃくとうりこひめ	日本昔話二集		おかっぱ	男の子	西山敏夫	黒崎義介	小学館	血の要素なし
40			3	うりこひめ	民話のふるさと				今管一	なし	アルス	
41			11	◆うりこひめ	かぐや姫		おかっぱ	男の子	土屋由岐雄	鈴木寿雄	偕成社	血の要素なし
42			12	瓜姫	日本むかし話　天狗のかくれみの		長い髪結わず	なし	永田よしなお	不明	鶴書房	関敬吾の岩波文庫版と同じ
43				瓜コ姫コとアマンジャク	日本民話選		長い髪・背で結う	子鬼	木下順二	吉井忠	岩波書店	
44	1959	S34	6	◆うりこひめ	小学館の幼稚園　12巻3号		頭の上で結う	子鬼	奈街三郎	石田英助	小学館	血の要素なし
45			12	うりこひめ	観察絵本　キンダーブック14巻9号	絵本	肩まで	男の子	浜田広介	黒崎義介	フレーベル館	

46			不明	◇うりこひめとあまのじゃく	かぐや姫		肩まで	男の子	松谷みよ子	石井健之	あかね書房	生存型。血の要素なし
47	1960	S35	5	◇うりひめこ	日本のむかし話（1）		なし	鬼	坪田譲治	須田寿	あかね書房	36番と同じ内容
48			7	うりこ姫コとアマンジャク	ぼたんいろの童話集		長い髪・背で結う	鬼	いぬいとみこ	油野誠一	創元社	
49	1961	S36	7	◇うりこひめとあまんじゃく	おひめさまの童話集		おかっぱ・頭にリボン	子鬼	松谷みよ子	水沢研	三十書房	生存型
50			12	◆うり子姫子	日本童話宝玉選		長い髪・背で結う	なし	教育童話研究会	不明	小学館	
51	1962	S37	3	◆うりこひめとあまんじゃく	うしわかまる・かぐやひめほか		おかっぱ	子ども風	西山敏夫	矢車涼	小学館	血の要素なし
52	1963	S38	1	◇うりこひめとあまんじゃく	日本むかし話集		長い髪・背で結う	子ども	松谷みよ子	不明	講談社	生存型。血の要素なし。
53			3	うりこ姫		絵本	肩まで	子鬼	北畠八穂	大日方明	講談社	
54			6	うりこひめ	子どもに聞かせる日本の民話				大川悦生	なし	実業之日本社	
55	1964	S39	1	うり子ひめ	かもとりごんべえ		肩まで	鬼・肌色	与田準一	石井健之	ポプラ社	「道の選択」の要素あり
56	1965	S40	4	◇うりひめこ	いっすんぼうし		肩まで	子鬼	坪田譲治	柿本幸造	集英社	36番と同じ内容
57			6	うりこひめ	日本むかし話		肩まで	子鬼	筒井敏夫	松本かづち	小学館	
58			11	◇うりこひめとあまのじゃく	おむすびころりん		肩まで	鬼・赤	松谷みよ子	佐藤忠度	講談社	生存型。血の要素なし
59	1966	S41	2	うり子ひめ	日本のむかし話　二年生		長い髪・背で結う	鬼	与田準一	小林和子	実業之日本社	55番の改訂版

60			4	うりこひめとあまのじゃく	日本のむかしばなし	絵本	頭の上で結う	子ども	神沢利子	不明	研秀出版	「道の選択」の要素あり
61			6	うりこ姫とアマンジャク	和尚さんときつね		長い髪・背で結う	鬼	いぬいとみこ	油野誠一	ポプラ社	48番と同じ内容
62			10	うりこひめとあまんじゃく	わらしべ長者		結わない長い髪	鬼	おのちゅうこう	田中武紫	集英社	後半は独自の展開
63			11	うりこひめ	小学館の幼稚園　19巻8号		肩まで	子鬼	不明	谷悠紀子	小学館	児童向け雑誌の記事
64				◇うりこひめとあまのじゃく	むかしむかし		長い髪・背で結う	鬼	松谷みよ子	不明	童心社	生存型。血の要素なし
65	1967	S42	2	ウリコひめとアマンジャク	母と子のお話図書館3		おかっぱ	鬼	小沢正	不明	三一書房	
66			10	◆うりこひめ	小学館の絵本　第9巻　12号	絵本	頭の上で結う		小林純一	石部虎二	小学館	
67				うりこひめ	日本の民話		おかっぱ	子ども風	上崎美恵子	松本かつぢ	小学館	
68			11	◇うりこひめとあまのじゃく	日本の昔話1		長い髪・背で結う	鬼	松谷みよ子	瀬川康男	講談社	生存型
69			不明	おとぎばなし　うりこひめ		絵本	長い髪・背で結う	鬼	松谷みよ子	瀬川康男	鶴書房	古典『瓜姫物語』が元
70	1968	S43	2	うりこひめとあまんじゃく		絵本	頭の上で結う	妖怪	木島始	朝倉摂	岩崎書店	後半は独自の展開
71			5	うり子姫	きょうのおはなしなあに　夏	アンソロジー作品集	長い髪・背で結う	鬼	生源寺美子	鈴木義治	ひかりのくに	

72			12	うりこひめ			長い髪・背で結う	山姥	村山桂子	遠藤てるよ	講談社	
73	1969	S44	不明	◇うりこひめとあまのじゃく		絵本	長い髪・背で結う	鬼	星野伊都子	若菜珪	山田書院	姫は木から落ちて気絶。生存型
74	1970	S45	4	うりこひめとあまんじゃく	おはなしいいな		頭の上で結う	子鬼	安田浩	不明	白眉学芸社	32番に近い展開
75			6	◆うりこひめとあまんじゃく			頭の上で結う	鬼	西山敏夫	鈴木寿雄	小学館	血の要素なし
76	1972	S47	3	◇うりこひめこ	二年生の日本むかしばなし		肩まで	鬼	江間章子	工藤市郎	集英社	
77			10	◇うりこひめ	日本昔話集				西本鶏介	なし	芸術生活者	
78			11	うり子姫	母と子のお休み前の小さな童話	アンソロジー作品集	長い髪・頭の上で結う	なし	ワシオ・トシヒコ	不明	三交社	10番とほぼ同じ
79			不明	うりこひめ	小学館の保育絵本にほんのむかしばなし		長い髪・頭の上で結う	妖怪	浜田けい子	長野博一	小学館	
80	1974	S49	2	ウリコヒメ	親と子の民話集2		長い髪(影)	妖怪	伊東挙位	小泉謙三	文化書房博文社	鬼一口型
81			6	うり子姫子	日本編7		肩まで	鬼	倉島栄子	竹山のぼる	小学館	10番とほぼ同じ
82			11	◇うりこひめとあまんじゃく		絵本	お団子	鬼	渋谷勲	八木義之介	蒼海出版	生存型
83	1976	S51	10	あまんじゃくとうりこひめ	母と子の日本の民話8		長い髪・背で結う	妖怪	竹崎有斐	石倉欣二	集英社	関敬吾の岩波文庫版と同じ

84	1977	S52	1	◇うりこ姫とあまんじゃく	山をめぐる話　豆になったやまんばほか		長い髪・背で結う	子鬼	竹崎有斐	小島直	家の光協会	
85			3	うりこひめとあまんじゃく	NHKおはなしえほんうりこひめとあまんじゃく・さるかにかっせん	絵本	長い髪・背で結う	子鬼	こわせたまみ	高羽賢一	NHKサービスセンター	
86			7	うりこひめ　にほんのはなし			長い髪・頭の上で結う	鬼	たけもとかずこ	たきそうた	コーキ出版	関敬吾の岩波文庫版と同じ
87			8	◇うりこひめとあまのじゃく	おむすびころりん：ほか日本むかし話		長い髪・頭上で結う	鬼	松谷みよ子	矢車涼	講談社	血の要素なし
88				◇うりこひめ	アジアむかしばなし13　たすけたイノシシ		長い髪・背で結う	鬼	松山晴彦	田中秀幸	国際情報社	姫は木から落ちて気絶。生存型
89			11	うりこひめとあまのじゃく	ゆきおんな		肩まで	山姥	須知徳平	島田耕志	朝日ソノラマ	姫は死亡するが復活する
90				うりこひめ	日本むかしばなし		長い髪・頭の上で結う	なし	砂田弘	矢車涼	講談社	
91	1978		不明	うりこひめ		絵本	肩まで	悪い男	中村栄	山本まゆみ	ビデオジャポニカ	島根県のものが元。「道の選択」の要素を採用。
92	1979	S54	5	うりこひめとあまんじゃく日本民話より		絵本	長い髪・背で結う	妖怪	堀尾青史	赤羽末吉	フレーベル館	
93			10	◇うりこひめとあまんじゃく	日本むかしばなし		長い髪・背で結う	鬼	小暮正夫	小華和ためお	ポプラ社	姫は木から落ちて気絶。生存型。血の要素なし
94				瓜子姫	日本のむかし話（二）				柳田国男	なし	ポプラ社	10番と同じ内容
95	1980	S55	2	◇瓜ひめとあまのじゃく	まほうをとくむすめ		頭の上で結う	鬼	斎藤君子	櫓良春	ポプラ社	死亡型

96			5	うりこひめとあまんじゃく	絵本		長い髪・背で結う	鬼	西本鶏介	深沢邦朗	チャイルド本社	関敬吾の岩波文庫版と同じ
97			10	◇うりこひめ	日本むかしばなし3		肩まで	山姥	寺村輝夫	ヒサクニヒコ	あかね書房	死亡型
98			不明	うりこひめとあまんじゃく	こどものための世界名作童話30 こぶとりじいさん		長い髪・背で結う	鬼	鶴見正夫	斎藤博之	集英社	
99	1982	S57	1	◇うりひめ		絵本	長い髪・背で結う	女（悪い女）	平林英子	三国よしお	全日本家庭教育研究会	児童学習誌ポピーの付録
100			不明	うりこひめ	うりこひめ・三年ねたろう		長い髪・背で結う	子鬼	砂田弘	藤島生子	都市と生活社	島根県のものが元。「道の選択」の要素を採用。
101	1983	S58	6	うりこひめ		絵本	肩まで	子鬼	高橋克雄	高橋克雄	小学館	
102	1984	S59	11	うりこひめとあまんじゃく			芥子坊主	妖怪	木下順二	初山滋	岩波書店	32番から独立して絵本になる
103	1983	S60	3	うりこひめ	日本のむかし話		長い髪・背で結う・頭にリボン	妖怪	大石真	若菜珪	学習研究社	
104	1985	S62	6	瓜子姫と鬼	日本の鬼ども3		肩まで・頭にリボン	鬼	山下清三	中村景児	けやき書房	後半は完全に独自の展開
105	1986	S61	1	◇うりこひめとあまんじゃく	かちかちやま	絵本	長い髪・背で結う	妖怪女性	木暮正夫	金沢佑光	小学館	死亡型
106	1987	S62	8	瓜姫と天邪鬼	おはなしのポケット（日本の民話選集）		長い髪・背で結う	鬼	ひがしおあやこ	小島直	ひかりのくに	
107			9	うりひめこ	母と子の日本むかし話・				大藤時彦	なし	学習研究社	
108			12	◇うりこひめとあまんじゃく	フフンなるほどなぜなぜ話		長い髪・背で結う	妖怪	木暮正夫	原ゆたか	岩崎書店	死亡型

109	1988	S63	3	うりこひめとあまんじゃく		絵本	長い髪・頭の上で結う	子鬼	武井直紀	田木宗太	チャイルド本社	関敬吾の岩波文庫版と同じ
110			5	おはなしメイト5うりこひめとあまのじゃく		絵本	長い髪・頭の上で結う	男	不明	石倉欣二	メイト保育事業部	
111			8	あまんじゃくとうりこひめ		絵本	肩まで	子鬼	横田弘行	片岡昌人形デザイン	集英社	NHKで放映された人形劇の絵本版
112	1989	H1	6	うりこひめ	いっすんぼうし	絵本	長い髪・背で結う	妖怪	立原えりか	間瀬なおたか	小学館	最後に姫が子供を産む
113	1990	H2	1	◇うりひめとあまんじゃく			頭の上で結う	妖怪	水谷章三	岩本康之亮	世界文化社	
114			7	うりこひめ			長い髪・背で結う	子ども	神沢利子	渡辺三郎	偕成社	
115			9	瓜コ姫コとアマンジャク	日本民話選		長い髪・背で結う	妖怪	木下順二	吉井忠	岩波書店	43番と同じ内容
116			10	◆うりひめ		絵本	長い髪・背で結う	山姥	高野正巳	愛芽	おぼろ月夜の館・斑山文庫	1番に息子が手を加えたもの。血の要素なし
117	1991	H3	7	うりこひめ	かっぱのおくりもの　7月のおはなし		なし	なし	八百板洋子	不明	国土社	
118			11	うりひめとあまんじゃく		絵本	長い髪・背で結う	鬼　赤	稲田和子	小西英子	福音館書店	
119			不明	うりこひめ		絵本	長い髪・背で結う	子鬼	平田昭吾	大野豊	永岡書店	唯一の「アニメ絵本」。内容は様々な型の混合
120	1992	H4	5	うりこひめとあまんじゃく	お月さまのひとりごとのお話	アンソロジー作品集	長い髪・頭の上で結う	悪い男	松本聰美	田木宗太	くもん出版	

121	1994	H6	2	瓜コ姫コとアマンジャク	わらしべ長者　日本の民話二十二編		長い髪・背で結う	鬼	木下順二	赤羽末吉	岩波書店	
122			11	◇うりこひめ	絵本		長い髪・背で結う	鬼	松谷みよ子	つかさおさむ	童心社	生存型
123			12	◇瓜子姫とあまんじゃく	日本のお話100		頭の上で結う	妖怪	やすいすえこ	石倉欣二	フレーベル館	生存型
124			不明	うりこひめ		絵本	頭の上で結う	妖怪	北川幸比古	石倉欣二	世界文化社	独自の展開を取る
125				うりこひめとあまのじゃく	みかど名作童話16　うりこひめとあまのじゃく・しおふきうす	絵本	長い髪・背で結う	妖怪	豊村悦子	名執みちほ	みかど商事株式会社	
126	1995	H7	6	うりこひめ	子どもに語る日本の昔話1				稲田和子・筒井悦子	なし	こぐま社	長野県の型
127	1997	H9	5	うり子姫	きょうのおはなしなあに　夏	アンソロジー作品集	長い髪・背で結う	鬼	生源寺美子	鈴木義治	ひかりのくに	71番の再収録
128			8	うりこひめとあまんじゃく	わらう死に神		頭の上で結う	子鬼	望月正子	さのてつじ	ほるぷ出版	
129	1997	H9	9	◇うりこひめとあまんじゃく			長い髪・背で結う	鬼	松谷みよ子	土橋とし子	講談社	生存型
130	1998	H10	9	うりこひめとあまんじゃく		絵本	長い髪・背で結う	鬼	武鹿悦子	蓬田やすひろ	フレーベル館	
131	2000	H12	4	うりこひめとあまんじゃく		絵本	長い髪・背で結う	鬼	西本鶏介	池田げんえい	小学館	関敬吾の岩波文庫版と同じ

132				うりこ姫とあまんじゃく	お話教室365＋1 7・8・9月	アンソロジー作品集	長い髪	なし	武鹿悦子	千金美穂	フレーベル館	130番と同じ内容
133	2002	H14	4	うりこひめ	ママお話きかせて 生きる力を育てるお話編	アンソロジー作品集	長い髪・背で結う・頭にリボン	妖怪	岩崎京子	岡村好文	小学館	
134			7	うりこひめとあまんじゃく	幼児のためのよみきかせおはなし集．6	アンソロジー作品集	肩まで。頭の上で結う。	鬼	西本鶏介	村上豊	ポプラ社	関敬吾の岩波文庫版と同じ
135	2004	H16	7	うりこひめ	日本の昔話：5分間読み聞かせ名作百科	絵本	長い髪・背で結う	鬼	大石真	坂本水津哉	学習研究社	
136			11	うりこひめとあまんじゃく	よみきかせおはなし絵本4	アンソロジー作品集	肩まで	妖怪	千葉幹夫	宇野亜喜良	成美堂	
137	2006	H18	11	うりひめこ		絵本	肩まで	鬼	おざわとしお，やまぐちさちこ	おおたかいくこ	くもん出版	青森県の型。生存型。押し入れに閉じ込められる
138	2007	H19	10	◇うりひめこ	新版 日本のむかし話 一寸法師ほか全19編		頭の上で結う	なし	坪田譲治	森川百合香	偕成社	36番と同じ内容
139	2008	H20	12	◇瓜子姫とあまのじゃく——新装版．			おさげ	鬼　赤	松谷みよ子	ささめやゆき	講談社	生存型

140	2009	H21	10	うりこひめ	母と子のおやすみまえの小さなお話365	アンソロジー作品集	なし	鬼	千葉幹夫	水野ぷりん	ナツメ社	
141	2010	H22	8	◇うりこひめとあまんじゃく	おひさま		肩まで	鬼	松谷みよ子	梶山俊夫	小学館	児童向け雑誌の記事
142	2011	H23	3	うり子姫	子どもが眠るまえに読んであげたい365のみじかいお話	アンソロジー作品集	長い髪・背で結う	子鬼	田島信元	モリアート	永岡書店	
143			4	うりこひめ	かちかち山		なし	なし	小澤昔ばなし大学再話研究会	杉浦範茂	小峰書店	広島県の型。道の選択あり
144			9	うりこひめとあまんじゃく	おばけばなし：ぶるぶるドキドキ30話 親子の名作よみきかせ絵本		長い髪・背で結う	子鬼	川村優理	喜多村素子	大泉書店	
145			12	うりこ姫とあまんじゃく	頭のいい子を育てるおはなし366	アンソロジー作品集	なし	なし	不明	山本祐司	主婦の友社	鬼一口。死亡型
146	2012	H24	2	うりこひめとあまのじゃく	ようかいむかし話 おに		背中で結う	鬼	藤田晋一	大井知美	金の星社	鬼一口。死亡型
147			11	うりこひめ	おやすみ前のお話366話・第3巻（7月・8月・9月）	アンソロジー作品集	結わない長い髪	鬼	大石真	Min	学研教育出版	10番とほぼ同じ
148	2013	H25	10	うりこひめ	日本の昔ばなし 20話		長い髪・背で結う	鬼	大石真	ふじいかずえ	学研教育出版	10番とほぼ同じ

	149	150	151	152	153	154	155	156
	2014					2015		
	H26					H27		
	4		7	12	11	6	7	12
	うりこひめ	うりこひめ	うりこ姫	うりこひめ	うりこひめ	うりこひめ	◆うりこ姫とあまのじゃく	うりこ姫
	いつまでも心に残る！　女の子に贈りたい名作	子どもに読んであげたい365日のおはなし	こわくてたのしい　おばけの話90	とっておきのおんなのこめいさくえほん	女の子のてのひら名作えほん	どうわえほん　ゆめのプリンセス	ココロが育つよみきかせ絵本日本の昔話名作50選	考える力を伸ばす！心を育てる！　読み聞かせ366話
	アンソロジー作品集	アンソロジー作品集		アンソロジー作品集	アンソロジー作品集	アンソロジー作品集		アンソロジー作品集
	長い髪・背で結う	肩まで	長い髪・背で結う	長い髪・背で結う	長い髪（結っているかは不明）	長い髪・背で結う	肩まで	長い髪・背で結う
	鬼	子鬼	鬼	鬼	子鬼	子鬼	鬼	男の子
	西本鶏介	堀切リエ	白石三弥子	ささきあり	不明	矢部美智代	不明	中江文一
	飯野和好	かとうまふみ	チユキクレア	藤森ゆゆ缶	不明	オオジカオリ	不明	不明
	PHP研究所	成美堂出版	東京書店	西東社	西東社	宝島社	東京書店	新星出版
	関敬吾の岩波文庫版と同じ							

157	2016		9	うりこひめ	名作おひめさまものがたり	アンソロジー作品集	長い髪・背で結う	子鬼	オチアイトモミ	早野美智代	学研	
158	2017	H29	11	うりこひめとあまんじゃく	おひさま　2017年12月1日号	長い髪・背で結う	鬼	もりやしげやす	降矢なな	小学館	侵入してきたあまんじゃくに驚いて姫は気絶	
159	不明			うりこひめ	日本昔話	絵本	長い髪	妖怪	かみゆたか	駒宮録郎	ひかりのくに	
160				あまんじゃくとうりこひめ	一寸法師	絵本	肩まで	鬼	井上明	田木宗太	童音社	関敬吾の岩波文庫版と同じ。姫は助かる
161				うりこひめ		絵本	肩まで	子鬼	不明	石部虎二	ひかりのくに	ソノシート付き
162				うりこ姫		絵本	長い髪・背で結う	子鬼	中村惇子	童公佳	朝日ソノラマ	ソノシート付き
163				ルミエール絵本うりこひめとあまんじゃく		絵本	長い髪	子鬼	高橋休一郎	工藤市郎	高橋書店	
164				ビデオ教育絵本8うりこひめ		絵本	長い髪	男	中村栄	山本まゆみ	小学館	道の選択あり

◆Ⅰ型（高野辰之～楠山正雄）①あまのじゃくが姫に徐々に戸を開けさせる ②怖い顔をしておどかして連れ出す ③「汚れるから」と着物を交換 ④突然、殿様の迎えが来て「殿と奥方が機織を見たい」と言う ⑤姫が真相を告げる ⑥あまのじゃくは切られ、作物が染まるこのうち　他にはほとんど見られない④を必ず有し、他の要素が複数以上あるものをは楠山の影響を受けていると判断

◇Ⅱ型（関敬吾が取り入れ、坪田・松谷と継承された秋田の型）　秋田以外では見られない「あまのじゃくが姫を負ぶって連れて行く」展開を含み、秋田ではほぼ必ず挿入される「カラスが真相を告げる」ものは、関～松谷までの流れを汲むものと判断する。（秋田の型は関や松谷の活動で有名になったと考える）

※網掛け部は挿絵のないもの。

・絵を主とした子ども向きの本（『日本国語大辞典』[12]）
・①挿絵のある書籍。絵の本。絵草紙。③絵を主体とした児童向け読み物。（『広辞苑』[13]）

どの辞書においても、絵が主となる本という事は共通している。しかし、主となるというのは主観的な定義であり、絵の多い児童書と絵本との線引きをどこでするべきか、という点は曖昧である。本論では絵を主とするというのを、「文字に比べて絵の割合が多いもの」、と定義し、絵の割合が文字と比較して全体の半分以上を占めるもの、として定義することとしたい。作者や出版社が絵本として銘打っていても、この条件に満たなければ絵本とみなさないこととする。

また、一般的にページ数の多いものは絵本としては扱わない傾向にあると思われる。しかし、ページ数が多くとも絵の割合が半分以上を占めるものは存在する。本論では絵の割合のみを問題とし、分量は鑑みないこととする。そのため、作者や出版社が絵本とみなしていなくとも、絵本として取り扱う。また、挿絵がカラーかモノクロかということも判断には含めないものとする。

なお、例外としてアンソロジー作品集の定義に含まれるものは、絵本とはみなさないものとする。アンソロジー作品集の定義は後の節で規定する。

絵本の定義をまとめると以下のようになる。

1、文字と比較して、絵の分量が全体の半分以上を占めているもの。

2、1の条件を満たせば、本のページ数、カラーかモノクロか、ということは考慮しない。
3、後の節で規定するアンソロジー作品集の定義にあたるものは、絵本としてみなさない。

絵本は児童のものということもありあまり重要視されず、安価にするために粗悪な紙を使用している、製本の質が悪いなど、現存しにくいものである。また、多くの出版社や図書館の集まる首都圏が関東大震災や第二次世界大戦の戦火の被害を受けたため、多くの絵本が失われている。そのため、記録に残っていない絵本も存在する可能性はあるが、今回は筆者自身が自分の目で現存を確認できた資料に限定して論を展開する。

近代以降で絵本の定義に入る「瓜子姫」が確認できるのは戦後になってからである。戦前のものは現時点では確認できない。先述のように絵本が残りにくかったことを考慮しても、「瓜子姫」絵本が本格的に出始めたのは戦後で、戦前は極めて少なかったものと考えられる。確認できる限りで最も古い絵本から年代別に区切って、「瓜子姫」絵本の流れを見ていくこととしたい。なお、絵本は奥付がない、あるいは極めて簡略なものも多く、出版年月日が不明なものも多い。

年代別に絵本の流れを追いながら主なものをピックアップして見ていくこととする。

§「瓜子姫」絵本の黎明期

年代が確定できる資料で、もっとも年代の古い「瓜子姫」絵本は一九五六年の木村次郎『うり子ひめとあまのじゃく』(14)である。これは挿絵の代わりに人形を写した写真を使用している。いわゆる「人形絵本」と呼ばれるものであり厳密な意味では絵本とは異なるが、本論では便宜上、絵本として取り扱う。その翌年、一九五五年には平井芳夫『うりこ姫』[15]が発行されている。これは戦前から発行されていた「講談社の絵本」シリーズのひとつであり、『うりこ姫』はシリーズの一三二番目にあたる。日本国内外の有名な話はだいたい使用し、知名度のやや劣る「瓜子姫」もシリーズに加えられることになったものと思われる。「講談社の絵本」シリーズは比較的安価でありながらフルカラーというコストパフォーマンスの良さで人気のシリーズであり、当時は定期購読という形をとる家庭もあった。そのため、「講談社の絵本」シリーズの一環として『うりこ姫』を購入したというひとも多かったと思われ、このシリーズで「瓜子姫」という昔話を知ったという児童もいたものと考えられる。その後も「瓜子姫」は福音館書店の「こどものとも」[16]、フレーベル館の「キンダーブック観察絵本」[17]、講談社の「講談社の絵本ゴールド版」[18]などで「瓜子姫」絵本は発行された。これらは定期的な発行と家庭への送付というシステムを採用し、一般的な書籍よりもむしろ雑誌に近い性格を持っていた。このように、「瓜子姫」の絵本は、まず雑誌型のシリーズで広まっていったということが言える。このような型の絵本は日本国内外の昔話を紹介し普及させることにつながったという側面も指摘でき、「瓜子姫」もその例にもれなかったということになる。

§「瓜子姫」絵本の発展期

「瓜子姫」の絵本は一九五〇年代～一九六〇年代前半はあまり多くなく、児童向けの「瓜子姫」は、ほとんどが児童向け昔話集などの一編として収録されていた。「瓜子姫」の絵本が増え始めたのは一九六〇年代後半からである。戦後の高度成長期にあたり、給与の増加などにより一般家庭にも余裕が増えはじめた時期とだいたい重なる。一般家庭に余裕がない頃は一冊にたくさんの話が収録された昔話集が好まれたものの、一般家庭に余裕ができ比較的高価であった単体の絵本の需要が増加してきたということが考えられる。そのため、ややマイナーな位置にあった「瓜子姫」も絵本になる機会が増えたものと思われる。また、松谷みよ子の活動も大きな影響を与えたものと思われる。松谷みよ子は好きな昔話に「瓜子姫」をあげるなど、「瓜子姫」には非常に強い思い入れを持っていた。一九六〇年代以降の「瓜子姫」絵本にも松谷みよ子が関わったものが多く見られる。松谷みよ子が自分の好きな昔話である「瓜子姫」を積極的に絵本としていったことは間違いない。

また、一九七〇年代以降、テレビアニメのような絵を使用した「アニメ絵本」と呼ばれる絵本が登場し始め、徐々にその数を増やしていく。しかし、「瓜子姫」のアニメ絵本と呼べるものは、ただ一点のみとなっている。これは、各アニメ絵本シリーズが日本の昔話よりも海外の昔話や童話の方を優先しているため、比較的マイナーな日本昔話であった「瓜子姫」には順番が回ってこなかったという可能性が考えられる。また、一九七五年に毎日放送系列で放映が開始された『まんが日本昔ばなし』で「瓜子姫」は取り上げられず、そのため『まんが日本昔ばなし』関連の絵本に題材として取り上げられなかったということもアニメ絵本の少ない理由として挙げられる。

アニメ絵本は、児童文化の研究者などから問題があると指摘されることも多い。アニメ絵本の大半は原話をかなり脚色しているため本来の昔話を伝えるという点においてはあまり好ましいものとは言えない。そのため、「瓜子姫」のアニメ絵本が少ないということは、伝統的な昔話が歪められて伝わる恐れが減ったとして好意的に見ることもできる。一方、アニメ絵本はテレビアニメに慣れた世代には親しみやすいということが第一章で考察したアンケート結果からもわかる。比較的安価であることもあり、保護者が児童に買い与えやすいという側面もあると思われる。このように児童が手にすることの多いアニメ絵本になっていないということは、「瓜子姫」という昔話の存在を知ってもらう機会が少なくなっているという負の側面があることも否定できない。

§「瓜子姫」絵本の減少期

一九六〇年代後半以降、「瓜子姫」絵本は減少をはじめる。新しい絵本の発行はほとんど行われなくなり過去の絵本の再販が中心となる。

この時期はアンソロジー作品集が増え始め、「瓜子姫」もアンソロジー作品集に収録されることが多くなる九十年代以降はバブルの崩壊などで余裕のない家庭が増え、コストパフォーマンスの良いアンソロジー作品集が好まれるようになったこと、少子化の影響により児童書の出版数そのものが減少し、売れ筋のもの以外は減らすと言う方針がとられていることなどが考えられる。

現在、一般的な書店で購入できる「瓜子姫」絵本は、再販・ロングセラーのものが中心であるが、極めて少ない。昔話を児童書で知ることが多く、とくにビジュアル要素の強い絵本は記憶に残りやすいと考えられるため、「瓜子姫」の絵本が少ないということは、児童層に「瓜子姫」を知ってもらう機会が大幅に減少するということを意味している。アンソロジー作品集の中には絵本のように挿絵の多いものもあるが、ページ数は少なくたくさんの話の中の一編という扱いでしかないため、単独の絵本より記憶に残りにくいと考えられる。現在、「瓜子姫」の知名度が低くなっているのは「瓜子姫」絵本の減少が大きいと考えられ、今後、「瓜子姫」をどのように児童層に普及していくかということを考える際、この問題にたいしてどう対処するのかということが重要になると思われる。

では、なぜ「瓜子姫」の絵本はここまで少ないのか。もともとの昔話の知名度が低いという問題もあるが、視覚的に映える要素のない「瓜子姫」は絵本に向かない昔話であるという理由がもっとも大きいと考える。

「瓜子姫」を絵本にすると、現在の都市部ではほとんど見られなくなった「瓜」「機織」といったものが絵で表現されており、そういったものになじみのない児童でも疑問を抱くことなく物語にはいることができるというメリットがある。その反面、多くのデメリットもあると考えられる。

まず、絵にした時に映える要素がない、というデメリットがあげられる。「瓜子姫」には「竜宮城」「月への帰還」のような視覚的に映える要素はない。「かぐや姫」のように「舞台は都」「姫は金持ちの娘で立派な着物を着ている」のではなく、「舞台は農村」「姫は庶民の娘」であり、視覚化しても地味である。

次に、アマノジャクの表現の困難というデメリットが挙げられる。児童向け「瓜子姫」で、もっとも多く採用される外敵である「アマノジャク」は、様々な側面を持った存在である。そのため、絵で表現することが非常に難しく、児童読者に「結局アマノジャクとはなんなのか」といった疑問を抱かせる結果となる可能性がある。(19) ただ、詳しくは次節で述べるが近年ではアマノジャクは「いたずらな子鬼」という方向でまとまりつつあるようである。

次に、視覚化に向かない要素が多いというデメリットも挙げられる。女の子が悪者によって着物を奪われて縛られるという、児童向けのものとして絵にするには不適切とも思える場面が存在する。また、アマノジャクは鬼として描かれることが多く、瓜子姫と体型や容姿が大きく異なって描かれるばあいが多々ある。そのため、入れ替わりを絵で表現すると、なぜ、周りの人が誰もこの入れ替わりに気づかないのか、という疑問を抱かせてしまうこととなる。

これらは伝統的な「語り」であればそれほど気にはならないが、視覚効果をいれてしまうと目立ってしまうという問題がある。このように、「瓜子姫」は絵本、即ち「見る昔話」にするのには向いていない昔話であると言うことができるのではないだろうか。

§挿絵に見る瓜子姫とアマノジャクのイメージ

挿絵を主体とした絵本はもちろん、挿絵のつけられた本は、挿絵のない本に比べて視覚的な要素が大きい。児童書ではとくに挿絵のつけられたものが多い。これらの挿絵は、読者のイメージ形成に大きな影響を与えていると考えられる。伝統的な語りを聞く場合や、挿絵のない本を読む場合に比べ、姫の容姿やアマノジャクの造形などのイメージが固定される可能性などが考えられる。

また、読者だけではなく挿絵作家も以前の作品からイメージを得て、新たに作品を起こしているのではないかと考えられる。この章では、時代別に挿絵を考察し、そこから「瓜子姫」という昔話に対するイメージがどのように移り変わっていったのかということを考察する。なお、挿絵全体からイメージを掴むことは非常に難しいので、対象を姫とアマノジャクに絞って考察することとする。なお、絵本と挿絵のある児童書では絵の量が異なるが、ここでは絵本と挿絵のある児童書の区別は設けず、ともに挿絵として取り扱うことに、時代別に考察することとする。

◇近代以前の「瓜子姫」挿絵

参考までに、近代以前の挿絵に見える姫とアマノジャクの造形を確認する。近代以前には奈良絵本『瓜姫物語』と柳亭種彦『昔話きちちゃんとんとん』があげられる。

・『瓜姫物語』

『瓜姫物語』は現在確認されているだけで数種類存在している。[20]ただ、そのほとんどが断簡であり一部しか残っていない。すべての場面の挿絵が残っているものは少ない。

断簡も含めて、姫の容姿はすべてのもので確認できる。姫の髪型は長い髪であるが、背中で結っているのかどうかは確認できない。少なくとも絵師は平安から中世ごろの時代として認識していたものと考えられる。

天探女が描かれたものは筋骨隆々とした鬼の姿として描かれている。表記は天探「おんな」であるが、少なくとも挿絵からだけでは女性としての要素を見出すことは不可能となっている。

・『昔話きちちゃんとんとん』
登場人物の挿絵は、歌川貞による。詳しくは第二章で考察した通りである。ここでは、姫は江戸時代当時の女性の姿、アマノジャクは筋骨隆々とした鬼の姿で描かれている。

このように、近代以前の資料では姫は大人の女性としてイメージされていたということが確認できる。外敵のアマノジャクは確認できた資料では筋骨隆々とした鬼として描かれていた。アマノジャクのイメージは、毘沙門天が踏みつける図などによりある程度、民衆の間に容姿の共通認識があったのではないかと思われる。

◇明治・大正〜昭和初期（戦前・戦中）の「瓜子姫」挿絵
明治・大正期以降の挿絵の考察は、わかりやすくするために、姫の造形と、アマノジャクの造形を別々に考察する。

この時期にはまだ「瓜子姫」単独での絵本は存在しないため、すべて児童書の挿絵として描かれている。

最初に挿絵が挿入されたものは、近代以降の「瓜子姫」としてもっとも古い高野辰之の「瓜姫」（高野「瓜姫」）であり挿絵画家は鰭崎英朋である。内容に関しては後の章で考察するが、ここでの姫は長い髪を後ろで束ねた姿で、顔つきなどから嫁入り前の年頃の娘という印象を受ける。

これ以降、藤澤衛彦「瓜子姫子」（挿絵画家不明）[21]、楠山正雄「瓜子姫子」（楠山「瓜子姫子」）にも挿絵はつけられるが、いずれもワンカットのみであるが姫の姿は描かれている。これらでは姫は大人の女性として描かれている。浜田広介『瓜姫物語』（挿絵画家・初山滋）[22]以降に変化が訪れる。この作品での姫の挿絵はワンカットのみであるが、そこでは明らかに子供として描かれている。これは、作品が姫を明確に子供として描いているため、それに合わせたものと考えられる。そして、その後の大正期〜昭和初期（戦前・戦中）に挿絵が書かれた作品は確認ができる限りすべてが姫を明確に子供として描いている。これらの作品はすべて楠山「瓜子姫子」を元にして書かれた作品である。嫁入りの要素があり、姫が明確なおとなとして描かれる高野「瓜姫」に比べ、楠山「瓜子姫子」は嫁入りの要素がなく姫に大人の女性としての要素は薄い。そのため、挿絵画家が読者の年齢層に合わせた子供の姿で姫を描くようにしたのではないかと考える。

なお、姫を大人の女性として描いた作品では姫は髪を後ろで結った髪形をしているのに対し、子供として描いた作品では、首のあたりで切りそろえた姿で描かれている。それによって姫の幼さが強調されていると思われる。

また、外敵であるアマノジャクは姫に比べると挿絵での登場が少ない。アマノジャクが最初に挿絵で描かれたのも姫と同じく高野「瓜姫」である（高野「瓜姫」では天探女と表記される）。ここでの天探女は人間の女性の姿で描かれている。作者である高野辰之は外敵を「天探女」としていることからも日本神話の「天探女」を意識していることが明確であり、姫と入れ替わる存在ということで怪物的ではなく人間に近い姿を意識していたものと思われる。その方針が、挿絵にも影響を与えているものと見られる。その後はしばらくアマノジャクの挿絵は見られなくなるが、北村寿夫「ウリ子ヒメ子」（『日本昔噺カチカチ山』収録・挿絵画家・斎田たかし）[23]では恐ろしい山姥の姿で描かれる。これは、アマノジャクを女性として見ている可能性が考えられる。そのしばらく後に久米元一「うりこひめこ」(『一年生の童話』収録・挿絵画家・寺田良作(24))でも挿絵でアマノジャクが登場するが、そこで描かれたアマノジャクは少年の姿で描かれている。身長も姫より低く、だいぶ幼い姿で描かれ、さらに角などの妖怪的な要素もない。これは、これまでに例のない表現であると言える。アマノジャクのイメージを恐ろしい妖怪から単なるいたずらな子供へと変化させようとしていた可能性が考えられる。

§昭和後期（戦後）～現在までの「瓜子姫」挿絵

戦後になり、挿絵のある児童書が戦前より増え、絵本も登場することとなる。戦後の物は、児童書・絵本を含めて姫を子供のような容姿で描くものが非常に多くなる。作中では嫁入りの描写があるなど、明らかに大人の女性の場合でも子供のように描いているものも多く見られる。この傾向は戦後から現在まで一貫して続いているため、戦前に姫が子供として描かれて以降、その傾向は脈々と続いているということになるまた、アニメ絵本や近年増え始めたアンソロジー作品集などでは、姫はやや幼くかわいい女の子というイメージで描かれることが多くなっている。

そのため、絵本や挿絵のある児童書で「瓜子姫」を知った、あるいは幼少期にそういった「瓜子姫」に触れていた人々は、姫は子供であるというイメージが定着しているものと思われる。

また、昭和後期（戦後）～現在までの時代には姫の髪形にいくつかのパターンが見られる。大きく分けて三パターンあり、「首や肩のあたりで切りそろえているもの」「長い髪を背中で結っているもの」「髪を頭の上でまとめているもの」である。その中でもっとも多く見られるのは背中で結っているものである。もともと姫を大人の姿で描く初期の頃に使用された髪型であるが、戦後には子供の姿でも背中で結ったものが多くなっている。後の多くの再構成作品の原典とされた関敬吾「うりひめ子」（『空にのぼったおけやさん』収録・挿絵画家・鈴木寿雄）や最初の絵本である木村次郎『うりこひめ』（写真・人形座）で使用されて以降、その数を増やしている。また、戦前から使用されている髪を切りそろえたものは戦後間もないころの絵本では多く使用されたが、その後数を減らしている。頭の上で束ねる髪型は姫を子供として扱う際に多く使用される。近年のアンソロジー作品集では背中で結っている姿で描かれることが多く、姫の髪形として定着しつつあると考えられる。もともと御伽草子の時代（室町時代）の一般的な女性の髪形であり、時代設定にもあっていること、とくに関「うりひめ子」や初期の絵本で使用されたことなどがこの髪型が多く使用される要因ではないかと思われる。

アマノジャクのイメージは大きく分けて「鬼系統」か「それ以外」に分けられる。鬼系統の場合は、筋骨隆々としたいわゆる一般的なイメージの鬼であるものと、人間の子供くらいの背丈のいわゆる子鬼型のものとに分けられる。子鬼型は鬼を小さくしたような形のものと、人間の子供に角を生やしただけのようなデザインのものが多く見られる。なお、鬼として描くものはほぼ例外なくアマノジャクを男性（子鬼のものは少年）として描いていることが確認できる。

鬼以外のものは山姥のようなもの、頭が異様に大きく体が異様に細い宇宙人のようなものなどが見られる。山姥の場合は、本文中に「アマノジャクという女」と書かれることが多い。

全体的に見て、鬼の姿で描くものが多数を占め、その中でも子供のように書くものが非常に多い。久米元一「うりこひめこ」ではじまった子供の姿は戦後すぐに多くの挿絵で採用された。最初の頃は鬼ではなく人間の子供のような姿で描かれることがほとんどであったが、初期の絵本である木村次郎『うりこひめ』などが子鬼の姿で描いてからは子鬼で描かれることが急増する。アマノジャクを子鬼の姿で描くことにより読者の児童の恐怖を和らげる効果があり、同時に人外の存在であるということを明確に示すことができるという利点があるものと思われる。

アマノジャクというのは統一されたイメージが少なく表現が難しい妖怪である。だが、時代が新しくなるにつれて子鬼として描かれることが多くなり、とくに近年の児童書向け「瓜子姫」の中心となるアンソロジー作品集ではその傾向が強い。今後、アマノジャクのイメージは「正体不明の妖怪」から「いたずらな子鬼」として統一されていく可能性があるのではないかと考える。

以上が、「瓜子姫」の挿絵に見る姫とアマノジャクである。全体的に見て、姫は長い髪を背中で結った髪形でやや幼いイメージ、アマノジャクはいたずらな子鬼（少年）というイメージで統一されつつあるということが確認できる。挿絵の普及により、少なくとも姫とアマノジャクのイメージは統一されつつあると言えるのではないだろうか。

姫のイメージ、アマノジャクのイメージともに視覚的にはおとなしく、やや地味であると言える。海外の昔話の「お姫様」、日本の昔話の「恐ろしい鬼」などに比べてキャラクターとして映える要素は少ないと言える。そのため絵本などで題材として取り上げられることが少ないのではないかと考えられる。

3．高野辰之の作品

ここまでで、近代以降の児童向けに再構成された「瓜子姫」の流れを確認できた。それを踏まえ、近代以降の児童向けに再構成された「瓜子姫」の中でとくに重要と思われる作品をピックアップして考察したい。

「近代以降に再構成された児童向け「瓜子姫」」として最も古い物は、現時点で確認できる限り高野辰之「瓜姫」である（以降、高野「瓜姫」とする）。高野「瓜姫」は当時、春陽堂から発行されていた『家庭お伽話』所収の作品である。『家庭お伽話』は、毎号、日本の話と海外（おもに西洋）の話を収録していたが、高野辰之はおもに日本の話を担当していた。昔話だけではなく伝記なども取り扱っていた。一九〇七年から一九一〇年まで発行され、現時点では五十巻まで刊行されていたことが確認できる。昔話に限ると、「猿と娘」（一号、一九〇七年）「田螺の嫁様」（八号、一九〇七年）などの昔話を再構成し、掲載している。全体的に見て、五大昔話やそれに匹敵するほど有名ではないが、全国的には比較的広く残っているものを選んでいるのではないかと考えられる。

高野辰之の「瓜子姫」を考察するに当たっては、長野県野沢温泉村「おぼろ月夜の館」が所蔵する覚書が重要な資料となる。現時点では翻刻・出版はなされていない直筆のノートであるが、前半は「瓜姫」「田螺の嫁様」「鬼の面」の草稿で、後半は福岡県で行ったと思われる講演の演説原稿である。前半は『家庭お伽噺』に掲載したものの草稿であり、高野「瓜姫」がどのようにして仕上げられたのかということを考察する資料となる。後半は、高野辰之の昔話に対する考え方などが書かれており、高野辰之の昔話に対する基本的な姿勢を考察することができる。高野「瓜姫」を再構成するに当たり、どのような思想を反映させたのかということが考察できる。まずは、この覚書の考察から入ることとしたい。

なお、高野辰之は現在の昔話・伝説などを含む幅広い意味で「童話」という語を用いているため、単純に童話を昔話と言いかえることはできない。そのため高野辰之の研究について考察する際には基本的に童話という語を用いることにする。

§高野辰之の童話研究

高野辰之は長野県下水内郡永田村大字永江（現在の中野市）出身の国文学者・教育者・官僚であり、明治期から昭和期に渡って活動した。一八七六（明治九）年、長野県に生まれ、一八九八（明治三一）年に上京。上田萬年に師事し国文学を学ぶ。一九〇二（明治三五）年に文部省の国語教科書編纂委員嘱託となり、教科書編纂に関わる。一九〇四（明治三七）年に、文部省属官となり、一九〇九（明治四二）年まで務める。一九一〇（明治四三）年に東京音楽教授となる。一九二五（大正一四）年に文学博士となる。一九三六（昭和一一）年大正大学教授となる。国文学者としてはおもに歌謡や演劇の研究での業績が大きい。教育者としては、国語の国定教科書編纂に関わったほか、多くの唱歌の作詞を行うなど、音楽教育に力を注いだ。一九四三（昭和一三）年、故郷に近い長野県下高井郡豊郷村（現在の野沢温泉村）に隠棲。一九四七（昭和二二）年に死去。

文部省は一九〇五（明治三八）年に、童話伝説俗謡等調査を行っている。これにより、各地方に残る童話や伝説などの採取が行われた。方法としては、各地の教員に調査などに依頼し、中央に報告するという形式であった。高野は、当時国定教科書編纂の職務が忙しく、この事業には関われなかった(25)。

高野は、今回の題材である覚書の中でこの調査結果は大いに不満なものであったと述べている。そのため、独自につてを頼って童話を採集したり、自ら現地に赴いて調査をしたりしたようである。それらは、後に童話再構成に事業に活かされる。しかし、現在では高野が採取した資料そのものは発見されていない。ちなみに、文部省の集めた資料は関東大震災の際に失われてしまったと高野は記しているが(26)、一部は現存している(27)。

覚書自筆ノートは表紙に『瓜姫。鬼の面。田螺の嫁様。日本の童話』とタイトルが書かれ、明治四十年七月起稿と記されている（以下、自筆覚書ノートは『日本の童話』とする）。

前半は、「瓜姫」、「鬼の面」、「田螺の嫁様」三篇の再構成作品の草稿である。これらは、春陽堂より発行されていた『家庭お伽話』の草稿と考えられる。訂正をなんども行った跡が残っていて、作品を作るにあたり多くの推敲を加えたことが確認できる。

参考資料
高野辰之『日本の昔話』目次翻刻

日本の童話

○ことに教育意義

○童話の教育的価値（Ａ）道徳思想
　　　　　　　　　　　　国民思想

　個人は国民発達の順序を括るものにして、児童は国民の未開時代に於ける加心的生活をなすものなる。
○児童の想像力をはたらかしむること。
（想像力は人間向上の原動力）
○実際的の感情（？）を与うること。
○道徳上の教訓を与うること。
○研究心を起さしむること。
　□□、好奇心の満足

○西洋に於ける童話関連（Ｂ）
○我が国に於ける童話の利用
○我が国の童話　其の生成の時代（Ｃ）
一、其性質
二、其分類
三、其通例
四、其分布

○童話の利用（Ｄ）
ひとり修身材料にのみ用うべきにあらず　取って読本材料ともすべく
取って話し方の教材ともすべし
○排斥すべき童話（Ｅ）
○童話の調査（Ｆ）

後半は、講演の草稿と思われる資料で、書いてある内容から見て福岡県の教員を対象にして行われた講演用のものであると思われる。記録によれば、明治四十年の夏に福岡県を訪れていることが確認できる。(28)

ただ、この草稿の内容にあたると思われる講演が行われた記録が残っていない。そのため、実際に講演が行われたのかどうかは不明である。

内容は、童話の定義、童話の教育的利用について、童話の分類などといったことであり、現在行われている昔話研究と基本的には同じものである。ただ、内容の多くは童話の教育への利用に関することに割かれており、教育者および文部省の官僚として、童話の教育への応用という問題に関心が深かったということがうかがえる。

童話の専門家ではない人物たちに語ることを想定していたため、全体的に見て、わかりやすくかみ砕いた内容である。また、限られた時間内でできるだけ多くの内容を喋ることが想定されていると考えられるため、この内容を高野の考えそのままと見る事はできない。しかし、高野の童話に対しての考え方をある程度知る糸口にはなるものと考えられる。

『日本の童話』にはページ数がふられており、童話の研究に関する箇所は二六ページから七九ページまでである。童話の研究に関する後半の冒頭に当たる二六ページに大まかな目次が書かれている。

〇の記号で始まる一文が基本的に各節の見出しである。ただし、最初の「ことに教育的意義」は目次の中に紛れているが、節の見出しではなく副題に近いものである。このことからも、高野が童話の教育への利用をとくに重視していたことがうかがえる。また、下段の〇から始まる一文も目次の見出しではなく、教材としての童話の意義を簡潔にまとめたものである。本編ではそのことに関して詳細に述べられている。

そのため、各節の見出しとなるのは上段の部分である。紛らわしいため、節の見出しと考えられるものには便宜上アルファベット記号をふった。そのため、図のアルファベット記号は原本にはないものである。この見出しは本文には書かれてはいないが、『日本の童話』の内容を見ていくと、だいたい目次通りに進んでいることが確認できる。

『日本の童話』の内容はおもに二種類に分けることができる。

ひとつは、童話の定義、分類、分布など童話そのものの研究に関する内容、もうひとつは童話の教育への利用に関する内容である。それぞれの節には両方の内容が含まれることもあるため節ごとに完全に分類はできないが、だいたいの傾向で分けると、童話そのものに関する研究は、おもに（A）、（C）、（F）であり、童話の教育への利用に関する内容は、おもに（B）、（D）、（E）があたる。

童話そのものの研究も本格的な昔話研究のはしりであり、現在とはまた違った視点などもあり興味深い。しかし、再構成作品を考察するうえで重要なのは童話の教育への応用の部分であると思われる。そのため、そこを中心に内容を見ることにする。

高野は、海外における「採用論」と、「排斥論」を紹介し、基本的には「採用論」の立場を取る。高野は、童話の教育利用価値として以下のように述べている。

始めにも申上げた如く其国の童話には其国の国民思想がこもつて居るものであります。余は決してかの何でもお国自慢をしようという一派の所謂国粋保存論に与するものではありませぬが、我国に何百という童話があつてこの中には極めてたちのよいものがあるにも係らず外国のものを採用して居る今の傾向に満足しないのであります。（引用7　覚書六五頁）

わが国の童話を修身教材にしようといふならば、これを人物譚や動物譚の教訓的のものから取り得ると思ひます。併しながら私はかのヘルバルト(29)一派の如く此童話を初学年教科の中心に据えようと主張するのではありませぬ。ある二三の徳目に関してはこれをわが国童話によって授け得ると考える迄のことであります。わが国の童話で教訓的のものには、かの学校の教育で説く所の廉潔、規律、博愛、礼儀、度量、公益という類の徳目に合するものはありませんが、欲深物羨みを戒めるとか正直者や孝行者が栄えるという因果応報の教訓譚で善国善杲、悪因悪果のてきめんな所が如何にも子ども向きに□□しやすく出来ている所を買おうと思ふのであります。（引用8

覚書六六頁）

由来教訓的でない所のものは全く娯楽を主として、お伽話という名に通ずるものでありますから、それによって□て教訓をしたり、智□を授けたりしようとするのは誤りであります。これらの話は智識を授けたりしようとするのは誤りであります。これらの話は知識を与へることを主として居る今の風潮ではあまり利用されて居らぬ様でありますが、私はこれを国語の話し方の教材に用いて、趣味教育をなす補ひといたしたらどうかと思ひます。

（引用9　覚書71）

これを御調査によつて父兄を学校へ呼んで、学校と家庭との連絡をおはかりになる際に継子譚はなるべく、やめてくれ、その代りこんな譚を用ひてくれという様な御注文をなさるということも学校と家庭の連絡をつける一端であらうと思ひます。（引用10　覚書七四頁）

これらの発言を踏まえて言えば、高野は以下のように童話を利用しようと考えていたものと思われる。

・自国の国民性などを教える教材として利用。
・修身の教材として情操教育に利用。
・話し方の練習のための教材。
・調査によって児童の家庭との橋渡しとしての役割。その際、その地域に伝わる童話を語ることも重要と述べており、郷土教育の役割も想定していたと見ることができる。

また、高野は「児童が童話に含まれる非現実な内容を信じて、空想と現実の区別がつかなくなる恐れがある」という排斥論者の主な主張に対して、「児童でも空想と現実を見分ける力は持っており、現実と今度するようなことはまずありえない」と否定している。

ただし、すべての童話を教育に利用するという考え方は取らず、童話の中には児童に悪影響を与える恐れがあるものもあると考えている。児童に悪影響を与えるものとして真っ先に「継子いじめ譚」をあげている。そのことについて以下のように述べている。

私は五六歳の頃祖母から継子物語を聞て継子の悲惨の最後が身につまされてほろりとすると同時に継母は恐るべきもの継母には逢ひたくない。今の母が大事であると深く心にしみたのであります。（覚書六七頁）

人生は百歳を期すべきにあらずいつ母に別れないとも限りませぬ訳て継母に出遭うという子どもも決して少くはあるまいと思います。その点から考えて私は此一類の話だけは□□的に取扱ふべきものではあるまいと思います。かつて私は友人の家にとまりました際、其の家の祖母が孫のこひに応じて二三の童話を語りまして終の一つにさの（ママ）悪意もなかったものと思われましたが、継母が継子を釜の中で煮殺す話を致すのを聞きました友の妻は後妻でありました。日頃嫁姑との折合は極めて円満で、後妻の人は年の若い゙にも似合わす継子を実子の如くに取扱ふ人でありましたが、私は次の間に居て聞きましたが、実にはらくいたしました。（引用12　覚書六八～六九

頁）

これは、一見現実と非現実の混同はあり得ないという主張とは相反するように見える。しかし、由来譚などが現実では決して起こらない出来事の話であるのに対して、「継子いじめ譚」は現実にも起こりえる話であるという違いがある。高野は、現実にも起こりうるということ、さらに、「継子」という問題が血のつながりのない家族というデリケートな問題に関わるという事を重視し、家庭に様々な事情を抱える児童の教育にはふさわしいものではないと考えていたのではないだろうか。

また、「神異譚中のあまりに迷信的なものと、妖怪譚の大部分」を排斥すべきとしている。これに関しては非常に簡潔で、児童に恐怖心を与えるからとしている。すなわち、高野は児童に恐怖心を植え付けるような童話は、教育にはふさわしくないと考えていたということがわかる。

高野が関わった国語の第二期国定教科書（尋常小学読本・一九一〇（明治四三）年）は、第一期国定教科書に比べて日本の童話（分類案以降の現在の昔話に近い意味での童話）が多く採用されており[30]、編纂趣意書でも童話を多く採用することを明記している[31]。高野の意向が関係している可能性が考えられる。高野は童話を教育に応用するという、この覚書で書いた事を実行していた可能性を指摘できる。

また、この覚書の前年一九〇六（明治三九）年から雑誌『家庭お伽話』に日本の童話を再構成した作品を発表し続けた。その中には、この覚書の前半部に書かれた「瓜姫」「田螺の嫁様」「鬼の面」も見られ、内容はほぼおなじである。

教科書に採用された童話および高野の童話再構成作品のラインナップを見ると「継子いじめ譚がない」「妖怪譚が

ない」などこの覚書に書かれたことを踏まえて作品を選んでいたことがわかる。

§高野辰之による「瓜子姫」

このように、高野は昔話を児童向けに再構成するにあたって一定の思想を持っていたということがわかる。それを踏まえて、高野が再構成した「瓜姫」の内容を考察することとしたい。

高野「瓜姫」は所蔵している機関も少なく、現在では閲覧することは難しい。また、次の節で高野「瓜姫」を元とした楠山「瓜子姫子」との比較を行う関係上、本文があった方がわかりやすいと考える。そのため、少々長くはなるが、本文を全文引用することとする。

むかし〳〵、爺と婆とがありました。ある日、爺わ山え柴刈りに、婆は川え洗濯に行きました。すると川上から大きな瓜がぽか〳〵流れて来て、婆の手許え参りました。婆が拾い上げて見ますと、いかにもうまそうで、ついぞ見たこともない程の大きな瓜でございました。そこでたいそう喜んで、爺が帰つたら、二人で分けて食べようと思いまして、家え持ち帰つて、米櫃の中にしまって置きました。

そのうちに日も暮方になつて、爺が山から帰つて来ました。

「婆さん、今帰つたよ。ああ、くたびれた、〳〵。」

「おう、爺さん、お帰りかえ。今日わ又何時にもない、大きな柴の束。さぞ重かつたでございましょう。とうからお湯も沸いて居ます。」

と、盥にお湯をあけました。爺わ足を洗つて、「やれ〳〵。」といいながら、爐ばたに腰を下ろしました。すると婆わ待ち兼ねて居たように話しかけました。

「爺さん、今日わ珍しいご馳走がございます。」

「珍しいご馳走とわ何だろう。おれの好きな草餅でも出来たかな。」

「いいえ、瓜」

「瓜とは珍しい。此の春さきに、どうして又そんな物が見つかったのだろう。」

「今日川え流れて来ましたから、拾って置きました。二人でこれから食べましょう。」

「それがよかろう。」

というので、爺が米櫃の蓋を取つて見ました。なる程世にまれな大きな瓜でございます。二人わ爼板の上にのせて、と見こう見して、誉めて居ますと、驚くまいことか、瓜わ真中から二つに割れて、中から美しい可愛らしい女の子が生まれました。二人わびつくりして一時わ膽をつぶしましたが、見れば見る程可愛らしい子でございますから、たいそう喜んで、

「何という名にしよう。」

「瓜の中から生まれましたから、瓜姫という名にしましょう。」

「なる程、それがよかろう。」

というので、瓜姫という名をつけて、大切に育てました。

瓜姫わ日ましに大きくなりました。目鼻立ちといい、髪といい、恰好といい、器量のよいことわお雛様どころか、まるで天人のようでございます。十二の年から機を織り習いましたが、忽ち上手になつて、美しい目もくらむ様な布を織り出しました。爺が此の布を持つて、町え売に出ますと、人人わ値にかまわず争つてそれを買いました。

ある日のこと、姫の織る糸と管がなくなりそうになりましたので、爺わ山え管竹を見つけに、婆わ町え糸を買いに行きました。行く時に二人わ、

「此の裏山にわ天探女という悪者が棲んで居る。二人の留守をつけこんで来るかも知れないから、氣をつけておいで。」

といいきかせて出ました。姫が一人で、「てん、てん、てんからこん、きいこばつたり、てんからこん。」と機を織つて居ますと、果たして天探女がやつて来ました。そして優しい声で、

「もうし〳〵、瓜姫さん、此の戸を明けて下さいな。二人で表で遊びましよう。」

「いいえ、明けてわ上げません。明けると私は叱られます。」

「少しでよいから瓜姫さん、私の指がはいるだけ。」

「そんなら、それだけ明けましよう。」

「も少し明けて、瓜姫さん。せめてわ此の手のはいるだけ。」

「そんなら、それだけ明けましよう。」

「序のことです。瓜姫さあ。せめてわ頭のはいるだけ。」

姫が頭のはいるだけ明けてやりますと、天探女わすつと家の中えはいりました。暫くわ機を見て賞めそやして居ましたが、そのうちに裏山の畑え柿を取りに行こうと誘いかけました。姫わ爺婆にいいきかされたことがありますから、いろ〳〵と斷りましたが、「若し叱られたら、私があやまつて上げましよう。」と、迄いつて勧めますので、とう〳〵斷りきれなくなつて、いつしよに家を出て、裏山え行きました。行くと、天探女わするすると柿の木にはい上がつて、真赤に熟つて居る甘そうな柿を取つてわ食べ、取つてわ食べしますが、下に見て居る姫にわ

種や蔕ばかり投げつけて、一つも落としてくれません。姫が羨ましくなつて、「私にも一つ。」といいますと、「これでも食べろ。」といいながら、まだ色のつかない渋いのや、鳥の食い荒らしたのばかり落としました。そして自分わいやになる程食べて、下りて来ました。下りると又姫をだましてとう〳〵木に上らせました。上らせる時に、「そんなきれいな着物を着て上ると、よごれるから。」というので、自分の着物と着かえさせました。

瓜姫がやつと木に上つて、まだひとつも取らない時のことでございます。天探女わどこからさがして来たのか、藤蔓を持つて来て、木に姫をしつかり縛りつけてしまいました。そして自分わ姫の着物を着、姫に化けて、機を織つて居ました。爺婆わ帰つて来ましたが、天探女が姫になつて居るとわ知れずに居ます。

五六日立つと、殿様の所から爺に急いでお城え来いというお使いが来ました。爺わ驚いてお使いの後について参りました。すると、

「其方の娘わまことに美しい布を織り出すとの評判。城下の店から取寄せて見るに、如何にも世間の噂の通り。聞けば器量も千人すぐれとのこと。若の嫁にしたいと思うが、どうか。異存がないなら、明日迎えの駕籠をやる。」

との仰でございました。爺わたいそう喜んで御請を申して帰りました。

翌日になつて、お迎えの駕籠が参りました。駕籠にわ大小をさした士が大勢ついて居ました。いよ〳〵姫がお駕籠に乗りますと、爺婆わ別れを惜しんで、暫く駕籠について行きました。だん〳〵行つて、裏山の方え曲りますと、畑の隅の方で、

「瓜姫の乗駕籠に天探女が乗つて行く。瓜姫の乗駕籠に天探女が乗つて行く。」

という声がします。これわへんだというので、行つてみますと、瓜姫がかわいそうにきたな着物を着て、柿の木

の高い所に縛りつけられて居ました。爺が真先に見つけて、

「あれがほんとうの姫でございます。」

といいながら木に上つてつすぐに藤蔓を解いて、姫を下ろしました。士衆わたいそう怒つて、「此のにせものめが。」といいながら、天探女を駕籠から引きずり出し、姫を乗せてお城を指して急ぎました。二三人の士わ後に残りましたが、こんなものを生かして置くと、又どんなわるさをするのか知れないというので、天探女を真二つに斬つて、蕎麥畑と萱原の中え投げこみました。其の血に染まつたので、蕎麥の根や萱の根わ今でも赤いのだと申します。


内容は典型的な「生存型」である。高野は覚書で全国の昔話をある程度収集しており、とくに東北では昔話が多く採取できると書いている。東北で多くの昔話を採取したからには、その中に「瓜子姫」が入っていた可能性は高く、それは「死亡型」であったと考えられる。そのため、高野は「生存型」と「死亡型」の両方を知っていて、それでいて「生存型」を選んだという事になる。これは、覚書の『日本の童話』で児童が恐ろしいと思うものは避けるべきと主張していたことと通じる。高野は、数ある「瓜子姫」類話の中から比較的児童が恐ろしいと思う描写の少ないものを選択し、再構成の元にしたと考えられる。これは逆に言えば「姫が外敵によって木に縛られる」という描写は児童にそれほど恐怖心は植え付けないものと、高野は考えていたということになる。高野の考える児童の「恐怖」の基準を考えるうえでひとつの基準になるものと思われる。また、この高野「瓜姫」では挿絵が挿入されるが、姫の姿はおとなの女性として描かれ、外敵である天探女も妖怪のようなものではなく外見は普通の女性として描かれる。姫には嫁入りの描写があり大人の女性であることに不思議はない。また、天探女も日本神話を意識していると考えれば、普

通の女性のように描くことも十分考えられえる。だが、これは、姫を大人にすることによって、児童が自分と姫を同一視して恐怖を覚えないようにする配慮、外敵を恐ろしい怪物にして児童に恐怖を与えないための配慮と考えることもできるのではないだろうか。これに関しては、高野の再構成作品すべてを詳細に検討する必要があるため、後の課題としたい。

覚書前半は、「瓜姫」「鬼の面」「田螺」の三篇の草稿が書かれているが、それぞれ『家庭お伽話』の初期に掲載された昔話である。この覚書が書かれたのが一九〇七（明治四十）年であり『家庭お伽話』の第一冊が発行されたのが一九〇七年である。覚書は『家庭お伽話』の草稿と考えてまず間違いはないものと思われる。草稿では、なんども修正した跡が残っている。高野辰之が採取した昔話を児童向けに再構成するにあたり、相当の推敲を重ねたということが見て取れる。

高野辰之は覚書の内容からして、当時としてはかなりの量の昔話を採取していたものと思われる。だが、その採取した昔話は現在では残っていない。そのため、高野辰之の「瓜姫」もどこの地方で採取されたものを元にしたのか、ということは不明である。

§高野正巳による翻案

高野辰之による高野「瓜姫」は現在では見ることは非常に難しい。だが、現在高野辰之の記念館である「おぼろ月夜の館」より、「高野辰之作・高野正巳訳」として、絵本「うりひめ」[32]（以降高野『絵本うりひめ』）が発行されている。高野正巳は、高野辰之の息子である。こちらは、現在でも発売されており、一般的な図書館にも所蔵されていることが多い。比較的読むことが容易な資料である。

しかし、「訳」とはなっているものの、内容は高野「瓜姫」とも高野「瓜姫」の元となった覚書の草稿とも異なり、訳と言うよりも高野正巳が高野辰之の作品を元にアレンジを加えた翻案と言うべきものである。内容を比較すると、以下の点が大きく異なる。

1、高野「瓜姫」では舞台を明記していないが、高野『絵本うりひめ』では「信濃国野沢村」と明記している。

2、冒頭、爺は高野「瓜姫」では柴刈に出かけるが、高野『絵本うりひめ』では御巣鷹山の巣森のために、鉄砲を持って出かける。

3、高野「瓜姫」ではあまのじゃくを単に悪者としか言っていないが、高野『絵本うりひめ』では「魔女」「赤づら天狗の一味」と、妖怪の一種であることが強調されている。

4、高野「瓜姫」では、姫はあまのじゃくの誘いを断りきれずに連れて行かれるが、高野『絵本うりひめ』ではあまのじゃくにおだてられて気を良くし、自分からついて行く。

5、高野「瓜姫」ではあまのじゃくは切り殺されるが高野『絵本うりひめ』では「どこかの石の牢にでも入れられて、二度と悪いいたずらをしないようにこらしめられたことは確かなようです」という結末になっている。

1と2のような改定が行われたのは、高野正巳およびおぼろ月夜の館に、地元（おぼろ月夜の館の所在地である、長野県野沢温泉村）の昔話として再構成する、という意図があったためである。[33] そのため、野沢温泉村周辺の地名を明記する、温泉が湧いているということを記しなどの工夫を行っている。観光目的であり、地元振興政策の一環であると言える。

3〜5は、高野「瓜姫」以上に児童向けであるという事を意識しての改変であると考える。3では、あまのじゃくがどんな存在であるのか具体的にし、児童にもわかり易くしている。4、5では無理やり連れて行かれる、切り殺されるといった児童が怖いと思うようなシーンを極力減らそうとしていると見られる。

また、全体的に見て描写は簡潔になり、短くなっている。絵本であるため、ページ数が少ないということと、高野「瓜姫」よりも対象年齢を下げ、読みやすくしているためであろう。

最古の「瓜子姫」が形を変えて、ゆかりの地の振興策として利用されているということであり、非常に興味深い。今後、昔話をどう利用していくのか、という問題を考えるうえでひとつのヒントになるものかもしれない。

4. 楠山正雄の作品

高野辰之以降の作品で、その後の「瓜子姫」再構成作品に大きな影響を与えたものは楠山正雄『日本童話宝玉集』である。『日本童話宝玉集』は冨山房による児童向けシリーズ『模範家庭文庫』のひとつである。

楠山正雄は一八八四年、東京・銀座で生まれの児童文学の翻訳家、作家、演劇研究者。早稲田大学英文科卒業。早稲田文学社に入り、島村抱月指導のもとで『文芸百科全書』を編集する。その後、冨山房に入社。『国民百科大辞典』『模範家庭文庫』の編集に関わる。外国名作童話、日本の伝説や昔話の再構成など児童図書の発展に寄与した。

また、島村抱月の芸術座に加わり、演劇批評や戯曲の翻訳に活躍した。日本でアンデルセンの童話をいち早く翻訳したことでも知られる。一九五〇年死去。

楠山正雄の代表作とされるのが一九二二年の『日本童話宝玉集』である。これは当時よく読まれ、評判も悪くはなかった[34]。当時の童話は現在の昔話と近い意味で使用されていたが、現在ほど厳密な分類はなく、神話・伝説・歴史的なエピソードなども童話として分類されていた。そのため、『日本童話宝玉集』の収録作品も神話から昔話まで多岐にわたる。上下巻にわかれ、上巻は神話や当時でも有名だった『桃太郎』などの昔話、下巻では上巻に収録されたものほど有名ではない昔話や地域に根差した伝説などが収録されている。のちに上下巻をまとめた大判『巨人版』、再編集して全三巻にしたものも発行されている。「瓜子姫」は「瓜子姫子」のタイトルで下巻に収録されている。少なくとも、楠山正雄の認識では「瓜子姫」はそこまで有名な昔話ではなかったようである。「瓜子姫子」のあらすじは高野辰之「瓜姫」と非常によく似ている。楠山は前書きにて「『日本童話宝玉集』を作るにあたり参考にした資料のひとつ」として高野辰之の資料もあげている。そのため、高野辰之の作品を参考にして描かれたという事はほぼ間違いがない(35)。

作品を比較するため、少々長くなるが以下に全文を引用する。

一

むかし、おぢいさんとおばあさんがありました。或日おぢいさんは山へ柴刈りに行きました。おばあさんは川へ洗濯に行きました。おばあさんが川でぼちゃぼちゃ洗濯をしていますと、向こふから大きな瓜が一つ、ぽつかり、ぽつかり、流れて来ました。おばあさんはそれを見て、

「おやおや、まあ。めづらしい大きな瓜だこと、さぞおいしいでせう。うちへ持つてかへつて、おぢいさんと二人でたべませう。」

といひいひ、杖の先で瓜をかき寄せて、拾ひ上げて、うちへ持つてかへりました。

夕方になると、おぢいさんはいつものとおり、柴を背負つて山から帰かへつて来ました。おばあさんはにこにこ

しながら出迎へて、

「おやおや、おぢいさん、お帰りかえ。きょうはおぢいさんの好きな、いいものを川で拾つて来ましたから、おぢいさんと二人で食べませうと思つて、さつきから待つていたのですよ。」

といつて、拾つて来た瓜を出して見せました。

「ほう、ほう、これはめづらしい大きな瓜だ。さぞおいしいだろう。早くたべたいなあ。」

と、おぢいさんはいひました。

そこでおばあさんは、台所から庖丁を持つて来て、瓜を二つに割ろうとしますと、瓜はひとりでに中からぽんと割れて、かはいらしい女の子がとび出しました。

「おやおや、まあ。」

といつたまま、おぢいさんもおばあさんも、びつくりして腰をぬかしてしまひました。しばらくしておぢいさんが、

「これはきつと、わたしたちに子供のないのをかはいそう思召して、神さまがさづけて下すつたものにちがいない。だいじに育ててやりませう。」

「さうですとも。ごらんなさい。まあ、かわいらしい顔をして、にこにこ笑つていますよ。」

と、お婆さんは言いました。

そこでおぢいさんとおばあさんは、あわててお湯をわかして、赤んちゃ（原文ママ）にお湯をつかはせて、温い着物の中にくるんで、かはいがつて育てました。瓜の中から生れてきたからといふので瓜子姫子という名前をつけました。

瓜子姫子は、いつまでもかはいらしい小さな女の子でした。でも機を織ることが大すきで、かはいらしい機をおぢいさんにこしらえてもらつて、毎日、毎日、とんからりこ、とんからりこ、ぎいぎいばつたん、ぎいばつたん、機を織つていました。おぢいさんはいつものとほり、山へ柴刈に出かけます。おばあさんは川へ洗濯に出かけます。瓜子姫子はあとで一人おとなしく留守ばんをして、あひかわらず、とんからりこ、とんからりこ、ぎいぎいばつたん、機を織つていました。

おぢいさんとおばあさんは、いつも出がけに瓜子姫子に向かつて、

「この山の上には、あまんぢゃくといふわるものが住んでいる。留守にお前をとりに来るかも知れないから、けつして戸をあけてはいけないよ。」

といつて、しつかり戸をしめて出て行きました。

二

すると或日のこと。瓜子姫子が一人でとんからりこ、とんからりこ、ぎいぎいばつたん、機を織つておりますと、とうとうあまんぢゃくがやつて来ました。そしてやさしい猫なで声をつくつて、

「もしもし、瓜子姫子。この戸をあけておくれな。二人で仲よく遊ぼうよ。」

といいひました。

「いいえ、あけられません。」

と、瓜子姫子はいいひました。

「瓜子姫子、少しでいいからあけておくれ、指のはいるだけあけておくれ。」

「そんなら、それだけあけませう。」

「もう少しあけておくれ。」瓜子姫子、せめてこの手がはいるだけ。」

「そんなら、それだけあけませう。」

「瓜子姫子、もう少しだ。あけておくれ。せめて頭のはいるだけ。」

しかたがないので、瓜子姫子は頭のはいるだけあけてやりますと、あまんぢやくはするするとうちの中へはいって来ました。

「瓜子姫子、裏の山へ柿を取りにこうか。」

と、あまんぢやくいいひました。

「柿を取りに行くのはいや。おぢいさんにしかられるから。」

と、瓜子姫子がいひました。

するとあまんぢやくが、こはい目をして瓜子姫子をにらめつけました。瓜子姫子はこはくなつて、しかたなしに裏の山まで出かけました。

裏の山へ行くと、あまんぢやくはするすると柿の木によのぼつて、まつかになつた柿を、おいしそうに取つてはたべ、取つてはたべしました。そして下にゐる瓜子姫子には、種や、へたばかり投げつけて、一つも落してはくれません。瓜子姫子は羨ましくなつて、

「わたしにも一つ下さい。」

といひますと、あまんぢやくは、

「お前も上がつて、取つてたべるがいい。」

といひながら、下へおりて来て、こんどは代はりに瓜子姫子を木の上にのせました。のせる時に、

「そんな着物を着て上るとよごれるから。」

といつて、自分の着物ととりかへて着かへさせました。

瓜子姫子がやつと柿の木にのぼつて（原文ママ）柿を取らうとしますと、あまんぢやくは、どこから取つて来たか、藤蔓を持つて来て、瓜子姫子を柿の木にしばりつけてしまいひました。そして自分は瓜子姫子の着物を着て、瓜子姫子に化けて、うちの中にはいつて、すました顔をして、またとんからりこ、とんからりこ、ぎいぎいばつたと機を織つてゐました。

三

しばらくすると、おぢいさんとおばあさんはかへつて来ましたが、なんにも知らないものですから、

「瓜子姫子、よくお留守ばんをしていたね。さぞさびしかつたらう。」

といつて、頭をさすつてやりますと、あまんぢやくは、

「ああ、ああ。」

といひながら、舌をそつと出しました。

するとおもての方が急にがやがやそうざうしくなつて、りつぱななりをしたお侍が大ぜい、ぴかぴかぬりてたきれいなおかごをかついでやつて来て、おぢいさんとおばあさんのうちの前にとまりました。おぢいさんとおばあさんは、何事がはじまつたのかと思つて、びくびくしてゐますと、お侍はその時おぢいさんとおばあさんにか向つて、

「お前の娘は大そう美しい織物を織るという評判だ。お城の殿さまと奥方が、お前の娘の機を織るところが見たいといふ仰せだから、このかごに乗つて来てもらいたい。」

といひました。

おぢいさんとおばあさんは大そうよろこんで、瓜子姫子に化けたあまんぢやくをおかごに乗せました。お侍たちがあまんぢやくを乗せて、裏の山を通りかかりますと、柿の木の上で、

「ああん、ああん、瓜子姫子の乗るかごに、あまんぢやくが乗つて行く。瓜子姫子の乗るかごに、あまんぢやくが乗つて行く。」

といふ声がしました。

「おや、へんだ。」

と思つて、そばへ寄つて見ますと、かはいそうに瓜子姫子は、あまんぢやくのきたない着物を着せられて、木の上にしばりつけられてゐました。おじいさんは瓜子姫子を見つけると、急いで行つて、木からろしてやりました。お侍たちも大そうおこつて、あまんぢやくをおかごから引きずり出して、その代り瓜子姫子を乗せてお城につれて行きました。そしてあまんぢやくの首を斬り落として、畑の隅に捨てました。その首から流れ出した血が、黍がらにそまつて、黍の色がその時から赤くなり出しました。

まとめると以下のような展開をとる。傍線を引いた箇所の要素が高野「瓜姫」とは大きく異なる。

①婆が川で瓜を拾う（米櫃には入れない）。爺が帰ってから切ろうとすると、瓜はひとりでに割れて中から女の子が出

てくる。
②爺婆は女の子を瓜子姫子と名付ける（高野「瓜姫」では瓜姫と名付ける）。姫はかわいらしい小さな女の子で機織が好き。
③爺婆はでかける際、あまのじゃくという悪者に気をつけろと注意する。
④あまのじゃくがやってきて「指の入るだけ」「手の入るだけ」「頭の入るだけ」とすこしずつ姫に戸を開けさせ、家の中に侵入する。
④姫を柿とりに誘う。姫がことわると怖い顔でにらみつける（高野「瓜姫」にはない描写）ので、姫はしかたなくついていく。
⑥あまのじゃくは自分ばかりが柿を食べ、姫には種やへたを落とす。
⑦姫が上る番になるとあまのじゃくは「着物が汚れるから」と自分の着物と交換する。姫が木に上ると、蔓で姫を縛る。
⑧家に帰り姫のふりをして帰ってきた爺婆をだます。
⑨ほどなくして城から「殿様と奥方様が姫の機織を見たい」（高野「瓜姫」では姫を嫁として迎えるため）と使いが来る。迎えの籠に姫に化けたあまのじゃくが乗る。
⑩籠が姫の縛られている木の前を通ると姫が叫んで真相を知らせる。姫は助けられて城へ向かう。
⑪あまのじゃくは侍に切り殺されきび畑に捨てられる。きびがらが血で染まったため、いまもきびは赤い。

このように様々な違いは見られるが、全体的な流れは高野辰之のものとほぼ同じである。

楠山「瓜子姫子」は高野「瓜姫」と比較して、姫が「小さな女の子」であること、城へ行くのが「嫁入り」ではなく、「殿様と奥方様に機織を見せるため」など姫が「子供」であることを強調している。読者がより感情移入できるように、読者層である小学生に近い年齢設定を意識したものと思われる。また、城からの迎えは爺婆が帰ってきてからすぐになっており、高野「瓜姫」で姫が五、六日も木に縛られたままでいるのに比べて姫の受難が軽減されている。これも児童層を意識し、読後感を柔らかくしようとした配慮であると推定される。そのことから、高野辰之にくらべてより児童向けに再構成されたものが本作品であるという事ができる。

『日本童話宝玉集』の評判が高かったこともありこの『瓜子姫子』はその後多くの児童向け「瓜子姫」の底本とされることとなった。とくに、戦前・戦後三十年くらいの作品は楠山のものを基としたものが多く見られる。要素や展開だけではなく、表現や描写などにも影響を受けた作品も存在する。昭和期には、都市部を中心に昔話を伝統的な語りで聞いたことがないという人々が増えていたと考えられる。そのような人々にとって、楠山「瓜子姫子」は、昔話を伝統的な語りで聞いたことのない人々にとっては、はじめて触れる「瓜子姫」であり、唯一知っている「瓜子姫」であった可能性もある。

なお、昔話のタイトルを高野辰之が用いた「瓜姫」ではなく「瓜子姫子」に変えていることから、高野辰之以外の資料も参考にしたものと思われる。「瓜子姫子」の名が広く使われるのは東北地方、とくに岩手などが多いためそのあたりの資料を参考にしたと思われるが、その資料がなんであるのか、ということまでは手掛かりがなく考察することはできなかった。

5. 柳田国男の作品

柳田国男は昔話の研究者であると同時に、児童向けに昔話の再構成を行っている。とくにアルスより出版された『日本昔話上』が有名であり、たびたび再販されている。「瓜子姫」もそこに収録されており、昔話研究に中心的な人物による昔話集のために、「瓜子姫」の例話として用いられる機会も多い。現在、最もよく知られた「瓜子姫」のひとつであると言える。

柳田は児童向けに再構成した昔話を『日本昔話上』として一九三〇年にアルスより出版している。その中には「瓜子姫」も収録されている。『旅と伝説』に「瓜子織姫」の研究が掲載された時期より少し前であり、再構成にあたって自身の研究の成果も参考にしていた可能性が考えられる。

『日本昔話上』の前書きによれば、できるだけ古い形の残っているものを選んだと述べられており、ここに収められたものは柳田がその昔話の典型話と見ていたもの、あるいはそれに準ずるものであると考えられる。

収録された話は、もともとなんらかの文献に収録されたものを参考にし、柳田が児童にも読みやすいように手を加えたものである。あまり長くないため、全文を引用する。

瓜子姫

むかしむかし爺と婆とがありました、爺は山に行って薪を伐り、婆は川に行つて洗濯をしました。或日いつものやうに婆が川へ行くと、川上の方から瓜が一つ流れてきました。それを拾つて来て爺と二人で割って見ると、その中からまことに小さな、美しい女の子が生れました。瓜の中から生れたので、瓜子姫と名を付けて可愛がつて育てました。だんだんに大きくなつて、後には好い娘になって毎日々々機を織りました。今年の鎭守様のお祭りには、瓜子をお参りに連れて行かふと思つて、爺と婆とはお駕籠を買ひに、二人で町へ出かけました。留守にはぴつたりと戸を締めて、中で瓜子姫が機を織つていますと、あまのじゃくが遣つて来て作り声をして、この戸を少しだけ開けてくれと言ひました。瓜子はついうつかりと戸を細目に開けてやると、それから怖ろしい手を入れて、あまのじゃくが戸をがらりと開けました。裏の柿の実を取つて上げましょう瓜子さんと言って、瓜子を裏の畑へ連れて出て、裸にして柿の樹へ縛りつけました。そうしてあまのじゃくが瓜子の着物を着て、化けて知らぬ顔をして機を織つています。そこへ爺と婆とは駕籠を買うて、町から帰つて来ました。さあさあ瓜子姫お駕籠を召せと言って、あまのじゃくを駕籠に乗せて鎭守様へ詣ろうとしていると、裏の柿の樹の陰から本当の瓜子姫が、瓜子を乗せないでようく、あまのじゃくばかり駕籠に乗せてようくと、大きな声で泣きました。爺と婆とはその声を聴いて、びつくりして引き返して来て、それから爺は鎌をふり上げてあまのじゃくの首を切つて、黍の畑に棄ててしまいました。黍の茎が秋赤くなるのは、そのあまのじゃくの血が染まったからだそうです。(36)

この柳田が再構成した「瓜子姫」（以下柳田「瓜子姫」）の元となったのは、高木敏雄『日本伝説集』(37)に収録されているものである。こちらも短いため、以下に全文をあげる。なお、高木敏雄はこの話に「瓜子姫」というタイトルは用いず「黍」としている。黍の根が赤い由来を中心の要素として見ているためであり、そのため「天然伝説」として分類されている。

黍

爺が山へ柴刈りにゆく。媼が川へ洗濯にゆく。瓜が流れてくる。拾つて来て、割つてみると、中から美しい姫が出る。姫は大きく成つて、毎日機を織る。或日、爺と媼は、姫を鎮守様に参詣させるつもりで、駕籠買いに町へゆく。その留守に、アマンジャクが来て、姫様、ここを少し開けて下され、と優しい声で云ふ。姫が障子を細目に開けると、アマンジャクは、其障子を広く押開けて、姫様、裏の柿を採って上げませふ。と云つて、姫を裏の畑へつれて行き、姫の衣装を剥ぎ取って、姫を柿の木に縛り、自分は姫の衣服を着て、機を織っている。爺と媼は、駕籠を買つて来て、姫様、サア、駕籠に召しませ、とアマンジャクを駕籠に乗せて、鎮守様へ出ようとする。其時、柿の木に縛られた姫が、ヨーヨー、アマンジャクばかりお駕籠に乗つて、ヨーヨー、と呼んで泣く。爺と媼は、驚いて引返し、爺は鎌振上げて、アマンジャクの首を打落し、裏の黍畑に投棄てる。その血が染んで、黍の色は赤く成つた。

ほぼ同じ内容であるが、以下の点において異なっている。

第一に、姫の名である。高木敏雄のもの（以下高木「黍」）では、姫に固有名詞を用いず、単に姫としか表記していない。それに対して柳田「瓜子姫」では、爺と婆は姫に「瓜子姫という名前を付けた」と明記し、地の文では姫を瓜子と表記している点があげられる。

第二に、高木「黍」では、外敵を「アマンジャク」と表記しているのに対して、柳田は「あまのじゃく」としているという点があげられる。

第三に、高木「黍」では、外敵が姫に開けさせるのは障子であるが、柳田「瓜子姫」では戸であるという点があげられる。

第一、第二の改変は『桃太郎の誕生』などでも柳田は基本的に姫の名は瓜子姫、外敵はあまのじゃくを使用しており、これらを基本的な名称として認識していたと思われる。それに合わせたものと考えられる。なお、第三の改変の理由は不明であるが、障子では破って開けることが可能なため、合理性を考慮して戸に替えたということも考えられる。

内容以外の面では、高木「黍」に比べて、柳田「瓜子姫」は修飾語を多く用いている、文末を敬体で統一しているなどの違いが見られる。あくまで専門家が対象であるために簡潔で無機質な高木の文章を、子供向けに改変しようとした柳田の工夫のあとが見て取れる。

ここで疑問となるのは柳田がなぜ、高木「黍」を昔話集の題材、言わば代表的な「瓜子姫」として採用したのか、という点である。『日本昔話上』が発刊された少し後に、『郷土研究』に『桃太郎の誕生』「瓜子織姫」が掲載され、そこで柳田は現時点で確認できた「瓜子姫」として十一の類話をあげている。該当箇所を引用する。

一　陸中和賀郡
二　同国某地
三　同国某地
四　同　上閉伊郡遠野郡（以上四『郷土研究』四巻一号、佐々木喜善君）。
五　同　胆沢郡（森口氏『黄金の馬』）
六　同郡（『井沢郡昔話集』）
七　同　紫波郡（『紫波郡昔話』）

八　信濃下水内郡（『下水内郡誌』）
九　日向某地（『国民童話』）
一〇　出雲松江市（高木氏『日本伝説集』）
一一　石見邑智郡井原村（『旅と伝説』一巻十二号、久長興仁君）(38)。

これらの資料は『日本昔話上』の上梓の時点ですべて発刊されており、『日本昔話上』を執筆中の段階ですでに全部の資料を読んでいたと考えられる。この中からあえて高木「黍」を選んだのはそれなりの理由があると考える。

十一の類話を見ていくと、一〜七までを選択しなかった理由は明白である。一〜七までは、すべて姫が惨殺される「死亡型」であるが、第一部で引用したように柳田国男は「死亡型」を心情的に嫌っていたようであり、たびたび児童向けではないということを述べていた。児童向けである『日本昔話集上』で、「死亡型」のものを選ばないのは当然の選択である。必然として、候補は「生存型」を採用する八〜十一となる。

八〜十一の中で、九番『日本全国国民童話』(39)は、外敵が無理助という男である、姫は硬い梨を投げつけられて気絶するなど、他にはみられない特殊なものである。柳田国男も、『桃太郎の誕生』で標本的ではないものとしている。典型的なものを選ぶという『日本昔話上』の方針からはずれる九が採用されなかったのは当然である。

ここで残った候補である八、十、十一を見る。ここで注目されるのは帰って来た爺婆が姫をかごに載せて連れ出すという要素が八『下水内郡誌』(40)には存在しないということである。柳田国男は、このかごに載せて連れ出すという要素に関して以下のように述べている。

察するところ、以前にはお駕籠の用意ということが、意味はわからぬながら必ず付け加えられていて、それは織姫が祭の式に参与することを具体化したものであった。（中略）神の御衣を織りなしたる処女は、当然に神の御妻と解せられていたらしいのである。[41]

姫と神との関係を示す重要な要素と見ていたということがわかる。このため、この要素のない八は候補から外されるということになったと考えられる。

以上の理由より、候補としては十『日本伝説集』と十一『旅と伝説』が最終候補として残ることとなる。十一『旅と伝説』の資料は[42]『桃太郎の誕生』で当時として最も新しい採話であり、話も整っているとして典型話として採用している。そのため、典型話としてもっともふさわしいと見ていたのはむしろこちらの方であると思われる。ただし、十一は十と比べて文章量が多く、短い話の多い『日本昔話上』ではほかの話と比べて長くなってしまう。また、嫁入りの際にどちらの道を通るのか、という選択の要素が入るなど十と比べてやや複雑な展開を取る。児童へのわかりやすさという点では十のほうが優れていると言える。

これらの点を考慮し、総合的に十の方が児童向けの典型話にふさわしいという結論を下したのではないだろうか。柳田国男の再構成した「瓜子姫」は、『日本昔話上』がなんども改訂され、現在でも読みつがれているロングセラーであることから、現在では一般にもよく知られた「瓜子姫」のひとつであると考えられる。また、この「瓜子姫」は、一時期、教育出版社の中学国語教科書に採用されたこともある。[43]この時期の教育出版社の教科書は多くの学校で採用されていたようである。[44]この教材をきっかけに柳田国男の「瓜子姫」ひいては「瓜子姫」そのものを知ったという当時の児童もいるものと思われる。

民俗学者である柳田の再構成であるため、この柳田「瓜子姫」はその後、児童などに影響を与えた。『日本昔話上』以降、柳田「瓜子姫」を参照にしたと思われるものがいくつか存在している。他ではあまり見られない「鎮守様の祭りへ姫を連れて行く」という要素があるものは柳田「瓜子姫」の影響があると考える。児童書以外の一般書などでも「瓜子姫」の典型話として使用される例もある。

ただ柳田国男の知名度に対して、柳田「瓜子姫」が児童書に取りあげられる例は比較的少ないように思われる。全体的に描写が少ないため特徴のある場面が少なくなってしまったことや、姫が結婚して幸福に暮らすといった後日譚が書かれずにあまのじゃくの退治で終わっていることなどが影響しているのではないかと考える。児童向けとして再構成するためには後味の良い結末が必要であり、それを欠く柳田「瓜子姫」は児童向けには向かないと判断されたのかもしれない。

なお、序論でも言及したように、柳田国男がタイトル及び姫の名を「瓜子姫」として使い始めてから、「瓜子姫」が使用される例が増えたが、児童書も柳田「瓜子姫」及び『桃太郎の誕生』以降、「うりこひめ」とする例がほとんどとなっている。柳田が児童向け瓜子姫に与えた影響としては、このことが最も大きかったと言えるかもしれない。

6. 関敬吾の作品

関敬吾は柳田国男と同様に「瓜子姫」研究において大きな役割を果たしたと同時に児童向け・一般向けの昔話集で「瓜子姫」を取りあげた。それらはその後の書かれた「瓜子姫」再構成作品に大きな影響を与えたと考えられる。関の再構成した「瓜子姫」には、児童を対象に書かれたものと、研究者以外の一般を対象に再構成されたがのちに児童向け再構成作品の原典として採用されたものが存在する。そのふたつの再構成作品を中心に、関が再構成した「瓜子姫」を考察する。

§児童向け昔話集

まずは、児童向けに再構成した作品の考察から行う。「瓜子姫」の再構成作品は、『世界名作童話全集二五　空へのぼったおけやさん』(45)(以下『おけやさん』)に収録されている。あとがきには、以下のように書かれている。

わたくしは、この本を書くために、できるだけ古い形の整った話を選びました。そうして、昔のままの、伝わっているままの形を、残すようにつとめました。それは、できるだけ古い昔の人の心持を知らせたいからです。

ここに書いてあるとおり、この昔話集は、すでに採取者によって文字で記録された昔話を児童向けに再編して収録するという方針で編集されている。そのため、それぞれの昔話の最後に採話地が明記されている。『おけやさん』に収録されている「瓜子姫」は秋田県平鹿郡で採取されたものと表記されている。タイトルおよび主人公の名は「うりひめ子」となっている（以下、『おけやさん』に収録されたものを示すばあいは関「うりひめ子」と表記する）。

話の大まかな内容は以下のとおりである。

A婆が川で箱に入った瓜を拾う。その瓜の中から女の子が生まれる。爺と婆はその子に「うりひめ子」と名付ける。
Bうりひめ子は美しい娘に育つ。爺婆が留守の間にあまのじゃくという「悪い女」がやってきてうりひめ子を桃とりへ連れ出す。

Cあまのじゃくはうりひめ子を木へのぼらせ、高くのぼったところで脅かす。うりひめ子は驚いて木から落ちて死亡する。

Dあまのじゃくはうりひめ子の皮を剥ぎ取り、それを被って化ける。

Eあまのじゃくは策を用いて長者の嫁に行こうとする。

Fからすが真相を伝え、あまのじゃくは正体をあばかれる。

G爺婆はあまのじゃくを萱原で引きずりまわす。あまのじゃくが流した血で萱の根は赤い。

『おけやさん』の後に『日本昔話集成』（以下『集成』[46]）が発刊されるが、そこで「瓜子姫」（集成では「瓜子織姫」）の典型話として載せられている話は、ほぼ関「うりひめ子」とおなじである。また採話地も「うりひめ子」と同じ秋田県平鹿郡と明記されている。

そのことから、『おけやさん』の関「うりひめ子」と『集成』の典型話に採られたものは、同じ資料を元にしており、関「うりひめ子」は、言葉遣いなどを児童向けに改めたものであると考えられる。『集成』の記録によれば、例話は雑誌『昔話研究』から引かれたものである[47]。原典をあたってみたところ、『集成』に収録されているものとほぼ同じであった。

『集成』は、基本的に関がもっとも典型的と考えていたものを「典型話」として選んでいる。『昔話研究』の「瓜子姫」は、第一部第一章で考察したように関が日本列島で最初に広まったと考える「死亡型」である。また、第一部第一章で挙げた、関が「瓜子姫」において重要と考えていた要素をすべて含んでいる。

・果物から乙女が誕生する……A
・乙女が木で外敵によって殺害される……C
・外敵が乙女と入れ替わり嫁に行こうとする……D・E
・鳥によって真相が暴露され、外敵は殺害される……F・G

関が考える本来の「瓜子姫」に比較的近い型であったと言うことができ、関がこの型を典型話にふさわしいものであると見ていたと考えることができる。

また、この型ではあまのじゃくを妖怪的なものとしてではあるが「女性」としている。「三つのオレンジ」は「花嫁との入れ替わり」という要素が重要である。そのことから、関はあまのじゃくが女性である方が「三つのオレンジ」と対応しており、より本来の型に近いと考えていたということも考えられる。このことからも、関「うりひめ子」は関が考える本来の「瓜子姫」に比較的近い型であったと言うことが可能なのである。

このことから関「うりひめ子」は、もっとも本来の型に近いものとして、言わば「瓜子姫」の代表として『おけやさん』に収録されたと考えることができる。

児童向けの読み物で「瓜子姫」を取り上げるばあいには、「生存型」がとられることが多い。しかし、関はあえて「死亡型」を選択している。これは、近代的な児童向けの配慮よりも、本来の型の昔話を伝えることを関が重視したためであると考えられる。

また、あまのじゃくが姫の皮を剥ぐ要素や、あまのじゃくが爺婆に血が出るまで折檻される要素なども現代的な感覚で見ると、残酷と思われるものもあえて省略や改変をしていない。あとがきに書いてあるように、民間において語られたままの形をできるだけ後世に伝える、ということも関は重視していたと考えられる。

§一般向け昔話集

関は岩波文庫版（黄色）『日本の昔ばなし』全三巻を編集している（以下『岩波版』と表記する）。これ自体は研究者以外の者も対象とした一般向けの昔話集であり、当然、『おけやさん』よりも対象年齢は高く設定されているが、後の児童書に大きな影響を与えたと考えられるため、取り扱うこととする。

このシリーズにおいて、「瓜子姫」（関の昔話集においては「瓜姫」。以下、関の昔話集に収められているものに言及する際は関「瓜姫」と表記する）は、第一巻の第一話に配されている。

関は、その昔話集の序文・解説において、以下のように述べている。

最近、わが国の昔話の採集の仕事は大いに進んで、不文の物語が多く記録されました。その類型は正確にはいえませんが六百を下りません。なかには同じ種類の話だけで百を越えるものもあります。ここではこの中から編者が口承文学として面白く、かつ典型的と思われるものを百数十篇選びだしました。（一巻序文）

……語り手の中には創造的な人もあり、採集者にも自らの筆くせがあり、伝承をゆがめる機会を求めれば、いくらでもそうした機会はあります。編者は努めてこれを避け、直接の語り口を尊重し、それ以外の人人によって書き加えられたものはことごとく除く方針をとりました。（三巻序文）

この昔話集も『おけやさん』『集成』などと同様、基本的にすでに書籍として出ている昔話集から引かれており、「瓜姫」は『思い出夜話あったとさ』（以下『あったとさ』）という昔話集から取られている。『あったとさ』は新潟県古志郡出身の山田貢という医師が幼少期に聴いた昔話をまとめたものである。関の昔話集では言葉を易しいものに書き換えるなどの修正を加えた以外はほとんど『あったとさ』の文章をそのまま使用している。(49)

しかし、「典型的なものを選ぶ」「改稿の加えられていないものを選ぶ」という編集方針と「瓜姫」の内容は必ずしも一致しないものであると思われる。

この「瓜姫」（以降、関「瓜姫」）には他の類話では見られない要素が多く存在し、非常に珍しい型である。少々長いが、本文を引用する。

昔、爺さまと婆さまとがありました。ある年胡瓜をまくと、ひと鞍に目立って太い茎が一本できました。延びることはのびたが、ふしぎなことにむだ花ばかりで、成り花はどうしたことか、一つもなかった。爺さまも婆さまも、「おかしなこともあるもんじゃ、ほかの種でもまちがったんじゃないかな」というているうちに、この茎一本だけ延びてのびて、鞍のてっぺんを越してしまったが、そこで始めてずば抜けて大きな成り花が一つつきました。この鞍のてっぺんについた大きな成り花は、もう立派な一本の胡瓜ぐらいの大きさで、それが大きくなり、長くなり、ずんずんと下って、地面にとどきそうになりました。「こりゃどえらい胡瓜がなったぞ」といって、爺さまも婆さまもたいそう喜んでいました。「こいつをすっかりみのらせて、種をとろう」と、黄色になるのを待って、二人がかりでかついで家にもって来ましたが、重くて板の間にどしんと降ろした拍子に、われて縦に口があいてしまいました。ところが、その割れ目から赤ん坊の泣声がしました。婆さまがいそいで取上げると、肥った女の子が生まれていました。

爺さまと婆さまは、瓜から生まれたから「瓜姫」と名をつけてかわいがって育てると、だんだん大きくなって立派な娘の子になりました。この娘は、機織りが上手で、すぐに村一ばんになりました。瓜姫はまい日まい日、二階で機にのって「てんからかん、てんからかん」と、一生けんめいに機を織って、いつもたまげるような反物を織り上げました。爺さまも婆さまも、おかげで町へお寺詣りに行けるようになって、その帰りにはきっと瓜姫が好きなところ芋を土産に買って来ました。「瓜姫よう、いま帰って来たぞ、おかげでお寺詣りをして来たよ、お前の好きなところ芋を買って来たよ」というと、瓜姫は機から降りてひげを一本一本むしってところ芋を食べました。

そのころ、天邪鬼という悪い奴がいて、大人の留守に娘のいるところにやって来て、娘にのりうつりました。天邪鬼が乗りうつると、おとなしい娘も気立てが変って、不器用な娘になりました。ある日、爺さまと婆さまは、「瓜姫よ、町へご門跡（坊主）さまが見えたから、拝みに行ってくるよ。誰が来ても、おらが帰るまでは、二階だって戸をあけちゃいかん」といって、すっかり戸じまりして二人で出かけて行きました。

瓜姫がたった一人で、二階で「てんからかん」と機を織っていると、天邪鬼が隣の娘の声をつかって「瓜姫よ、瓜姫よ」といってやって来ました。「なんだや」「遊びに行こうかのし。よせてくれや」「今日は、爺さまも婆さまもおらんから遊ばんよ」「だら、指一本入るだけ戸を開けてくれや。顔が見えんと面白うない。」瓜姫は、天邪鬼が来ても入ることはできまいと思って、二階の窓の戸を指が一本はいるだけあけてやりました。「瓜姫、これじゃまだ顔も見えないから、もう一本はいるだけあけてくれや。」瓜姫はまた指が二本はいるだけ開けてやりました。「瓜姫や、指がもう一本はいるだけあけてくれや。」瓜姫は指が二本はいるだけ開けてやっても何のこともないから、指が三本はいるだけあけてやりました。すると、おそろしい爪のはえた指が二階の窓の戸のすき間にかかったかと思うと、からからっとあけて、天邪鬼が二階へとびこんで来ました。

瓜姫はおどろいて気を失いひっくりかえりました。しばらくして気がついて起きあがったときは、もうもとの瓜姫ではなかった。天邪鬼がのりうつって、恐ろしい顔をしていました。がらがらと、糸が切れようがすこしもかまわずに機をおりはじめました。

やがて爺さまと婆さまが、町からところ芋を土産に買って帰って来ました。「瓜姫、いま帰って来たよ」といって、二人が戸をあけて入って来ると、瓜姫はいつもとちがって、二階からどたどたと降りて来て、しゃがれ声で「お土産はどうした」といって、婆さまからところ芋をひったくるようにして、ひげもむしらないでそのまま食ってしまいました。爺さま婆さまもあきれて見ていると、瓜姫はところ芋を食ってしまうと、またどんどん二階は上って、「じゃんがらじゃんがら」と、そうぞうしく機を織りはじめました。

爺さまは何だか変だなあと思いながら、裏の畑に出てみると、一羽のきれいな小鳥が先の方からすーっと飛んで来て、そばの無花果の木にとまって、なにかしきりに鳴いてはまた家の前の方へいそがしそうに飛んでいきました。爺さまが何となくだろうと耳をかたむけてきいていると、

瓜姫の機に天邪鬼がのったいよ

若衆おうてくりゃれ、ほーほー

と鳴いて、小鳥はまた家の前の方にとんでいきました。爺さまは「さては、天邪鬼奴が、うちの瓜姫に乗りうつりやがった」と思って、二階へかけ上って行きました。瓜姫はそのもの音におどろいて見ると、爺さまがいまに

もかみつくような顔をしているので、機から降りて逃げようとして横木にけつまずいて倒れてしまいました。そのはずみに、ひどく顔と胸とを打って、もう二度と起きあがれなくなってしまいました。そのとき、瓜姫の体の下から鳩ぐらいの大きさの黒い鳥が一羽、きみのわるいなき声を立てて飛んでいきました。
婆さまはいまの物音におどろいて二階へ上って見ると、瓜姫が倒れている側に、爺さまがぼんやり立っていました。婆さまは驚いて、爺さまといっしょになって、瓜姫の体にとりすがって、泣きながら「瓜姫や、瓜姫や」と呼んで見たが、瓜姫はもう少しも動かなくなっていました。それから、瓜姫の体は時がたつにつれて、長いふくべに変りました。それからというものは、爺さまと婆さまの畑にできる胡瓜は、葉一枚ごとに必ず胡瓜が一本ずつなるようになったそうである。

他には見られない特徴として、以下のものがあげられる。

・姫が外敵に体を乗っ取られて性格が変わる。
・爺から逃げようとして体を強打し、死亡する。
・姫の死体はふくべ（ひょうたん）になる。爺婆の畑で胡瓜が毎年豊作になる。

また、決してこの型だけではないが、他にはあまり例のない要素として以下のものがあげられる。

・畑から採れた胡瓜から姫が誕生する。

・外敵は鳥になって飛んでいく。

ここに収録される型は『集成』（『大成』）『通観』（6）のどちらにもたった一例しかないものであり、しかも『集成』『通観』が参照しているのはともに『あったとさ』である。逆に言えば、『あったとさ』以外の文献には見られない型なのである。

また、関は、『集成』において、この型に対して「後半に改稿の跡がある」とコメントをつけている。

このように、「非常に珍しい型」であり「採話例が極端に少ない」という点で、この型は山田家かあるいはその周辺で独自にアレンジされたものである可能性が高く、到底「典型的と思われるもの」とは言えないと考える。なぜ、このような独特の型を選んだのかという疑問が生じる。三巻の序文によれば編集者の山鹿太郎も選考にかかわっているということであるが、候補を選んだのは関であり、やはり関の意図が大きいと考えられる。

また、この型には「嫁入りの要素」「花嫁の入れ替わりの要素」「木で外敵とのやりとりの要素」が存在しない。本来の型に近い重要な要素と考えていたこれらを含まない型を選んだのは疑問である。

その疑問に対して、関は「瓜子姫」を有名な昔話であると認識し、あえて珍しい型を選んだ、という仮説をあげることが可能と思われる。

『岩波版』には百以上の昔話が収録されており、「カチカチ山」「桃太郎」「猿蟹合戦」「花咲爺」「舌きり雀」「瘤とり爺」「浦島太郎」「一寸法師」などの有名なものも収録されている。これに関して関は一巻序文にて以下のように書いている。

……それぞれの巻に、日本のこどもたちに最も親しみの深い、しかも古くから記録されてきた、桃太郎、こぶとり爺さん、花咲爺、かちかち山、猿蟹合戦などの類話を採話しておきました。これらが民衆の間でいかに語りつがれてきたかを示したわけです、読者の記憶といかに相違しているかを比較しながら読んでいただければ幸いです。

『岩波版』において有名な昔話は「比較的珍しい型を採用している」あるいは「有名な型の後に珍しい型を併記する」という傾向にある。これは「昔話にどれだけのバリエーションがあるか」ということを示すためであると考えられる。

例として以下のものをあげることができる。

・カチカチ山

婆が殺害され、ウサギが仇討ちを約束する場面で終わるもの（「タヌキの婆汁」と、ウサギがクマを「かちかち山」のウサギがタヌキをやりこめる方法で騙して殺害し、その肉を食らう話（「クマとウサギ」）の二編を収録している。

・花さか爺

絵本などで有名な型に近いものを二巻に収録し、「灰まき爺」と呼ばれる型のものを三巻に載せている。

この他にも民間に多く伝わる昔話であり、話型のバリエーションも豊富な「猿婿入り」「蛇女房」などは『集成』の典型話と別の型が載せられている。

「瓜子姫」は、当時としても児童書の類は少なかったものの、民間での採話例も多く研究者向けの昔話集には大抵収められていた。そのため、関が「瓜子姫」を有名な昔話であると認識していたと仮定することは十分可能である。

この仮説で、なぜあえて珍しい型を選んだのか、という疑問には答えることができる。しかし、珍しい型の代表として「後半に改稿の跡がある」と考えていた型をあえて選んだのか、という疑問に答えることはできない。

他の昔話で使用される「珍しい型」は、それなりに採話例があるものや、関が「この昔話の原点」と考えるもの(50)、結末は異なるが展開自体はオーソドックスなものなどがほとんどである。

関が「瓜子姫」を有名な昔話と認識していたとしても、『あったとさ』のように他に例がなく、関が想定する起源とも逸脱し、なおかつ伝統的かどうかも疑わしいと考えていた型をなぜあえて採用したのか。

第二の仮説として、「他の昔話と要素が重なるのを避けた」というのをあげることができると思われる。関が本来の型に近いと考えていた『集成』『おけやさん』の型は、『岩波版』に収録されている他の有名な昔話と似た要素が多く見られる。

・川を流れてきた瓜から姫が誕生する……「桃太郎」と類似する
・外敵が姫を殺害して皮をはぎ、それを被って姫に化ける……「カチカチ山」と類似する
・果樹の下で加害者とやりとりをする……「猿蟹合戦」と類似する

『あったとさ』の型は「畑の胡瓜から姫が誕生する」「姫は外敵に乗り移られる」「果樹へは行かない」など、これらの昔話と差別化がなされている。

「「死亡型」でありなおかつ他の昔話と重なる要素が含まれない、既存の昔話集に存在するもの」という条件を満たすものとして、『あったとさ』の型を選んだと考えられるのである。

伝統的なものでない可能性や、自身が考える本来的な型とは異なることを認識しつつも、あえてこの型を選んだと想定できるのである。

しかし、この仮説では序文にあるように「昔話のヴァリエーションを読者に知ってもらう」ことを想定していれば、似た要素が含まれることをそこまで気にする必要があったのか、という疑問が残る。

このように、この問題に関しては、現時点では決定的な答えは見出すことが難しい。今後、考察を進め、別の機会に改めて論じてみたいと考えている。

§その後の児童書への影響

第一章で述べたように、近年は書籍で「瓜子姫」を知ったというひとが多い。その多くは幼少期に児童書、とくに絵本で知ったという傾向が強かった。

絵本の「瓜子姫」では「姫が木に縛り付けられるものの助けられる」という「生存型」を採用するものがほとんどである。だが、中には「死亡型」を採用しているものも存在する。

対象を絵本に限定すると、現在確認できた「瓜子姫」絵本のうち、「死亡型」は五冊である。以下に記す。

（a）竹本員子・文　田木宗太・絵『うりこひめ　絵本ファンタジア』（コーキ出版、一九七七年）

（b）西本鶏介・文　深沢邦朗・絵『うりこひめとあまんじゃく　にほんのむかしばなし』（チャイルド本社、一九八

〇年）

（c）木暮正夫・文　金沢佑光・絵「うりこひめとあまんじゃく」『かちかちやま　国際版はじめての童話17』（小学館、一九八六年）

（d）武井直紀・文　田木宗太・絵『うりこひめとあまんじゃく　チャイルド絵本館　日本のむかしばなし12』（チャイルド本社、一九八八年）

（e）西本鶏介・文　池田げんえい・絵『うりこひめとあまんじゃく　保育絵本読みきかせ47』（小学館、二〇〇〇年）

なお、絵本以外の児童向け再構成作品でも関「瓜姫」を元にした型はいくつか存在する。(51)

このうち、（c）が「木から落ちて死亡」という型を採用しているが、のこりの四冊は『岩波版』に収録されている、「外敵に体を乗っ取られる。姫は死んでひょうたんになる」という型を採用している。「死亡型」を採用する絵本の「瓜子姫」は、そのほとんどが関「瓜姫」の型を採用しているということになる。

これらのうち、（b）は関「瓜姫」を参考にしたことが奥付に明記されており、同じ西本鶏介の手による（e）も、関「瓜姫」を参考にしたことは間違いない。また、（d）も西本が監修としてかかわっており、関「瓜姫」を参考にしていると考えられる。（a）も、関「瓜姫」が発行された一九五六年以後に発行されているほか、(52)「姫が胡瓜から生れる」「姫は体を乗っ取られる前に気絶する」など細かい点でも関「瓜姫」と共通することが多い。

書籍としての知名度・流通具合から考えても関「瓜姫」をもととしていると見てほぼ間違いないと考えられる。(53)また、井上明・文　田木宗太・絵『日本昔話えほん全集3　一寸法師・あまんじゃくとうりこひめ』（童音社、出版年不明）は結末が「生存型」に変更されているものの、話の展開や細かい描写などから関「瓜姫」を参考にしたと見て問題ないものと考える。

なぜ、関「瓜姫」の型が絵本に使用されることが多い(54)のか、という点においては以下のような理由が考えられる。

第一に「入れ替わり」のビジュアルの問題という理由があげられる。

伝統的な「語り」であればとくに問題はないが、挿絵を入れたばあい、「姫と入れ替わった外敵になぜ誰も気づかないのか」という違和感が生じる。外敵は異形な怪物や小さな少年のように描かれることが多いが、そのように描くとどうしても「美しい姫」と入れ替わるという描写に無理が生じる。絵にしてしまうと絵本では、絵の割合が大きいためそれが顕著である。

しかし、「体を乗っ取られる」という要素を採用すれば、肉体そのものは姫のものであるため、外見は姫と変わらないこととなる。変装が不自然であるという違和感を解消することが可能となる。

第二に暴力的描写の抑制という問題があげられる。

「瓜子姫」は「生存型」でも「少女の着物を奪い、木に縛る」という見方によれば性的暴行ともとれる過激な描写が存在する。語りに比くらべ、絵が大きな割合を占める絵本ではその問題が顕著となる。

多くの絵本では、外敵のアマノジャクを「男性」として描くこともそういったイメージを連想させやすいと考えられる。関「瓜姫」の型であれば、「着物の交換」「木に縛る」といった描写はなくなり絵にしやすくなるという利点があると考えられる。

このように、関「瓜姫」は「視覚化」に向いている型であると言えるのである。

昔話は「出版される」ことにより「話の画一化」がおこる。「桃太郎」などは本来、地域によって様々な型が存在したが、絵本などによって出版され流通した結果、話が統一され本来あった多様性が失われてしまった。

関が『あったとさ』の型を昔話集に選んだことにより、絵本に同型のものが誕生することとなった。冊数自体は少ないものの、「瓜子姫」の絵本自体がそれほど多くないことを考えれば、その割合は高いと言える。

また、視覚化に向いており、いままでの主流だった「生存型」よりも刺激的なこの型は、「瓜子姫」という昔話の絵本に新風をもたらし、より魅力を深めることとなったと言うこともできるのではないか。

しかし、その一方で話の統一化が妨げられたことにより読者に混乱を招いたとも考えられる。

また、この型は「体を乗っ取られる」「姫は死んでしまう」という点でホラー要素の強いものであり、それにあわせるように挿絵も不気味であることが多い。これによって、「「瓜子姫」は怖い話」というイメージは高まったものと思われる。

7. 坪田譲治の作品

坪田譲治は、大正~昭和前期における代表的な児童文学作家である。また、松谷みよ子をはじめ多くの作家を育てたことでも知られる。日本の児童文学の歩みを論じるうえで欠かすことのできない人物のひとりと言える。坪田譲治は、創作童話だけではなく昔話の再構成作品にも力を入れた。その再構成作品集は、なんども形を変えて出版され、現代に至るまで幅広い層に読まれている。また、坪田譲治が育てた作家の中には、松谷みよ子・寺村輝夫・大石真など昔話の再構成作品を多く残した作家がいる。以上のことより、近現代における昔話の再構成作品を論じるにおいて、坪田譲治は極めて重要な作家であると考えられる。

坪田譲治は代表的な昔話再構成作品集である『新百選日本むかしばなし』の中で「瓜子姫」を児童向けに再構成し

ている。昔話の再構成において大きな役割を果たした作家がどのように「瓜子姫」を取り扱ったのかということは興味深い。また三―1で触れたように、坪田の再構成した「瓜子姫」はおそらくもっとも読まれた「死亡型」であり、その後の再構成にも様々な影響を与えていると考えられる。そのため、坪田譲治の再構成した「瓜子姫」について考察する。

§坪田譲治の昔話再構成

今回は、坪田譲治の昔話再構成作品の集大成とも言える『新百選日本むかしばなし』を題材に、坪田譲治がどのような方針で昔話を再構成作品したのかということを論じることとしたい。

まず、坪田譲治の略歴をまとめる。

小説家、児童文学者。一八九〇（明治二三）年岡山県に生まれる。一九〇八年早稲田大学文科予科に入学。在学中小川未明に師事する。一九二六年『正太の馬』を出版。同年『赤い鳥』に最初の童話『河童の話』を発表。その後『赤い鳥』に四十篇あまりの作品を発表する。一九三九年翌年新潮社文芸賞を受賞。一九五四年に『坪田譲治全集』全八巻が刊行され、この全集で翌年芸術院賞を受賞。一九六三年には童話雑誌『びわの実学校』を創刊。この雑誌を中心に後進の児童文学作家を多く育てる。一九八二（昭和五七）年死去。九十二歳。

児童文学作家として着実にキャリアを重ねていった坪田譲治であるが、ある時期から昔話の再構成作品に着手するようになる。

坪田譲治は佐々木喜善の『江刺郡昔話集』を読んで昔話の面白さにとりつかれ、昔話を童話として自ら再構成作品に挑戦したいと考え、柳田国男に面会し、昔話を再構成作品することに関して了承を得ようとした。その際、柳田は

「民話はお国のものなのだから、遠慮はしなくてよろしい」と快く了承したばかりか、さまざまな資料を譲ってくれたというエピソードが全集のあとがきに書かれている。(55)

坪田は一九四三年に『鶴の恩がえし　日本昔話その一』（新潮社）、一九五二年に『歌のじょうずなカメ　日本昔話その二』（新潮社）、一九五四年に『世界少年少女文学全集二八　日本童話集』（新潮社）を刊行した。『新百選日本むかしばなし』は、これらに掲載された合計約五十話に新たな書下ろし約五十編を加えて一九五七年に新潮社より発行したものである。書下ろしの元となる昔話の選定には童話作家の大川悦生が関わり系統だった選定をしたということが本書の前書きに見える。坪田譲治はこの書以降も昔話の再構成作品を続けるが、もっとも話数が多くまとまりのあるものはこの書であり、後の昔話集に収められているものはこの書からの再掲載であるものも多い。また、「瓜子姫」もこの『新百選日本むかしばなし』に収録されている。

『新百選日本むかしばなし』はその章の最初に、それぞれの昔話はどの県で採取されたものをもとにしたのかということを基本的には明記している。例外もあり、採取地を明記していないもの、県ではなく「東北」という漠然としたくくりで示されているものもある。

採取された県の内訳は以下のとおりである。

・東北全体四二

岩手二八　福島三　秋田六　山形二　東北（都道府県不明）三

・中部全体一六

新潟九　山梨四　長野二　静岡一

・近畿全体二

兵庫一　和歌山一

・中国四国全体八

鳥取二　島根一　岡山二　広島二　高知一

・九州全体二九

長崎一　大分八　熊本五　宮崎一　鹿児島一四

・不明一二

全体的に偏りが見え、東北と九州がほとんどを占める。またとくに岩手と鹿児島の島嶼部に集中している。また、関東地方の昔話はひとつもない。参考にした資料が限定されていたということがわかる。しかし、坪田譲治が再構成作品をはじめた戦前期はまだ昔話の採取は黎明期であり、資料が少なかった。そのため、初期の再構成作品に偏りがあるのは当然とも言える。

『新百選日本むかしばなし』で新しく書き下ろされた昔話も以前の資料の中から選んだものが大半で、それ以外は

『日本昔話集成』の典型話からとったと思われるものが多い。新しい資料を積極的に取り入れなかったという事は言えると思われる。しかし、『新百選日本むかしばなし』の出た時はようやく『集成』が全巻刊行され資料は充実してきていたが、研究者でなければ閲覧の難しい資料も多く、仕方のない側面があることは否定できない。

この『新百選日本むかしばなし』に対して、関敬吾は新聞の書評で以下のように述べている。

しかし、筆者はこの本の紹介者としては決して適役ではない。坪田さんと筆者とは昔話に対する態度が全く異なるからである。筆者は昔話をありのままの姿において、その中に過去の何物かを捕えようとし、あるいは昔話を通じて、これを伝承する庶民の生活態度を知ろうとすることに大きな関心をもち、これを分析的に見ようとするからである。しかし、坪田さんにとっては、昔話は単なる素材であり、再話を目的とし、昔話を文学としてとらえようとすることにあると思われる。たとえば、この本のなかに「金七孫七」という話があるが、そのもとになった前記の江刺郡昔話の採集された話とくらべると、坪田さんの話では約三倍の長さになっている。ということは、三分の二は坪田さんの創意に基づく挿入である。この意味において、再話というよりはむしろ創作に近い。われわれはいつも外国の昔話集を買うとき、親切な本には児童のためとか、再話とか書いてあるのもあるが、それがないときは、書名がメールヘンであり、フェアリー・テールとなっているので、純粋の採集記録であるか、文学者の再話または創作であるかの判定に悩まされる。

この本は日本むかしばなしとなっているが、あくまで坪田さん個人の創作であり、この意味においてこそこの本は価値がある。したがって日本の昔話というよりは坪田童話と呼ぶべきものであり、この本は坪田さんのこれまでの小説や童話とならべて坪田文学として高く評価さるべきであろう。しかし私は文学について素人であり、価値判断をする能力はないが、この本を一読して、著者はお孫さんを前において、昔話を語られるような昔話の雰囲気を十分に描き出されていることを感ずる。(56)

このように、基本的には肯定的なことも述べながら、ところどころで不満を述べており、関敬吾の目から見た『新百選日本むかしばなし』は決して評価の高いものではなかったのではないかということが窺える。関敬吾が例にあげた「ヒョウタンから出た金七孫七」（原題「宝瓢」）は、坪田が元にしたと思われる資料では簡潔な内容であるが、『新百選日本むかしばなし』では、多くの描写が追加されている。原話の前半分を引用する。

或る所に爺があつた。何年経つても、どうも、よい福運が向いて来ぬので、稗貫郡大田村の清水観音に詣でて七日七夜の御籠りをした。やがて満願の日になつたが何の霊験（シルマシ）もなかつた。爺はまことに呆気ない心持ちがして御堂の前の坂路をぶらりぶらり下りて来た。

ところが爺の後から一個の瓢箪がころころと転がつて来た。爺はおやおやこれは不思議な瓢箪だ、何処からころがつて来ただらおうと思つて、立ち止まつて首を傾げて見て居ると、其の瓢箪も亦ころがるのを止めた。爺はおやおや此れは全く不思議な瓢箪だ。そんなら俺は歩かうと考へて、歩き出すと、瓢箪も亦爺の後からついて転がつて来た。

これは全く可笑しな瓢箪だ。どれ、其れではちよつくら俺に抱つこして見ろと言つて、爺は瓢箪を抱き上げると、其の中からひよつこりと二人の童等が飛び出した。（後略）

「瓢箪の中から出た金七孫七と謂ふ二人の福神童（フクカミワラシ）の話」（『集成』「宝瓢」）

これが、「ヒョウタンから出た金七孫七」では以下のようになる。ほぼ同じ場面を引用する。

むかし、むかし、ある家に、ひとりのおじいさんがありました。おじいさんですから、それは年をとっていました。それだのに、小さいときから、運のいいということがありません。働いても、働いても、貧乏ばかりしていました。それで、あるとき、近くの観音さまに、七日七夜のおこもりをしました。

「わたしに、どうか、いい福運をおさずけください。」

七日七晩ののあいだ、おねがいしつづけたのです。しかしその満願の日という七日めの朝になっても、これというなんのしるしもみえませんでした。おじいさんは、がっかりしてしまって、

「アーア、やっぱりおれには一生いい運は向いてこないのか。」

そう思いながら、観音さまのお堂の前の坂道をぶらりぶらりとおりてきました。すると、うしろから何かついてくるような気がして、ちょっとうしろをふりむきますと、なんとふしぎなことに、一つのヒョウタン」が、コロコロ、コロコロ、ころがって、ついてきていました。

「あれ、へんなものがころがってやがるぞ。」

おじいさんはふしぎに思って、

「だれか、上からころがしでもしたのだろうか。」

と、立ちあがって、首をかたむけました。すると、そのヒョウタンもおじいさんのまねをして、立ちどまって首を傾けました。

「いや、これはまったくふしぎだへんだ。妙だ。おかしなヒョウタンだ。」

おじいさんは、こんどは、こんなひとりごとまでいいながら、しかし、また歩きだしました。すると、ヒョウタンがまたおじいさんのうしろから、コロコロ、ころがりだしてきました。そこで、おじいさんは、そのヒョウタンがそばにきたとき、

「ではひとつ、おれがだっこしてみてやろう。それー」

そういいながら、そのヒョウタンをだきあげました。すると、なかからピョコンとふたりの子どもがとびだしました。（後略）

このように、同じ場面でありながら、倍以上の長さになっていることが確認できる。比較すると、以下のような特徴があげられる。

・描写が詳細になり、大幅に加筆されている。
・読者が児童であるため、わかりやすさを重視していると思われる書き方が多数見られる。（「おじいさんですから、それは年をとっていました」など）

これらの特徴は、他の昔話再構成作品でも見られる。坪田が昔話を再構成するにあたっての特徴であると言える。

坪田譲治の再構成作品には、他にも以下のような特徴が見られる。

・わかりやすさを重視したためか、「ポンプ」「メートル」などの外来語も多用する。
・本来の資料にはなかった展開に改変する事も見られる。本来は死亡する悪役が生き残るなど。

また、近代以降の再構成作品では通例であるが、文章は方言ではなく標準語を使用している。

このような特徴から、関敬吾の指摘するように、昔話を参考にした創作童話という側面は強いが、そもそも坪田譲治が目指したのは昔話の童話化であるので当然であると言える。

基本的に採取された資料を元にしていること、描写などの加筆は多いが内容に手を加えること自体は少ないこと、読者に語り掛けるような文体で統一されており「語り」の形態を意識していることなど、巌谷小波などに比べて昔話本来の姿をできるだけ残そうと苦心したという事は言えるのではないだろうか。

また、『新百選日本むかしばなし』は話の内容にそって分類されている。基本的には『集成』の分類に沿っている。例を挙げると「『集成』―本格昔話・誕生」→「『新百選日本むかしばなし』―ふしぎな子どもたち」、「『集成』―隣の爺」→「『新百選日本むかしばなし』―となりのおじいさん」などであり、児童向けにわかりやすく変更していることがわかる。ただ、分類自体は『集成』に従っていても、分類されている昔話は必ずしも『集成』に従っているわけではない。例えば「宝瓢」は『集成』では「呪宝譚」であるが、『新百選日本むかしばなし』では「ふしぎな子どもたち」に分類している。これは、原典では不思議な瓢箪を主題にしているのに対して、『新百選日本むかしばなし』では瓢箪から出てきた金七孫七を主題にしているからと思われる。このように、坪田譲治は研究者の業績を参考にしながらも、必ずしもそれにとらわれず、あくまでも読者である児童のわかりやすさなど童話としての再構成を重視したものと考えられる。

なお、坪田譲治は『新百選日本むかしばなし』以降も昔話の再構成作品を続けた。主なものは以下のとおりである。

・『日本民話物語』（一九五八年十月、弘文堂）

・『日本むかし話集』（一九五九年九月、偕成社）
・『日本のむかし話（一）～（三）』（一九六〇年五月～一九六一年三月、あかね書房）
・『天狗のかくれみの』（一九六七年十二月、平凡社）
・『日本のむかし話（一）～（五）』（一九七五年十一月、偕成社）
・『日本むかしばなし集（一）～（三）』（一九七五年三月～一九七六年十月、新潮社）

また、『新百選日本むかしばなし』に、あかね書房『日本のむかし話（一）～（三）』等より二十編を抜粋して加えたものが『坪田譲治全集十二』（一九七七年六月、新潮社）が発行されている。

§「瓜子姫」の再構成作品

坪田譲治の「瓜子姫」（タイトル「うりひめこ」）は『新百選日本むかしばなし』のために書きおろされたものであり、「ふしぎな子どもたち」の章に収録されている。その後、何回か坪田譲治の他の昔話集に収録されたが、内容はほとんど変化がない。

「うりひめこ」の内容は以下の通りである。

・婆が川で箱に入った瓜を拾う。その瓜の中から女の子が生まれる。爺と婆はその子に「うりひめこ」と名付ける。
・うりひめ子は美しい娘に育つ。爺婆が留守の間にあまのじゃくという「悪い女」がやってきてうりひめこを桃とりへ連れ出す。

・あまのじゃくはうりひめこを木へのぼらせ、高くのぼったところで脅かす。うりひめこは驚いて木から落ちて死亡する。
・うりひめこの着物を着てうりひめこに化ける。
・あまのじゃくは策を用いて長者の嫁に行こうとする。
・からすが真相を伝え、あまのじゃくは正体をあばかれる。
・爺婆はあまのじゃくを萱原で引きずりまわす。あまのじゃくが流した血で萱の根は赤い。

これは、ほぼ『集成』の典型話と同じである。

多少表現が変化している以外はほぼ原典に忠実である。他の再構成作品を見ても分かるように、もともと原典が整っている場合はそれほど多くの手を加えない方針を基本としていたものと思われる。

ただ、唯一異なる点がある。原典で外敵が「姫の死体から顔の皮を剥ぎとる」描写があるが、坪田はその場面は省いている。先述の通り、坪田の再構成は原典では死亡するはずの悪役が酷い目に会うだけで生き延びるなど、主な読者である児童層を配慮しできるだけ残酷な展開は抑えようとする方針であった。その方針が皮剥ぎの場面の削除につながったものと思われる。一方、姫が死亡するという展開そのものは改変していない。悪人の死は物語の最終場面であるため改変してもそれほど影響はないが、「瓜子姫」における姫の死は物語を左右する重要な要素であるため、改変する事はしなかったものと考えられる。そのことから、坪田は児童層へ配慮するという方針と原典の改変をできるだけ控えるという方針が両立できない場合は、原典の改変をできるだけしないという方針を優先するという考え方であったということができる。

坪田は後進の指導にも熱心であり、彼の弟子には松谷みよ子や寺村輝夫といった昔話の再構成に力を入れた作家がいる。松谷や寺村も「瓜子姫」を手掛けている。なお松谷・寺村の両名はどちらも坪田とおなじく秋田の「瓜子姫」を原典としているが松谷は姫が死亡するのではなく生存するように改変しているのに対し、寺村は「死亡型」で坪田が削除した皮剥ぎの場面も復活させている。非常に興味深い事例であると思われる。

また、坪田は「瓜子姫」という昔話を本書で「他の話とだいぶ趣を異にしています」と述べている。これは、主人公である姫があっけなく殺害されてしまうことに対しての言であると思われる。

坪田が参考にした昔話集にも「瓜子姫」は収録され「生存型」であるものも多くみられる。坪田は当然「生存型」の存在を知っていたと思われる。それにもかかわらず、なぜあえて「死亡型」を選んだのか、という点は興味深い。「瓜子姫」を再構成したのは『新百選日本むかしばなし』からで少々遅く、この昔話に特別な興味を持っていなかったのでないかと見ることも可能である。そのため、とくに理由もなく『集成』の典型話から取ったと考えられなくもない。この問題に関しては現在では考察する資料が少ないため、今後の課題としたい。

8. 松谷みよ子の作品

現在、最も多く「瓜子姫」の再構成を手掛けたのは、松谷みよ子であると考えられる。松谷は児童向けに絞っても相当数の「瓜子姫」の再構成を行っている。また、児童向け以外の一般向けでも再構成を行っている。この再構成数の多さから見て、松谷が手掛けた作品により「瓜子姫」を知ったというひとは多いものと思われる。また、作品数の多さゆえ、松谷の再構成した「瓜子姫」を、一般的な「瓜子姫」として認識しているひとも多いのではないかと予測される。

松谷は、「瓜子姫」に関して以下のように述べている。

桃太郎と瓜子姫、この愛らしい男の子と女の子の物語にも、遠い祖先の信仰が深く関わっているのだということを泌々と感じないではいられない。

私はとりわけ瓜子姫の話が好きで、子供たちの幼いころ、添寝をしながらどのくらい語ったかしれない。また赤ん坊もその姉も飽きもせず毎晩きくのであった。(58)

このように、松谷は「瓜子姫」という昔話に対して思い入れが深かったということがうかがえる。松谷のように、「瓜子姫」という昔話にはっきりと自身の感情を示している再構成者は珍しい。再構成作品の多さからしても、「瓜子姫」に対する思い入れの深さからも、松谷による「瓜子姫」の再構成作品は、現代における「瓜子姫」を考察するうえではずすことのできない重要なものであると考える。

再構成作品の考察に入る前に、まずは松谷の来歴を簡単に確認する。

松谷みよ子は童話作家・民話研究家である。本名は美代子。一九二六年に東京で生まれる。一九四六年に童話作家の坪田譲治と出会い、その後、坪田譲治の創立したびわの実学校に参加するなど坪田譲治に師事する。一九五五年、人形劇団団長・民話研究家・絵本作家の瀬川拓男と結婚。夫と共に民話採訪を行うなど、昔話に対して興味を抱く。信州に伝わる小泉小太郎伝説などをもとにして書いた『龍の子太郎』（一九六〇年・講談社）が国際アンデルセン賞優良賞（一九六二年）を受賞した。一九六七年に瀬川拓男とは離婚する。二〇一五年に死去。享年八十九歳。

『龍の子太郎』以外の代表作は『ちいさいモモちゃん』からはじまる『モモちゃん』シリーズ、『オバケちゃん』シリーズ、『ふたりのイーダ』など。民話採集家・研究家としては、『昔話十二か月』、『現代民話考』などがある。

松谷が児童向けに再構成した「瓜子姫」は秋田の「瓜子姫」を元にしているものが多い。それに関して松谷はアマノジャクとのリズミカルなやりとりのある秋田の型を児童が気にいると考えたからと述べている。(59) それ以外にも、松谷は昔話の収集のためにたびたび秋田を訪れたという縁があることなども要因と思われる。また師である坪田譲治が『新百選日本むかしばなし』の原典として選んだという事、さらに言えば当時、関敬吾が本来の形にもっとも近いと考えていた型であるということも重要な要素になったものと考えられる。

秋田では姫が木から落ちて殺害される展開がほとんどであり、関敬吾も坪田譲治も再構成においてそこは改変を行っていない。それに対して、松谷の再構成作品の多くは姫が木に縛られるだけで殺害されないという展開に変えている。もっとも、秋田で採取される型のなかには「生存型」も存在し、松谷はそれを元にして再構成作品を作った可能性もある。だが、秋田では「生存型」は少数であり、あえて秋田の「生存型」を元にしたのであれば松谷の意図が強く感じられる。松谷が「死亡型」を改変したとしても、少数である「生存型」を元にしたとしても松谷は自身の再構成作品は姫が死なない展開にするということを重視していたと見ることができる。

これは、松谷が「瓜子姫」に児童への教訓話となることを重視していたからと思われる。「松谷は「瓜子姫」について以下のように述べている。


赤ん坊が三歳になった時、ひとりでお留守番していてね、誰が来ても開けてはいけませんよ。といったら、ウリコヒメサンネといってにこっとした。なるほど、母親としてはそのあたりにも思いをこめて語ってきたのだなとおかしかった。一つの昔話もスポットのあてかたでさまざまな側面が浮かび上がる。心してまなざしをあてたい

と思うのである。(60)

このように、松谷は「瓜子姫」を親の言う事をよく聞くように、という教訓話として利用すべきと想定していたようである。そのため、「死亡型」では親の言う事をきかなかったことへの罰があまりにも重すぎ、教訓話になりにくいと考えたのであろう。松谷は児童向け以外の再構成作品では「死亡型」も使用していることからも、「生存型」に拘るのは児童向け故であるということがわかる。

また、教訓として利用するという意図以外にも、このころはすでに高野辰之・楠山正雄の再構成作品や絵本などの影響で、姫が木に縛られるという型が一般的であったと考えられ、従来のイメージと大きくかけ離れる「死亡型」は使用しにくかったという理由もあったのではないかと考える。(61)

このように、松谷は豊富な再構成で「瓜子姫」という昔話を広めるのに大きな役割を果たし、現代において教訓話という新しい価値を持たせたということがわかる。話の筋や要素だけではなく、「瓜子姫」という昔話の意味そのものまで再構成した児童文学作家と言えるかもしれない。

なお、松谷には、秋田の型を元にしたもの以外にも「瓜子姫」の再構成作品が存在する。盛光社および鶴書房より一九六七年に発行された絵本「うりこひめ」である。(62)この絵本はほぼ御伽草子『瓜姫物語』とおなじ展開と要素を持ち、解説でも益田勝実が『瓜姫物語』を参照としている。そのため、この絵本は『瓜姫物語』の児童向け再構成作品とすることができる。なぜ、松谷が『瓜姫物語』を再構成したのかは不明であるが、この絵本を監修していた藤澤衛彦の前書きによれば、文献資料を重視していたようである。そのため、松谷の意思というよりも藤澤衛彦や益田勝実の意思の方が強かった可能性が考えられる。

松谷のものとしてではなくとも、『瓜姫物語』の児童向け再構成作品というのは非常に珍しく、確認できた限りではこの作品のみである。そのため、非常に貴重な作品という事ができるかもしれない。

9. 寺村輝夫の作品

松谷みよ子とおなじく、坪田譲治の弟子にあたり、作家の寺村輝夫があげられる。寺村も松谷のように昔話を再構成した作品を多く残しており、とくに『寺村輝夫のむかし話　日本むかしばなし』シリーズ（あかね書房）が有名である。この中に「瓜子姫」も収録されている。再構成された「瓜子姫」は確認できた限り一点のみであるが、寺村の昔話集は現在まで読み継がれているロングセラーであり、現在でも書店などで容易に入手できる。また全国学校図書館協議会などの推薦図書に選ばれるなどしているなど、非常に多くの人々の読まれていると想定される。

また、寺村の昔話集に収録されている「瓜子姫」は、低学年向けの作品としては珍しい「死亡型」である。そのため、寺村の再構成した「瓜子姫」によって、「死亡型」の「瓜子姫」を知ったというひとも少なからずいるのではないかと予想される。そのため、寺村輝夫が再構成した「瓜子姫」を考察する。

まずは寺村の略歴を簡単に確認する。

寺村輝夫は一九二八年に東京で生まれる。一九四六年に早稲田大学に入学。そこで早大童話会に入会し、顧問であった坪田譲治と出会う。大学卒業後は出版社に勤めたりもしながら作品を書き続けた。代表作として『ぼくは王さま』シリーズ、『こまったさん』シリーズなど。一九八二年から文京女子大学保育科の教授も務めた。二〇〇六年に死去。七十七歳。

また、昔話の収集にも力を入れており、地方の集落へもしばしば足を運んだ。その収集は昔話再構成作品に活かされていると考えられる。

寺村の再構成した「瓜子姫」は、あかね書房より一九八〇年十月に発行された『寺村輝夫のむかし話　日本むかしばなし3』（挿絵・ヒサ　クニヒコ）に収録されている。タイトルは「うりこひめ」となっている。このシリーズは小学校低学年くらいが対象であり、挿絵も非常に多い。

展開は以下の通りである。

①爺と婆がいる。婆が川で洗濯をしていると大きな瓜が流れてくる。婆はその瓜を拾って帰る。

②爺が帰って来たので、婆は瓜を切ろうとする。すると、瓜はひとりでに割れてなかから女の子が出てくる。ふたりはその子に「うりこひめ」という名をつけて育てる。

③うりこひめは美しく、機織りの上手な娘に育つ。多くの若者がひめに求婚し、ひめは長者の嫁に迎えられることとなる。

④その噂を聞き、あまんじゃくという悪い女がうりこひめに嫉妬する。

⑤爺と婆が嫁入り道具を買いに出かけた際に、あまんじゃくがやってくる。あまんじゃくは長者の使いと嘘をいい、戸を開けさせる。

⑥あまんじゃくはひめを桃採りに誘う。ひめは「ぞうりはカサカサなるから」「げたはカラカラなるから」などと断るが、結局あまんじゃくに桶に入れられ、そのまま担がれて連れて行かれる。

⑦あまんじゃくは木に登り桃を食べる。しかし、ひめには食べかすや種ばかりをよこす。

⑧あまんじゃくが降り、こんどはひめが木に登る。あまんじゃくは、言葉巧みに姫を木の上へ上へと登らせ、「長

者が来た」と大声を出してひめを脅かす。ひめは驚いて木から落ち、死んでしまう。

⑨あまんじゃくはひめの皮を剥ぎ取り、それを被ってひめに化ける。爺婆が帰ってくる。声がしわがれているが、風邪をひいたと思い偽者だということに気づかない。

⑩嫁入りの日、からすが飛んで来て「よめの車に乗っているのはあまんじゃく」と鳴く。爺婆はあまんじゃくを連れ出して顔を洗うと、皮が剥げて正体が現れた。

⑪爺婆は怒り、さんざん打ち付けた挙句、畑の中をひっぱりまわり、あまんじゃくは血だらけになる。それから、この畑でそばを植えると根元が赤く染まった。

どこの地方の類話を参考にしたのか明記はされていないが、「連れ出し型（死亡）」であること、あまんじゃくがひめを連れ出す際に履物のやり取りをし、桶に入れて連れ出す展開があることから、秋田県内に伝わるものが元であることはほぼ間違いはない。これは師である坪田譲治が自身の昔話集の「瓜子姫」に秋田の物を採用したことにならったものと考えられる。すでに書籍として存在した資料を参考としたのか、自身で採取したものを元としたのかは不明である。

基本的に、秋田で多く見られる型であるがいくつか他では見られない要素がある。

第一に、爺婆が「自分の家は貧しい」としているが、爺婆の家の経済状況に言及するものは珍しい。

第二に、あまんじゃくが姫に嫉妬し、そのことがひめの殺害の動機になっているということである。外敵の動機についてはっきりと語るものはあまり例を見ない。

これらは、寺村が参考にした資料には存在した可能性もあるが、寺村による創作であるとも考えられる。爺婆の家を貧しいとしたのは、貧しい中で育ててきたひめが殺されるという悲劇性を高める効果があり、あまんじゃくの動機を明記することは、読者の疑問を解消し、物語に集中させる効果があるものと考えられるからである。

また、この作品の特徴として、「あまんじゃくがひめの皮を剥いで被る」という場面を明記しているということである。坪田譲治などは姫が皮を剥される場面は省いていた。これは、読者が低年齢層であることを配慮したものと思われる。寺村は師の坪田と異なり、原話の要素をできるだけ残すように努めたと考えられる。小学校低学年向けのもので、姫が皮を剥される描写まで語るものは少ない。また、本書はでは姫が死ぬ瞬間（木から落ちて地面に叩きつけられる様子）とそれを見て笑うあまんじゃくの挿絵が存在する。姫が死ぬ場面を挿絵とする児童書は非常に珍しい。

このような事から、本書は他の「死亡型」を扱った児童書よりも、姫の死に対して印象に残りやすいのではないかと思われる。

なお、この『日本のむかしばなし3』には「カチカチ山」「サルのむこどん」が収録されている（残りは「こぶとりじいさん」「つるにょうぼう」）。「カチカチ山」は婆が殺され、料理される。「サルのむこどん」はとくに悪さをしていないサルが妻となった娘に騙されて殺され、あとがきで作者は、初めて聞いた時「あまりにむごい」という印象を抱いたと書いている。

このように、収録されている全五話中三話がやや残虐描写の強い作品ということになる。また、「サルのむこどん」は娘がサルを騙して木に登らせた後に落ちるように誘導しているが、これは「うりこひめ」において、あまんじゃくがひめを落とす展開に似ている。似たような展開を持つ話を同じ巻に入れたということになる。これらはやはり作者の意図したものであると考えられるが、なぜこのような傾向にしたのかという事は現時点では不明である。今後、寺村の意図を考察したいと考えている。

10. 木下順二の作品

現在でも発行され、読み継がれている「瓜子姫」再構成作品のひとつとして、木下順二の手によるものをあげることができる。木下順二の再構成作品は、他の再構成者に原典として参考にされることは少ないが、舞台脚本・昔話集の一編・絵本などと形態を変えてなんども発行されている。これらの事情により、木下順二の再構成作品によって「瓜子姫」を知ったというひとは多いものと考えられる。

木下順二は劇作家・評論家である。一九一四年東京に生まれる。東京大学英文科卒、同大学院修了。大学で英文学者・評論家の中野好夫に師事する。戦後間もない一九四六年に『彦一ばなし』、一九四七年に『三年寝太郎』、一九四九年に「鶴女房」を元とした『夕鶴』といった民話劇を発表し、好評を得て、戦後の劇作家を代表する存在となる。二〇〇六年に死去、九十二歳。

民話劇以外の代表先には『風浪』、『オットーと呼ばれる日本人』など。

木下順二の再構成した児童向け「瓜子姫」には以下のものがある。

・「瓜コ姫コとアマンジャク」『日本民話選』（岩波書店、一九五八年）
・「うりこひめとあまんじゃく」『ききみみずきん』（岩波書店、一九五六年）（後に独立して絵本『うりこひめとあまんじゃく』（岩波書店、一九八四年）になる）

『日本民話選』はその後版を重ねたほか、出版社を変えて発行されるなどしている。また、『日本民話選』と同じ内容の「瓜子姫」は『わらしべ長者―日本の民話二十二編』(63)にも再集録されて、こちらも版を重ねて刊行されている。そのため、木下順二の「瓜子姫」は数多く出回っているということになる。

まず、『日本民話選』に収録されている「瓜子姫」、「瓜コ姫コとアマンジャク」。(以下、民話選「瓜コ姫コ」)の内容を確認する。

・爺と婆がいる。婆が川で洗濯をしていると瓜が流れてくる。婆は爺が帰ってきたら一緒に食べようと棚の上に乗せる。
・じっさが帰って来たので瓜を割ると、中から小さな女の子が出てきた。ふたりはその子に瓜コ姫コという名前を付けて大切に育てた。
・瓜コ姫コは年頃になると美しい娘になった。爺と婆は嫁入り道具を買いに町へ出かけることになる。
・瓜コ姫コがひとりで機織をしていると、どこからか機織の音が返って来る。瓜コ姫コはアマンジャクが真似をしているのだと思う。
・仲良しの鳥たちがやってくるが、きょうは遊べないと断る。しばらくすると、またアマンジャクの声が聞こえてくる。瓜コ姫コは思わずアマンジャクを呼んでしまう。
・アマンジャクはだんだんと近づいてきて、ついに家の戸を叩く。「遊ぼう」と誘う。最初は断っていた瓜コ姫コであるが、アマンジャクがわめくので爪の入るくらい戸を開ける。
・アマンジャクは瓜コ姫コをつかまえて裏山へ行き、着物を奪い取って瓜コ姫コを柿の木のてっぺんに縛る。
・アマンジャクは瓜コ姫コの真似をしてでたらめに機を織る。やがて、じじとばばが帰って来る。

・爺や婆が鳥の鳴き声を発したので、アマンジャクは混乱し、自分も鳥の鳴きまねをしたり、暴れまわったりする。鳥たちが瓜コ姫コを心配して鳴いた声を爺や婆が発したと勘違いしたのだ。
・アマンジャクは山奥へ逃げ帰った。瓜コ姫コは爺と婆に助けられる。次の日から、瓜コ姫コはまた機織りを始める。またアマンジャクの物まねが聞こえてくるが、アマンジャクが近づいてくることはもうなかった。

全体的な内容としては西日本に多い「生存型」である。しかし、後半の鳥たちがあまんじゃくを混乱させる要素は現在採取される類話の中には存在しない。木下順二はあとがきで、独自の内容を入れた部分もあると書いてあることから、後半は木下順二による創作であると見る。あまんじゃくの物まねが遠くから聞こえる場面では物まねの部分の文字のフォントを小さくし、近づいてきて大声を出す場面ではあまんじゃくの台詞の文字のフォントを大きくする、あまんじゃくが混乱してでたらめな声真似をする場面では、文字を傾けて表記するなど、文章を中心とした作品でありながら視覚的効果を意識した手法を用いている。

次に、絵本作品である『うりこひめとあまんじゃく』（以下、絵本『うりこひめ』）の内容を確認する。絵本『うりこひめ』は一九五六年に岩波書店より発行された『ききみみずきん』の中に収録されていた。前半が「ききみみずきん」、後半が「うりこひめとあまんじゃく」であり、メインはタイトルにもなっている「ききみみずきん」の方であった。一九八四年に単独の絵本として独立する。この際に、二色カラーであった『ききみみずきん』からフルカラーに変更される。

民話選「瓜コ姫コ」と比較して、主に以下の点で違いが見られる。

第一に、冒頭のシーンの違いが挙げられる。民話選「瓜コ姫コ」では、婆が川で洗濯をしている際に瓜を拾う場面から始まるが、絵本『うりこひめ』では、うりこひめの機織場面から始まる。うりこひめという女の子がどういう存在なのかは語られないまま話は進む。これは、絵本『うりこひめ』がもともと「ききみみずきん」とページをわけあっていたため、あまりページ数がとれないという事情があったからと推測される。あるいは、絵本は児童書よりも下の世代が触れるものであるため、幼い子供の集中力が続くように短くした可能性も考えられるだろうか。

次に、あまんじゃくの動機の違いをあげることができる。元々の民話選「瓜コ姫コ」ではあまんじゃくの動機ははっきりと語られなかったが、絵本『うりこひめ』では、遊ぶつもりでやってきたのに断られ続けて腹が立ち、自分でもわけがわからないうちにこんないたずらをしてしまった、という動機が解説されている。これによって、あまんじゃくの自分をおさえることのできない幼児性が強調され、精神年齢が低いという事が示されるようになった。それと同時に、けっして根からの悪ではないということも示されている。あまんじゃくを恐ろしい妖怪ではなく人間の子供、即ち読者自身と同じ存在であるという事を示し、児童の恐怖心をあまりあおらないように配慮しているものと思われる。なお、絵本「うりこひめ」は姫の髪形がいわゆる芥子坊主などと呼ばれる大部分をそった髪型である事、あまんじゃくの姿が鬼でも人間の子供でもない、宇宙人のような形態をしているなど、他の絵本ではあまり見られない独特の造形をしている。非常に印象深い挿絵であり、この絵本の特徴であると言える。なお、民話選「瓜コ姫コ」ではカタカナ表記であったが、絵本『うりこひめ』ではひらがな表記となっている。

このように、児童書と絵本という媒体によって、内容を微妙に変化させているという事が確認できる。木下順二の「瓜子姫」はロングセラーであり、多くの図書館や学校に所蔵されている。そのため、この木下順二の再構成したもので、「瓜子姫」という昔話を知ったというひとも多くいるのではないかと考えられる。

また、木下順二は民話劇としても「瓜子姫」を書いている。教科書にも載っている「夕鶴」などに比べて一般の知名度は低いが、木下の代表的な民話劇のひとつである。これに関しては「演じる」という要素が非常に重要であるため、児童書など「読む瓜子姫」を論じている本論では取り扱わない。論を改め「演じられた瓜子姫」として考察することを試みたいと考えている。

11．アンソロジー作品集

現在、書店の児童書コーナーをでは多数の話を収録している大型の書籍をよく目にする。これらの本は、多くの場合、なんらかのテーマを持っているものが多い。だが、それらのテーマは、例えば『日本の昔話』『世界の昔話』といった明確・客観的なものではないことが多い。例として以下のものをあげる。

・『母と子のおやすみまえの小さなお話３６５』（ナツメ社、二〇〇九年十月）
・『ゆめいっぱいこころにのこるとっておきのおんなのこのめいさくえほん』（西東社、二〇一四年十二月）

これらは、一見してわかるように「母と子の話」「女の子の名作」など区分が曖昧で、主観的であることがわかる。また、内容も日本の昔話、世界の昔話、海外児童文学の抄訳、日本の童話の翻案・簡略化、伝記など多岐にわたり、中にはオリジナルの創作童話が混じることもある。このようなタイプの書籍は、出版社によって名称が異なっており、とくに共通した名称はないようである。そのため、こういった型の作品集の書籍を本論では便宜上、「アンソロジー作品集」と称することにする。アンソロジー作品集には以下の定義を用いることとする。

まず、多数の話が収められている事を定義に加える。話数が少ない場合はアンソロジー作品集とは認めない。数の多少に関しての線引きは難しいが、だいたい五編を目安とし、それ以上のものを多数として見なすこととしたい。

次に、収録の定義が主観的で曖昧なものであり、かつ様々なジャンルの作品を収録しているということを定義に加える。先ほど例に挙げたような「女の子の好きな話」「怖い話」などが主観的な定義であり、日本の昔話、世界の昔話などとくに区別せずに収録したものがこれにあたる。逆に言えば客観的な基準によって集められた作品集はアンソロジー作品集ではないということになる。例えば、『日本の昔話集』などである。なお、『日本の昔話集』などとタイトルがつけられていても、学問的な意味でない昔話、『竹取物語』などの古典作品や昔の日本を舞台にした『泣いた赤鬼』『ごんぎつね』などを収録している書籍も存在する。これらは、編者が「日本の昔話」という客観的な基準で選んでいるものと見なし、アンソロジー書籍には加えないものとする。また、収録されている作品のジャンルが複数であっても、例えば『松谷みよ子作品集』などのように、特定の人物・団体の作品集として編集されているものは客観的基準を満たしていると考え、アンソロジー作品集には加えない。

次に文章の書き手または挿絵画家が基本的に複数存在するということを定義に加える。ただし、書き手・挿絵画家どちらも単独であった場合でも、「書き手や画家の作品集」という側面が弱いと判断できる場合はアンソロジー作品集とは認めないこととする。

また、対称年齢が小学生くらいまでということも条件に加える。大きく分けておもに読み聞かせを想定しているものと、児童が自身で読むものとに分類できるが、「作品を楽しむ・味わう対象」として編者が児童を想定しているものとする。

以上が、アンソロジー作品集の定義である。なお、形体に関しては大型本である事が多いが、近年は新書や文庫サイズのものも増えており、とくに定義には加えないものとする。また、ひとつひとつの作品の長さは十数ページのものもあれば、一ページだけのものもあるなどまちまちである。ひとつひとつの作品の長さも定義には加えないこととする。

アンソロジー作品集は近年発行数が増えており、書店の児童書コーナーでは専門の棚を設けられることも多い。そのことから、近年、アンソロジー作品集の売れ行きは良いものであると考えられる。その理由として、以下のようなものが考えられる。

第一に、コストパフォーマンスのよさがあげられる。アンソロジー作品集の定価は主なものでだいたい千円台後半から三千円台前半となることが多い様である。(64) 決して安価と言うわけではないが、収録されている作品数の多さから言えば、一話あたりの値段はむしろ安いとも考えられる。通常の絵本は一冊が千円前後で単独あるいは二・三話程度しか収録されていないということを考えれば、非常に安価であるということもできる。

第二に、選択が楽という理由があげられると思われる。近年は児童の好みの多様化などもあり、自分の子どもの嗜好に合い、それでいてある程度の教育効果もあるものを選ぶのは難しくなっている。アンソロジー作品集は様々なジャンルが多量に収録されているため、その中にニーズにあった作品がある可能性は高い。単独の絵本などを購入するよりも効率よくニーズにあったものを選べると考えられる。

このような利点により、アンソロジー作品集の需要は今後も伸びていくものと予想される。

それでは、「瓜子姫」はアンソロジー作品集の中でどのように扱われているのか。「瓜子姫」も多くのアンソロジー作品集の中に収録されている。近年は「瓜子姫」が単独の絵本で出版されることはほとんどなく、昔話集の一編に収録されるか、アンソロジー作品集に収録されるかのどちらかである。

近年、アンソロジー作品集の需要が増えているということを鑑みれば、アンソロジー作品集によって「瓜子姫」という昔話を知ったという児童も多いのではないかと推測される。

アンソロジー作品集に収録された「瓜子姫」は、ほとんどが「生存型」である。対象年齢が児童層であることなどを考えればやはりそうせざるを得ないと考えられる。

昔集話や昔話絵本は、ある程度昔話に興味のある家庭や保育所でなければ購入する機会が少ないと考えられるが、アンソロジー作品集はそうでなくとも購入される可能性がある。そのため、「瓜子姫」がアンソロジー作品集に収録されることにより、昔話に興味のない家庭・保育所などでも「瓜子姫」に触れる機会が増えるということになる。ただ、アンソロジー作品集は作品数が多く、また文章量も少ないものが多いため、多くの話に紛れて記憶に残りにくいという欠点もあると思われる。アンソロジー作品集は「瓜子姫」に限らず昔話に触れる入り口にはなりうるが、それだけでは昔話の魅力を味わう事はやはりできない。アンソロジー作品集から、本格的な昔話に興味をもってもらうためにはどうすればよいか、ということを今後は考えていくことが必要になるであろう。

注

（1）高野辰之（文）・鰭崎英朋（絵）「瓜姫」（『家庭お伽話第七篇』春陽堂、一九〇七年八月）
（2）楠山正雄『日本童話宝玉集下』（冨山房、一九二二年四月）
（3）当時の童話は昔話・伝説。創作童話などの区別はなく「児童のための話」をまとめて童話とすることが多かった。
（4）昭和女子大学近代文学研究室『近代文学研究叢書　六八』昭和女子大学近代文化研究所、一九九四年六月・楠山三香男『楠山正雄の戦中・戦後日記追補―文芸の志　明治・大正と磨き昭和に結ぶ―』冨山房、二〇一〇年八月）
（5）柳田国男柳田国男『日本昔話上』（アルス、一九三〇年二月）

（6）関敬吾（文）・鈴木寿雄（絵）『世界名作童話全集二五　空へのぼったおけやさん』（大日本雄弁講談社、一九五一年十一月）
（7）関敬吾『日本昔話集成　第二部本格昔話』（角川書店、一九五三年四月）
（8）坪田譲治『新百選日本むかしばなし』（新潮社、一九五七年八月）
（9）松谷みよ子『昔話十二か月　七月の巻』（講談社、一九八六年七月）
（10）今回確認できたのは平田昭吾（文）・大野豊（絵）『うりこひめ』（永岡書店、一九九一年）のみ。
（11）関敬吾『日本の昔ばなし（二）』（岩波書店、一九五六年五月）
（12）小学館国語辞典編集部編『日本国語大辞典　精選版』（小学館、二〇〇六年一月）
（13）新村出編『広辞苑（第六版）』（岩波書店、二〇〇八年一月）
（14）木村次郎（文）・人形座（写真）『うり子ひめとあまのじゃく』（一九五四年、エンゼル社）
（15）平井芳夫（文）・石井建之（絵）『うりこ姫』（大日本雄弁講談社、一九五五年三月）
（16）浜田広介（文）・秋野不矩（絵）『うりひめとあまのじゃく』（福音館書店、一九五七年一月）
（17）浜田広介（文）・黒崎義介（絵）『うりこひめ』（フレーベル館、一九五九年十二月）
（18）北畠八穂（文）・大日方明（絵）『うりこ姫』（講談社、一九六三年三月）
（19）横山泰子「女の敵はアマノジャク昔話「瓜子織姫」系絵本における妖怪」（小松和彦編『妖怪文化叢書　妖怪文化の伝統と創造絵巻・草紙からマンガ・ラノベまで』せりか書房、二〇一〇年九月）
（20）梅津次郎「瓜子姫絵巻の断簡」（『ミュージアム』一二四号、一九九一年六月）
（21）藤澤衛彦「瓜子姫子」（『純日本童話集　第一集　滑稽童話集』国民書院、一九二一年四月）

(22)浜田廣介（文）・初山滋（絵）「瓜姫物語」（『ひろすけ童話読本第二集』実業之日本社、一九二四年十二月）
(23)北村寿夫（文）・斎田たかし（絵）「ウリ子ヒメ子」（『日本昔噺カチカチ山』イデア書院、一九二六年十月）
(24)久米元一（文）・寺田良作（絵）「うりこひめこ」（『一年生の童話』金の星社、一九三〇年十月）
(25)高野辰之『日本歌謡集成　第十二近世編』（東京堂、一九四三年）
(26)(25)参照。
(27)富山県立図書館に保管されている富山県内で採取された資料や、『全国昔話資料集成一一　福岡昔話集』（岩崎美術社、一九七五年）の元となった『福岡県童話』など。
(28)権藤敦子『高野辰之と唱歌の時代―日本の音楽文化と接点を求めて』東京堂出版、二〇一五年八月）
(29)ヘルバルト（一七七六～一八四一）。ドイツの哲学者・教育者。日本の近代教育に大きな影響を与えたとされる。
(30)『日本教科書大系　近代篇』第六巻、第七巻。なお、国定教科書以前の教科書には童話も多く採用されていた。（海後宗臣編集『日本教科書大系　近代篇七』（講談社、一九六四年四月）、海後宗臣編集『日本教科書大系　近代篇九』（講談社、一九六四年十一月）
(31)文部省・編『修正国定教科書編纂趣意書』（国定教科書郷土販売所、一九一〇年）
(32)高野正巳（文）・愛芽（絵）『うりひめ』（おぼろ月夜の館、一九九〇年十月）
(33)長野県野沢温泉村・高野辰之記念館おぼろ月夜のパンフレット参照。
(34)昭和女子大学近代文学研究室『近代文学研究叢書　六八』昭和女子大学近代文化研究所、一九九四年六月・楠山三香男『楠山正雄の戦中・戦後日記追補―文芸の志　明治・大正と磨き昭和に結ぶ―』冨山房、二〇一〇年八月）。また、昔話（童話）をどのようにして学校教育に生かすのかということを論じた五味義武・山本誠子・田原美栄『低学

年教育　童話教材とその活用』（南光社、一九二九年）では「瓜子姫」も取り上げているが、参照にしているのは『日本童話宝玉集』所収のものである。当時、「瓜子姫」の中でもっともよく知られていたものであった可能性がある。

(35) 他にも巌谷小波・柳田国男らの名を挙げている。

(36) 柳田国男『日本昔話上』（アルス、一九三〇年二月）、『日本の昔話』（新潮社、一九八三年六月）参照。

(37) 高木敏雄『日本伝説集』（郷土研究社、一九一三年八月）

(38) 柳田国男『桃太郎の誕生』（三省堂、一九三三年一月）、『柳田國男全集　第六巻』（筑摩書房、一九九八年十月）所収を参照。

(39) 石井研堂『日本全国国民童話』（同文館、一九一一年四月）

(40) 長野県下水内郡教育会『下水内郡誌』（自刊、一九一三年）

(41) (36) 参照。

(42)『旅と伝説』一巻十二号（一九二〇年四月）

(43) 片岡良一等編『改訂版 総合中学国語 二の上』（教育出版、一九五六年～一九五七年）及び片岡良一等編『総合中学国語 三訂版 2上』（一九五八年～一九六一年）、柳田国男『日本の昔話』の一編として採用されていた。

(44) 中村紀久二主編『教科書の編纂・発行等教科書制度の変遷に関する調査研究』（教科書研究センター、一九九七年三月）によれば、一九五八年～一九六一年までの教育出版の教科書の採択率は四位である。

(45) 関敬吾（文）・鈴木寿雄（絵）『世界名作童話全集25　空へのぼったおけやさん』（大日本雄弁講談社、一九五一年十一月）

(46) 関敬吾『日本昔話集成　第二部本格昔話』（角川書店、一九五三年四月）

(47)『昔話研究』(二巻十号、一九三七年八月)
(48)関敬吾『日本の昔ばなし(一)』(岩波書店、一九五六年五月)
(49)山田貢『思い出夜話あったとさ』(自刊、一九四二年)
(50)稲田浩二・小沢俊夫編『日本昔話通観　第一〇巻(新潟)』(同朋舎、一九八四年九月)
(51)例えば「かちかち山」は「タヌキの婆汁」と「クマとウサギ」という別々の昔話が結合した可能性を示している。(関敬吾『日本昔話集成　第一部動物昔話』角川書店、一九五〇年四月)
(52)永田よしなお「瓜姫」(『日本むかし話　天狗のかくれみの』鶴書房、一九五八年十二月)、竹崎有斐(文)・石倉欣二(絵)「あまんじゃくとうり子ひめ」(『母と子の日本の民話八　牛方と山んば』集英社、一九七六年)など。
(53)なお、関以前に「姫が外敵に体を乗っ取られる」という型を採用した絵本(紙芝居)が存在する。(福島のり子(文)・荒金俊夫(絵)『うりひめ子　伝承童話紙芝居シリーズ6』教育画劇、一九五四年)。しかし、この絵本は「嫁入りの描写がある」「長者の家に餅を持っていく」「姫は最後に助かる」など、『あったとさ』の型とは大きな違いがある。全体的な流れは「侵入と同時に外敵から被害を被る」など、東北の岩手・青森東部に伝わる「鬼一口型」)姫が進入と同時に殺害される)型に近く「死亡型」を元に姫が死なない型としてアレンジしたものと考えるのが、もっとも妥当ではないかと思われる。
(54)児童文学者の西本鶏介が(b)・(e)の二冊に作者として、(d)に監修者としてかかわっている。また画家の田木宗太が(a)・(d)および小学館の絵本の三冊にかかわっている。彼らが「瓜姫」を気に入り、なんども絵本化したため、結果として数が増えた、ということもできるが、そのばあいでも彼らは「『岩波版』の型は絵本に向いている」と考えていたということとなる。

(55)『坪田譲治全集第十一巻』（新潮社一九七七年六月）
(56)「読売新聞」一九五七年九月二五日
(57)佐々木喜善『江刺郡昔話』（郷土研究社、一九二二年）
(58)松谷みよ子『昔話十二か月　七月の巻』（講談社、一九八六年七月）
(59)松谷みよ子『日本の昔話1』（講談社、一九六七年十一月）
(60)(58)参照。
(61)瀬川拓男・松谷みよ子編集『日本の民話2　自然の精霊』（角川書店、一九七三年）など
(62)松谷みよ子（文）・瀬川康男（絵）『うりこひめ』（盛光社、一九六七年八月）
(63)『わらしべ長者―日本の民話二十二編』（岩波書店、一九六二年）
(64)例として『母と子のおやすみまえの小さなお話365』（ナツメ社、二〇〇九年十月）二八〇〇円（税抜）、『ゆめいっぱいこころにのこるとっておきのおんなのこのめいさくえほん』（西東社、二〇一四年十二月）一六〇〇円（税抜）など。

第四章　忘れられた「瓜子姫」

年表から見られるように、「瓜子姫」を再構成した作家には様々な人物がいる。児童文学者や絵本作家などが比較的多いが、中には学者やジャーナリストなどもおり、非常に多彩である。この中には、それぞれの分野で名の知れた人物もいる。しかし、そういった著名な人物が再構成した瓜子姫が、必ずしも人気が出て広く読まれる、あるいは長く読み続かれるわけではない。著名な人物による再構成でありながら、あまり広くは読まれず、現在ではほとんど顧みられることのなくなった、「忘れられた瓜子姫」とでも言うべきものは存外に多く存在する。この章では、「忘れられた瓜子姫」に焦点を当てることを目的とする。これらの作品がなぜ広まらなかったのかということを解き明かすことにより、「瓜子姫」ひいては昔話の再構成はどうあるべきかという問題にひとつの答えを出せるのではないかと考えるためである。また、現在では顧みられなくなった作品に、もう一度光を当て、再評価をしてみたいとも考える。

1．石井研堂の作品

石井研堂は明治期から昭和の初期にかけて活動した編集者・文化史家である。一八六五（慶応元）年に現在の福島県郡山市に生まれる。上京した後は児童雑誌『小国民』の編集に力を尽くした他、児童向けの科学誌などの編纂に関わった。『明治事物起原』などの風俗史研究でも高い評価を受けている。一九四三（昭和一八）年没。

石井研堂の『日本全国国民童話』[1]は石井の文化史研究の一環であり、日本全国の昔話（石井は童話と呼んでいる）を集めたものである。「瓜子姫」を収録した昔話集としては比較的古い文献である。

おなじ明治期の巌谷小波が教訓的な要素を多く入れるなどの改編を積極的に行ったのに対して、石井はできるだけ元の形のままで昔話を残すという方針であったこと、資料が乏しく交通が発達していなかった時代に辺境へも積極的におもむき土地の人から話を集めたことが序に記されている。

これを読む限り、あまり知られていない昔話を中心に掲載した可能性があり、事実目次を見ると比較的有名でない話の割合が多い。

その業績は柳田国男が『桃太郎の誕生』にて、諸国の「瓜子姫」の例話として引用し[2]、関敬吾が『日本昔話集成』の参考資料として使用している。

「瓜子姫」に関しては、宮崎県で採取されたものを使用している（作品名は「瓜姫」以下、石井「瓜姫」）。この型は非常に珍しい要素を含んでいる。内容は以下の通りである。

・婆が川で洗濯をしていると真桑瓜が流れて来る。
・婆は瓜を持ち帰り、包丁で半分に切る。中から女の子が出て来る。爺婆は女の子を瓜姫と名づける。
・ある日、爺婆はふたりで出かけることになる。姫に「誰が来ても戸を開けてはならない」と言いつけて出かける。
・姫が留守番をしていると、村の嫌われ者・無理助がやってくる。無理助にしつこく頼まれ、戸を開けてしまう。無理助は戸を押し開けて侵入してくる。
・無理助は姫を背負い、梨の木の元まで連れていく。無理助は木に登って梨を食べ始める。

・姫が自分にも梨を取ってくれと頼むと、無理助は種や皮を姫に投げつける。
・姫が怒って帰ろうとすると、無理助はまだ固い青い梨を姫に投げつける。梨は姫の頭に当り、姫は気を失って倒れる。
・梨を食べ終えた無理助は木から降りようとするが、足を踏み外して木から落ち、死亡する。
・爺婆が帰ってきて、姫を探し当てて介抱する。村人は、姫が助かったこと、嫌われ者の無理助が死んだことを喜ぶ。

特徴的と思われるのが、以下の要素である。

外敵が無理助という村の嫌われ者であり、人間であること。外敵が人間である要素はたまに見られるが、無理助という名は本書以外では見られない。また、外敵が爺婆などに退治されるのでも、無事に逃げおおせるのでもなく、足を踏み外して木から落ちて死亡する、という自滅の要素も非常に珍しい。

姫が梨をぶつけられて気絶するということ。姫が果実を投げつけられる要素は多く見られ、それによって死亡する要素もまれに見られるが、気絶するというのは本書以外では見られない。なお、関敬吾の『日本の昔ばなし』[3]、では侵入してきたあまのじゃくの姿があまりにも恐ろしくて気絶する、という要素が見られる。それ以外では姫が気絶するという要素はない。

他にも、多くの類話ではよく見られるが、石井「瓜姫」には含まれない要素として以下のものが挙げられる。

・姫が機織をしない。
・姫の嫁入りがなく、爺婆がなぜ姫を置いて留守にするのか不明。

・姫と外敵の入れ替わりがない。

これらの要素のうちひとつを欠くものは決して珍しいわけではないが、これらの要素がすべて含まれないというものはまれである。

全国的に昔話収集に熱心であった石井が「瓜子姫」に別の型があるのを知らないとは考えにくく、おそらく「世人に忘れられんとす(4)」る珍しい型の「瓜子姫」であることを認識してあえて残そうとしたのではないだろうか。ただ、あまりにも他に類話が見つからないため、この類話は石井が話を聞いた話者の創作である可能性も十分ある。比較的古い文献でありながら、他の児童向け昔話集などに採用されることが少ないのはその信頼性が現在ではあまり高く評価されていないためではないだろうか。また、この類話は、『日本昔話通観』の類話例には引用されていない。『集成』でも引用されたこの文献を『通観』の編者が見落としたとは考えにくい。信憑性を疑問視されたものと考える。

このように、現在ではあまり省みられなくなった本書の「瓜子姫」であるが、「生存型」の姫が最後には助かる、というハッピーエンドの要素と「死亡型」の姫が殺害されるというスリルの要素（気絶という要素は死亡の変形であると見ることが可能である）の両方をあわせもった型であると見ることができ、話をおもしろくする要素としてはなかなか優れているものと思われる。後の絵本などに与えた影響はそれほど大きくないとも考えられるが、今後の「瓜子姫」をどのように再構成するか、という問題のヒントになると考える。

2. 藤澤衛彦の作品

藤澤衛彦は、大正から昭和にかけて活動した民俗学研究者・児童文学作家である。

一八八五（明治一八）年に現在の福島県で生まれた。民俗学研究においてはとくに伝説の研究において多くの業績を残し、「日本伝説叢書」などの著作が存在する。また児童文学者としても日本児童文学者協会の会長を務めるなど、執筆だけではなくその発展に力を尽くした。一九六七年（昭和四二）年死去。

藤沢衛彦も、昔話を児童向けに再構成を行っている。その中のひとつが、国民書院より発行された『純日本童話集』二巻である。『純日本童話集』の第一巻は『滑稽童話集』[5]、第二巻は『諸国童話集』[6]と副題がつけられている。なお、本来は三巻以上にする構想であったようだが、現存するものは二巻構成であり、途中で計画の変更が行われたようである。[7]「瓜子姫」は、『滑稽童話集』『諸国童話集』にそれぞれ一話ずつ収録されている。このふたつはともに東北で採取されたものを元にしたと明記され、途中まではほぼおなじ展開を見せるが後半以降は大きく異なる。

『滑稽童話集』に収録されているのは「瓜子姫子」（以下、藤澤「瓜子姫子」）である。

まずは、藤澤「瓜子姫子」の内容を確認する。なお、後書きによると元となった話は磐城地方で採取されたもののことである。

①婆が川で洗濯をしていると、瓜が流れてくる。婆はそれを拾って持って帰り、戸棚に入れておく。

②爺が帰って来たので、戸棚を開けると、瓜の中から女の子が生まれていた。ふたりは、その子に瓜子姫子という名前をつけて育てることにする。

③姫は機織のうまい美しい娘になり長者から嫁に欲しいと言われる。

④爺と婆は姫の嫁入り道具を買いに町へ出かけることにする。姫に「誰が来ても戸を開けないように」と言い含めて出かける。

⑤姫が機織をしていると、誰かがやってきて戸を叩きながら、「戸を開けてくれ」と頼む。最初は無視していた姫もだんだん怖くなってきて、少し戸を開けてしまう。
⑥すると、その戸の者は長い爪を使って戸をこじ開ける。それは山母であった。山母は姫を食い殺してしまった。
⑦山母は姫の着物を着て、姫に化ける。そして、爺と婆が帰ってきたらふたりも食ってしまおうと待ち構える。
⑧爺と婆が帰ってくる。姫に化けた山母の機織の音が、いつもの姫の機織の音と違うので、それは雨漏りのせいだと考える。
⑨ふたりは、「世の中で一番怖いのは古屋漏だ」と話をしながら家に入る。それを聞いた山母は、古屋漏というのは、恐ろしく強い化け物かなにかだと勘違いする。
⑩山母は、古屋漏を恐れて裏の窓から飛び降りる。そこに鶏を盗もうとしていた狐がいて、その背中に落ちる。
⑪狐も古屋漏の話を聞いていたので、背中に落ちてきたのは古屋漏だと思って駆け出す。山母も、古屋漏に飛び乗ってしまったと思い込み、振り落とされないようにする。
⑫狐は途中で山母を深い穴の中に振り落とす。一息ついているところに猿が来たので、いままでの出来事を話して聞かせる。
⑬猿は狐の話に半信半疑で、確かめてみようと自分の長い尾を穴に垂らす。
⑭山母は掴まって登ろうと尻尾を握る、驚いた猿は尻尾を引っ張るが、その拍子に尻尾は根元からちぎれてしまう。
⑮猿の尻尾が短いのはそのため。猿の顔が赤く、毛が逆生えなのは引っ張る際に顔を真っ赤にして踏ん張ったため。狐の目が吊り上ったのは山母に耳を引っ張られたため。
⑯翌日、爺が姫の仇をとろうとやってくる。穴の中の山母をみつけ、斧を投げ下ろして退治した。

前半は、岩手・福島などに多い「鬼一口型」である。しかし、後半は他にはほぼ見られない展開となり、「瓜子姫」よりも「古屋の漏」系統の昔話に近い展開となる。このことは、藤澤自身も認識していた。後書きにて以下のように述べている。

此童話は、話の組織からいふと、（一）瓜子姫子の童話と、（二）古屋漏の説話とが、結び付いてゐるもので、正確にいふと、別々のものにしなければならないのである。

瓜子姫子童話に就ては、その代表的なものを第三集「諸国童話集」にも載せ、其解説に於ても、精しく述べるつもりであるから、此処では略くが、此童話が、殊に、陸中地方に発達してをる事は断言して置いてよかろう。そして、この山母を或地方では、又、あまのじゃくに替へてゐる。

古屋の漏説話に就て、肥後地方の話では、虎狼といふ悪獣が、雨の降る晩に、老人夫婦を食はんとするものと、壁の外で隙を待ってゐる間に、例の古屋漏の話を聞いて逃げ出す事になつているが、唯、狼として話されてゐる地方もある。此話の、磐城地方に行はれてをるものには、即ち瓜子姫子童話と一緒になつたものもあるのであろう。

従つて、こうした形式の童話は、変態ではあるが、そこに又、滑稽なをかしみも見られるやうなので、わざと取る事にした。

以上より、藤澤はこれが「古屋漏」系統の昔話と結合した特殊な型の「瓜子姫」であると理解していたことがわかる。むしろ珍しい型としてあえて選んだということになる。

後書きにあるように、第二巻『諸国童話集』には、「かあかあけけろ」というタイトルで「瓜子姫」が収録されている。その内容を確認する。なお、後書きによれば陸中（岩手県）で採取されたものということである。


〈1〉婆が川で洗濯をしていると、瓜が流れてくる。婆はそれを拾って持って帰り、戸棚に淹れておく。

〈2〉爺が帰って来たので、戸棚を開けると、瓜の中から女の子が生まれていた。ふたりは、その子に瓜子姫子という名前をつけて育てることにする。

〈4〉姫は機織のうまい美しい娘になり長者から嫁に欲しいと言われる。

〈5〉爺と婆は姫の嫁入り道具を買いに町へ出かけることにする。姫に「誰が来ても戸を開けないように」と言い含めて出かける。

〈6〉姫が機織をしていると、山母がやってきて戸を叩きながら、「戸を開けてくれ」と頼む。姫は断る。

〈7〉すると、山母は戸を蹴破って侵入する。山母は姫を食い殺し、姫の皮と着物で姫に化ける。

〈8〉爺婆が帰って来るが、姫と山母が入れ替わっていることに気づかない。

〈9〉翌日、嫁入りのために偽の姫を馬に乗せる。するとカラスが「瓜子姫子は乗せないで、山母乗せた、かあかあ」と鳴く。

〈10〉次に庭の隅でニワトリが「糠屋の隅こそみろぢや、けけろ」と鳴く。爺が糠屋に行ってみると、本物の姫の骨が吊るされていた。

〈11〉爺は斧で山母を斬り殺す。

藤澤「瓜子姫子」に比べ、比較的オーソドックスな「鬼一口型」となっている。後書きによれば、藤澤が採取した「瓜子姫」の類話はすべて東北のものであり、そのほとんどが岩手県内のもので、「死亡型」・鬼一口型であった。そのため、この型を「瓜子姫」のスタンダードとして認識していたものと考えられる。また、後書きにおいて、「瓜子姫」の昔話はグリム童話の「シンデレラ」（藤澤は「燃屑姫」と翻訳している）と、鳥の知らせによる真相の暴露という要素が共通しているという事を考察している。世界的な視点で「瓜子姫」という昔話を見ようとする考え方であり、後の関敬吾などとも共通する方法であると言える。

藤澤が、あえて「瓜子姫」系統のタイトルを用いず、鳥の鳴き声をタイトルとして利用したのも、鳥の鳴き声という海外の昔話と共通する要素に重点を置いたためと考えることができるのではないだろうか。

現在、藤澤「瓜子姫子」および「かあかあけけろ」ともに、藤澤の「瓜子姫」が顧みられることは、ほとんどない。その後の再構成作品の原本として藤澤の資料が使用されたということもほぼ見られない。唯一、藤澤「瓜子姫子」のみ後の昔話集に使用されているのが『日本昔話　三年生』(8)であるが、それは藤澤自身の手によるものである。藤澤「瓜子姫子」に関しては、途中から「古屋の漏」系統の昔話と結合するという特殊性の故、「かあかあけけろ」に関しては姫が殺害され皮を剥されるという点が児童向けとしては敬遠されたという側面もあると思われる。だが、それ以上に藤澤衛彦の昔話集そのものがあまり出回らなかったのではないだろうか。

『純日本童話集』は現存するものは非常に少ない。第一巻は、国会図書館などの大型公共図書館や大学図書館などにある程度保管されているが、第二巻は極めて少なく、確認できたかぎりでは大阪府の児童文学館所蔵のもののみであった。もともと児童書は大切に扱われることが少なく、残りにくいものであるということ、関東大震災や戦災などにより多くの資料が失われた時代であったということを考慮しても、その少なさから見て当時大量に出回っていたとは考えにくい。もともと全三巻にする予定を全二巻に縮小したことから見ても、第一巻はあまり出回らず、第二巻はもともとの発行部数自体が少なかったのではないかと考えられる。

現在、藤澤衛彦は再構成した昔話集が顧みられないだけではなく、その研究業績も注目されることは少ない。しかし、柳田国男とはまた違った側面から伝説や昔話を研究しようとした方法を再評価しようとする動きもある。「瓜子姫」研究においても、関敬吾などよりも早く海外の昔話との関わりを認識していたという点で注目に値すると思われる。今後、もっと考察を深めていきたい人物である。

3. 浜田広介の作品

浜田広介は大正から昭和にかけて活動した児童文学作家である。

浜田広介は一八九三（明治二六）年に現在の山形県高畠町（東置賜郡）に生まれた。上京し早稲田大学在学中の一九一七（大正六）年『大阪朝日新聞』に『黄金の稲束』が入選し、作家活動を開始する。卒業後はコドモ社や実業之日本社などで編集者として活動したが関東大震災を機に退社し、専業作家として活動した。自分の作品の基本を「善意」とし、叙情的な作品を多く発表した。一九七三（昭和四八）年死去。作品は「ひろすけ童話」と称される。代表作は「泣いた赤鬼」「りゅうの目のなみだ」など。

浜田広介は昔話の再話の他に「昔話を元にした童話の執筆」を数多く行っている。「瓜子姫」を題材とした童話もあり、「うりひめものがたり」というタイトルがつけられている。この童話は全集に収録されており、全集附属の「初出一覧」では大正十二（一九二三）年に初出と記載されている。(9)

しかし、現在全集に載っているものは昭和期に書き換えられたものであり、大正期のものとは大きく異なっている。大正のものと昭和のもの、それぞれの概要を述べる。

まずは大正の『瓜姫物語』の概要である。タイトルは漢字表記となっている（以降、大正の『瓜姫物語』を「旧瓜姫」とする）。

「旧瓜姫」は大正十二年に『小学女生』という雑誌の三月号から五月号にかけて『瓜姫物語』として連載され、翌年、大正十三（一九二四）年出版の『ひろすけ童話読本二』に収録された。なお、連載が掲載された『小学女生』は小学校三・四年生向けの雑誌であり、この前後の年齢を対象として書かれたものと推測される。

内容を要約すると以下の通りになる。

①子どものいない老夫婦が畑で育てた瓜から女の子が生れる。
②夫婦はその子を「瓜姫」と名づけて育てる。姫は大きくなり、機織上手な娘となる。
③ある日、老夫婦が留守にした際、いたずらものの妖怪あまのじゃくがやってくる。
④あまのじゃくに頼まれ、姫は戸を開ける。
⑤家に侵入したあまのじゃくは姫の着物を奪い、姫を俵に押し込んで天井から吊るす。
⑥老夫婦が帰ってきて芋を与えると、毛や皮を取らずに食べるので不審に思う。
⑦鳥が飛んできて、真相を知らせる。
⑧事が露見したことを悟ったあまのじゃくは逃げおおせる。
⑨老夫婦は俵に詰め込まれた姫を見つけましたが、姫はすでに息絶えていた。

⑩悲しむ老夫婦を見た赤い小鳥は、死者を生き返らせる「命の水」を求めて飛び立つ。
⑪赤い小鳥はいまでも命の水を求めて飛んでいるのかもしれない。

「死亡型」となっていて、姫の受難によって分類すると、「鬼一口型」に分類されるものに近い。また、「俵に詰められて天井から吊るされる」という要素は、姫が屋内に隠される青森県津軽地方に伝わる型に近い。

赤い小鳥が「命の水を探しに行こう」と言って飛び立つところで終わっているが、この「命の水」という表現は「瓜子姫」の類話には存在せず、浜田のオリジナルであると考えられる。

「旧瓜姫」はその後、童話集に収録される機会はなく全集にも収録されていない。現在では、専門の図書館でなければ閲覧は難しい状況である。

次に昭和の「うりひめものがたり」の概要を述べる。（以降、昭和の「うりひめものがたり」は「新うりひめ」とする）。

戦後になり昭和二六（一九五一）年『ひろすけ家庭童話文庫3』に収録された。その前に雑誌などでの掲載があったのかは現時点では不明である。大幅に加筆が加えられた結果、浜田の童話としてはかなり長いものとなっている。

前半はほぼ「旧瓜姫」と同じだが、姫が死亡せずに、瀕死の状態ではあるが生きているというのが大きな違いとなる。そして、新たに加筆された後半では姫を助けるために、からすが「命の水」を求めて奮闘するという展開となり、事実上からすが主役となって活躍する。からすが無事に命の水を手に入れ、姫は助かり、あまのじゃくはからすによって懲らしめられるという展開になっている。この後半部からすの冒険譚は「瓜子姫」には全く登場せず、完全に浜田の創作であり、前半とほぼ同程度の長さがある。

内容以外の面では、「旧瓜姫」と比べて漢字が少なくなり、文章も全体的に平易になっている。後に『一・二年ひ

ろすけ童話集　お日さまのぱん』[10]に再収録されていることから対象年齢は小学校一・二年生前後であり、「旧瓜姫」の三・四年生よりも引き下げられている。それにあわせて書き直した結果と考えられる。

「新うりひめ」はその後全集に収録されたため、現在でも比較的容易に読むことが可能である。

また浜田には『こどものとも　うりひめとあまのじゃく』という作品もあり、これも再話という事になっているが、再構成作品の中にいれるべきと考える。以後、これは『こどものとも』とする。一九五七年にまず保育雑誌に掲載[11]され、ついで福音館の『こどものとも』[12]シリーズのひとつとして発刊された。「畑の瓜から姫が誕生する」「姫が俵につめられる」などの展開、姫を俵から出した時点で話が終わるという点で「旧瓜姫」に近いものの、俵から助け出された姫が介抱されて息を吹き返す展開になっており、その点では「新うりひめ」の流れをくむものであると言える。

以上が、新旧「うりひめものがたり」の概要である。次に、浜田がこの童話を執筆した経緯を考察してみたい。まずは、浜田がこの童話のもととした昔話「瓜子姫」はどのようなものであったのか、ということを考察する。

「瓜子姫」は、彼が幼少期に母親から聴かされた昔話のひとつであり、それを元として「うりひめものがたり」を執筆したとされる。[13]浜田の聞いた「瓜子姫」がどのようなものであったのかということは、現時点では確実な資料はみつかっていない。しかし、現在採取されている「瓜子姫」を作品と比較することによりだいたいの概要を掴む事が可能であると考えられる。置賜地方周辺に伝わる「瓜子姫」の類話を、書籍を中心に収集・整理し、それらと浜田の童話を比較した結果、浜田が聞いた「瓜子姫」は以下のようなものであったと思われる。

第一に、姫は畑から採れた瓜から誕生する、という要素であったと考えられる。

新旧および『こどものとも』すべてに登場する要素であり、これは、浜田自身がはっきりと「母から聞いたもの」と述べている。[14]置賜地方の類話も、瓜から生れる要素のあるものにかぎれば、畑から取れる型が半数近くを占め、瓜が川を流れてくる型は多くはない。

次に、姫の名は「瓜姫」であった、ということが指摘できる。新旧および『こどものとも』すべてにおいて姫の名は「瓜姫」となっている。置賜地方の「瓜子姫」は、ほとんどが姫の名を「瓜姫子」としている。これは、「娘っ子」「馬っ子」などのように、「瓜姫っ子」であり、姫の名の基本形は「瓜姫」であったと言える。

次に、外敵は「アマノジャク」であったということと挙げられる。置賜地方には、山姥などあまのじゃく以外のものが外敵となるものはほとんどない。置賜地方では「瓜子姫の外敵＝アマノジャク」という図式でほぼ確定されていたと見ることができる。

次に、姫は侵入と同時に殺害される、という型であったと考えられる。置賜地方の「瓜子姫」は、ほとんどが「侵入と同時に殺害」される型、「鬼一口型」である。「生存型」も存在するが、それらは「外への連れ出し」の要素が含まれ、「侵入と同時に家の中に監禁される」という「新うりひめ」『こどものとも』とは本質的に異なると言える。「旧瓜姫」でも姫は死亡しており、浜田が幼少期に聴いた「瓜子姫」でも姫が死んでいた可能性は高く、それは「鬼一口型」であったのではないかと考えられる。浜田は幼少期に聞いた「侵入と同時に姫が殺害される瓜子姫」から残酷と思われる描写を除き、「旧瓜姫」にした可能性が高いのではないだろうか。

次に、「イモの要素」が含まれていたということがあげられる。新旧および『こどものとも』すべてに登場する要素であり、置賜地方のかなり多くの類話に見られる要素である。印象的な要素として浜田の記憶に残っていた、と考えてほぼ間違いないと思われる。

次に、鳥の要素が含まれていたということが挙げられる。置賜地方のほとんどの類話に見られる要素であり、新旧および『こどものとも』すべてで鳥が重要な役割を担っているのは、浜田が聞いた「瓜子姫」にもその要素が含まれていたからと考えられる。なお、他地方では真相を告げる鳥は「カラス」であることが多いが、置賜地方の鳥は「鳥」「小鳥」などと鳥の種類を限定しないものがほとんどである。「旧瓜姫」では単に「赤い小鳥」としているだけだが、「新うりひめ」では姫の居場所を知らせるのは「かけす」、命の水を探しに行くのは「からす」というように分担され、「こどものとも」では真相を知らせるのは「からす」となっている。浜田が他地方の「瓜子姫」を研究して、その要素を取り入れたのかもしれない。

そして、アマノジャクは最後には殺害されていた、と考えられる。「旧瓜姫」『こどものとも』ではアマノジャクはとくに罰を受けずに逃げおおせ、「新うりひめ」でも「からすにつつかれる」という軽い罰ですんでいるが、置賜地方の「瓜子姫」ではほとんどの類話で姫の仇として殺害されている。浜田が聞いた「瓜子姫」も、アマノジャクが殺されていた可能性は高いと思われる。

また、他の地方には多い、「瓜子姫が嫁に行く」という嫁入りの要素はなかったのではないか、ということも指摘できる。置賜地方の「瓜子姫」には嫁入りの要素は非常に少なく、新旧および『こどものとも』すべてに嫁入りの描写はないことから、浜田の聞いた「瓜子姫」にも嫁入りの要素はなかったと考えられる。

以上が、浜田が聴いたと思われる「瓜子姫」の概要である。ただし、昔話には例外が存在するため、ここであげたのはあくまでも「可能性が高い」というだけであり、浜田の母・やすの家系での特殊バージョン、あるいはアレンジがなされていた可能性も否定できない。

次に、どのようにして昔話から童話に変化させていったのか、ということを考察する。まずは、「瓜子姫」から「旧瓜姫」への変化を見る。「瓜子姫」を童話化する際、「鬼一口型」を基本としながらも、残虐と思われる描写を除いたと考えられる。

表2　置賜地方「瓜子姫」一覧表

	採取話地	生れる瓜の由来	姫の名	外敵	姫への迫害	芋の要素	鳥の要素	外敵の末路	嫁入り	
1	高畠町	不明（お盆の瓜）	瓜姫子	アマノジャク	侵入と同時に殺害して食う	なし	不明	殺される	なし	田三郎
2	高畠町	なし	瓜子姫	不明	木に縛る・生死不明	なし	なし	不明	なし	置賜
3	高畠町	畑で育てた瓜	瓜姫子	天邪鬼	侵入と同時に殺害	あり	あり	殴り殺される	なし	文殊の里
4	南陽市	なし	瓜姫子	天邪鬼	侵入と同時に殺害	なし	あり	不明	なし	なら梨
5	南陽市	不明（お盆の瓜）	瓜姫子	天邪鬼	侵入と同時に食い殺す・死体を木に吊るす	なし	なし	引きずって殺す	なし	置賜平野一
6	南陽市	畑で育てた瓜	瓜姫子	アマノシャク	侵入と同時に殺害・死体を木に吊るす	あり（きのこ）	あり	仇を討たれる	なし	さるまなぐ
7	米沢市	なし	瓜姫御	天邪鬼	侵入と同時に飲み込む・腹の中より生還	なし	あり	胴を裂かれる	なし	安部
8	米沢市	不明	瓜姫子	天邪鬼	侵入と同時に殺害	なし	あり	殺してススキ原に投げる	なし	塩井
9	米沢市	なし	瓜姫子	天邪鬼	木に縛る・生存	あり	あり	ソバ畑で殺される	なし	置賜
10	飯豊町	川を流れてきた瓜	瓜姫子	天邪鬼	裏の畑で殺す	なし	なし	裏の畑で殺される	なし	中津川上
11	飯豊町	畑で育てた瓜	瓜姫子	天邪鬼	侵入と同時に殺害	あり	あり	萱原で殺される	あり	中津川上
12	飯豊町	なし	瓜姫子	天邪鬼	梅の木に吊るして殺す	あり	あり	殺される	なし	飯豊町
13	飯豊町	不明	瓜姫子	天邪鬼	梅の木に吊るす・生死不明	なし	あり	萱原で殺される	なし	飯豊町
14	飯豊町	川を流れてきた瓜	瓜姫子	天邪鬼	侵入と同時に殺害	あり	あり	殺され茅野に埋められる	あり	飯豊山麓
15	飯豊町	不明	瓜姫子	天邪鬼	侵入と同時に食い殺す	あり	あり	殺され茅野に埋められる	なし	飯豊山麓

16	飯豊町	畑で育てた瓜	瓜姫子	天邪鬼	侵入と同時に殺害	なし	あり	殺され茅野に埋められる	なし	たかみね
17	飯豊町	川を流れてきた瓜	瓜こひめ	あまんじゃぐ	桃の木に縛る・生存	なし	あり	逃がしてもらう	なし	長者原
18	白鷹町	畑で育てた瓜	瓜姫子	アマノジャク	侵入と同時に殺害	あり	なし	カヤ原で殺される	なし	蛇むこ
19	白鷹町	畑で育てた瓜	瓜姫子	天邪鬼	侵入と同時に殺害	なし	あり	斧や包丁で切り殺す	なし	とーびんと
20	白鷹町	なし	うり姫	あまのじゃく	山で殺して桃の木に吊るす	なし	あり	萱原で殺される	なし	昔あった
21	小国町	川を流れてきた瓜	瓜姫子	天邪鬼	桃の木で殺す	あり	あり	萱林で殺される	なし	お杉お玉
22	小国町	なし	瓜姫子	天邪鬼	梨の木へ吊り下げて殺す	あり	あり	殺される	なし	カマイタチ
割合		畑の瓜（不明含）50％	瓜姫子86％	天邪鬼系95％	鬼一口型60％	芋あり46％	鳥あり77％	殺される86％	嫁入りなし90％	

まず、姫が侵入と同時に殺されるという展開を、俵に詰められて吊るされ、結果死亡する、というように書き換えているということを指摘できる。結果として姫は死亡するものの、アマノジャクに明確な殺意まであったようには描写されていない。「悪意」をできるだけ取り除こうとした結果であると思われる。

次にアマノジャクは老夫婦によって惨殺される、という展開をとくに罰を受けずに逃げおおせる、というように書き変えているということを指摘できる。残酷な殺害シーンを省き、できるだけ死亡者を少なくしたい、という意図があったものと考えられる。

また、最後に小鳥が「命の水」を探しに行くという展開を付け加えることにより、「姫が生き返るかもしれない」という希望を持たせ、読後感を柔らかくしているということも指摘できる。

東北の「瓜子姫」に多く見られる「鳥の要素」は、殺された姫の魂が鳥になったということを暗示しており、夭折した子どもを悼む東北の人々の気持ちが込められていると考えられる。浜田は「よぶこどり」という作品を「旧瓜姫」の数年前に書いている。(15)「よぶこどり」は「小鳥前生譚」と呼ばれる型の昔話が元であり、元となった昔話は失った子どもを悼む親の気持ちを語ったものであると考えられ、「よぶこどり」も、突然いなくなってしまった子どもを思う母の愛情が主題となる。これらを見るかぎり、浜田は昔話における「鳥」と「子どもを悼む気持ち」の関連を感覚的に理解していたと考えても問題ないと思われる。

浜田が「旧瓜姫」で表現したのは、「夭折した子どもを悼む気持ち」であり、「子どもが蘇って欲しいと願う親の切ない思い」だったのではないだろうか。

次に「旧瓜姫」から「新うりひめ」への流れを考察する。旧と新では以下のような違いが見られる。

第一にあげられるのがハッピーエンドへの改定という点である。姫が「命の水」により蘇生するというハッピーエンドになっていて、そのため「旧瓜姫」よりも読後感が明るくなっていると言える。

第二に、冒険譚としての要素の追加を指摘できる。姫を助けるため「命の水」を取りに行くからすの活躍が後半の要となる。からすに対してのあまのじゃくの妨害、それに対処するからす、といった冒険活劇風の物語が繰り広げられる。

第三に「教訓」の要素の追加を指摘できる。浜田は後の「こどものとも」の後書きで以下のように述べている。

……いじわるのあまのじゃくが、ばけても、ものにならないこと、つまり、わるいたくらみはなりたたないということを、このお話の教訓にして、あっさりと話をむすんでおきました。

また、「新うりひめ」には、芋の食い方で正体がばれたあまのじゃくが「ばけても、やっぱりだめだわい。」と言って逃げていく場面が存在する。このことから、すでに「新うりひめ」の段階で、「ばけてもものにならない」という教訓の挿入を意図していたと考えて間違いないと思われる。敵役であるあまのじゃくが「新うりひめ」ではからすに突付かれて懲らしめられるが、勧善懲悪が強調されているとともに、「悪いことをしたら報いがある」という教訓が含まれていると考えられる。

浜田がこのような改定を行った要因としては以下の理由が考えられる。

第一に、浜田が家庭を持ったということがあげられる。「旧瓜姫」から「新うりひめ」までの間に浜田は結婚し、家庭を持っている。父親となり、子育てにかかわった経験からはば広い年代の子どもが楽しめる、より児童向けのものとして冒険譚を加えてハッピーエンドにし、「教訓になるもの」を挿入した可能性が考えられる。

第二に、大戦の記憶というものをあげることができると思われる。「新うりひめ」が書かれたのは戦争で多くのひとが死んだ記憶がまだなまなましい時期であり、先行きがまだ見通せない時代にあえて、子どもに喜ばれ、なおかつ希望のある明るい読後感に改変した可能性が指摘できる。

これらふたつの理由により「旧瓜姫」にあった死者を悼む切ない物語から、「新うりひめ」の明るくわかりやすい物語へと、おなじ昔話を元としながらもほぼ別の作品にしあがったと言う事ができるのではないだろうか。

また、長い作品へと改定した理由としては、執筆環境の変化というものがあげられる。「旧瓜姫」は雑誌への連載であり、ページ数や連載回数などに制限があったと考えられる。それに対して、「新うりひめ」は現時点では雑誌などへの連載は確認できず、単行本描き下ろしであった可能性が高い。そのため、制限が雑誌連載に比べて少なく、長い作品が書きやすかったと思われる。

また、「旧瓜姫」連載時は当時勤めていた実業之日本社で雑誌『幼年の友』の主任となるなど多忙な時期であった。一方、「新うりひめ」執筆時はすでに専業作家であり、このことも長い作品が書きやすい状況であったと推測される。このような環境の変化もあり、あえて長い作品として再構成した、と考えることができる。なお、『こどものとも』は、小学校低学年向けとしてはやや長い「新うりひめ」を手軽に読めるようにコンパクトにする、という意図があったのではないかと考えられる。

このように、浜田は「瓜子姫」という昔話を童話にしただけではなく、なんども書き直している。また、童話として再構成するだけでなく、再話、すなわち語りなおしとしても、何度か扱った。このように、たびたび題材にしている。また、『こどものとも』の後書きに以下のように述べている。

「素ぼくなかたちで興味そのものを与えてくれるというために、このお話が、幼い者に好かれるのだといいたいように思います。」と述べています。

これを読む限り、この昔話に好意を抱いているように思われる。しかし、浜田の残した随筆などでは「瓜子姫」に触れたものは現時点では見つかっていない。幼少期に聞いた好きな昔話としてあげるのはほとんどが「お糸小糸」である。[16] 浜田はもともと日記や書簡などが少ないが、「瓜子姫」に強い思い入れがあれば、なにかしらの記述があるべきではないかという疑問は残る。そのことから「浜田は「瓜子姫」が嫌いだったのではないか」という可能性を考えられるのではないだろうか。『こどものとも』で「幼い者に好かれる」と述べているのはあくまでも「姫が助かる」

という「生存型」であり、浜田が聞かされたと思われる「瓜子姫」は、老夫婦が大切に育てた姫が無残に殺されるという理不尽な話であり、優しい話を好んだ浜田の趣味に合わなかった可能性は十分考えられるのではないだろうか。浜田が何度も「瓜子姫」を題材にした作品を書いたのは、「嫌いな昔話を自分なりに納得できる形に仕上げたい」という思いがあった、と見ることも可能である。ただ、この仮説には立証できる証拠は全くないので、あくまでも可能性のひとつとして指摘するにとどめる。

なお、「新うりひめ」はあえて後年の童話集に入れていることから、自身の代表作とまで考えていなくとも、それなりに気にいっていたのではないか、と考えることができるのではないだろうか。

現在、新旧の「うりひめものがたり」はどちらも浜田の童話集に収録されることはほとんどない。「旧瓜姫」が収録されないのは「新うりひめ」が改訂版と位置づけられるためだが、その「新うりひめ」も収録されることはまずない。理由としては他の作品に比べて長い、翻案よりも創作の方が好まれる、などの理由でほとんど収録されなくなったから、などと考えられる。

現在では顧みられることの少なくなった「うりひめものがたり」だが、「昔話と童話の架け橋」のひとつの例として、今後も残していく価値のある作品であると考える。

浜田の作品「泣いた赤鬼」などの有名なものを除いてまだ研究が十分なされているとは言えず、とくに昔話を元にした「お糸小糸」「よぶこどり」などの研究は非常に少ない。昔話と童話のつながりを研究し、今後昔話をどのように再構成すべきか、ということを考えるヒントとするためにも、「ひろすけ童話」と昔話のつながりを研究していきたいと考えている。

4．平林英子の作品

「瓜子姫」の再構成の中から作家・平林英子による再構成作品『うりひめ』を取りあげる。この作品を取りあげる理由として以下のものがあげられる。

第一に、この作品が学習誌の付録という形で発行され何年かおきに内容が全く同じものが付録として再利用され続けた、という点があげられる。学習誌は多くの児童に読まれていたものであるため、この作品も多くの児童の目に触れたと考えられる。この作品によって「瓜子姫」という昔話を初めて知るなどの影響を児童に与えた可能性が指摘できる。

第二に、作者がどのような意図をもって、どのように元の昔話に手を加えたのかということを明確に記しているという点が挙げられる。改変の意図や理由をこの作品ほど明確に記している作品は珍しく、再構成された昔話の特徴や問題点などを考えるひとつの鍵になるのではないかと考える。

また、平林英子は現在ではあまり顧みられることのない作家である。忘れられてしまった作家にもう一度光を当てるという意味でもこの作品をとりあげる意味はあると考える。

以上の理由により、平林英子『うりひめ』を題材として考察を進める。なお、この作品は学習誌の付録という形式であり、厳密な分類では雑誌記事という扱いになる。しかし、独立した冊子となっていること、何年かおきに同じ内容のものが付録として再利用されている点などから、便宜上書籍として扱うこととし、表記も平林『うりひめ』とする。

平林英子は明治三十五（一九〇二）年、長野県梓村（現松本市梓川地区）に生まれる。実家は裕福であったが、両親が当時新興宗教であった天理教に多額の寄付をしたことなどによりやがて没落する。その後、単身大阪・京都へ出て働きながら勉強する。その時期、当時京都三高の学生であった中谷孝雄[17]と出会い、同棲生活に入る。

その後、中谷との同棲を一旦解消し、帰郷。大正十一（一九二二）年武者小路実篤の「新しき村」運動[18]に共鳴し、宮崎県の新しき村に入村するが半年ほどで離村。武者小路実篤の不倫騒動の後始末を手伝わされたことがきっかけとなっている。その後、東京で生活を始めるが、まもなく関東大震災が起こり、やむなく帰郷し長野新聞に記者として入社する。一年ほど勤めるが、東京へ出た中谷孝雄に呼ばれて退社・上京。再び同棲生活（事実上の結婚。後に正式に籍も入れる）に入る。この東京生活の時期に、梶井基次郎・外山繁などとともに、同人誌『青空』（一九二五年・大正一四年に創刊）を発行する。その後、化粧品会社に就職するが、妊娠のため退社、出産をする。

昭和五（一九三〇）年雑誌『女人芸術』に小説「谷間の村落」を投稿し、掲載される。本格的に作家としての活動を開始する。その後、「日本プロレタリア作家同盟」に参加するが、会が弾圧を受けて解散すると、「日本浪漫派」に所属する。

戦後の作家として活動を続け、昭和四十八（一九七三）年『夜明けの風』で芸術選奨新人賞を受賞。同年、埼玉文化賞も受賞する。平成十三（二〇〇一）年死去。九十九歳。

このようにいくつかの賞もとった作家であり、その来歴も興味深い。しかし、現在では平林英子の知名度は低く、研究論文などもほとんどなく、作品が読まれることもあまりない。平林英子に関する最も新しい論文にも「平林たい子とは別人である」とわざわざ断りをいれているほどである[19]。しかし、新しい村に滞在時の回想録は村の実態の記録として、『青空』に参加した作家たちとの交流の記録は梶井基次郎らのひととなりをいまに伝える記録として、その随筆類の多くは貴重な資料となっている。現在では、作家としてよりもこれらの資料を残した人物として評価されているのではないかと思われる。

今回題材とする平林『うりひめ』は、学習誌『ポピー』の付録冊子、「こころの文庫」のひとつとして発行された。昭和五十七（一九八二）の「ポピー小学一年生」一月号の付録であり、挿絵は三国よしお[20]、表紙装丁は棟方志功[21]が担当した。その後、同じ内容のものが小学一年生向けのものとして何年かおきに再利用され続けているようである。

『ポピー』は全日本家庭教育研究会より一九七一年より刊行されている月刊学習誌であり、書店での販売ではなく契約している世帯に配送される方式を取っている。「こころの文庫」は副教材として毎月一冊が付録としてつけられていた。内容は学年によって異なるが当時はおもに日本や世界の昔話が題材として取り上げられていた。平林は夫の中谷孝雄とともに「こころの文庫」の執筆者として活動していた。全日本家庭教育研究会の親会社である新学社は日本浪漫派の代表的な人物・保田與重郎[22]が創立者のひとりであり、平林夫妻とも交流があった。夫妻が「こころの文庫」の執筆者となったのはそのことが大きいと思われる。

なお、通信教育雑誌である『ポピー』は通常の図書館などに保管されることは少なく、その付録である「こころの文庫」を閲覧することは非常に困難を伴う。

平林『うりひめ』の概要は以下の通りである。

①婆が川で洗濯をしていると箱が二つ流れてくる。婆が「おもいはこここっちへ来い」と言うと、ひとつの箱が寄ってくる。
②箱の中には大きな瓜が入っていた。爺と一緒に切ろうとすると瓜はひとりでに割れて中から女の子が出てくる。
③爺婆は女の子をうりひめと名付けて育てる。うりひめは成長すると美しい娘になり、金持ちの家に嫁入りが決まる。

④爺婆は嫁入り道具を買いに出かける。うりひめに「わるいおんなに気をつけろ」と注意する。
⑤うりひめがはたを織っていると、わるいおんながやってきて、戸をあけてくれという。
⑥うりひめは指の先が入るほど戸を開ける。わるいおんなは長い爪で戸をこじ開ける。
⑦わるいおんなはうりひめを桃取りに誘い、いやがるうりひめを無理やり裏山の桃の木へ連れて行く。
⑧わるいおんなはうりひめを桃の木に登らせ、高い枝に上ったところで木を揺する。うりひめは木から落ちて気を失う。
⑨わるいおんなはうりひめの着物をうばい、気絶したうりひめを木に縛り、自分は家に帰ってうりひめのふりをする。
⑩爺婆が帰ってくる。お土産の食べ方を見て、婆は偽物であることに気付く。
⑪裏山からうりひめの泣き声が聞こえてくる。婆は裏山へ行き、縛られていたうりひめを助ける。
⑫悪い女は爺に問い詰められ、うりひめの代わりに嫁に行こうと思ったことを告白する。
⑬爺婆はわるいおんなに「おまえが嫁に行けないのは心がけが悪いからだ」と諭す。
⑭わるいおんなは反省する。

昔話の再構成には、資料を基にする方法と、自身が幼少期に聞いた昔話を元にする方法とに大別できる。平林は、幼少期に聞いた昔話はあまり記憶にないと書いており、(23)前書きで各地の「瓜子姫」を調べたということを書いていることから、資料を読んで再構成したことは間違いない。平林が平林『うりひめ』を再構成する際に使用した資料は、関敬吾『日本昔話集成』(以下『集成』)あるいはその改訂版『日本昔話大成』(以下『大成』)の典型話と思われる。その理由として、以下のものがあげられる。

第一に、多くの要素が『集成』『大成』の典型話と共通するからである。「ふたつの箱が流れてくる」「箱のうちのひとつに瓜が入っている」「外敵は長い爪を使って戸をこじ開ける」「連れ出されるのは桃の木」「姫が木から落とされる」などがそうである。これらは当時では『集成』『大成』の典型話以外では見られなかった要素である。

第二に、平林英子は「こころの文庫」で他にも昔話の再構成を書いているが、その中には『集成』『大成』の典型話と同じであるものがいくつか見られるという点を挙げられる。『かぐや姫』（『竹取物語』）、『鶴の恩返し』などの当時でも有名であった昔話以外は、『集成』『大成』が重要な参考資料のひとつであったのがうかがえる。

当時、『集成』『大成』はもっとも信頼のおける最新の昔話資料であり、各地の類話を比較するのにもっとも便利なものであった。平林子は、前書きで各地方に残る「瓜子姫」にも言及しており『集成』『大成』でその昔話に関する知識を学んでから再構成に着手したものと思われる。

『集成』『大成』の典型話はもともと秋田県平鹿郡に伝わるものである。

平林『うりひめ』と『集成』『大成』を比較すると、多くの相似点もあるが、相違点もかなりあることが確認できる。両者の主な相違点として以下のものがあげられる。

・姫の名が『集成』では「瓜姫子（うりひめこ）」であるが『うりひめ』では「うりひめ（瓜姫）」である。
・外敵が『集成』『大成』では「天邪鬼」であるが、『うりひめ』では「わるいおんな」である。『集成』『大成』でも天邪鬼は悪い女とされているが、背中にトゲがあるなど明らかに人外のも　のとして描写されている。
・姫の嫁入りは『集成』『大成』では入れ替わりのあとに決まっているが、『うりひめ』では爺婆が出かけるまえに決まっている。それにより爺婆がでかける理由が「姫の嫁入り道具を買いに行くため」となっている。また、『集成』

『大成』にある天邪鬼が策をもちいて嫁に行こうとする要素は『うりひめ』にはない。

・『集成』『大成』では姫は歌を唄いながら機を織っており、歌詞も挿入されているが『うりひめ』では歌う場面はない。

・桃の木へ行く前に、『集成』『大成』では姫と外敵の軽妙なやり取りがあるが、『うりひめ』では省略されている。また、桃の木の場所は『集成』『大成』では長者の家の裏だが、『うりひめ』では裏山となっている。

・『集成』『大成』では、まず天邪鬼が木に登り、自分だけが桃を食うが、『うりひめ』ではわるい女は木に登らない。

・木から落とされた姫は『集成』『大成』では死亡するが、『うりひめ』では気を失うだけで生存している。そのため、姫は無事に助けられる。また、『集成』『大成』では姫を脅かして木から落とすが、『うりひめ』では木を揺すって落とす。

・『集成』『大成』では姫は死体から皮を剥がされるが、『うりひめ』では着物を奪われて木に縛られる。

・『集成』『大成』では嫁入りの際にからすの知らせによって真相が明らかになるが、『うりひめ』では爺婆が帰ってくるのとほぼ同時に見破る。

・『集成』『大成』では天邪鬼は殺されその血で萱を染めるが、『うりひめ』では爺婆に諭されて改心する。

また、この他にも、『集成』『大成』が方言（秋田）そのままの記述で漢字も多いのに対して、平林『うりひめ』は標準語に直され、漢字も少なく単語なども比較的易しいものを使用しているという点も差異として指摘できる。

このように多くの差異が見られることから、平林英子に『集成』を元にしながらも、手を加えて多くの改変を行ったことが確認できる。

全体的に見て、平林『うりひめ』では前半よりも後半、姫が木から落ちて以降の改変が多い。記号で示すと、概要の⑥以降である。これ以降の展開は、『集成』『大成』と異なるというだけではなく、全国で採取される「瓜子姫」の類話にも見られないものが多い。これらの類話には見られない展開や要素は平林英子による創作として見る事ができる。平林英子が「瓜子姫」という昔話をどのように考え、改変を行ったのかという点について、平林『うりひめ』の前書きに詳しく書かれている。前書きは比較的短いので全文を引用する。

おかあさま方へ

かずかずの昔話の中で、子供たちに喜ばれる、代表的なものには、桃の中から生まれた『桃太郎』とか、竹から生まれて、やがて月へ還っていく『かぐや姫』など、美しいロマンと、夢のある話がいくつもあるが、瓜の中から生まれた『瓜姫』の話は、各地方にたくさん残っている割には、一般的に普及していないようである。

その理由は、この話の中には、ロマンがないばかりか、子供の読み物として、少々品もなく、瓜姫の敵役である「天邪鬼」の行動に、少々陰惨なところがあるからではないかと、思われる。

ふつう、あまのじゃくと言えば、わざと他人に逆らったり、つむじを曲げる、へんくつな人間のことであるが、瓜姫の話の中へ出てくるあまのじゃくは、男女の区別もはっきりしていないし、かと言って、仏様の中の「あまのじゃく」とも違った、いわば怪物的な存在になっていて、各地に残っている話の中には、股を引き裂かれて、流れた血が、植物の根を染めたから、茅や唐黍や、ソバの根元が赤いのである等と、こじつけたものも多い。

そこで私は、あまのじゃくの代わりに、平凡な同性の悪女を使って、書き直してみることにした。多少教訓的であるが、読後の気持ちを、明るく軽くしたいと、希ったからである。

この文章で、平林の改変の要点を知ることができる。具体的な部分を確認する。まず平林英子は「瓜子姫」という昔話に陰惨な要素が含まれているということを指摘し、それを軽減しようとしていたのではないかと考えられる。『うりひめ』では姫が死ぬのではなく気絶するだけであり、最後には救出される。平林はアマノジャクの行動を陰惨としており、姫を殺害しその皮を剥ぎ取るという行為にそれを強く感じ、そういった残酷な場面を回避しようとしていると考えられる。また敵役も殺されず改心するという展開であり、動機も嫉妬からくるものであったと明確に示されている。理由なく悪行をはたらく悪役という側面をやわらげ、諭されて改心する根っからの悪人ではないという書き方をしている。これも、陰惨さの軽減を目的とした改変であると思われる。

次に、平林は「瓜子姫」は少々品がないと指摘しているが、それを解消しようと工夫したのではないかということが考えられる。「瓜子姫」では敵役の性別はあいまいで、男性として語っているものも多く見られる。これでは男性が無垢な女性に乱暴をはたらくようにも見える。「瓜姫」では敵役を「わるい女」と表記し、女性（姫と同性で）あることを強調しているが、男性が女性に暴力を振るうような描写を品のない、と判断し修正しようとしたのではないかと考えられる。

次に、「後の気持ちを、明るく軽くしたいと、希った」と書いてあることから、「瓜子姫」の読後感は暗く重いものと考えていたということがわかり、それを修正しようとしていたということが指摘できる。姫が無事に助けられるのをはじめ、『集成』『大成』では姫の仇として惨殺される外敵もとくに手ひどい罰を受けるわけでもなく生存しているこれらが、読後を明るくするための工夫であると思われる。

次に、平林は「瓜子姫」には植物の根が赤い理由を説明するこじつけがあると指摘するなど、「瓜子姫」には非合理的な要素が含まれると考え、それらを修正しようとしたのではないかと考えられる。『うりひめ』では、人外の存在である天邪鬼が人間の女性に変えられ、植物の根を染める血の要素は削除され、なんの脈絡も伏線もなく「人語をしゃべるかららす」が登場して真相を告げるという要素は姫が泣いて居場所を告げるように改変されている。非現実的な要素は、姫が瓜から生まれるという要素を除いてことごとく修正されているということが確認できる。極力、合理的に改変しようとしたのではないかと考えられる。

平林英子が、これらの点を問題と考え、大幅な改変を行ったのは、読者の対象年齢という問題も大きいと考えられる。『集成』『大成』は基本的に研究者を対象とした書であり、元となった文献と同じ文章とすることが基本である。それに対して、小学一年生という対象年齢が明確である。文体の改変や単語を易しくするなどと同時に、平林『うりひめ』では、平林が指摘した「陰惨」「品がない」という問題点を極力排除し、全体的に合理的で説明しやすくしているのも低年齢に対してわかりやすさを重視するという配慮が必要であったものと思われる。また、『うりひめ』では平林英子が言うように終盤は爺婆が悪い女を諭すという非常に教訓的な場面となっている。これは、学習誌の付録という性格上、教訓的な要素を入れたほうが良いという配慮があったのであろうと推測される。

また、いままで述べたような理由の他にも、ページ数の制限という物理的な側面も挙げることができると考えられる。「こころの文庫」は付録であるため非常に薄く、平林『うりひめ』も全十六ページしかない。また小学一年生向けであるため文字も大きく、ページの半分は挿絵である。この短さでは、『集成』『大成』の内容をそのまま記すことは不可能なため、「姫が唄いながら機を織る」「桃の木へ行く前の外敵とのやり取り」「外敵が先に木に登る」といった大筋にはあまり関係ない展開は削らなくてはならなかったものと思われる。

なお、『集成』『大成』の「瓜姫子」という姫の名を、「うりひめ」と改めたのかという点に関しては明確な資料はないが、『集成』『大成』の類話では「瓜姫」の名称が比較的多いため、全国的なスタンダードは「瓜姫」と考えて採用したものと思われる。また、秋田県の方言では女性の名の下に「子」をつける。平林英子がそのことを知っていたとすれば、「瓜姫子」の「子」は方言としての性格が強いものであり標準語では「瓜姫」であると考えていたという可能性もある。

このように平林英子は、『集成』『大成』を参考にしながらも、多くの改変を行っている。手を加えた箇所が非常に多く、また後半は完全に独自な展開をとる。そのため、平林による平林『うりひめ』は、「瓜子姫」のアレンジというよりも「瓜子姫」を元にした平林のオリジナル童話と言うべきものであると考える。前書きで読む限り、平林は「瓜子姫」という昔話にあまり好意を抱いてはいなかったようである。また、「こころの文庫」の他の平林による昔話の再構成作品を読む限り、原話を忠実に再現した作品がほとんどである。平林以外の作家による「こころの文庫」の再構成作品も、ページ数制限による省略や言葉遣いの書き換えなどの改変を除き、ほとんどが原話に忠実なものである。平林『うりひめ』ほど大胆な改変を施された作品は「こころの文庫」内では非常に珍しいということが言える。

そのことからも、平林は「瓜子姫」という昔話には大幅に手を加えずにはいられなかったということが言えるのではないだろうか。なぜ、好意を抱いていない昔話をあえて取りあげたのかという点に関しては資料がないため真相は不明である。推測すると、平林が「こころの文庫」で日本の昔話を取り上げる際には、女性の主要人物が登場するものを選んでいることが多い。日本の昔話ではそれなりに知られたもので女性が主要人物になるものは少ないため、平林英子はあまり好意を抱いてはいない昔話でありながら、やむなく「瓜子姫」を採用せざるを得なかったのではないかと思われる。

平林英子の平林『うりひめ』は独自の改変が大変多い再構成作品である。そのため、多くの問題点が存在するものと考える。

まず、民俗的な問題について言及してみたい。平林『うりひめ』では姫の機織歌や敵役とのやりとりが省かれている。昔話はもともと口承文芸であり、話の内容と同等あるいはそれ以上にリズミカルな語り口が重視される。「瓜子姫」は、姫の機織や外敵とのやりとりなどリズミカルな要素が豊富であり、平林英子が参照にした『集成』『大成』の秋田の型はとくにそれが顕著なもののひとつである。語り手によっては「瓜子姫」は話の内容よりもむしろリズムを重視することもある昔話であり、「瓜子姫」の魅力を大きく削いでしまったとも言える。また、外敵がアマノジャクである昔話は「瓜子姫」以外にはあまりなく、「瓜子姫」という昔話の大きな特徴であり、この昔話の根幹に関わる要素の可能性も指摘でき、からすが真相を知らせる要素も小鳥前生譚などとの繋がりを指摘できる。このような重要な要素を改変・削除してしまったことは民俗学的な立場からすればあまり好意的に見ることはできない。さらに、平林が「こじつけ」と批判した植物の根が血で染まる要素は、南方の「(型)ハイヌヴェレ」の系統であり、「瓜子姫」の成立において重要な意味を持つ要素であるとされている。『うりひめ』の書かれた頃はまだこの説はまとめられていなかったため、平林英子が血の要素の重要性を認識できなかったのは仕方のない面もある。だが、いずれにしろ平林は「瓜子姫」の持つ民俗学的な側面にはあまり興味はなかったのではないかと考えられる。平林にとっての「瓜子姫」ひいては昔話は、あくまで児童向けの娯楽・情操教育のためのものであったのではないかと思われる。このような姿勢は昔話に大幅な改変を施してしばしば民俗学者から批判を浴びた巌谷小波に近いのではないだろうか。

次に、民俗以外の、作品としての問題点について言及してみたい。まず、全体的に神秘性が薄くなってしまったということがあげられる。『うりひめ』では、姫が瓜から誕生するという事以外の非現実的な要素はすべて廃止してしまったため、非日常的な面白さが失われてしまっている。とくにアマノジャクという怪物的な存在ではなく、普通の人間に姫はあっさりと倒されており、姫の神秘性が著しく弱くなっていると考えられる。平林英子は前書きで「瓜子姫」には「ロマンがない」としているが、自身の改変によりこの昔話にわずかに存在した非日常的な夢やロマンを完全に消去するという矛盾を犯していることになる。

また、姫の影の薄さ、ということもあげられる。「瓜子姫」はもともと姫の活躍する場面は少ない昔話ではあるため仕方のない面もあるが、平林『うりひめ』では姫のセリフ・登場場面ともに登場人物の中でもっとも少ない。それに対して爺婆が「悪人を改心させる」という最大の見せ場が付け加えられ、セリフも非常に多い。改変を施すのであれば姫の活躍する場面を増やすという展開も考えられたのではないかとも思われる。それ以外にも、「気絶させ、着物を奪い、木に縛る」というだけで十分惨い行為であり、陰惨さの軽減にあまりなってはいないという問題、姫と入れ替わり嫁に行くのが動機であるのに、姫を生かして泣き声が聞こえるほどの近場に隠しておくなどあらたな矛盾・不合理が発生しているという問題なども指摘できる。これらはページ数の制限により制約が厳しかったからという側面もあるが全体的に荒削りになってしまったことは否めないであろう。

以上のように改変によってさまざまな問題が発生している。しかし、平林の行った昔話の改変という行為には否定できない側面もある。近年のアンケート調査などでは子供は残酷な描写のある昔話を嫌う傾向にある。また保護者や保育者などが子供の嫌う話や子供にふさわしくない描写があると判断した昔話を読み聞かせしないということもある。昔話の改変を批判し伝統的な語りを続ける活動も増えてはいるが、保護者や保育者が必ずしも昔話に理解のある人物とは限らない。幼少期に昔話に多く触れたひとは長じても昔話に親しみを覚える傾向にあり、「瓜子姫」に関するアンケートでも「瓜子姫」を知ったのは幼少期という回答が多い。逆に言えば幼少期に昔話に触れなければ長じても親しみを持たず、あまり興味を抱かなくなる可能性が高いということでもある。親しみをもってもらうこと、保護者や保育者に多く読み聞かせをしてもらうことを目的に、現代的な改変を行う行為は、昔話を多くのひとに知ってもらい、親しんでもらうためにはやむを得ないという側面が存在することは確かである。改変をある程度容認する目で見ると、平林は民俗学としての昔話にそれほど興味がないからこそ、民俗学に詳しい人物では気づきにくい「瓜子姫」の現代では受け入れられにくい要素に敏感だったという事も出来る。また前書きで、改変を施したということを明記し、おもにどのような個所を、どのような目的で改変したのかをある程度は説明しているという点で、明記せずに改変をしている再構成作品よりも問題は少ないと見ることができる。平林英子自身は意図していなかった可能性もあるが、まず現代的に改変したもので昔話に親しんでもらい、それから本来の伝統的なものにも興味を持ってもらうという段階を踏んだ構成になっている。

このように、さまざまな問題点を含んだ再構成作品ではあるが、昔話への入り口を広げるという目的においてはある程度有用な側面も持っていると考える。問題点を分析し、改良点を模索することにより、今後の昔話の再構成に応用でき、昔話のすそ野を広げる可能性を秘めているのではないかと思われる。

『ポピー』はベネッセコーポレーションの「進研ゼミ」などと並んで通信型の学習雑誌としては長い歴史を持っている。だが、アンケート結果などを分析すると、この『うりひめ』で「瓜子姫」という昔話を知ったと思われる回答者などは皆無であった。(24) もっとも、アンケートの設問が『うりひめ』についてのものではないなどの問題もあり決して正確な結果ではなく、『ポピー』の地元である関西出身の回答者が少ないからという側面も指摘できる。しかし、一般において「瓜子姫」のスタンダードとして認識されているというようなことはなく、知名度はそれほど高い作品ではないと断定してもそれほど大きな間違いではないと思われる。このような結果になった理由として学習誌は長期保管するものではないため、その付録も限られた一定の期間しか読まれなかったという点が大きいのではないかと考える。『うりひめ』によってはじめて「瓜子姫」を知ったとしても、その後読み返す機会がないため、そのまま内容を忘れてしまう、またはその後読んだ「瓜子姫」の本の内容で記憶が上書きされるという可能性が指摘できる。学習誌は多くの児童の目に触れるとともに教材として読むことを半ば強制されるため、学校の国語教科書と並んで昔話を広めるために有用なものであると考える。今後、アンケート調査などを改良し、学習誌と昔話の関係の考察を掘り下げることを試みたい。

注

（1）石井研堂『日本全国国民童話』（同文館、一九一一年四月）
（2）柳田国男『桃太郎の誕生』（三省堂、一九三三年一月）、『柳田國男全集　第六巻』（筑摩書房、一九九八年十月）所収を参照。
（3）関敬吾『日本の昔ばなし（一）』（岩波書店、一九五六年五月）
（4）（1）参照。
（5）藤澤衛彦『純日本童話集　第一集　滑稽童話集』（国民書院、一九二一年四月）
（6）藤澤衛彦『純日本童話集　第二集　諸国童話集』（国民書院、一九二一年七月）
（7）（5）参照。
（8）藤澤衛彦（文）・斉藤としひろ（絵）『日本昔話　三年生』（宝文館、一九五六年十月）
（9）西本鶏介「廣介童話初出一覧」『浜田広介全集八巻』（集英社、一九七六年）

(10) 浜田広介『一・二年ひろすけ童話集　お日さまのぱん』(日本書房、一九五七年)
(11)『母の友』一月号(福音館書店、一九五七年一月)
(12) 浜田広介『うりひめとあまのじゃく』(福音館書店、一九五七年一月)
(13)(12)参照。
(14)(12)参照。
(15)「呼子鳥」(『良友』七月号～八月号、コドモ社、一九一八年)
(16) 浜田広介『童話文学と人生』(集英社、一九六九年二月、浜田留美『父浜田廣介の生涯』(筑摩書房、一九八三年十月)など。
(17) 中谷孝雄(一九〇一～一九九五)平林英子の夫、小説家。梶井基次郎らと『青空』の創刊に関わる。のちに『日本浪漫』の創刊にも参加。一九六七年、『招魂の賦』で芸術選奨を受賞。
(18) 新しき村　武者小路実篤(一八八五～一九七六)が理想的な調和社会、階級闘争の無い世界という理想郷の実現を目指し提唱した生活共同体の村。一九一八年宮崎県児湯郡木城村(現・木城町)に建設されたが、その後ダム建設のために一九三九年に埼玉県入間郡毛呂山町に移転。現在まで存続している。
(19) 腰原哲朗「平林英子論」(『松本大学研究紀要』五、二〇〇七年一月)
(20) 三国よしお(一九四五～)現・三国芳郎。画家。新＊童画の代表などを務める。
(21) 棟方志功(一九〇三～一九七五)版画家。最初は洋画家を志すが版画家に転向。その力強い作風は海外でも高く評価されている。
(22) 保田與重郎(一九一〇～一九八一)文芸評論家・歌人。一九三五年、雑誌『日本浪漫』の発刊にあたり中心となり、

「日本浪漫派」の代表的人物となる。一九五七年、京都に中学校用図書教材発行の株式会社新学社を奥西保・高鳥賢司と共同で起こす。

(23) 平林英子『マロニエと梅の花―平林英子随筆集』(朝日書林、一九九一年十一月)

(24) 第一章でのアンケート結果より。例えば、「姫の外敵はなんだったか」という設問に「わるい女」という回答が一例もないなど。

補遺　「瓜子姫」を題材とした小説・漫画

これまで、児童向けに再構成された「瓜子姫」を中心に考察を進めてきた。児童向け以外では、昔話を再構成というよりもあくまで作品を構成する題材として使用した作品を挙げることができると思われる。「瓜子姫」を題材として扱った作品も数はそれほど多くはないが存在し、一般向け小説からライトノベル、漫画までとバリエーションに富んでいる。

「瓜子姫」を題材とした小説・漫画として、自身が確認できたものとして以下を挙げることができる。

小説

・高橋克彦「眠らない少女」（『悪魔のトリル』所収、講談社、一九八六年二月）
概要　「瓜子姫」を題材としたホラー。
・野村正樹『山陰名湯「瓜子姫」殺人』（双葉社、二〇〇〇年三月）
概要　「瓜子姫」を彷彿とさせる事件を解決するミステリー。
・坂東眞砂子『瓜子姫の艶文』（中央公論新社、二〇一四年五月）
概要　江戸時代が舞台の時代小説。「瓜子姫」の要素がストーリーに絡む。
・櫛木理宇『ホーンデッド・キャンパスこの子のななつのお祝いに』（角川書店、二〇一五年十月）
概要　「瓜子姫」の解釈を盛り込んだホラーサスペンス。
・日向夏『繰り巫女あやかし夜噺 〜お憑かれさんです、ごくろうさま』（マイナビ出版、二〇一六年十一月）

概要　主人公の出自と「瓜子姫」を絡めたホラーサスペンス。

漫画

・大友よしやす『名作漫画文庫29　瓜子姫』（東京漫画出版社、一九五五年）

概要　「瓜子姫」の昔話を基本的には忠実に再現し、独自の脚色を多く加えた児童向け漫画。アマノジャクが正体不明の妖怪としてやや不気味に描かれている。

・諸星大二郎『妖怪ハンター』（一九七四年より集英社系例の雑誌に連載。「瓜子姫」のエピソードは二〇〇五年十一月の文庫版（集英社）にまとめられている）

概要　民俗学の知識を織り込んだホラーサスペンス。

・有馬啓太郎『うりポッ』（マックガーデン、（単行本第一巻）二〇〇五年九月〜（単行本二巻）、二〇〇七年二月）

概要　「瓜子姫」の要素を織り込んだギャグ。

・藤田和日郎『月光条例』（小学館（単行本第四巻）二〇〇九年三月〜（単行本第五巻）二〇〇九年七月）※「瓜子姫」が題材の章掲載の単行本。

概要　昔話などを題材としたホラーアクション。「瓜子姫」を題材とした章がある。

・西岸良平『鎌倉ものがたり』（双葉社（単行本第十七巻）、二〇〇一年四月）※「瓜子姫」が題材の章掲載の単行本。

概要　妖怪が実在する世界を舞台としたファンタジーミステリー。「瓜子姫」を題材としたエピソードがある。

・諸星大二郎「瓜子姫とアマンジャク」『瓜子姫の夜・シンデレラの朝』（朝日新聞出版社、二〇一三年十二月）

概要　「瓜子姫」を大胆に解釈しなおし、再構成した作品。

・江口夏美『鬼灯の冷徹』（瓜子姫が登場するのは十九巻（講談社、二〇一五年八月）から）

概要　神話や民俗学の要素を織り込んだギャグマンガ。瓜子姫とアマノジャクがキャラクターとして登場する。

このように、ギャグからミステリーまで幅広いジャンルの題材として扱われている。

これらは「瓜子姫」を題材とした作品の一部で他にも多くの作品が存在するものと思われるが、全体的に見てホラーやサスペンス作品の題材として使用されることが多い傾向にあるのではないかということが確認できる。

また、一時期ブームとなった昔話の怖い側面を強調して紹介する読み物でも、「瓜子姫」はたびたび取り上げられている。

「瓜子姫」は、現在では児童向けとしては怖い話として低年齢層にはあまり読ませたくない話となりつつある。しかし、一般向けの作品においては「怖い話」であることが、むしろ魅力的な要素であると言うことができるのではないだろうか。今後、児童書としての「瓜子姫」が減り、成長してから小説や漫画の題材によって「瓜子姫」に初めて触れるというひとも一定数存在するものと思われる。

「瓜子姫」という昔話が、今後どのような受容をされていくのかということを考えるにあたり、一般向けの小説・漫画は重要な意味を持つことになるのではないだろうか。今後の課題としたいと考える。

おわりにかえて

本書では、「瓜子姫」という昔話の成立から口承による日本列島への伝播、そして現代における再構成までを考察した。

第一部では、おもに民俗的観点から「瓜子姫」を考察した。民俗的に「瓜子姫」を見ると、さまざまな信仰や文化の要素を含んでいることが確認できた。とくに海外と日本列島との交流を示唆する要素、日本列島内のひとやものの動きを考察する手掛かりとなる要素が豊富である。文献に残っていない歴史の生き証人とも言える。

「瓜子姫」は「ハイヌヴェレ神話」を中心とした南方の神話、および「偽の花嫁」などの大陸系の昔話が日本列島で混合し、完成した昔話であるという事が確認できた。日本列島は大陸の端にあり、さまざまな文化が流入する土地である。そのことが、この「瓜子姫」という昔話にもあらわれていると見ることができる。

また、各地域の「瓜子姫」を分析し改めて驚かされたのが、いかに「瓜子姫」が広い範囲に伝わり、その土地に合わせて変化をしていったのかということである。これに関しては松谷みよ子が以下のように述べている。

民話を採集にいって、かならずめぐりあうのが、この話です。ということは、日本民族の中にふかく根をおろし、愛されてきたと言えるのでしょうか。(1)

松谷みよ子が言うように、「瓜子姫」は長く日本列島の人々に愛された昔話であったと言える。近世以降は「桃太郎」などのほうが有名になるが、これらは絵本などによって広まったものであり、口承で伝えられてきた「瓜子姫」とは事情が異なる。口承のみでここまで広く、長く語り継がれてきた昔話は決して多くはない。

なぜ、「瓜子姫」がここまで日本列島の人々に愛され、長く語り継がれていったのか。そのことに関しては明確な答えを出すことは難しい。三浦佑之が言うように、夭折した子供への哀悼の意というのは間違いなく「瓜子姫」に含まれる。それが、長い間語り継がれる要因のひとつであることは確実である。だが、哀悼を示す昔話は小鳥前生譚をはじめ多く存在し「瓜子姫」だけに限らない。また、西日本に多い「生存型」では哀悼の要素は「死亡型」に比べて薄いと思われる。哀悼の意は重要な要因であるが、すべてではないと思われる。

以前、現代の語り手に「瓜子姫」について聞いた際、哀悼以外で「瓜子姫」が長い間語り継がれてきた要因のヒントになるであろう回答を得ることができた。

Q、語る際に力を入れる箇所はどこか？
A、姫の機織歌やアマノジャクとのやり取りなどリズミカルな場面だ。
Q、この地方では姫が惨殺されるが、語っていて「残酷だ」と思うか？　聴き手に残酷だと言われることはあるか？
A、どちらもない。残酷だと思われる場面でも、聴き手は案外笑って聴いていることが多い。

これらは、あくまで語り手の個人的な感想である。ただ、「瓜子姫」はその内容よりもリズミカルな語り口が好まれと言う可能性も考えられる。また内容に関しても、一種のブラックユーモアとして理解されていた可能性もある。「瓜子姫」は純粋な娯楽としての要素が強い昔話として語り継がれてきたと見るべきなのかもしれない。ただ、これはあくまで推測の範囲であり「瓜子姫」がなぜこのように広い範囲で語り継がれてきたのかという問題は、現時点ではデータが少なく明確な答えを出すことは難しい。そのため今後の課題としたい。

第二部では児童書として再構成された「瓜子姫」を考察した。「瓜子姫」は現代の倫理では児童向けに相応しくないと思われる要素が多いが、それらを改定してしまうと「瓜子姫」の魅力が損なわれる可能性が高い。しかし、児童向けではなく一般を対象とした作品では教育に相応しくないとされる要素が逆に「ホラー」「サスペンス」などとして魅力的な要素になることがある。「瓜子姫」を題材としたホラー・サスペンス作品は今後、現代における「瓜子姫」の認識に重要な役割を果たす可能性があるのではないかと考える。

また、「瓜子姫」に限らず多くの昔話は「演じる」ものとも深いかかわりがあると考える。具体例をあげると、紙芝居・舞台・朗読劇・人形劇・アニメなどである。本来、語りとして演じるものである昔話は、演じる再構成作品とは相性がいいものと考えられる。

未来の昔話再構成作品を考えるにあたって、今後はこれらの媒体で再構成されたものも考察も試みることとしたい。

「瓜子姫」は、採話数の多さや伝播の広さに対して、現在ではあまり高い知名度はないと思われる。児童向けの書籍数も決して多くはない。忘れ去られてしまったというわけではないが、なじみ深いとも言い難い状況である。

また、アンケートにおいて「瓜子姫を知っている」とした回答者でも、覚えている内容にあやふやであることが多く、印象の薄い昔話となっている可能性も否定できない。なぜ、このような状況になったのか。

理由として、まずは歴史的な問題をあげることができる。

現在、よく知られている昔話はその多くが「近世期に絵本で有名になった」ものである。「瓜子姫」は広く伝わってはいたものの、その地域は農村や地方都市であり、出版文化が盛んな地域ではほとんど知られていなかった。そのことが、近代以降の出版文化に乗り遅れる原因となったと考えられる。「聞く昔話」としては有名であったものの、「読む昔話」としては有名になれなかったということとなる。

次に内容の問題をあげることができる。本編で取りあげたように「瓜子姫」の作家のひとりである平林英子は、現代において瓜子姫が普及していない理由を「ロマンがない」「子供の読み物として、少々品もない」「陰惨である」などの理由を挙げている。

平林英子の個人的な感想の側面も強いと思われるが、私もこの意見におおむね賛成である。平林英子の指摘を掘り下げるため、他の有名な昔話や、学術的な意味では昔話ではないものの、現在の児童書などでは昔話として扱われる事の多い古典などを例にあげ、これらと「瓜子姫」の現在の一般的な読者の見方の比較を試みることとしたい。比較することにより、問題点が浮き彫りになると考えるからである。なお、ここでは現代における一般的な民俗学の知識を持たない層の感じ方の考察であるため、民俗的な意味や伝統文化としての価値などは、あえて考慮しないで述べる。

まず、ロマンのなさという指摘に関して考察する。「桃太郎」などは、通常では考えられない誕生の仕方をした主人公が、一見すると役に立たなさそうな仲間を連れて、悪者を倒すという活躍をする、非常にわかりやすい、爽快感が満載な話であり、「猿蟹合戦」「カチカチ山」などは仲間の特徴を生かしての巧妙な作戦、泥の船という奇想天外な仕掛けなどによって仇討ちをとげており、カタルシスの要素が非常に強いと言える。それに対して、「瓜子姫」は、ただ通常では考えられない誕生の仕方をした姫が外敵にいじめられるという、少なくとも現代の一般的な読者にとっては、なにを語りたいのかわかりにくい昔話であると言える。外敵に対する復讐も「猿蟹合戦」や「かちかち山」のような魅力あるものではなく、読後の爽快感があまり得られないと思われる。

『竹取物語』を元とした「かぐや姫」や「浦島太郎」などは月への帰還、海の中にある竜宮城などの壮大で夢のある要素が含まれている。それに対して、「瓜子姫」にはこのような壮大で夢のある要素は少なく非常に地味な昔話となっていると思われる。

御伽草子の「鉢かづき」やグリム童話の「白雪姫」などは、困難があったが故に幸せに巡り会えたという、負の要素が正に変化するカタルシスがある。それに対して、姫の結婚や殿様からの褒美などの姫の幸せは、外敵の妨害以前から決まっていたことであり、外敵の妨害があったため、姫がより幸せになった、ということもない。アマノジャクの行動は姫にとって負の意味しかないと言える。このように、有名な昔話と比較して、ロマンと言える要素が少ないと考えられる。

次に、品のなさという指摘を考察する。少女がひとりで留守番をしているところに外敵が侵入してくる、少女が着物を剥ぎ取られて木に縛られるなど性的な要素を連想させる。とくに近年はアマノジャクを男性として描くものが多いためなおさらその印象が強くなる。

次に、敵役の陰惨な行動、という指摘を考察する。「瓜子姫」の敵役は動機がはっきりとしないことがほとんどであるうえに、単なるいたずらにしては、木に縛って置き去りにする、など明らかにやりすぎであると言える。

このように「瓜子姫」は現在有名な昔話と比べて、一般的な見方では「地味」「爽快感がない」「ロマンがない」ということになる。必ずしもそれが悪いというわけではなく、またこれらの要素は民俗学的においては非常に重要な要素を含んでいるものである。しかし現在において「児童向け」に求められるものではないということになると思われる。

これらの要素があわさり、「瓜子姫」は現在においてやや知名度の劣る昔話になっているものと考える。

柳田国男は「瓜子姫」について以下のように述べている。(2)

……それが文筆の士に採録せられなかった故に、人が久しく是に心付かなかっただけで、其代りには又所謂五大御伽噺に見るような、新奇なる潤色を受けずに済んだのである。

伝統的な形を残しているという良い側面はあるが、それゆえに「読む昔話」「見る昔話」といった新しい形態に合わせて変化できなかったとも言えるのではないだろうか。

近年はアンソロジー作品集が隆盛である。アンソロジー作品集の多くはひとつの話に割り当てられるページ数が少なく、内容は簡潔である。また、多くの話の中に紛れて、ひとつひとつの話が埋没してしまう可能性も高い。「瓜子姫」に限らず、現在、それほど有名でない昔話はさらに埋没し、忘れ去られてしまう可能性がある。

長い間語られ、愛されてきた「瓜子姫」が、このまま一部の愛好家しか知らない昔話になってしまうのはとても寂しく残念なことである。

ただ、光明も見られる。アンソロジー作品集で作品が多すぎてひとつひとつが埋没してしまうというデメリットがある反面、「瓜子姫」をはじめ多くの昔話が収録される機会が単純に増えたというメリットもある。(3)また、テレビアニメでも新たな昔話シリーズが放映され、「瓜子姫」もアニメとして放映されるなどしている。これらは大幅に省略されている、改変が施されているなどの問題点もあるが、少なくとも「知ってもらう」「触れてもらう」という効果があり、その役割は小さくないと考える。それらをきっかけにして「瓜子姫」ひいては昔話に興味をもってもらうようにすることが重要であると考える。

そのためには、ある程度現代風にアレンジすることも必要なのではないかと考える。伝統的なもの以外は一切認めないという姿勢では、まず触れてもらうこと自体が困難になりつつある。そもそも昔話そのものは語り手によるアレンジが加わりつつ徐々に変化していったものであるということを考えれば、現代的な改変も「どこをどのように改変したのか」ということを明記すればそれほど大きな問題ではないのではないだろうか。

もちろん、改変したものはあくまで入り口であり、そこから伝統的なものに興味をもってもらうところまで導くことが重要になると思われる。本来の魅力を保ちながら、「瓜子姫」ひいては昔話を知ってもらい、興味を持ってもらうにはどのようにすべきか。今後は、研究のみにとどまらず、このような問題にも取り組んでいきたいと考えている。

そして、「瓜子姫」がまたかつてのように多くのひとに馴染のある昔話になることを願っている。

注

（1）松谷みよ子『日本の昔話一』（講談社、一九六七年年十一月）
朝日新聞出版社、二〇一三年十二月）など
（2）柳田国男『桃太郎の誕生』（三省堂、一九三三年一月）、『柳田國男全集　第六巻』（筑摩書房、一九九八年十月）所収を参照。
（3）『ふるさと再生日本の昔ばなし』（テレビ東京系列・二〇一二年〜）にて、二〇一六年四月四日放映。

参考文献一覧

※発行月が書かれていないものは発行月不明

○書籍

・イェンゼン著・大林太良ほか訳『殺された女神』（弘文堂、一九七七年五月）
・飯島吉晴『竈神と厠神　異界と此の世の境』（一九八六年五月、人文書院）、講談社学術文庫版（二〇〇七年九月）参照
・石井正己『テクストとしての柳田国男―知の巨人の誕生』（三弥井書店、二〇一五年一月）
・石田英一郎『桃太郎の母』（講談社、一九六六年七月）
・市古貞次校訂『未完中世小説三』（古典文庫、一九五一年）
・岩崎文雄・小松崎進『民話と子ども』（文化書房博文社、一九八三年十二月）
・大島建彦『御伽草子集　日本古典文学全集36』（小学館、一九七四年九月）
・大林太良『稲作の神話』（弘文堂、一九七三年十月）
・大林太良『神話の話』（講談社、一九七九年四月）
・岡田孝子『風に向かった女たち』（沖積舎、二〇〇一年十二月）
・海後宗臣編集『日本教科書大系　近代篇七』（講談社、一九六四年四月）
・海後宗臣編集『日本教科書大系　近代篇九』（講談社、一九六四年十一月）

・神田龍身・西沢正史編『中世王朝物語・御伽草子事典』（勉誠出版、二〇〇二年五月）
・楠山三香男『楠山正雄の戦中・戦後日記追補─文芸の志　明治・大正と磨き昭和に結ぶ─』（冨山房、二〇一〇年八月）
・小長谷有紀等編『次世代をはぐくむために』（国立民族博物館、二〇〇八年三月）
・五味義武・山本誠子・田原美栄『低学年教育　童話教材とその活用』（南光社、一九二九年）
・五来重『鬼むかし』（角川書店、一九八四年十二月）
・権藤敦子『高野辰之と唱歌の時代─日本の音楽文化と接点を求めて』（東京堂出版、二〇一五年八月）
・昭和女子大学近代文学研究室『近代文学研究叢書　六八』（昭和女子大学近代文化研究所、一九九四年六月）
・関敬吾『民話』（岩波書店、１９５５年5月）
・高野辰之『日本歌謡集成　第十二近世編』（東京堂、一九四三年）
・坪井洋文『イモと日本人』（未来社、一九七九年十二月）
・中尾佐助『栽培植物と農耕の起源』（岩波書店、一九六六年一月）
・中村紀久二主編『教科書の編纂・発行等教科書制度の変遷に関する調査研究』（教科書研究センター、一九九七年三月）
・浜田広介『童話文学と人生』（集英社、一九六九年二月）
・浜田留美『父浜田廣介の生涯』（筑摩書房、一九八三年十月）
・肥後和男『日本神話研究』（河出書房、一九三八年四月）
・平林英子『青空の人たち』（皆美社、一九六九年十二月）

・平林英子『マロニエと梅の花―平林英子随筆集』(朝日書林、一九九一年十一月)
・松谷みよ子『昔話十二か月　七月の巻』(講談社、一九八六年七月)
・三浦佑之『昔話にみる悪と欲望　継子・少年英雄・隣のじい』(新曜社、一九九二年三月)
『昔話にみる悪と欲望　継子・少年英雄・隣のじい　増補新版』(青土社、二〇一五年十二月)
・三浦佑之『古代研究　列島の神話・文化・言語』(青土社、二〇一二年十月)
・三浦佑之『村落伝承論　増補新版』(青土社、二〇一四年七月)
・三品彰英『神話と文化史　三品彰英論文集三』(平凡社、一九七一年九月)
・文部省・編『修正国定教科書編纂趣意書』(国定教科書郷土販売所、一九一〇年)
・柳田国男『遠野物語』(聚水堂、一九一〇年六月)
『柳田國男全集　第二巻』(筑摩書房、一九九七年十月)所収を参照
・柳田国男『桃太郎の誕生』(三省堂、一九三三年一月)
『柳田國男全集　第六巻』(筑摩書房、一九九八年十月)所収を参照
・柳田国男『昔話と文学』(創元社、一九三八年)
『柳田國男全集　第九巻』(筑摩書房、一九九八年六月)所収を参照
・柳田国男『祭日考』(小山書店、一九四六年十二月)
『柳田國男全集　第一六巻』(筑摩書房、一九九九年一月)所収を参照
・柳田国男『日本昔話名彙』(ＮＨＫ出版、一九四八年三月)
・横山重『神道物語集』(古典文庫、一九六一年六月)

・吉井巌『天皇の系譜と神話三』（塙書房、一九九二年十月）
・吉田敦彦『縄文の神話』（青土社、一九八七年十二月）

○論文

・荒川理恵「瓜子姫の諸相」（吉田敦彦編『比較神話学の鳥瞰図』大和書房、二〇〇五年十二月）
・飯倉照平「中国の人を食う妖怪と日本の山姥―逃走譚にみる両者の対応―」（『口承文芸研究』第一六号、一九九三年三月）
・石川透「『瓜子姫』奈良絵　解題・影印」（『三田國文』五二号、二〇一〇年十二月）
・稲田浩二「「瓜姫」系譜考」（『女子大国文』第一一二号、一九九二年十二月）
・猪野史子「瓜子姫誕生譚と南方の説話要素」（『学習院大学上代文学研究』第三号、一九七七年十二月）
・猪野史子「瓜子姫の民話と焼畑農耕文化」（『現代のエスプリ臨時増刊号　日本人の原点1』（一九七八年一月）
・内ケ崎有里子「合巻『昔咄猿蟹合戦』について」（『叢』第三〇号、二〇〇九年二月）
・大林太良「生活様式としての焼畑耕作」（『日本民俗文化大系五』小学館、一九八三年十月）
・小澤俊夫「日本昔話の構造」（君島久編『日本民間伝承の源流』、小学館、一九八九年四月）
・剣持弘子「「瓜子姫」―伝播と変化に関する一考察」（『昔話の成立と展開』昔話研究 土曜会、一九九一年十月）
・剣持弘子「瓜子姫　話型分析及び「三つのオレンジ」との関係」（『口承文藝研究』一一号、一九八八年三月）
・腰原哲朗「平林英子論」（『松本大学研究紀要』五、二〇〇七年一月）

・関敬吾「日本昔話の社会性に関する研究（学位請求論文、一九六一年）
『関敬吾著作集1　昔話の社会性』（同朋舎、一九八〇年十月）所収を参照
・関敬吾「ヨーロッパ昔話の受容」（『日本の説話』第六巻、東京美術、一九七四年）
『関敬吾著作集4　日本昔話の比較研究（同朋舎、一九八〇年十一月）所収を参照
・曽我部一行「兄妹始祖神話再考~生まれ出ずるものを中心として」（『常民文化』三〇号、二〇〇七年三月）
・野村敬子「昔話の伝承と深化　山形県北の瓜姫譚・「胡瓜姫ご」をめぐって」（『野州國文学』七三号、二〇〇四年三月）
・林美一「『昔話きちちゃんとんとん』の発見と紹介」（『江戸文学新誌　復刊1』、未刊江戸文学刊行会、一九五九年九月）
・福田晃「昔話の地域性―東西の二種類をめぐって」（『神語り・昔語りの伝承世界』、第一書房、一九九七年二月）
・藤井倫明「北陸の瓜子姫」（『立正大学大学院日本語・日本文学研究』一二号、二〇一二年二月）
・藤井倫明「東北における瓜子姫」（『立正大学国語国文』五〇号、二〇一二年三月）
・藤井倫明「瓜子姫の誕生―アマノジャクの悲劇―」（『立正大学大学院日本語・日本文学研究』一三号、二〇一三年二月）
・藤井倫明「現代における「瓜子姫」への認識―アンケート集計結果により見えるもの―」（『立正大学大学院日本語・日本文学研究』一四号、二〇一四年二月）
・藤井倫明「関敬吾と瓜子姫―再話とその影響―」（『立正大学大学院文学研究科大学院年報』三一号、二〇一四年三月）
・藤井倫明「「天道さん金（かね）の鎖」の一考察―「瓜子姫」との比較を中心に―」（『立正大学国語国文』五三号、

二〇一五年三月）
・藤井倫明「現代における瓜子姫」（『口承文藝研究』三八号、二〇一五年三月）
・藤井倫明「近世期の瓜子姫―柳亭種彦『昔話きちちゃんとんとん』―」（『立正大学大学院日本語・日本文学研究』一六号、二〇一六年二月）
・本間トシ「儀礼食物としての芋」（『史論』第一八集、一九六七年十二月）
・三浦佑之「瓜子姫の死」（『東北学』vol.1、一九九九年十月）
・横山泰子「女の敵はアマノジャク昔話「瓜子織姫」系絵本における妖怪」（小松和彦編『妖怪文化叢書　妖怪文化の伝統と創造絵巻・草紙からマンガ・ラノべまで』せりか書房、二〇一〇年九月）

〇資料

※日本の昔話集・童話集・古典資料は省略
・アウレリウス・エスピノーサ編・三原幸久編訳『スペイン民話集』（岩波書店、一九八九年十二月）
・稲田浩二・小澤俊夫『日本昔話通観』（同朋舎、一九七七年十一月～一九九八年三月）
・岩波書店編『国書総目録』第七巻（岩波書店、一九七〇年九月）
・関敬吾『日本昔話集成』（角川書店、一九五〇年四月～一九五八年六月）
・関敬吾『日本昔話大成』（角川書店、一九七八年十一月～一九八〇年九月）

初出一覧

序論　二〇一七年学位請求論文（博士）を加筆修正（以下、博士論文加筆修正）

第一部　口承文芸としての「瓜子姫」

第一章　「瓜子姫」の誕生

1　「瓜子姫」に関する先行研究　博士論文加筆修正

2　海外説話との比較から考察する「瓜子姫」の起源　博士論文加筆修正

3　アマノジャクの軌跡　論文「瓜子姫の誕生―アマノジャクの悲劇―」（『立正大学大学院日本語・日本文学研究』十三号、二〇一八年二月）を元に加筆修正

第二章　要素別の起源とそれに見る地域差

1　「瓜子姫」を構成する要素　博士論文加筆修正

2　姫の生死　博士論文加筆修正

3　姫の誕生　博士論文加筆修正

4　外敵の末路と血　博士論文加筆修正

5　木　博士論文加筆修正

6　真相の発覚　博士論文加筆修正

7　機織と嫁入　博士論文加筆修正

8　イモ　論文「イモと瓜子姫」（『立正大学大学院文学研究科大学院年報』三十四号、二〇一七年三月）を元に加筆修正

9　珍しい要素　博士論文加筆修正

10　地域別での型の分類　博士論文加筆修正

11　伝播と変容の考察　博士論文加筆修正

第三章　瓜子姫と関わる他の昔話との比較検討

1　五大昔話との比較　博士論文加筆修正

2　「天道さん金の鎖」との比較　論文「「天道さん金《かね》の鎖」の一考察―「瓜子姫」との比較を中心に―」（『立正大学国語国文』五十三号、二〇一四年三月）を元に加筆修正

3　小鳥前生譚との比較　博士論文加筆修正

第二部　リライトされた「瓜子姫」

第一章　アンケート結果に見る現代の瓜子姫への認識

1　再構成作品の定義　博士論文加筆修正

2　「瓜子姫」アンケートの概要と結果　論文「現代における

「瓜子姫」への認識—アンケート集計結果により見えるもの—」（『立正大学大学院日本語・日本文学研究』十四号、二〇一四年二月）を元に加筆修正

3　先行研究での昔話に関するアンケート　博士論文加筆修正

第二章　近代以前の文字に残る「瓜子姫」

1　御伽草子『瓜姫物語』　博士論文加筆修正

2　近世期の瓜子姫

—柳亭種彦『昔話きちちゃんとんとん』—（『立正大学大学院日本語・日本文学研究』十六号、二〇一六年二月）を元に加筆修正

3　学者たちによる「瓜子姫」　博士論文加筆修正

第三章　近代以降の児童向け「瓜子姫」

1　児童向け「瓜子姫」の流れ　論文「現代における瓜子姫」（『口承文藝研究』三十八号、二〇一五年三月）を元に加筆修正

2　挿絵に見る「瓜子姫」　博士論文加筆修正

3　高野辰之の作品　論文「高野辰之の童話研究」（『口承文藝研究』四十号、二〇一七年三月）を元に加筆修正

4　楠山正雄の作品　博士論文加筆修正

5　柳田国男の作品　博士論文加筆修正

6　関敬吾の作品　論文「関敬吾と瓜子姫—再話とその影響—」（『立正大学大学院文学研究科大学院年報』三十一号、二〇一四年三月）を元に加筆修正

7　坪田譲治の作品　博士論文加筆修正

8　松谷みよ子の作品　博士論文加筆修正

9　寺村輝夫の作品　本書書下ろし

10　木下順二の作品　博士論文加筆修正

11　アンソロジー作品集　博士論文加筆修正

第四章　忘れられた「瓜子姫」

1　石井研堂の作品　博士論文加筆修正

2　藤澤衛彦の作品　博士論文加筆修正

3　浜田広介の作品　博士論文加筆修正

4　平林英子の作品　論文「再構成された瓜子姫—平林英子『うりひめ』を題材に—」（『立正大学国語国文』五十五号、二〇一七年三月）を元に加筆修正

補遺　「瓜子姫」を題材とした小説・漫画　本書書下ろし

おわりにかえて　本書書下ろし

あとがき

「瓜子姫」という昔話を知ったのは、もう思い返すのも難しい程幼いころである。最初に知ったのはNHKの人形劇であったか、絵本であったのかははっきりと覚えていない。しかし、いずれにしろ姫が無事に助けられる「生存型」であった。はじめて「死亡型」を知ったのは坪田譲治の童話化したものであり、比較的残虐描写は抑えられていたが、それでも主人公が無残に殺害されるのは相当な衝撃だった。その後、「瓜子姫」が地域によってさまざまな違いがあることを知り、それが昔話研究の世界に足を踏み入れる結果となった。すこし大げさに言えば、私のこれまでの半生は瓜子姫とともにあったということになる。そういう意味でも、今回私の瓜子姫研究の集大成としてこうして立正大学大学院文学研究科研究叢書の一冊として発行できたことは感慨深い。

さて、本書のタイトルは「瓜子姫の死と生」である。「生と死」とするのが通例と思われるが、あえて逆とした。その理由として「瓜子姫」という昔話は「死亡型」が先行する型であり、姫の死は本来重要な意味を持っていたということがあげられる。姫は死ぬために生まれてきた存在であり、その死こそが多くの命を活性化させる要因となる。よって、死から生が生まれると言う意味、死亡型から生存型へと変化していったという意味を込めて、「死と生」としたのである。

本書によって、瓜子姫の研究が一層進み、また一般に瓜子姫が広まるきっかけとなることを願う。

また、長年研究指導をしてくださり、出版の際にもご尽力をいただいた三浦佑之先生、副査として博士論文を審査してくださった花部英雄先生・島村幸一先生には心からの感謝を表明したい。

本書は二〇一七年に立正大学に博士論文として提出した「瓜子姫の成長―その成立から現代まで―」に加筆修正をしたものである。なお、出版に際しては立正大学大学院文学研究科より博士論文出版助成を受けた。助成を出してくださったことに対して、この場を借りて御礼申し上げる。

【た】

【つ】

【て】

【な】

【に】

【は】

【ひ】

【ふ】

【ま】

【み】

【む】

【や】

【よ】

【り】

人名索引（昔話や神話の登場人物は除く）

書名索引　書名・論文タイトル（昔話のタイトルは除く）

【よ】

【ら】

【わ】

【し】

【す】

【せ】

【た】

【つ】

【て】

【と】

【な】

事項索引

著者略歴

藤井倫明（ふじい・みちあき）

昭和54（1979）年東京出身。平成14（2002）年東洋大学文学部卒業。平成23（2011）年立正大学大学院文学研究科国文学専攻修士課程に入学。平成25（2013）年修了。同年、立正大学大学院文学研究科国文学博士後期課程に入学。平成29（2017）年に博士（文学）の学位を取得。

立正大学大学院文学研究科研究叢書

瓜子姫の死と生―原初から現代まで―

平成30年９月５日　初版発行

定価はカバーに表示してあります。

発行者　吉田栄治

発行所　株式会社 三弥井書店

〒108－0073東京都港区三田３－２－39

電話 03－3452－8069

振替00190－8－21125

ISBN978-4-8382-3340-3 C0093　整版·印刷　エーヴィスシステムズ